KB128147

우물 밖 개구리

우물 밖 개구리

이윤수
수필집

우물 밖으로 나오니
천지에 온종일 눈이 내리고
아름다운 음악이 가득하다.

바른북스

목차

사랑방 이야기

사랑방 이야기가 그립다.

예전엔 사람들이 저녁마다 마을 사랑방에 모여서 서로 즐겁게 이야기를 나누며 서로 친밀해지고 생각도 나누었는데 요즘엔 TV와 스마트폰 때문에 일방적으로 정보와 재미를 전달받기만 하고 자기의 이야기를 하거나 다른 사람의 이야기를 들을 기회가 많지가 않다. 그래서 마치 사랑방에 둘러앉아 고구마를 구워 먹으며 이런저런 이야기를 하며 깔깔대는 그런 재미를 조금이라도 느낄 수 있도록 너무 무겁지도 않으면서 그렇다고 아주 내용이 없는 헛소리만은 아닌 이야기를 나누고 싶다.

사실 사랑방이라는 말도 한자로는 舍廊房으로 '집+복도'의 의미로 한옥에서 주로 바깥주인이 거처하며 취미를 즐기거나 손님을 맞이하는 곳으로 love라는 의미의 사랑과는 발음만 같을 뿐 서로 연관은 없다. 예전 부잣집들은 안주인이 거주하는 안방 또는 안채와 결혼을 한 자식이 거주하는 별채인 서방, 그리고 머슴이나 행랑아

범 어멈이 거주하는 대문 옆 행랑채를 별도로 구비하고 있었다. 하지만 내 어린 시절의 기억으로는 사랑채는 어른들이 노는 곳이라 그렇게 편안한 공간이 아니었고 행랑채가 오히려 부담 없이 들랑거리고 놀 수 있는 곳이었다. 내 어린 시절 집이 그랬다는 것이 아니라 가끔 놀러 다니던 이모할머니 집이 지금 생각하면 꽤 잘사는 집이었던 듯하다. 우리 집은 지방 소도시 산등성이 빈민촌에 있어서 주변 환경이 별로 좋지가 않았고 그래서 어린 시절 추억들도 별로 유쾌하지가 않았는데 버스를 타거나 걸어서 한참을 가야 하는 이모할머니 집에 가면 할머니와 아재가 항상 반갑게 맞이해 주고 홍시나 곶감, 유과나 강정 같은 한과도 먹을 수 있고 계절에 따라 수박 · 참외 · 토마토 같은 과일도 풍성했고 팽이나 대보름 쥐불놀이나 연 같은 놀잇감도 많아서 어린 나로서는 천국과 같은 곳이었다.

나중에 어머니에게서 들은 이야기인데 사실 이모할아버지는 이모할머니 집에 살던 머슴이었는데 어쩌다가 이모할머니와 결혼을 하게 되었다고 하는데 영화에서나 나올법한 로맨스나 극적 스토리가 있을 만도 한데 뒷이야기까지 물어볼 수는 없었다. 다만 이모할머니의 부모님들이 의식이 깨어있었던지 크게 반대는 안 했다고 하고 그래서인지 몰라도 이모할머니는 농사일도 하지 않았고 시골 할머니답지 않게 얼굴도 하얗고 곱게 안방에서만 지내시고 이모할아버지는 새벽부터 밤늦게까지 아무 말도 없이 일만 하시는 것 같았다.

그런데 이런 사랑방 이야기들은 재미는 있을지 몰라도 근거가 부족해서 어디까지가 사실이고 어디까지가 과장이거나 헛소문인지 알 수가 없다. 그래서 반드시 출처를 밝혀야만 할 것 같은 충동도 느끼지만 어쩌면 이러한 이야기들도 여러 사람들의 귀와 입을 거치면 나름 검증이 가능할 것이라는 생각도 든다. 예전의 설화나 민담이 의미를 가지는 이유는 작은 소재와 사건이 오랜 시간 여러 곳에서 다양한 사람들의 입을 거치면서 이야기가 살을 보태고 터무니없는 것은 걸러지면서 집단지성이나 여론을 형성하는 역할을 해온 것도 사실이기 때문에 한 사람의 창의성과 사건의 정확성을 강조하는 지금의 언론이나 저술과는 별개의 의미를 가진다고 할 것이다. 또한, 프랑스혁명이나 황건적의 난 또는 광우병, 마녀사냥 등 많은 역사적 사건들이 이런 (헛)소문에서 촉발된 것도 많기 때문에 이런 이야기들이 가지는 힘을 작다고 할 수가 없다.

사랑방은 또한 한국인에게 독특한 문화이다. 봉제사 접빈객(奉祭祀 接賓客) 즉, 조상에게 제사를 모시고 손님을 접대하는 것을 양반가의 신성한 2대 의무로 여길 만큼 손님 대접을 중요하게 생각했고 그것을 다하지 못해서 비난을 받으면 체면을 잃는다고 생각했기에 좀 산다 하는 집에는 사랑방에서 기생하는 무리들이 항상 있었고 여염집에서도 친구이든 직장동료이든 좀 친하다 싶으면 집으로 초대해서 한 상 거하게 대접을 해야 하고 그렇지 않으면 서운하게 생각하고 밖에서 놀다가도 "야 우리 집에 가서 한잔 더 하자."며 예고 없이 손님을 몰고 올 정도는 돼야 남자들 사이에서 어깨 힘이라도 줄 수 있었고 죄 없는 아내들은 그걸 웃으며 받아넘기고 접대를 하

는 것이 현모양처의 미덕이라고 생각했다.

이처럼 평소에도 담을 낮추고 문을 열어놓고 사는 것을 덕이라고 생각할 정도로 개방적인 집 문화는 서양이나 일본에서도 찾아볼 수 없고 한국에서도 이제 급속도로 사라지고 있지만 이는 두레 등 협동 작업이 필요한 벼농사 촌락 집성촌 그리고 향약 등 유교적 규범의 영향이 컸겠고 공동체 유지라는 긍정적인 면도 있겠지만 요즘 개인의 사적 삶을 중시하는 서구적 시각에서 보면 낭비적이고 사생활과 자유를 침해하는 요소도 많다. 이런 식객 문화는 경제적 문화적 예술적 융성기였던 송나라에서 유래하여 주자학과 더불어 한반도에 전래되어 나중엔 대원군마저도 권력을 잡기 전에는 어느 세도가의 식객이었을 정도로 보편화되었고 지금도 식객이라는 먹방 여행 프로그램이 인기를 끄는 것을 보면 그 뿌리가 꽤나 깊다고 할 것이다.

아무튼 이렇게 약간의 부정적인 요소도 없지는 않지만, TV나 Youtube 같이 일방적인 전달이 아닌 상호 의견이 오고 가는 유익하고 편안하고 즐거운 대화의 장인 현대판 online 사랑방이 이 글과 더불어 활성화되었으면 좋겠다.

오늘도 꽃길

요즘 내 삶의 일상에서 겪는 큰 기쁨 중의 하나는 산책을 하는 것이다.

몇 년째 나는 일을 나가지 않는 날에는 아침을 먹고 나서 반드시 산책을 나간다. 날씨가 화창하면 더할 나위 없이 좋겠지만 날씨가 좋지 않은 날에도 집에서 빈둥거리고 싶은 유혹에 넘어가거나 안 나갈 구실을 삼지 않고 비가 오든 눈이 오든 바람이 불든 춥든 덥든지 간에 산책을 하는 것이 이제 습관이 되었다. 처음에는 같은 길을 매일같이 걷는다는 것이 좀 지루하고 답답하여 자전거를 타거나 뛰는 것이 더 좋을 때도 있었지만, 버릇이 되고 나니까 차츰 즐거움이 생기고 혹시라도 안 하면 더 이상할 정도가 되었다. 그리고 무엇보다 중요한 것은 매일 같은 길을 걸어도 눈을 뜨고 주변을 살피면 항상 새로움을 느낄 수 있다는 것이다. 날씨와 계절에 따라서 풍경도 다르고 도중에 마주치는 사람들과 개, 동식물들이 매일매일 같지가 않고 신선하다. 또한, 마음도 평온하며 걱정 근심보다는 새로운 아이디어들이 떠오를 때가 많아서, 처음에는 건강 때문에 시작했지만, 이제는 일과 삶에 있어서도 오히려 생산적인 활동이 되었다.

예전에 나는 일이 난관에 부딪히거나 꼬여서 잘 풀리지 않을 때는 화장실 변기에 앉아서 그리고 잠자리에 누워서 잠들기 직전에 문득 해결책이 떠오르곤 했는데 요즘엔 산책을 하면서 글의 소재나 문제의 돌파구, 참신한 구상을 할 때가 많다. 가토토시노리의《아무것도 하고 싶지 않은 사람을 위한 뇌 과학》에 따르면, 이러한 현상이 나만 그런 것이 아니라 사고를 담당하는 인간의 대뇌가 원래 컴퓨터의 CPU와 마찬가지로 한꺼번에 여러 개의 일을 동시에 처리할 수 없기 때문에 보고 듣고 말을 하거나 게임이나 싸움 등 스트레스가 심한 활동 등의 일차적 감각의 유입이나 즉각적 반응을 할 필요성이 최소화된 상황에서 가장 창의적인 생각이 나온다는 것이다. 그래서 이제는 왜 칸트가 평생 정해진 시간에 산책을 하였고 스님들의 수행법 중에 좌선과 더불어 행선이라는 것이 있는지 알 수가 있을 것 같다.

바로 겉으로 아무런 변화가 없어 보이는 속에 '깨달음'이라는 엄청난 변화가 나오는 것이다.

이런 거창한 대오각성은 아닐지라도 산책을 하면 최소한 몸과 마음의 건강은 얻을 수 있으니 산책을 안 할 이유가 없다. 특히 캐나다에서는 도시 근교뿐만 아니라 도시 안에도 공원과 산책길이 많고 철에 따라 야생화가 다양하게 피어있으며 주택가에도 집집마다 정원을 잘 가꾸어 놓아서 그야말로 꽃길을 걸으며 새소리를 들으며 꽃향기를 맡으면서 산책을 할 수 있어서 정말 좋다. 캐나다만 그런 것이 아니라 미국이나 영국, 스위스와 독일 등의 나라에서도 공원과 정원에 꽃들을 꽤 잘 가꾸어 놓았고 식당과 가정의 식탁과 거실에는 반드시 화병에 꽃 한 송이는 있어야 할 정도로 꽃과 더불어 살아가는 문화가 생활화되어 있으며 특히 프랑스는 마당이나 정원이 없는 도시의 작은 집이라도 창문 아래에 화분을 걸어놓아서 다채로운 색깔의 나무 덧창과 더불어서 독특한 도시의 아름다움을 연출하는 것이 과연 예술의 도시답다. 이렇게 말하면 그건 살만한 여유가 있는 나라 사람들의 배부른 사치가 아니냐고 할 수도 있겠지만 사실 우리도 지금은 도시나 시골이나 할 것 없이 모두 다세대 주택과 아파트가 다닥다닥 붙어있어서 삭막하기 그지없지만 50년 전만 해도 가난하고 허름한 집들도 마당에 작은 화단은 대부분 하나씩 있어서, 채송화 · 봉숭아 · 맨드라미 · 나팔꽃 · 달맞이꽃 등 화려하진 않지만 소담한 꽃구경을 할 수가 있었다.

그러니 꽃을 보는 이런 여유는 경제적 문제라기보다는 사람들이 삶에 있어서 물질과 정신의 풍요 어느 것에 더 많은 비중을 두는가의 문제인 것 같다. 사실 요즘 한국인 중 누가 정말 돈과 시간이 없어서 꽃이나 화분 하나도 사지 못할 사람이 얼마나 되겠는가? 그러니 이제 한숨 돌리고 마음의 여유를 좀 찾아야만, 한국인이 잘살지만 자살률은 최고이고 행복지수는 꼴찌에 가까운 이 상황에서 벗어날 수 있을 것이다.

물론 유럽의 국가들도 꽃에 관한 흑역사가 없지는 않다. 사실 장미나 백합 등 우리가 아는 많은 꽃들이 야생화가 아니라 인간이 육종으로 개량하여 더 크고 더 다채롭고 더 향기롭게 만든 인공의 것들이며 그 이면에는 화훼산업이 큰 돈벌이라 국가 간 종자 분쟁과 로열티가 오고 가는 살벌한 산업 중의 하나이고 17세기 네덜란드의 튤립 투기 열풍처럼 탐욕의 수단과 대상이 되기도 했지만 그래도 보석이나 사치품처럼 엄청나게 비싸지는 않으면서도 아름다움으로 인간을 행복하게 해주는 좋은 존재인 것만은 사실이다.

그렇다면 왜, 언제부터 사람들은 꽃을 좋아하게 되었고 남자들은 왜 여자들에게 꽃을 선물하고 여자들은 꽃을 받으면 행복해할까?

전중환의 《오래된 연장통》에 따르면 인간들이 경작을 시작하기 이전 수렵채집을 하던 석기시대에 꽃이 있는 곳의 주변에 바로 먹을 수 있는 곡물이 있었기 때문에 꽃을 보면 기뻐했고 그것이 우리의 DNA 속에 새겨져서 꽃 자체는 먹을 수도 없고 입을 수도 없어 아무런 이득이 없지만 지금도 인간은 꽃을 보면 즐겁다는 것이다. 그렇다면 꿀벌이나 나비가 먹을 것을 찾아서 꽃에 모여들듯이 우리도 예뻐서가 아니라 먹고살기 위해서 꽃을 좋아하게 되었으며, 현생인류인 호모사피엔스의 청동기 시대 매장지와 심지어 우리 종의 방계 격인 네안데르탈인의 무덤에도 꽃으로 장식한 흔적이 있는 것이다.

그리고 같은 이유로 채집을 하던 여자들은 지금도 꽃을 좋아하고 사냥을 하던 수컷들은 공을 쫓아 달려가는 스포츠에 열광하는지도 설명이 된다.

하지만 나는 개인적으로 인간의 행복감은 단순히 먹고 입고 자는 기본적 생리 욕구 충족의 동물적 만족을 넘어서서 음악 · 미술 · 사랑 · 성취 등의 고차원적 심리적 만족의 단계에 이르렀으므로 인간이 꽃을 좋아하는 것이 그저 본능적 충동만은 아니라고 본다.

아무튼 눈이 녹고 추위가 조금 누그러지면 얼어붙은 땅을 뚫고 어느덧 빼꼼히 움트는 튤립과 수선화의 부드럽고 우아한 꽃잎으로 시작하여 수줍은 듯 피어나는 하얀 매화, 숨 막히는 히아신스 향기, 그리고 연보랏빛 라일락의 은은하고 감미로운 향, 숲속에서 바람을 타고 흐르는 아카시아와 등나무 향기…. 그리고 벚꽃과 개나리 · 철쭉 · 진달래가 펼치는 봄의 축제가 절정에 이르면 드디어 화려하게 등장하는 장미의 진한 색깔의 향연, 그리고 그에 질세라 풍성하게 피어나는 다알리아의 품위…. 또 귀티라면 빼놓을 수 없는 백합 · 수국…. 쓸쓸한 가을의 고독을 위로하는 국화와 사시사철 산길 곳곳에서 나를 반기는 이름도 다 모를 수많은 야생화들이 주는 그 기쁨은 축복이라고 하지 않을 수 없이 고맙고 소중한 우리 삶의 동반자이다.

자 그럼 오늘도 걸어볼까? 우리 앞 모두에게 펼쳐진 꽃길을! 행복하게….

또라이 없는 신세계

아마 많은 사람들이 공감하겠지만, 직장생활을 하다 보면 일 자체보다도 같이 일을 하는 사람이 더 나를 힘들게 하는 경우가 많다. 따지고 보면 대단한 것도 아닌데 누군가가 조금이라도 덜 힘든 일을 하려고 또는 어려운 일에서 빠져나가려고 잔머리를 굴리는 게 보이면 짜증이 나고 반대로 고생은 내가 하고 생색이 나는 일이나 성과는 딴 사람이 가로채 가면 은근히 화가 난다. 이 상황에서 내가 양보하면 바보가 되는 것 같고 그렇다고 지지 않으려고 다투자니 똑같이 치사해지는 것 같아서 께름칙하다. 하지만 이 정도면 그나마 참고 견딜만하지만 지위를 이용해서 또는 패거리를 지어 교묘하게 나를 괴롭히거나 근거 없이 비난하고 험담하고 따돌릴 정도가 되면 정말 견디기가 힘들어지고 이판사판 대판 싸워서 결말을 내거나 직장을 당장 때려치우고 싶어진다.

어떻게 하면 좋을까? 목구멍이 포도청이라고 그냥 참고 견뎌야 하나? 사회생활이 원래 그런 거니 숙명이려니 하고 받아들여야 할까? 괴롭다.

하지만 다른 모든 일에서도 마찬가지이지만 세상 모든 문제에는 다양한 해결책이 있다. 다만 내가 우물 안 개구리처럼 한 가지 생각에 매몰되어서 새로운 시각으로 바라보지 못할 뿐이다. 그런 의미에서 당면한 문제에서 벗어나 살짝 다른 이야기를 해보자.

또라이 3대 법칙이라는 게 있다.

> 1. 세상 어느 집단에도 반드시 또라이는 있다.
> 2. 그 또라이를 제거하면 반드시 새로운 또라이가 나타난다.
> 3. 만일 아무리 살펴보아도 또라이가 보이지 않으면 그건 내가 바로 또라이라는 거다.

어쩌면 그저 우스운 이야기이지만 이는 매트 리들리(Matt Ridley)가 《이타적 유전자》에서 소개한 게임이론과 일치한다. 즉, 인간뿐만 아니라 미생물 사회에서조차 모든 집단에는 항상 남을 착취하는 개체와 항상 당하는 개체, 그리고 선에는 선, 악에는 악으로 대응하는 상대적 반응 개체 등의 세 종류가 있다. 그리고 얼핏 생각하면 '착한' 개체들만 있는 군집이 천국이 되어 잘 번성할 것 같지만 실험 결과는 이 중 어느 한 종류만 있는 경우에는 그 군집은 소멸하고 이 세 종류의 개체들이 적당히(2:2:6 정도?) 섞여있을 때 즉, 세상 현실과 유사한 상황에서 가장 잘 번성한다.

이는 또한 우리의 직관적 인식과도 일치한다. 즉, 세상 인간사에 갈등이 없을 수는 없으므로 그것이 자연의 섭리이며 현실이라는 것을 깨닫고 받아들여야 한다는 것이다. 다만 여기서 우리의 해결과제는 그 갈등을 어떻게 보고 어떻게 풀어가는 것이 가장 현명한 것인지를 찾는 것이다. 한정된 자원을 두고 다양한 능력과 개성과 욕망을 가진 사람들이 모여서 살아갈 수밖에 없는 사회적 동물인 인간은 서로 경쟁하고 상황에 따라 협력을 할 수밖에 없다. 그러니 이런 숙명적 특성을 나쁘게만 볼 것이 아니라 그것이 오히려 인류의 성장과 발전의 원동력이 될 수도 있다는 것을 깨닫고 긍정적으로 바라본다면 보다 주체적이며 능동적으로 상황을 전개할 길이 열릴 것이다.

그리고 그 출발점은 나 자신과 상황을 최대한 객관적으로 파악하는 것이다. 만일 누군가가 나를 괴롭힌다면 그건 그저 그 사람이 나쁜 것이 아니라 내가 무언가 잘못을 했거나 내가 약하기 때문일 가능성이 높다. 어쩌면 상황이 뒤바뀌면 나도 얼마든지 그렇게 할 개연성이 있다.

한편 그 '나쁜' 또라이들은 항상 만만하고 약한 대상을 희생물로 삼기 때문에 상대를 원망하고 욕만 하면서 상대가 개과천선하거나 하늘이 그놈에게 벌을 내리고 '정의로운(?)' 세상이 오기를 기다릴 것이 아니라 지금 당장 나도 대항할 힘을 키우든지, 잘못을 시정하든지, 내 편을 규합하여 맞서든지 아니면 당분간 굴복하고 현재 내 힘이 취할 수 있는 몫만 챙기고 거기서 우선 만족해야 한다.

'내가 생각하기에 합리적인 처분은 상대방 입장에서는 불리하고 내가 손해를 보았다고 느낄 때 상대방은 만족한다.'는 말이 있다.

다시 말해서 모두에게 만족스러운 결정은 쉽지 않다는 것이므로 내가 원하는 대로 내가 옳다고 보이는 방향으로 세상과 사람들이 움직여 주리라고 기대하는 것 자체가 어리석은 욕심이다.

'세상은 본질적으로 불합리하다. 심지어 내 내면과 내 집 안에서도!'

나 자신도 항상 이상적이고 합리적이며 바르게 생각하고 행동할 수는 없는데 다른 사람들이 얼마나 더 내가 만족할 만큼 움직여 주기를 바랄 수 있겠는가? 그러니 다만 현실을 직시할 줄 알아야 한다.

그래서 나는 가끔 나 자신의 모습을 비디오로 찍어서 본다. 무슨 나르시시즘이나 관종 같은 괴팍한 자기도취는 아니고 다만 내 모습을 객관적으로 한 번씩 돌아보기 위해서이다. 그러면 거울을 통해서 나를 볼 때와는 또 다른 내 모습에 놀란다. 화면에서 말하고 움직이는 사람이 분명 내가 맞는데도 내 뒷모습과 걸음걸이 그리고 목소리도 영 남을 보는 것 같이 낯설다. 대개는 내 외면의 모습이 만족스럽다기보다는 덧니 같은 약점이 두드러져 보이고 요즘엔 세월의 흔적이 더 느껴져서 썩 기분이 좋지는 않을 때가 많지만 굳이 이렇게 해서 나를 바라보면 내가 훨씬 겸손해지는 데 도움이 된다.

사람의 마음이란 간사하기 짝이 없어서 그저 착하게 살자거나, 성실하게 일을 하자거나, 다른 사람들에게 친절하자거나, 겸손하자는 다짐이 마음만 먹는다고 되는 것이 아니라 그럴 수 있는 경험과 환경을 만들어 주지 않으면 실천하기가 쉽지 않기 때문에 자신의 의지를 과신하지 말고 유혹이 될만한 것을 멀리 치워버려야 한다. 예를 들어 다이어트를 하려면 주변에서 먹을 것이 보이지 않도록 해야 하고 책이나 간단한 운동 기구를 눈에 뜨이는 곳에 배치하고 취미나 운동을 같이할 수 있는 친구를 가까이해야 하며 원하는 행동들을 매일 습관적으로 할 수 있도록 routine을 만들어야 한다. 그러한 노력의 일환으로 나를 비디오로 보는 것이고 그러면 내가 나도 모르게 나를 세상의 중심으로 착각하고 있었던 것에서 깨어나 나 역시 이 세상 많은 사람들 중의 하나이며 나의 소망과 믿음과 욕구 같은 것들에 대한 집착에서 벗어날 수 있으며, 자아의식에 매몰되어서 괴롭던 마음에서 해방이 되는 데도 도움이 될 수가 있다.

물론 그 누구도 자신을 엄밀하게 완전히 객관적으로 볼 수는 없으며 누구나 자기중심적으로 생각하고 행동한다. 그러나 가능한 한 객관적으로 판단하고 의사결정을 하고 행동을 할 수 있도록 노력해야 하며 그 객관화 정도에 따라서 가정에서도, 사회에서도, 인간관계에 있어서도 그 사람이 또라이나 꼰대가 되느냐 아니면 창의적이고 건설적이며 함께 하면 생기가 나고 즐거운 사람이 되느냐를 결정지으며 나아가 그 사람이 인격적으로 성숙하고 삶이 즐겁고 풍요롭게 되느냐를 좌우하게 되는 것이다. 비록 그것이 인생의 성공 여부를 다 결정하는 것은 아니지만 자신의 객관화가 사회생활에서 매우 중요하기 때문에 이렇게 비디오를 통해서 나를 바라보는 훈련을 하는 것이다.

그리고 그 외에도 객관화 방법으로는 다른 사람이나 상담가로부터 나를 평가받고 조언을 듣는 방법도 있지만 감정적 개입과 간섭이 일어나기가 쉽고 평가자나 나나 솔직하지 못할 수가 있고 또 서로 하고 싶은 이야기만 하고 듣고 싶은 말만 듣는 경향에서 벗어나기가 쉽지 않으므로,(이처럼 사람들이 보편적으로 가지고 있는 성향 즉, 자기가 믿고 있는 것만 믿고, 듣고 싶은 것만 골라서 들으며 다른 것들은 배척 또는 무시하는 성향을 '확증편향' 또는 '동굴의 우상'이라고 한다.) 스스로 비디오로 자신을 보면서 나에게 주어진 상황과 주변 사람을 최대한 객관적으로 평가하고 판단하는 경험을 해보는 것이 좋고, 필요하다면 그 비디오를 다른 사람과 같이 보고 이야기를 나누는 것도 도움이 될 것이다.

아무튼 그렇게 해서 자신의 처지와 현실을 객관적으로 볼 수만 있다면 그것이 나 자신이 남을 괴롭히는 또라이가 되는 것을 예방할 수 있을 뿐만 아니라, 다른 또라이가 나를 괴롭히는 것에서 벗어나 즐겁게 살며 성공적으로 사회생활을 할 수 있는 비법이 될 것이다.

집단지성-
나는 왜 네가 아닌가?

어제 주말이라 술을 마시고 좀 늦게 들어왔더니 아침에 일어나기가 힘들어서 늦잠을 자고 있는데 아내가 새벽부터 곁에서 청소기를 돌리고 세탁기를 돌리고 주방에서 무엇을 하는지 그릇을 달그락달그락거려서 도무지 잠을 편히 잘 수가 없다. 짜증이 나서 도대체 왜 그러냐고 했더니 오늘 장모님 생일이라 처가에 가야 한단다. 점심때쯤 좀 천천히 가면 안 되냐고 했더니 처남과 약속이 어쩌고 하면서 얼른 일어나라고 성화다.

어쩔 수 없이 일어나서 옷을 입으려고 보니까 내가 쉬는 날 편히 잘 입는 옷이 아직도 빨래통에 있었다. 세탁기를 돌릴 때 왜 같이 빨지 않았느냐고 물었더니 뭐 속옷과 겉옷, 색깔 옷과 흰옷은 따로 빨아야 한단다.

양치를 하려고 보니 치약이 안 보인다. 물건을 쓰면 제자리에 갖다 놓으라고 그렇게 말했는데 또 애들이 아무 데나 휙 집어던져 놓았나 보다. 잔소리를 할까 말까 하는데 애들 방에서 벌써 아내와 아들의 실랑이가 벌어졌다.

“아니 오늘 외갓집에 가야 된다고 예전에 말했는데 왜 또 못 간다는 거야?”

“아 친구랑 약속했단 말이에요. 오늘 교회에서 같이 기타 반주하기로 해서 내가 빠지면 안 돼요.”

왜 이렇게 다들 생각이 다른 걸까? 생각을 하나로 통일하면 싸울 일도 없고 좋을 텐데 별것도 아닌 일로 집에서도 밖에서도 서로 자기 생각이 옳다고 우기고 상대방이 이해심이 부족하다고 난리다.

결론부터 말하면 ‘그래도 생각이 같으면 안 된다.’, 싸움을 불사하더라도 생각은 서로 달라야 한다. 그 이유는 생각이 모두 같으면 변화하고 발전할 것도 없기 때문에 항상 그대로 정체되어 있을 것이다.

그렇다면 성가시지만 다행인 이 생각의 차이는 왜 생기는 걸까?

그것은 궁극적으로는 사람들 사이의 입장의 차이 때문이기도 하지만 심리적 요인 때문이기도 하다. 우선 한정된 자원을 두고 경쟁할 수밖에 없는 숙명인 사람들 사이에서 그 자원의 소유 또는 배분의 권한 즉, 돈과 권력을 가진 기득권자와 그렇지 않은 사람들은 세상을 보는 눈과 이해관계가 서로 다를 수밖에 없다.

하지만 아이러니하게도 사람들은 서로 동조화하는 이중성도 가지고 있다. 즉, 사람들이 자신의 생각이라고 말을 하지만 사실은 대중매체나 책이나 교육기관에서 영향을 받은 남들의 주장을 자신의 주관이라고 착각하기도 하고 단순히 주변 사람들의 판단을 유행처럼 좇아가는 경향도 있다.

실제로 길이가 비슷한 막대기 중에서 가장 긴 것을 고르는 한 심리실험에서 피실험자는 다른 사람들이 미리 몰래 짠 대로 모두 짧은 막대를 고르면 덩달아서 눈치를 보고 짧은 막대를 고르는 현상에서 볼 수 있듯이, 사람들은 명백한 사실에 대해서도 남들이 대부분 아니라고 하면 그에 휩쓸려 동조하는 경향이 있으며 역사적으로도 선동이나 풍문에 대중들이 움직인 사례들이 엄청나게 많다.

즉, 인간이 사회적 동물이라는 의미는 물리적으로 사회적 네트워크를 이루어 집단적 이익을 추구한다는 뜻이면서 동시에 심리적으로도 집단적 사고를 한다는 뜻이기도 하다. 그러기에 나의 생각이나 주장이 사실은 어디까지나 나의 독창적이고 고유한 것이며 어디까지가 남들의 영향을 받은 것인지 구분하기가 쉽지가 않다. 아니 어쩌면 나만의 생각이란 것 자체가 존재하지 않을지도 모른다.

결국 모든 발명이 그러하듯이 우리의 생각도 다른 사람들의 생각을 변형, 조합, 가공한 것에 불과하다. 특히 meme 이론에 의하면 인간의 생각은 원래 어린 시절부터 받아들인 정보를 기억하고 모방함으로써 생성되는 것이 그 본질이다. 물론 그렇다고 해서 그렇게 모방한 생각이 의미가 없다는 것이 아니다. 우리는 이러한 집단적 사고를 통해서 발전해 가기 때문이다.

그러니 뉴턴이 겸손하게 '나의 업적은 별것이 아니다. 그저 거인의 어깨 위에서 조금 더 멀리 바라보았을 뿐이다.'라고 한 것은 이미 당대의 유행어로 집단적 지성의 중요성을 당시 지식인들은 다들 알고 있었다는 뜻이다.

이처럼 집단지성은 분명 좋은 방식이다. 하지만 이 집단적 사고의 문제점과 함정을 경계하는 목소리도 높다.

일찍이 플라톤은 대중은 우중(愚衆)이라고 하여 populism을 경계해서 현명한 지도자 즉, 철인(哲人)에 의한 정치가 옳다고 보았다. 그리고 요즘 일부 정치인들이 여론을 '집단지성'이라며 추켜세우면서 다수는 무조건 옳다고 호도하며 자기주장을 정당화하고 이른바 '떼법'을 쓰고 있지만, 이는 히틀러를 지지한 대중들처럼 집단적 사고의 오류를 저지를 수도 있고 선동에 의한 인민재판식 판결로 갈 위험성이 있다.

그래서 근대 민주주의의 기초를 다진 미국 건국의 아버지들은 국회의원도 한꺼번에 다 뽑지 않고 중간선거로 조금씩 물갈이하고 상하원을 나누고 선거인단을 통해서 직접선거와 간접선거를 섞는 등 일시적 여론의 변덕을 경계하고 직접민주주의가 아니라 선출된 엘

리트에 의한 권력분립으로 대의정치를 확립했다.

위키피디아에 따르면 이처럼 집단지성이 제대로 작용하려면 먼저 다양성에 대한 인정이 필요하다. '하나의 의견을 가진 전문가보다 다양한 의견의 평균이 더 뛰어나다.'는 것이 집단지성의 장점이지만 모두가 하나의 생각만을 갖는 만장일치는 오히려 그 집단지성의 장점에서 벗어나 있다. 즉, 집단지성을 활용해 의사결정을 할 때는 만장일치의 환상에 빠져서는 안 된다는 뜻이다.

결국엔 생물의 유지 · 번성을 위해서 종 다양성이 필요하듯이 인간사회의 건강한 유지 · 발전을 위해서는 생각의 다양성이 필요하다.

그래서 우리는 싫으나 좋으나 사람들을 만나야 한다. 예전에는 모든 것들이 직접 접촉을 통해서 이루어지고 그래서 그 범위도 가족 · 친족 · 마을 정도였지만 지금은 인쇄 매체와 인터넷을 통해서 전 세계 사람들과 거의 실시간으로 집단사고가 이루어진다. 더욱이 최근에는 Youtube 덕분에 거의 대면 접촉에 못지않은 정보와 의사교환이 가능해졌다.

다시 말해 우리는 다른 사람들의 노동과 서비스의 도움이 없이는 하루도 살아갈 수 없듯이 인정하든 거부하든 좋으나 싫으나 의식을 하든 못하든 offline에서건 cyber 상에서건 우리는 집단적 사고를 할 수밖에 없는 것이다. 그것이 지금 내가 이렇게 누군가가 작곡하고, 연주하고, 녹음한 음악을 들으며 책을 읽고, 글을 쓰고, 다시 누군가가 읽으라고 공개를 하는 이유다.

거듭 말하지만 생각은 아주 같아서도 안 되고 아주 달라서도 안 된다. 너무 같으면 집단오류의 함정에 빠지고 너무 다르면 전쟁도 나고 지리 분열하여 사회유지가 안 된다.

그러면 같아도 달라도 안 된다면 도대체 어쩌라는 것인가? 그 답은 또 중용과 균형이다.

사람의 생각 즉, 집단지성은 힘이 세다. 그러니 화약과 원자력처럼 사람을 살리기도 죽이기도 하는 양날의 칼이므로 항상 균형을 잡고 가야 한다.

아, 제정신을 가지고 제대로 살기란 역시 또 쉽지가 않다.

그래서 나도 결국 내가 조금 양보하고 아내와 아이도 설득을 해서 어른은 아침 먹고 출발하고 아이는 점심 후에 따로 오는 것으로 타협을 봤다.

끝.

저 푸른 초원 위에 그림 같은

바라보기만 해도 빛이 나는 사람들이 있다. 꼭 예뻐서라기보다도 인상이 아주 좋아서 멀리서 다가오기만 해도 기분이 좋고 여러 사람과 섞여있으면 더욱 돋보인다.

부럽다.

얼굴로 먹고살 정도는 아니더라도 좋은 미모는 확실히 힘이 있다. 거의 권력이다. 미인이나 인상이 좋은 사람들은 다른 사람들로부터 더 나은 대접과 평가를 받기 때문에 취업과 결혼 때 유리하고 업무 성취도도 좋아서 결국 삶 자체가 달라진다. 심지어 좋은 배우자를 만나서 우수한 2세를 낳고 노후까지 보장받을 가능성이 높아진다.

나는 휴가 때면 머리와 수염을 깎지 않고 허름한 차림으로 슬리퍼를 끌고 자유롭고 편하게 돌아다닌다. 그런데 별로 자유롭지가 않다. 제약이 많다. 거지 같아 보였는지 어디 마음대로 들어갈 수도 없고 심지어 버스도 잘 안 서고 막 지나간다. 무시당한다. 정말 외모로 이렇게 인간 대접이 달라지는 걸 몸으로 느낀다.

어제는 아내에게

"근데 예쁜 사람들은 자기가 예쁘다는 걸 아나? 의식하고 사나?"고 물어보았다.

그랬더니 전혀 주저 없이

"그럼 알지!"라고 대꾸한다.

"나는 잘 모르겠던데?"하니까

"당연히 모르지. 누가 봐도 못생겼으니까."란다.

그래서 깔깔대고 웃었는데 정말 궁금하다. 미남미녀들의 세상은 과연 어떤지….

참 세상에는 잘난 사람들이 정말 많다.

학교 때는 공부는 안 하고서도 시험 잘 보는 똑똑한 놈들

무서울 정도로 집중하고 노력할 능력이 있는 놈들

싸움 잘하는 놈들도 있고 나보다 운동 잘하는 놈도 많고

회사에서는 일 잘하고 인기 있고 윗사람들 신임도 받는다.

우연히 연세대 의대생 콘서트를 본 적이 있는데 의사 공부하면서 언제 악기 연주까지 연습했는지 수준이 장난이 아니다. 참 세상 불공평하다.

이제는 글을 좀 써보려니까 글을 재미있고 맛깔나게 잘 쓰시는 분들은 또 왜 이렇게 많은 건지 나 같은 놈은 어디 부끄러워서 작품이라고 내밀지도 못하겠다. 난 잘하는 게 뭘까? 아직도 못 찾았다. 내가 잘난 게 하나도 없다. 먹고 노는 거나 잘하려나? 하긴 노는 것도 잘 노는 놈들이 따로 있더라! 춤도 잘 추고 술도 잘 먹고 유머도 좋고 골프 스키 보트 등 레저실력도 좋고… 쩝쩝….

이쯤에서 기분 전환을 위해서 화제와 관점을 조금 바꾸어 보자.

예전에 유행했던 노래 중에 '저 푸른 초원 위에 그림 같은 집을 짓고….'라는 가사가 있었다. 아마 이 노래가 한국의 전원주택 열풍에 꽤 영향도 주고 많은 사람들이 전원생활의 꿈을 꾸게 되지 않았을까 생각한다. 하지만 막상 귀농해서 전원주택 짓고 전원생활을

해보면 그런 '그림 같은' 생활은 없다.

땅 살 때 외지인이라면 우선 바가지 씌우고 집 지을 때 건축업자에게 당하고 속 썩고 어떻게 어떻게 해서 완공해도 동네 사람들 텃세가 이만저만이 아니라 수도 넣고 담쌓고 도랑 하나를 내려고 해도 사사건건 트집과 간섭이 한이 없다. 그 후로도 잔디밭 관리며 텃밭 일이며…. 하이고 이건 노동도 중노동이다. 또 편의시설은 거의 없어서 병원 한번 가거나 장 보는 것도 맘먹고 나서야 하는 큰 일거리다. 창 넓은 거실에서 먼 산 바라보며 커피 한잔은 무슨… 꿈같은 소리! 그래서 귀농했던 사람들이 5년 이내에 반 이상 포기하고 다시 도시로 나온단다. 나도 거기에 +1명!

스위스 알프스 산 중턱에 그림엽서에 나올듯한 산과 호수의 멋진 풍경에 둘러싸인 아름다운 집들이 옹기종기 모여있는 마을에 가본 적이 있다. 그런데 호기심이 발동해서 아주 가까이 가보니까 거기도 소똥과 파리가 천지고 페인트칠만 새로 했지 집은 낡았고 농부들의 삶은 고단하단다.

외국생활도 마찬가지다. 많은 사람들이 현실이 힘드니 이민을 꿈꾸고 획기적 변화를 바라지만 처음엔 좋아도 살다 보면 여기도 또 사람 사는 고충이 있어서 큰 차이가 없다.

이렇게 모든 게 멀리서 보면 좋아 보여도 가까이서 보면 또 나름

고충이 다 있다. 우리가 산업혁명과 도시화의 부작용으로 열악한 도시환경에서 살고 그 반작용으로 낭만적인 여행이나 전원생활을 꿈꾸게 되었지만 사실 엄청난 귀족 부자가 아닌 대다수 사람들에게는 삶은 도시에서나 농촌에서나 그저 생활의 현장인 것이 엄연한 현실이다.

그래서 아내에게 진지하게 또 물어보았다.

"진짜 그럼 예쁜 사람들은 만족해?"

그러자 좀 정색을 하며 날 쳐다보더니

"다 만족하는 사람이 어디 있어? 나름 콤플렉스는 누구나 다 있지!"란다.

휴- 다행이다.

남 부러워하지 말자. 난 나대로 살면 된다. 나를 부러워하는 사람도 어딘가 있지 않겠어?

그럼 그럼 부러우면 지는 거다. 비교하면 안 된다. 아예 남을 의식하면 안 된다. 나대로 내 멋에 내 좋은 대로 사는 게 제일 행복한 거다.

바람이 전하는 인디언 이야기

철로 건널목을 건너려는데 갑자기 멀리서 '빠앙'하는 경적과 함께 바로 코앞에서 빨간 점멸등이 번쩍이고 '딸랑딸랑' 경고음을 내면서 빗살무늬 차단기가 내려온다. 지나가던 자동차가 다 멈추어 서고 잠시 후 '철거덩 철커덩' 요란한 쇠바퀴 소리를 내면서 열차가 지나간다. 컨테이너가 이단으로 잔뜩 실린 객차들을 끌고 가는 화물열차다. 아마 밴쿠버 항에서 짐을 적재하여 내륙 쪽으로 운송을 하는 중인가 보다. 5년 전만 해도 한국의 컨테이너들이 상당히 많았는데 현대상선이 망한 이후로는 중국과 덴마크 상선의 컨테이너가 대세를 이루고 있다. 코로나 이후로 선가가 많이 올랐다는데 조금만 더 버텼으면 좋았을 것을…. 아쉽다. 아무튼 여기 기차는 엄청나게 길어서 보통 기관차 4대에 객차 100량 정도가 연결되어 있고 도심에서는 속도도 느려서 한 번 건널목에서 걸리면 10분 이상 하염없이 기다려야 한다. 성질이 급한 사람들은 짜증을 내기도 하지만 어차피 우회로도 없고 또 나는 어릴 때부터 기차를 좋아해서 이렇게 가까이에서 기차를 구경할 기회가 온 것을 오히려 즐긴다. 엄청난 크기의 기차가 굉음을 내면서 지나가는 것을 보고 있으면 그

웅장한 크기와 무게감 그리고 그 쇳덩어리가 주는 차갑지만 강력한 질감, 거기에 속도감이 더해지면 기차의 강한 에너지와 활력이 그대로 느껴져서 약간 흥분이 된다. 가까이에서 보면 무슨 군인들이 행진을 하는 것도 같고 멀리서 긴 열차가 황야를 가로질러 가는 모습은 이국적이고 낭만적인 나그네의 쓸쓸함이 느껴지기도 한다. 그래서 나는 〈100 Miles〉라는 기차의 우수가 어린 노래를 좋아하고 기차나 비행기같이 큰 물체가 육중하게 움직이는 장면을 보기를 좋아한다.

그런데 만일 기차나 비행기가 없었다면 세상이 어떻게 달라졌을까? 아마 나를 포함한 대부분의 사람들은 이렇게 지구 반대편 먼 곳에 가보거나 이주를 해서 살지를 못하고 자기의 고향 근처에서 살다가 죽을 것이다. 그만큼 지금처럼 삶이 다채롭지는 못했을 것이고 경제적 풍요도 훨씬 덜했을 것이다.

이렇게 세상과 삶을 획기적으로 바꾼 발견과 발명은 그 외에도 참 많다. 인터넷 · 스마트폰 · 삼각돛 · 바퀴 · 전등 · 자동차 · 페니실린 · 증기기관 · 합성섬유 · 단추 · 바늘 등등 아마 다 열거하기도 어려울 만큼 많은데, 얼마 전 하버드 대학교 학생들이 뽑은 인류 최고의 발명품은 칫솔이었다니 좀 의외이다. 하지만 치통의 고통과 치아 상실이 가져오는 건강과 삶의 질 추락을 경험한 사람들은 그 선택에 고개가 끄덕여지기도 할 것 같다.

그리고 인간의 삶에 큰 영향을 미친 기술과 과학적 연구에 있어서도 왓슨의 'DNA 이중나선 구조 규명', 전기 문명을 태동시킨 페러데이의 '전자기학', 뉴턴과 아인슈타인의 '물리학 이론', 돌턴의 '원자론', 파스퇴르의 '세균학'과 제너의 '종두 예방접종' 등등 인류가 지금의 장수와 풍요와 건강을 누리게 한 눈부신 업적들이 무수히 많다.

한편 역사를 바꾼 책도 많이 있는데 그중에는 성경과 코란을 포함해서 미국 남북전쟁과 노예해방에 영향을 미친 《Uncle Tom's Cabin》과 공산주의 사상과 혁명 전파의 도화선이 된 마르크스의 《자본론》, 생명의 기원과 진화에 대한 근본적 시각을 바꾼 다윈의 《종의 기원》 등을 우선 꼽을 수가 있겠다.

나 역시도(모든 책들이 조금씩은 다 그렇겠지만 그래도) 내 가치관 형성과 삶에 결정적으로 큰 영향을 끼친 책들이 좀 있는데, 문제는 나중에 좀 더 성숙해서 다시 보면 그 책들이 잘못됐거나 부분적인 진실이거나 편견에 사로잡힌 면이 있다는 것이 밝혀진다는 점이다. 그럼 그 책에 영향을 받은 내 삶도 미숙했고 수정이 되어야 한다는 논리적 결론에 도달하는데 그것을 인정하기가 쉽지가 않다. 사실 나는 좀 순진해서 책 내용을 그대로 의심 없이 많이 믿었는데 지금 보면 인간의 모든 책과 이론과 제도와 존재 자체가 일시적으로 그리고 상대적으로 진실할 뿐이라는 엄청나게 중요한 사실을 좀 더 일찍 깨달았어야 했다. 물론 아직도 자신이 알고 있는 것이 영원한 진

리라고 착각하고 완고하게 믿는 사람들에 비하면 지금이라도 '모든 것은 변화한다.'는 유일한 진리를 깨달은 것이 그나마 다행이다.

아무튼 그런 책 중의 하나는 클라이브 폰팅의《녹색 세계사》이다. 인류의 역사를 환경 파괴와 관련한 문명의 흥망으로 보는 이 책을 읽는 순간 나는 눈이 번쩍 떠지는 것 같았다. 그동안 학교에서 배운 역사와는 완전히 다른 시각이었다. 이스터 섬 문명의 붕괴를 다룬 내용도 흥미로웠다. 그래서 환경 운동 단체에 기부도 막 하고 그랬다. 하지만 나중에 다른 논문에서 이스터 섬의 몰락이 석상 조성을 위한 환경 파괴 때문만이 아니라 그 후 백인 정착민의 목축 때문이었다며 기록을 들이미는 연구를 보고 내가 속았다고 한탄을 한 적이 있었다. 그런데 문제는 그것도 끝이 아니었다. 그 후에 읽은 또 다른 책에서는 두 번째 논문을 반박하면서 목축이 아니라도 백인이 섬에 도착했을 때 이미 원주민들은 식인을 하고 절벽 동굴에 숨어 살 정도로 문명이 몰락해 있었다는 것이고, 나름 설득력 있는 문헌 기록을 제시해서 이번에는 그 책이 맞는 것 같았다.

아, 이쯤 되면 뭐가 옳은 건지 확신을 할 수가 없다. 나름 객관성을 갖춘 학술논문과 책도 이러한데 하물며 근거도 없는 가짜뉴스나 선동, 영상 매체들이 난무하는 지금은 무엇을 믿어야 할지 알 수가 없어서 그럴수록 스스로 판단하는 능력이 절실히 필요한데 가이드라인을 제시하는 지성은 찾기가 어렵고 오히려 영상 조작 등 속이는 기술만 더 발달하고 있어 걱정스럽다. 하긴 이런 현상이 비단 최근의 일만은 아니다. 미야자키 마사카츠의 《세계사를 뒤바꾼 가짜 뉴스》와 양젠예의 《과학자의 흑역사》에 따르면 마녀사냥지침서가 지식인의 인기 필독서였던 적도 있을 만큼 동서양의 역사가 이런 헛소문과 속임수에 의해서 움직여진 사례가 엄청나게 많다는 것이다. 그렇다면 결국 또다시, '진리는 상대적, 일시적일 뿐만 아니라 주관적이다.'는 결론에 도달하게 된다. 그래서 마이클 샌델(Michael Sandel)이 《정의란 무엇인가》에서 정의란 정답이 있는 것이 아니라 끊임없이 추구하는 과정일 뿐이라고 했듯이, 진리도 실체가 있는 것이 아니라 끊임없이 추구하고 수정해 가는 과정 그 자체라는 것을 잊지 말아야 할 것이고 진리에서 멀어지지 않으려면 '내가 틀릴 수도 있다.'고 항상 겸손한 자세를 견지해야 한다.

그런 의미에서 보면 두 번째로 나를 '속인' 다음의 책들을 비난할 수는 없다. 속은 게 아니라 절대적으로 믿고 내 인생의 청년기와 돈과 정열을 바친 나와 이런 '순진한' 열정을 '이용'하여 마침내 권력을 잡고 한국의 현대 역사를 뒤흔들고 아직도 그걸로 세상을 다 알았다고 절대적으로 믿고 행동하는 소위 386 운동권 세대와 세력의 독선과 어리석음이 문제인 것이다. 하지만 그 옳고 그름에는 아직도 논쟁의 소지가 있고 민주화에 대한 공(功)과 남한 체제 폄하의 과(過)는 역사의 판결을 더 기다려야 하기에 여기서는 핵심적인 책만 소개하고 넘어간다.

이영희의 《전환시대의 논리》와 《8억 인과의 대화》,

송건호 등의《해방전후사의 인식》,
백낙청의《민족문학과 세계문학》,
박현채의《민족경제론》
강만길의《분단시대의 역사인식》
김영환의《강철서신》과 박노해의《노동의 새벽》
조정래의《태백산맥》과 이태의《남부군》
김지하의《오적》과 황석영의《죽음을 넘어 시대의 어둠을 넘어》 등

세 번째로는 푸리스트 카터의《내 영혼이 따뜻했던 날들》과 로버트 어틀리의《시팅불》, 그리고 팔스 이스터먼의《바람이 전하는 인디언 이야기》이다. 이 책들은 아메리카 원주민들의 자연관과 전래 이야기를 소개한 책인데 그 자체로는 문제가 없고 나름 의미도 있지만 다만 그 미화한 내용이 원주민 사회의 객관적 전모라고 착각한 나의 낭만적 오류가 문제였다. 이런 책의 영향으로(류시화가《하늘 호수로 떠난 여행》에서 인도를 마치 정신세계의 이상향인 것처럼 묘사했듯이) 나도 아메리카 원주민들의 삶과 정신세계가 엄청나게 고귀하고 백인들의 물질문명이 사악하고 천박한 것으로 생각했었다. 그러나 캐나다 도서관에서 울리히 하이징거(Ulrich W Heisinger)의《Indian Lives》 같은 원주민들의 삶에 대한 실증적 기록을 보니 부족 간 영역분쟁에 따른 전쟁과 살인, 모욕에 대한 개인적 복수 · 폭력 · 음주 · 절도 · 샤머니즘이 만연한 미개한 수렵채집 부족사회의 전형적인 궁핍한 삶이었기에(이 책 속에는 미대륙 원주민 중 하나가 자기 영역을 실수로 침범한 이웃 부족의 소녀를 창으로 찌르고 서서히 고통스럽게 죽어가는 모습

을 즐기는 장면과 아웃의 담요 하나를 훔친 일 때문에 다툼과 복수와 살인이 반복되는 사건, 경쟁적으로 재력을 과시하는 잔치로 자산을 낭비 탕진하는 서부 해안 부족 전통 등의 충격적인 목격담이 기록되어 있다.) 백인들의 법체계와 언어 농경 등 생활방식을 전파 동화하고 교육하는 것이 그 당시 '신실하고 합리적인' 백인들의 가치관으로는 '올바른' 선택일 수도 있었고, 재레드 다이아몬드의《총 균 쇠》에 따르면(원주민에 대해서 지금 우리가 가지고 있는 낭만적인 착각과 달리) 실제로는 자연파괴와 무분별한 사냥도 만연하여서 원주민의 이주에 따라 대형 포유동물이 멸종하고 토종말(馬)조차 사라져서 결국 백인들의 우월한 문명에 정복당하게 되었다는 것이다.

그러고 보면 지금의 내 생각과 판단은 또 언제 어떤 책에 의해 무엇에 의해 다시 뒤집어질지 두렵기까지 하다. 하지만 생명을 부지하기 위해서는 포식자들이 기다리는 살벌한 세상으로 들어가야 하듯이, 바로 알고 살기 위해서는 불확실한 진리의 세계에도 용기 있게 뛰어들어야 한다.

기차가 지나가기를 기다리면서 참 많은 생각을 했다. 자, 가자 이제. 진리가 숨 쉬는 자유의 세계로!

適得其反

캐나다살이의 즐거움 중의 하나는 자연을 비교적 가까이에서 쉽게 보고, 체험하고, 즐길 수 있다는 것이다. 나는 그중에서도 새들을 보고 있으면 중력과 지형의 한계를 초월하여 비상하는 존재의 자유로움이 느껴져서 참 좋다.

사람 수보다 호수의 수가 더 많다는 캐나다의 그 많은 호수와 강의 맑은 물에서는 다양한 종류의 청둥오리와 룬 · 원앙 · 홍머리오리와 가마우지 · 고니 · 캐나다 구스가 여유 있게 잔물결을 일으키며 수면 위를 헤엄치다가 물속으로 쏙 자맥질을 해서 사라졌다가 불쑥 솟아나기도 하고 이따금씩 푸드덕 일제히 하늘로 날아올랐다가 또 날개를 활짝 펼치고 활공을 하여 물 위로 내려앉기도 하는 모습이 마치 단체로 춤을 추는 것 같아 보인다.

또 물가 모래톱에는 두루미와 도요새가 마치 아이들이 놀이로 장난을 치는 것처럼 가늘고 긴 발을 얕은 물에 껑충껑충 담그거나 뽀르르 달려가기도 하고 긴 목을 물속에 푹 담가 먹이를 낚아채기도 한다.

'따다닥' 딱따구리가 나무를 쪼는 소리에 눈을 돌려 숲 사이를 보면 까치와 까마귀 · 어치 · 다양한 참새 · 여새 · 딱새류들이 나뭇가지 사이를 포로롱포로롱 이리저리 날아서 옮겨 다니는 게 보인다. 특히 이 작은 새들은 사람들에게 친밀해서 때로는 사람이 숲속에 들어오면 쫓아오기도 하고 모이를 손에 올려놓고 휘파람을 불면 금세 휙 하고 손에 날아와 앉아서 모이를 주워 먹기도 한다.

가끔은 부엉이나 올빼미가 미동도 하지 않고 가지 끝에 가만히 터를 잡고 있는 것이 보일 때도 있다. 그렇게 눈을 들어 하늘을 바라보면 낮은 하늘에는 제비갈매기가 날아가고 중간쯤 높이에는 기러기나 매, 말똥가리가 떠있고 까마득히 높은 곳에는 흰머리 독수리가 멋있게 큰 날개를 펴서 우아하게 상승기류를 타고 빙빙 돌거나 활공을 하는 것을 볼 수가 있다.

그래서 여기서는 새 관찰을 취미로 하는 사람이 많아서 대 배율 렌즈를 끼운 큰 카메라나 쌍안경을 들고 다니는 사람들을 심심찮게 만날 수 있다. 그리고 정원 나무에도 새 모이통을 걸어놓는 집들이 꽤 많이 있다. 그중에는 새를 '지나치게' 사랑한 나머지 겨울이면 강가에 매일 나가서 새들에게 모이를 일삼아 뿌려주는 사람이 가끔 있다. 이렇게 하면 겨울에 남쪽으로 가야 할 철새들이 공짜 먹이에 취해서 아주 눌러앉아 버리는 경우가 있다. 그래서 '야생동물이나 새에게 먹이를 주거나 접근하지 말라.'는 경고도 붙여놓았지만, 이 '맹목적인 사랑'을 멈추지 않는 사람들은 여전히 있다.

사람들의 이런 개입이 철새들의 활동과 이동과 새끼 양육에 구체적으로 어떤 영향을 미치는지 또 사람들의 음식에 익숙해진 다람쥐나 곰 · 너구리 같은 야생동물들의 삶은 어떻게 바뀌는지 관찰과 연구를 해보고 싶은 개인적 바람도 있지만, 대개는 새와 동물들의 생존과 번식에 장기적으로 좋지 않을 것이라는 게 생태학계의 입장이다. 그래서 캐나다 국립공원도 중점 정책을 처음의 '개발'에서 '보호'로 바꾸었다가 늑대 제거 산불방지 등의 보호 활동도 생태계의 균형을 깨서 큰 맥락에서의 자연파괴라는 것이 밝혀진 이후에는 '보존과 유지'로 전환을 했다.

이처럼 추운 겨울에 먹이를 구하기 힘든 새와 동물들에게 모이를 주는 그 따스한 마음처럼, 동기는 아무리 좋아도 결과적으로는 오히려 그 대상에게 피해를 주는 경우를 우리는 인간사에서도 많이 본다. 우리가 현명하고 바르게 일을 처리하기 위해서는 동기뿐만 아니라 과정과 수단과 결과가 다 올바르고 일맥상통하게 이루어져야 하는데 이것이 말처럼 그렇게 쉽지가 않다. 이렇게 동기는 좋았지만 결과는 정반대가 나오거나 더 악화되는 것을 한자 숙어로 적득기반(適得其反)이라고 하는데 이는 예전에 한 관리가 새장의 새가 불쌍해서 돈을 주고 사서 풀어주었더니 오히려 돈을 벌려고 새를 잡으러 다니는 사람이 더 많아지고 결과적으로 새장에 갇혀 사는 새들이 더 많아졌다는 고사에서 유래한 것으로 불교 신도들이 초파일에 물고기를 방생(放生)하는 것도 이와 비슷할 것이다.

그런데 왜 세상사는 사람들이 의도한 대로 결과가 나오지 않는 것일까?

자식을 사랑하는 부모들이 모든 정성을 바치는데 아이들은 그 뜻도 몰라주고 삐뚤어지는 것일까? 집값을 잡으려고 규제 대책을 쏟아내는데 강남 집값은 오히려 더 오르는 것일까? 전쟁은 안 된다며 히틀러와의 평화협정을 맺고 돌아온 영국 체임벌린 수상의 어리석음이 히틀러의 야욕에 고삐를 풀어서 오히려 2차 세계대전이 일어나게 되었을까? 조국 통일의 과업을 이룩하려는 김일성과 공산주의자들의 숭고한(?) 투쟁이 왜 동족상잔의 비극을 낳았을까? 자유 · 평등 · 박애 · 해방의 기치를 내건 프랑스혁명이 일시적으로 또 소련과 캄보디아의 공산혁명이 장기간 스탈린과 폴 포트 일당의 학살과 폭력과 독재와 불평등과 가난과 억압을 낳았을까? '인민이 위하는 것은 무엇이든지 해주라.'며 정부가 국민들에게 아낌없이 베푼 아르헨티나 베네수엘라 같은 나라들의 국민들이 결국에는 비참하고 빈곤한 삶을 살아가고 있을까?

반면에 돈을 벌려는 이기적인 의도가 산업혁명과 농업혁명을 일으켜 방직 · 합성섬유 · 자동차 · 비료를 통한 식량 증산, 의료 · 공중위생 증진, 전등 · 라디오 · 세탁기 · 스마트폰 · 인터넷 등 우리가 인류역사상 가장 풍요롭고 건강한 삶을 누리게 했을까?

그것은 인간은 불완전하고 세상 환경은 끊임없이 변하기 때문이다. 그러기에 인간이 아무리 좋은 의도로 합리적인 계획을 세우더라도 결과는 뜻하지 않게 다르게 나올 수가 있는 것이다. 또한, 사람의 어설픈 의도적 개입이 자연스러운 성장과 발달 순환을 방해 ·

저해할 수 있기 때문이다.

우선 아이들의 경우 인간은 흥미와 자발적인 성취동기가 있을 때에만 뇌가 움직여서 관심과 동인(動因)이 되지 아무리 좋은 것이라도 부모가 강요할 때에는 성과가 나올 수가 없으며

생태계에 있어서는 호주의 토끼와 모기 천적 도입이 생태계 교란으로 더 큰 피해를 낳은 사례, 프랑스혁명기에 유제품 가격통제를 했다가 공급 감소로 가격이 폭등한 사례, 인도에서 코브라를 퇴치하기 위해서 현상금을 걸었다가 오히려 코브라가 더 늘어난 사례, 50년대 말 중국에서 마오쩌둥의 지시로 시작된 소위 대약진 운동기간 동안 곡식을 축내는 참새와 쥐를 대대적으로 박멸하였다가 역효과로 수백만이 아사하는 식량 기근을 초래한 사례, 최근 한국에서 주택가격 안정을 명분으로 다주택자를 규제하고 증세하다가 오히려 공급 부족 심리로 집값 폭등을 가져온 사례 등 자연과 시장에 대한 사회주의자들의 어설픈 개입이 의도와 반대되는 결과를 낳은 사례는 수없이 많다.

따라서 '보이지 않는 손'이 가장 합리적인 결정을 한다는 아담 스미스의 시장을 기본적으로 신뢰하여야 한다. 그러므로 국가의 인위적 조작과 계획은 복지와 사회안전망 증진과 불공정 감시 등으로 최소화하는 것이 옳다는 것은 공산주의의 몰락과 서구 자유 자본주의 성공이 증명하고 있다. 또한, 논리적으로도 밀턴 프리드먼(Milton Friedman)의 《선택할 자유》에 따르면 시장은 공정성만 유지한다면 비합리적인 경제활동을 하는 개체나 집단을 경쟁을 통해서 도태시킴으로써 효율적 자원분배가 가능하도록 하고, 합리적인 소비와 투

자의 의사결정을 보장해 준다. 이는 일면 잔인해 보이지만 자연계의 적자생존 원리와 비슷하게 작용함으로써 장기적 거시적으로 다수의 번성에 유익한 자연스럽고 합리적인 원리이다.

이처럼 역사가 예외 없이 의도와 결과는 다를 수 있다는 것을 보여주고 있는데도 여전히 여론이나 재판에서는 우발적이거나 의도가 좋았던 점 또는 반성하고 있다는 점, 심지어 술에 취해서 심신미약이었다는 등의 동기 요인을 참작하는 것일까?

이에 대해서 하버드대 인간진화생물학과 교수인 조지프 헨릭(Joseph Henrich)의 《Weird》에 따르면, 이처럼 동기를 중요시하고 이권개입과 의사결정에 있어서 사적 친분을 배제하는 것은 사실 근대 서구 사회가 발달시킨 '특이한' 현상이고 인류학적으로 볼 때 대부분의 인간집단에서는 '결과'만을 보고 그에 상응하는 보복적 응징과 처벌을 하며 또한, 사적인 연대와 이권 나눔은 극히 자연스럽고 일반적이라는 것이다. 그리고 동양 특히 한국에서는 개인의 개성과 인격보다는 그의 신분과 상호관계를 더 고려하는 친족 공동체 신분제 사회의 전통 때문에 어떤 개별 행위의 잘잘못을 판단할 때 행위 그 자체보다도 누가 어떤 상황에서 어떤 동기로 그런 행동을 했는지를 더 중요한 판결 근거로 삼게 되었다.

하지만 그 weird 한 문화와 제도가 지금은 세계의 대세가 되었고 인류가 역사상 만들어 낸 최상의 시스템인 것은 서구의 번영과 인권의 증진이 입증하고 있으니 얼핏 보면 모순인 것 같다. 그러나 개인 행동에 있어서는 동기를 중요시하되 전체 시스템에서는 개인의 동기 요인을 배제하고 (인치가 아닌)법치와 (독재가 아닌)민주주의와 (통제가 아닌)자유체제라는 제도를 정립했다. 그래서 이 체계를 유지하는 것이 중요하고 한 개인이나 소수의 능력과 선한 의도에 의존하지 말고 촘촘하게 삼권을 분립하고 절대로 개인이나 한 집단에게 마음대로 휘두를 수 있는 권력을 주지 말아야 한다.

물론 개인과 집단의 의지와 의도와 실천력이 현실과 역사에 큰 변화를 가져오며 그만큼 중요하긴 하다. 하지만 아무리 착한 의도를 가진 사람일지라도 한 사람의 지도자나 소수 집단을 전적으로 믿고 의존하지는 말아야 한다. 그들의 계획이 세상을 망친다. 그들은 신이 아니고 세상이 그들의 뜻대로 움직여 주지 않으며 누구나 아집과 욕망은 있기 때문이다. 그러니 스스로 대통령 연임을 제한한 미국 건국의 아버지 워싱턴(Washington)이 맞고, 대를 이어 군림하는 김일성 일가는 그 사실만으로 사악하며 북한사람들의 비참한 삶의 현실도 장기독재가 반드시 악으로 간다는 것을 보여준다. 또한, 개인적으로도 그리고 크고 작은 집단과 공동체에서도 '착한' 의도와 독선의 함정에 빠지지 않도록 항상 경계해야 한다.

자신(들)만이 옳다는 신념을 가진 사람과 그를 맹목적으로 추종하는 집단보다 세상에 더 위험하고 무서운 존재는 없다. 세상을 통째로 멸망시키는 그들에 비하면 호환과 마마는 장난이다.

Memento mori

죽음!

참 다루기 어려운 주제이지만 인생에서 반드시 한 번은 넘어가야 할 큰 과제이며 역사상으로도 참 거창한 문제였다. 인류는 신석기시대부터 시신을 부장품과 더불어 정성껏 매장하고 고인돌을 세우는 등 죽음과 사후세계에 대한 믿음과 의식이 있었으며 이집트의 피라미드와 미라는 고대의 사람들과 사회에서도 죽음과 사후세계가 현생의 삶을 지배할 정도로 큰 의미를 지니고 있었다는 것을 잘 보여준다. 그 후에도 모든 종교들은 죽음과 사후세계에 대한 나름의 교리와 믿음을 가지고 있으며 현재 인류에게 가장 영향력이 있고 세련되고 고등한 종교라고 할 수 있는 범기독교도 예수의 죽음과 부활, 영생 등 죽음이 가지는 의미를 그 핵심교리로 다루고 있다. 또한, 힌두교는 생명이 윤회한다고 보고 불교 역시도 '생로병사' 즉, 죽음에 대한 해석과 해탈을 석가의 주요 깨달음과 가르침으로 보고 있다.

나 역시 10대에 자의식이 생길 때부터 죽음에 대한 공포도 생겼는데 아마도 인간을 포함한 모든 동물들에게 죽음과 폭력에 대한 두려움은 본능 속에 뿌리 깊게 박혀있을 것이다. 그도 그럴 것이 만약 그것이 없는 종이 있다면 아마 예전에 멸종을 했을 것이기 때문이다. 아무튼 누구나 가지고 있는 이 죽음에 대한 공포를 나는 비교적 적게 가지고 있다. 그 이유는

'내가 죽었다가 다시 살아난 적이 있기 때문이다.'

그 무슨 사이비 교주 같은 소리냐고 하겠지만, 사실 나는 고등학교 때 유도를 하다가 목조르기를 당해서 잠시 의식을 잃었다가 깨어난 적이 있다. 그때 처음에는 숨이 막히고 답답하고 괴로웠지만 잠시 후 몽롱하고 편안해지면서 몸이 둥둥 떠서 날아 가는듯한 느낌을 받았다. 이렇게 강을 건너거나 어두운 터널을 지나간 후 환한 빛을 보는 황홀경을 맛보는 것은 많은 임사 체험자들이 공통적으로 겪는 현상이고, 과학적으로는 최낙언의《감각, 착각, 환각》에 따르면 어떤 이유로든 뇌로 가는 산소가 차단되면 뇌 활동이 일시 정지하고 강력한 진통 호르몬이 분비되면서 생겨나는 환각이라는 것이다. 그러나 그렇다고 해서 내가 일부 이상한 사람들처럼 죽음을 동경하거나 자살을 미화하는 것은 당연히 아니고 그 사건 때문에 삶에 대한 아쉬움이나 미지의 죽음에 대한 불안과 두려움이 아주 없어진 것도 아니었다. 다만 그 경험을 바탕으로 하여 그 후에도 많은 죽음을 지켜보면서 나름 담담하게 서서히 죽음을 받아들일 마음의

준비를 할 수는 있었다.

물론 살아가는 것이 더 소중하기에 죽음은 항상 조금 뒷전의 관심사이긴 했지만 중학교 때 단짝과 대학교 때 친하게 지냈던 동아리 선배가 허무하게 계곡에서 물놀이를 하다가 익사한 사건, 그리고 군대시절 같은 방을 쓰던 동료가 훈련 중 사고로 죽는 바람에 내가 화장과 운구를 도맡아 하기도 했고, 캐나다에 와서 우연히 소나 돼지 등 가축을 대량으로 도살장에 운반하는 일을 좀 하다 보니 조금 전까지 팔팔하게 뛰어다니던 그 많은 생명들이 순식간에 고깃덩이가 되어서 매달려 나오는 것을 보고 삶과 죽음의 경계가 생각보다 낮고 생명의 덧없음을 실감하기도 했다.

하지만 그중에서도 가장 큰 충격은 역시 내 부모님의 삶과 죽음이다.

종교에 심취하여 가정에 별로 관심이 없어서 어쩌면 경제적으로 무능하고 이기적이었던 아버지 때문에 끼니 걱정을 할 정도로 가난했던 우리 집에서 나는 대개 어두운 기억의 어린 시절을 보냈지만 그런 아버지가 돌아가시기 직전에 마지막 힘으로 나를 안아주시면서 '그동안 고생 많았다.'라고 하는 순간에 평생의 서러움이 하염없는 눈물로 녹아내렸고 움직임을 멈춘 아버지의 육신은 잘잘못을 따질 의미가 없는 하얀 백지와 같아 보였다.

또한, 이런 아버지를 대신해서 평생을 쉼 없이 행상과 가사로 자식들 먹이고 입히고 학교 보내려고 고생만 하던 어머니는 착한 내 아내 덕분에 말년은 편안했고 거의 백수 장수는 하셨지만 나중에 기력이 없어서 음식을 삼키지 못해서 돌아가셨고 마지막 말로 '윤식아 배고프다. 물 좀 다오.'하시고는 내가 드린 물을 채 다 넘기지 못하셨다.

과연 죽음은 끝인가? 죽음 뒤에도 무엇이 있을까? 아무도 알지 못하고 증명할 수도 없다. 그저 각자가 믿는 것일 뿐이다. 하지만 분명한 것은 사후세계가 있다고 믿든 없다고 믿든지 간에, 죽음이 추하면 삶도 추하고 죽는 순간이 아름다워야 살아온 삶도 아름답다는 사실이다. 물론 사고사는 고통스럽고 어리거나 젊은 죽음은 당연히 안타까울 수밖에 없다 하지만 어느 정도 성인이 된 후인데도 언젠가는 당연히 닥칠 죽음을 평화롭게 맞이할 수 없을 정도로 여건을 불비했거나 생명유지 장치에 기대어 억지로 수명을 연장하고 안 죽으려고 악을 쓸 정도로 마음의 수양이 부족했다면 그 사람의 삶도 별로 성공적이었다고 말하기는 힘들 것 같다. 그러니 깨끗하고 담담하고 미련 없이 삶을 마감할 수 있도록 오늘 하루도 여한이 없게 행복하고 충실하게 살아가는 것이 죽음을 최고로 잘 준비하는 것이 아니겠는가?

그래서 나는 다른 나라에 여행을 갈 때마다 그곳의 공동묘지에 가보는데 그 비석에 적힌 생몰연대와 짧은 비문을 보며 역사적 배경과 더불어 그 사람들이 살았던 시대와 삶을 상상해 보면서(그들의 성취와 삶을 존중하면서도) 한편으로 그들이 살아있을 때 가졌던 꿈과 애욕이 얼마나 허망한지도 같이 느껴보곤 한다. 그러면 부수적으로 내가 현재 가진 고민과 문제와 욕망이 지나치게 나를 구속하는 것에서 벗어나 마음의 평온을 얻을 수 있었다. 이처럼 숙명적 죽음을 염두에 두고 현세의 욕망을 경계하는 철학적 사유는 라틴어로 Memento mori(영어로 Remember that you [have to] die. 즉, 죽을 운명임을 기억하라)는 경구로 서양에서는 중세에서부터 18세기까지 문학과 음악 미술에서 단골 주제였으며 유명한 한스 홀바인(Hans Holbein)의 회화 'The Ambassadors'에도 해골이 소품으로 진열된 것을 볼 수가 있다.

그러니 너무 겁먹을 필요 없다. 기다림이 무서울 뿐 막상 그때가 닥치면 그저 순간일 뿐이고, 깨달은 사람에게는 삶과 죽음이 둘이 아니요, 하나로 녹아들어 있는 것이다.

개 바보

내 첫째 아들은 아무래도 천재인 것 같다. 따로 가르쳐 주지도 않았는데 세 살 때 갑자기 과자봉지의 글자를 읽기 시작하더니 길거리 간판과 책을 줄줄 읽어대고 영어도 조금씩 하는 걸 보니 아무래도 영재교육을 시켜야 할 것 같다.

둘째는 감성이 너무 좋다. 내가 피곤해서 누워있으면 그 꼬맹이가 어떻게 다른 사람을 위할 줄을 알아서 시키지도 않았는데 베개를 가져다가 머리에 베어준다니까.

또 내 처는 얼마나 이쁘고 착한지…. 평생 화를 내는 걸 본 적이 없고 절대 다른 사람을 나쁘게 말하지도 않고 시집 식구들도 항상 훌륭하고 좋다고 믿고 진심으로 잘 대하고 특히 가만히 웃을 때는 얼마나 예쁜지 자꾸만 쳐다보지 않을 수가 없고 곁에 있기만 해도 기분이 좋아지지. 그리고 목소리도 맑고 고와서 군 복무 시절 전화교환병이 자기 애인도 아니면서 내 아내의 전화가 오기를 기다릴 정도였지.

참, 우리 개도 정말 똑똑해. 똥오줌도 상황에 따라 참을 줄 알고, 집에 들어가라고 하면 제 발로 문을 열고 들어가서 문을 닫고 자고, 가끔씩 심심할 때면 장난감을 물어다가 내 앞에 툭 던져놓고는 꼬리를 흔들며 놀아달라고 빤히 쳐다보는 눈망울이 얼마나 초롱초롱한지 뽀뽀를 해주고 싶을 정도지. 심지어 지가 원하는 것이 있으면 앞발로 내 손을 툭툭 치는데 그때도 혹시라도 내가 아플까 봐 살금살금 조심스럽게 건드리는 게 느껴진다니까!

호호호! 느끼한가? 나 바보 맞지?

사랑을 하면 누구나 다 이렇게 바보가 되나 보다.

개를 길러보니까 아이를 기르는 것과 개와 함께 사는 것이 참 비슷한 것 같다. 그래서인지 '아이를 낳아서 길러보기 전에는 어른이 되었다고 할 수 없다.'는 말에 사뭇 공감이 간다.

나로 말미암아 생겨나서 삶의 모든 것을 오롯이 나에게 의존하는 여리고 순한 한 생명을 처음 안아 들고 신비로움과 가슴 벅찬 감동을 느끼며 정말 열과 성을 다해서 잘 키워보리라고 다짐을 하던 그 순간을 시작으로 하여 이어지는 희로애락들…. 자다가 깨서 울면 짜증도 났다가, 잘 먹고 잘 싸고 잘 자는 것만 봐도 기쁘고, 어쩌다 아프기라도 하면 내 가슴에서도 물리적인 통증이 느껴지고, 아이의 안녕과 미래를 위해서라면 어떤 희생도 기꺼이 감수하는 성숙한 자신의 모습을 보기도 하고, 때로는 아이가 내 뜻대로 자라지 않을 때 느끼는 좌절과 괴로움 그리고 아이가 속을 썩이고 사고를 치고 아이와 갈등이 생길 때는 그저 내 욕심과 감정에 빠져서 아이의 자아를 존중하지 않고 윽박지르고 혼내고 지배하려는 옹졸한 자신을 보기도 하고 또 그런 문제를 극복하는 과정들 속에서 또 한 번 성숙하면서 상대방을 진심으로 이해하고 포용할 수 있는 진정한 어른이 되는 것이다.

또한, 어려움만 있는 것이 아니라 아이가 쑥쑥 잘 자라나고, 방긋방긋 웃고, 나를 따르고, 걷기 시작하고, 뛰고, 같이 놀고, 살을 부대끼고 또 취학 등 생애주기에 따른 아이의 삶의 과정들을 함께하면서 느끼는 기쁨과 위안, 성취감들은 아이를 길러보지 않고는 경험할 수 없는 세상에 둘도 없는 소중한 보물이다.

그리고 아이와 개를 반려해서 살아갈 때 무엇보다도 좋은 것은 정서적 교감이다. 아이들처럼 개도 거짓말이나 배신을 하지도 않고 주인을 배려하고 충성을 다해 따르기 때문에 개를 키우다 보면 외로움도 안 느끼고 교감과 애정이 생긴다. 또한, 배변훈련, 놀아주는 방법, 먹이를 주는 방법, 씻겨주는 방법, 다른 사람이나 개와 친밀하게 교류하게 훈련하는 방법, 산책과 운동을 하는 방법, 소파나 신발을 물어뜯고 사고를 칠 때 교정하는 방법, 장기간 외출할 때 외로움을 타지 않게 하는 요령, 교미나 번식 생리 활동을 이해하고 대처하는 방법, 늙고 병들고 죽었을 때 대처하고 극복하는 방법 등을 익히면서 보살피는 경험과 기쁨과 보람도 느낄 수가 있다. 즉, 사랑도 감정만으로는 부족하여 알고 배우고 이해하고 양보하고 참고 기다리고 정성을 기울이고 시간과 돈을 투자하고 즐거운 시간을 같이 보내는 등의 훈련도 해야 한다는 소중한 교훈을 실천을 통해서 체득하게 된다.

미국 프린스턴(Princeton)대학의 진화생물학자인 브리짓 본 홀트(Bridgett von Holdt) 교수의 개의 사회성 진화에 대한 연구결과와 브라이언 헤어(Brian Hare), 버네사 우즈(Vanessa Woods)의 《다정한 것이 살아남는다》에 의하면 개는 2만 년 전 정도쯤 가축화가 된 이후에 인간과 개가 서로에게 의존하고 교감하는 방향으로 상호진화를 해와서 지금은 유전자 자체에 변이가 일어났고 그래서 서로의 의도를 파악하고 감정까지도 교감을 할 수 있게 되었다. 이러한 교감과 협력의 힘은 개와 인간뿐만 아니라 보노보노 등 물리적으로 약해 보이는 사회적인 종들의 진화적 생태적 성공의 이유를 설명해 준다.

이처럼 개는 태생적으로 인간에게 특이하게 친밀하여서 좋거나 무섭거나 하는 감정을 인간이 느끼면 개의 뇌 속에서도(친밀한 인간들 사이에서 일어나는 현상과 꼭 같이) 특정 공감 부위가 활성화되고 공포나 행복감에 부합되는 호르몬 분비가 일어난다. 그리고 인간도 역시 같은 방식으로 자기가 기르는 개와 공감한다. 그러니 개와 인간이 가족이라는 것은 비유적 표현이 아니라 생리적, 문화적 실체라는 것이다. 게다가 개의 지능은 원숭이처럼 너무 좋아서 인간을 속일 정도도 아니고 너무 나빠서 인간과 의사소통이 안 될 정도도 아니어서 인간의 충직한 반려 생활자로서 딱 적합하다. 또한, 인간이 어떤 사물을 가리킬 때 모든 동물과 영아는 손가락을 바라보는데 개와 5세 이상의 유아들은 그 사람의 의도를 알고 손가락이 가리키는 방향을 쳐다보며 가라고 명령을 하면 그쪽으로 이동을 한다. 이처럼 성철스님이 '달을 가리켰더니 사람들이 손가락만 보더라.'는 답답함을 개에게서는 느끼지 않을 수 있으니 개는 인간에게 참 놀랍고 신비로운 존재이다.

물론 아이나 개나 처음에는 서로 의사소통이 안 된다. 서로 상대방이 무엇을 원하는지 알 수가 없고 대화를 할 수도 없어서 답답하다. 처음엔 똥오줌도 못 가려서 성가시고 손이 너무 간다. 그래서 시간을 두고 시행착오를 거치면서 서로 익숙해지고 또 인내와 애정을 통해서 조금씩 서로를 알아갈 수밖에 없는 것이다. 그게 안 되면 서로 위한다는 것이 오히려 해가 되기도 하고 너무 풀어놓으면 제멋대로 하려 하기에 때로는 규칙을 세우고 엄해야 하는 점도 아이나 개나 마찬가지다.

어쨌거나 항상 조심하고 경계해야 하고 상대방의 의중도 파악해야 하는 좀 복잡한 인간관계와는 달리 정이 가면 그대로 오는 개와의 관계는 참 편안하고 정직해서 좋다. 그런데 개는 억울하다. 이렇게 인간에게 충직하고 행복을 주는 개를 빗대어 욕을 하면 안 된다. '개 같은 놈'이란 말은 욕이 아니라 칭찬이 되어야 하지 않을까? 그리고 개가 소나 돼지 같은 가축취급을 받던 한국에서도 이제 애견 인구가 많아져서 정치인 연예인들도 서로서로 개 사랑을 내세워 인기를 얻으려고 하는 한편 무분별한 입양과 유기로 예전에 고아 수출을 했듯이 최근에 유기견을 수출하는 부끄러운 사례가 생기고 있는데, 그런 보여주기식 가식보다는 밑바닥부터 개와 사람이 책임있는 진정한 반려로 행복한 삶을 함께 살아갈 수 있는 사회문화의 틀을 세워야 하겠다.

아, 이만 산책하러 가야겠다. 한참을 책상에 앉아있었더니 개가 내 발을 건드리면서 나가자고 빤히 쳐다본다. 행복한 시간이다.

높임말과 갑질

외국어를 쓰며 외국에서 살면, 외국어를 배워야 하고 의사소통이 어려워서 답답한 면도 많지만, 한편으로 편안한 것도 있는데 그것은 누구 하고나 친구처럼 말하고 격의 없이 대할 수 있다는 점이다. 나도 처음 캐나다에 와서 학교에서 일할 때 교장 선생님을 만나면 한국에서처럼 나도 모르게 깍듯하게 인사하고 조심스럽게 말을 하고 자세를 바르게 하곤 했는데 그것이 오히려 여기 사람들이 보기에는 어색해서 좀 난처한 적이 있었다. 물론 이제는 나도 교장이든 사장이든 동료든 학생이든 누구에게나 Hi, Hi 하며 인사하고 first name을 부르고 똑같이 대하고 말하지만 한국인들을 만나면 다시 상하관계를 따져서 처신을 해야 한다. 그러면서 왜 이렇게 다를까? 하는 생각을 해보았다.

그것은 아마도 한국어의 독특한 존대어와 그에 파생되는 서열문화 때문이 아닌가 싶다. 원래 언어와 사회문화는 서로 영향을 주고받으면서 같이 변화하기 때문에 언어와 문화 그리고 사회제도는 역사적 지리적으로 나란히 놓고 비교분석을 해보아야 한다.

그런 면에서 볼 때, 한국어와 한국문화는 세계의 다른 어떤 곳에서도 찾아보기 힘든 참 특이한 면이 있다. 문법적으로는 용언 즉, 주어를 수식하는 동사와 형용사의 미묘하고 다양한 변화형이 많음을 꼽을 수가 있지만, 외국에서 생활을 하면서 비교해 볼 때 한국인의 정신과 실생활에 가장 많은 영향을 끼치는 것은 높임말의 엄청난 발달이 아닌가 싶다. 예를 들어 영어로 'have a meal'을 한국어로 번역하려면 말하는 사람과 대상에 따라 상대방을 높이는 표현, 나를 낮추는 표현, 대상을 높이거나 낮추고 동사를 변형하는 등 다음과 같은 수십 가지 조합의 표현이 가능한데 그 미묘한 차이들을 외국인들은 이해하기가 어렵다.

수라 드셨사옵니까?
진지 잡수셨어요?
진지 드셨어요?
식사하셨어요?
밥 먹었소?
밥 먹었는가?
밥 먹었어?
밥 먹었니?
밥 먹었냐?
밥 먹었느냐?
입매 했냐? 등 참 대단히 다양하다.

또한, 호칭에 있어서도 너 · 당신 · 선생님 · 자네 · 귀하 · -씨 · -군 · -양 · -님 · -분 · 형 · 언니 · 아저씨 · 아주머니 · 각하 · 영애 · 영부인 · 영감 · 미스 · 미스터 · 사모님 · 사장님 · 회장님 · CEO 등등으로 다양하고 가족 간에도 서열과 계통에 따라 같은 brother나 aunt가 형 · 동생 · 오빠 그리고 숙모 · 이모 · 고모 · 아줌마 등으로 나뉘며 직업도 어떤 것은 무슨 무슨 사를 붙이고 어떤 것은 -부 · -원 등 차별이 있으며 그 호칭도 자꾸만 인플레이션이 생겨서 형 · 누님 · 어머님 · 아주머니 · 언니 · 이모 같은 친지 간 호칭이 가깝거나 낯선 사이로 확장되기도 하고 약 50년 전까지만 해도 극존칭이던 선생님, -사가 이제는 대부분 사람들에게 쓰이게 되었으니 어쩌면 일종의 평등화라고 볼 수도 있을 것이다. 또한, 윗사람의 이름을 직접 부르는 것을 꺼려하여 예전에는 호나 자 · 아호 등을 만들어 불렀고 지금도 아랫사람에게만 이름을 부르고 윗사람은 직책이나 직급을 불러야 한다. 하물며 모두가 동무라며 평등사회라고 자랑하는 공산주의 북한에서는 왕조시대처럼 김일성 일가의 이름을 일반 인민들이 쓰지 못하게 하는 촌극을 벌이기도 한다.

그래서 항공대 최봉영 교수는 《한국 사회의 차별과 억압》에서 '한국어의 하대와 존대 호칭 구분이 엄격히 나뉜 존비어 의사소통 때문에 신분제가 폐지된 지 100년이 더 지난 현대에도 한국인들은 차별과 억압이 있는 유사 신분제 관계 속에서 살고 있으며 그것을 제대로 자각하지도 못한다.'라고 지적하고 있다. 그래서 사람을 만날 때마다 서열관계를 따지고 의식해야 하며 존대를 받고 싶어서 과잉권력욕을 가지게 되고 신분 상승을 위한 출세 지상주의의 폐해가 발생한다. 모두가 승진과 출세를 하려고 과잉 경쟁을 하며 그를 위해서는 아부와 비리와 편법을 쓰기를 마다하지 않으며 그것을 능력이라고 치부하면서 그러다가 돈이나 권력을 가진 윗자리에 서면 아랫사람을 무시하고 군림하며 소위 갑질을 하는 것이 당연한 권리인 것처럼 행동한다. 그래서 이 존비어와 서열문화를 없애지 않으면 진정한 인권과 민주화를 이루었다고 할 수 없다는 주장도 있다.

그럼 한국어의 이 존비어는 어디에서 유래한 것일까? 세계의 언어를 보면 각 언어에 따라 어족에 따른 유사성과 계통이 있는데 자바어 등에서 약간의 높임말 표현이 있지만 세계어 어느 어족에도 한국어같이 존비어가 발달한 것은 없다. 대부분의 외국어 그리고 외국 문화에서는 친소관계에 따른 표현의 차이(예의를 갖춘 표현과 격의 없는 표현의 차이)는 있지만, 이것도 전통적 신분제가 없어지면서 많이 사라지고 아직 남아있는 표현도 한국처럼 연령이나 사회적 신분에 따라 달라지기보다는 상황과 친밀함의 정도에 따른 차이밖에 없는데, 문화적 지리적으로 가까운 일본어와 중국어에도 없는 한국어의 이 끈질기고 다양한 높임말은 과연 어디에서 왔으며 왜 이렇게 질기게 뿌리를 내리고 있는가?

어떤 이들은 그 기원을 가부장 서열을 중시하는 유교 문화에서 찾기도 하고 어떤 이는 일주일 먼저 들어온 선임도 높은 상사처럼 존대하고 복종해야 하는 군대 문화가 사회에 확장된 권위주의 탓이라 하기도 하는데(위키피디아에 따르면 조선 이전에는 열 살 정도의 나이 차라도 거의 대등하게 대했다고 하니) 둘 다 서열문화를 심화시키는 데 상승작용을 한 것으로 모두 타당성이 있어 보인다. 하지만 고대 한국어에 대한 기록이 없으니 언제부터 이런 존대어가 등장하고 발달했는지는 정확히 알 수가 없고 현실적으로 그렇게 중요한 사항도 아니다. 다만 만나자마자 나이 · 학벌 · 출신 · 성별 · 직책을 따져서 서열을 매기고 지시 · 복종을 강요하고 존대 · 하대를 하는 이 언어표현과 문화가 모두가 평등한 인권을 가진 시민으로 존중받아야 할 현대적 가치와 모순되며 각 분야에서 그 경직성으로 인한 인권 침해와 창의성 및 역동성을 저해하는 등 그 폐해가 적지 않으므로 서서히 완화해가야 할 필요가 있다.

그래서 그 실천 방법으로 모두에게 하대를 하기에는 정서적으로 무리가 있으니 차라리 모두에게 존대를 하자는 움직임이 있는데 바람직한 노력이라고 본다. 오랜 전통을 가진 언어습관과 문화를 하루아침에 고칠 수는 없지만 그러면서도 시간이 흐르면 반드시 변화해 가는 것이기도 하니 부부간 자녀 간 직장동료 간에서 서로 존대하는 사람들이 조금씩 늘어났으면 좋겠다.

어쭙잖은 글을 끝까지 읽어주셔서 감사합니다.

Thank you for reading.

헐! 헬 조선

겨울에 비가 많이 오는 것으로 유명한 Vancouver이지만 올겨울에는 두 번이나 폭설이 내려서 아침에 일어나 침실 블라인드를 걷어보니 갑자기 아주 딴 세상 풍경이 펼쳐져 있다. 멀리 휘슬러 쪽 산봉우리는 하얀 베일을 쓴 신부처럼 함초롬히 서있고, 잎이 모두 떨어져 조금은 을씨년스럽던 활엽수의 갈라진 가지들에도 빈틈없이 하얀 상고대가 맺혀서 마치 크리스마스 장식을 해놓은 것처럼 화사하고, 잔디밭이 있던 앞마당과 공원의 평지들도 부드러운 융단을 펼쳐놓은 듯 눈길이 닿는 곳은 온통 눈 세상(雪國)이다. 오로지 예외로 색깔이 있는 것은 강둑을 따라 늘어선 상록침엽수의 짙푸른 잎새들 뿐인데 가지 위에 내려앉은 하얀 눈과 대조를 이루어서 색감이 더욱 아름답고 생동감이 넘친다.

이렇게 눈이 내리면 출근길 걱정은 뒷전이고 경치 감상과 더불어 내가 은근히 기다리는 것이 새 구경이다. 캐나다는 자연이 참 잘 보존되어 있고 공원이 많아서 도시에서도 사슴이나 토끼 · 곰 · 코이오테 · 비버 같은 야생동물을 심심찮게 구경할 수 있으며 캐나다 구스 · 청둥오리 · 붉은 깃 물까마귀 · 룬 · 해오라기 같은 새들은 눈만 들면 항상 볼 수가 있으며 여름에는 꽃밭에 예쁜 벌새가 날아드는 행운도 가끔 누릴 수 있다. 특히 오늘같이 눈이 좀 많이 내린 날에는 새들이 마당에 걸어놓은 모이통에 모여들기 때문에 창가에 가만히 앉아서 커피를 한 잔 마시면서 새 구경을 하는 기쁨이 크다. 그리고 그중에서도 가장 귀한 손님은 파랑새(Blue Jay)이다. 이 새는 몸집도 꽤 크고 툭툭 떨어지는 듯 가지를 옮겨 다니며 나는 모습도 품위가 있고 색깔도 흔치 않아 귀티가 나는 파란빛이며 쉽게 모습을 드러내지도 않아서 새들 왕국의 젊은 왕자 같은 느낌을 준다.

사실 파랑새는 전 세계적으로도 흔하지는 않다. 그래서 파랑새를 찾아 헤매다가 돌아와 보니 정작 파랑새는 집에 있더라는 동화에서도 파랑새는 행복의 상징으로 행복이 먼 곳이 아니라 깨닫고 보면 아주 가까이에 있다는 교훈을 주고 있다. 그러나 과연 행복이 마음만 먹으면 얼마든지 주변에서 찾을 수 있는 것일까? 이 이야기는 반은 맞고 반은 틀린 것 같다. 행복은 건강과 의식주 및 기본적 생존 욕구 충족, 쾌적한 주거, 친밀한 교류, 사랑하고 사랑받기, 자존감, 일을 통한 성취, 운동과 휴식, 미래에 대한 안정감, 안전, 오락 활동 등 갖추어야 할 객관적인 환경적 요인이 결핍되어 있으면 장기적으로 행복하기 어려우며 반대로 그 모든 것이 갖추어져 있어도 스스로 만족하지 못하고 불만과 불평에 가득 차있으면 또한 행복하기가 어렵다.

가바사와 시온의 《당신의 뇌는 최적화를 원한다》에 따르면 사람은 스트레스 해소 호르몬인 엔도르핀이 나오면 행복감을 느끼는데 이는 반려동물과의 접촉으로 치유감을 느낄 때, 좋아하는 음악을 들을 때, 맛있는 음식을 먹을 때, 좋은 풍경을 보거나 향을 맡을 때, 마음을 집중하거나 안정되어 있을 때 등의 상황에 분비된다고 한다. 결국 행복하기 위해서는 환경과 마음을 동시에 다스릴 수 있어야 한다는 말인데, 정말 말처럼 쉽지가 않다. 톨스토이의 《안나 카레니나》의 첫 구절에 '행복한 가정은 모두가 엇비슷하고 불행한 가정은 제각기 다르다.'는 말은 불행에는 다양한 이유들이 있어서 쉽게 다가오고 행복은 모든 조건이 충족되어야만 하기 때문에 이루기가 쉽지가 않다는 것으로 해석한다. 정말 우리 주변에도 거의 모든 것을 갖추고서도 자식이든 돈이든 사랑이든 심지어 성적인 만족이든 어느 한 가지가 부족해서 불행하다고 느끼는 사람들을 많이 볼 수가 있다.

특히 한국사람들은 이 행복을 느끼는 능력이 부족한 것 같다. 한국에서 살아간다는 것은 세계의 다른 어떤 나라에서 사는 것과 같지 않다. 물론 나라마다 또 사람마다 다 살아가는 방식과 환경이 당연히 다르겠지만 한국은 그중에서도 참 독특하다. 우선 같은 민족이 남북으로 갈린 지 불과 70년 만에 마치 천국과 지옥의 표본이나 되는 듯이 극명하게 대조되는 삶을 살아가고 있는 것도 특이하며, 객관적으로는 세계 10위권의 경제 대국이 되어서 풍요로움을 누리는 남쪽에서도 (최근 설문에 따르면)행복 순위는 세계 75위이고

OECD 38개국 중 36위로 거의 꼴찌 수준이며 소위 헬(Hell) 조선이라며 한국사람들이 스스로를 자조하며 절반 이상이 이민을 꿈꾸고 있다고 하기도 하고 반대로 한국이 세상에서 제일 살기 좋다고 강변하는 역설이 통하기도 한다. 과연 왜 그럴까?

외국에서 객관적으로 바라보니 그 답이 좀 보이는 것 같다. 우선 한국사람들은 남들에게서 인정을 받을 정도로 성공을 해야만 행복할 수 있다고 믿고, 성공하기 위해서 '너무' 노력하다 보니까 오히려 불행해지는 것 같다. 물론 그 노력 덕분에 세계사에서 유례가 없는 급속 경제성장을 이룬 성과도 있었지만, 그 과정에서 또 그 결과 생긴 물질 만능 · 출세지향 · 부정부패 · 부실조급 · 외형중시 · 과시낭비 · 획일화 입시교육 · 과열경쟁 · 부동산투기 · 자살률 증가 등 부작용이 이 행복을 가로막는 요인이 되고 있다.

사실 행복의 요인에는 상대적 만족도 분명히 있다. 한 심리실험에 따르면 심지어 원숭이조차도 평소에 만족하던 먹이를 먹다가도 옆의 원숭이에게 더 맛있는 먹이를 주면 갑자기 자기 먹이를 거부한다고 하는데 더 복잡한 사회생활을 하고 심리적 만족감이 더 중요한 인간들은 오죽하겠는가? 하지만 한국 사회에서는 이처럼 남들의 시선을 의식하고 비교하는 것이 너무 심하여 대다수 사람들이 불행해질 수밖에 없다. 1등을 해야만 행복하다면 나머지 대부분은 실패자가 되어 당연히 불행할 것이고 그 1등마저도 그 자리를 지키기 위한 스트레스 때문에 행복하기가 어렵다. 결국 모두가 불행한 사회가 되어버린 것이다.

캐나다에 오기 전에 한 캐나다 원어민 교사에게 '캐나다에 가기 위해서 뭘 준비할까.'라고 물었더니 영어공부를 하라는 대답 대신에 의외로 '좋아하는 운동과 취미'라는 답을 듣고 놀랐는데 과연 여기 와서 보니 여기 사람들은 대부분 남들의 시선을 많이 의식하지 않고 자기들이 좋아하는 방식으로 삶을 즐기며 행복하게 살아가는데 익숙한 것 같았다. 그 좋은 예로 아침에 아이들을 학교에 보내며 'Have fun.'이라고 하지 한국사람들처럼 '선생님 말씀 잘 듣고 공부 열심히 해라.'라고 하지 않는다. 또한, 캐나다사람들은 '공부를 하기 위해서 대학에 가고' 한국사람들은 '대학에 가기 위해서 공부하며', 캐나다사람들은 '살기 위해서 돈을 벌지만' 한국사람들은 '돈을 벌기 위해서 산다'고 말해도 과언이 아니다.

물론 캐나다사람들이 너무 정치적 올바름(political rightness)에 매몰되어 사회보장과 그를 위한 징세가 과다한 면이 있어서 일을 많이 할 필요가 없고 따라서 자연스럽게 놀기만 좋아하고 공부나 일에 소극적이어서 미국보다 30% 정도 노동생산성이 낮아 자원은 풍부하지만, 경제성장이 정체되고 의사 · 교사 · 엔지니어 등 고급인력 부족 사태가 생길 정도로 나름의 어려움이 있고. 원론적으로 사람은 성실하고 열심히 살아야 하지만 (세상사 다른 모든 것처럼)일이든 노는 것이든 균형을 잡고 유지해야지 어느 한쪽에 지나치면 문제가 발생한다. 아무튼 좀 과장되고 자극적인 표현이었지만 한국사람들이 행복해지기 위해서는 남에게 보여주기 위한 삶을 살지 말고 자신의 내면에 충실한 삶을 살 필요가 있는 것 같다. 이는 개인의 노력만으로 되는 것이 아니라 사회의 전반적인 분위기가 바뀌어야만 할 것이다.

사실 한국에서 사는 외국 사람들이 놀라는 것은 한국이 엄청난 균일사회라는 점이다. 패딩 열풍과 명품 패션, SNS에 사진 올리기, 순간 끓어올랐다가 식어버리는 여론, 일상과 댓글로 왕따와 마녀사냥하기, 이리저리 옮겨 다니는 부동산 광풍 등 일상생활 속에서 이견과 개성이 존재하기 힘들어서 찍히거나 튀지 않는 것이 한국에서 학교나 사회생활의 최고요령이라는 생각이 지배적이다.

하지만 최재천이 《다르면 다를수록》에서 강조했듯이 다양성은 환경변화에 대한 적응력을 키움으로써 생물 종과 생태계의 존속과 번성에도 중요하지만 건강하고 평화로운 인간 사회의 유지와 창의적 발전 그리고 그 속의 개인의 행복에도 필수적이다.

그래서 이제 헬 조선이 해피 조선이 되기 위해서는 보여주기 위한 삶이 아니라 자기가 좋아하는 각자의 다양한 삶을 살 수 있어야 한다. 경제적 여건은 이미 상당히 갖추어져 있으니 용기 있게 자신의 삶을 살아가려는 각자의 결단이 필요하고 그것이 모이면 새로운 행복 바람이 불어올 것이다.

자, 한참 일했으니 이제 밥 먹고, 눈이 장하게 쌓였으니 스키 타러 가야겠다. 신난다.

삼성의 깃발 아래

외국에서 등산 여행 관련 일을 하다 보니 외진 곳의 숙소에서 묵을 때가 많다. 그런데 이렇게 먼 나라 시골의 호텔 방에 설치된 TV가 대부분 삼성이나 LG인 경우가 많아 내가 예전에 삼성에서 근무했던 일이 생각나서 사뭇 감개가 무량하다. 내가 삼성전기에서 처음 일을 할 때만 해도 한국의 자본과 기술력이 형편없어서 일본 마쓰시다 전자의 기계를 들여다가 일본 부품을 사서 일본인 기술자의 지도를 받으며 제품을 조립해서 완성품을 수출하는 것이 많았다. 지금도 생생하게 기억나는 것이 어느 날 밤 수원 공장에서 불량품이 쏟아져 나오는 데 그 원인을 몰라 숙소에서 자고 있는 일본인 기술자를 불러서 급하게 해결을 한 일이다. 그때 젊은 혈기와 애국심에 넘치던 나는 한편으로는 도움을 주는 일본이 고마우면서도 걸핏하면 연장근무와 철야 근무를 하는 여공들의 고생이 제대로 대가를 못 받고 알짜 수익은 일본이 챙긴다는 억울함에 언젠가는 우리도 노력해서 반드시 일본을 따라잡으리라고 다짐을 했었다.

사실 그랬다. 그때 우리는 단순히 돈을 벌려고 일을 하지는 않았다. 신입사원 연수 때 아침마다 용인 연수원 운동장을 돌며 그리고 전국의 삼성 사업장에서 현장 실습을 하며 부르던 '삼성의 깃발 아래 새 역사의 바퀴를 떠밀고 나가자.'던 사명감과 경제개발로 잘사는 나라를 만들겠다는 애국심으로 몸과 마음을 다 바쳐 밤낮으로 주말에도 미친 듯이 일을 했다. 그러다 보니 토요일 밤늦게 퇴근을 하다가 난생처음 현기증을 느껴보기도 하고 신혼여행에서 돌아오자마자 밀린 업무처리를 한다고 야근을 해서 새벽에 잠깐 옷 갈아입으러 집에 갔더니 아내가 밥상을 차려놓고 밤새 기다리다가 문을 열고 들어서는 나를 보고 눈물을 뚝 떨구던 그 미안한 순간도 잊을 수가 없다.

이렇게 직원들도 열심이었지만 삼성이라는 조직과 문화도 이를 뒷받침해 주기도 했다. 우선 신입사원 선발 때에도(관상가가 면접을 보좌한다는 소문도 있었지만 사실인지는 모르겠고 아무튼) 아무런 배경도 없고 유명대학 출신도 아닌 나 같은 사람이 뽑힌 걸 보면 학벌이나 지역보다는 능력과 열정을 높이 평가하는 분위기였다. 그리고 처음 배치를 받은 현장에서도 사장에서부터 부장 · 사원 라인 여직원까지 모두 같은 작업복을 입고 같은 식판을 들고 같이 줄을 서서 배식을 받아서 같은 테이블에 선착순으로 앉아서 밥을 먹었는데 식사의 질도 나쁘지 않았고 원한다면 아침 · 점심 · 저녁 모두를 회사 식당에서 먹을 수 있었고 기숙사도 있어서 시골 출신인 나는 그런 점도 좋았다. 한마디로 아무 걱정 없이 일만 열심히 하면 되는 분위기였다.

또 재미있는 에피소드 하나는 그 해 입사한 대졸 신입사원 10명 중 1명을 서울 사무소로 발령하고 9명은 수원 공장으로 발령해야 한다며 지원을 하라고 해서 나는 수원을 지원하고 다른 동기들은 모두 서울을 지원했는데 결과는 거꾸로 내가 서울로 나고 나머지는 수원으로 발령이 난 것이었다. 그래서 뭔가 잘못되었다고 생각하고 동기들이 인사과장을 찾아갔더니 과장이 하는 말이 "아니 그럼 내가 9명 중에 누구 1명을 서울로 선발하리? 그러면 나머지 8명이 불만일 거 아니야? 하지만 지금은 10명 모두가 원치 않는 곳에 발령이 났으니 이게 제일 공평하지 않니?"였다. 우리는 아무 대꾸도 못하고 돌아섰지만 지금 생각하면 그만큼 인사도 투명했던 것 같았다.

아무튼 세상일이 대부분 뜻과 계획대로 이루어지지 않듯이 나도 이렇게 해서 우연히 얼떨결에 서울 사무실 외환관리과에 배치를 받았는데 다시 돌이켜 보면 이것도 내게는 엄청난 행운이었다. 사실 그 자리는 미국에서 MBA 정도는 해야 갈 수 있는 인기직인 외환 딜러직이었고 삼성 전략기획실의 알짜 정보도 좀 접할 수 있는 엄청난 자리였는데(나중에 눈치 빠른 옆 부서의 홍 대리는 그 정보로 1차 IT 버블 때 새롬 정보통신에 투자해서 거액을 벌기도 했다.) 내 전임이 외국은행으로 스카우트가 되어서 갑자기 사직을 하는 바람에 나 같은 시골 촌놈이 끌려가게 된 것이었다. 그래도 다행히 외환 과장님은 아무것도 모르는 나에게 실무책임을 맡기고 고졸 직원들도 나를 무시하지 않고 업무에 협조적이었다. 그래서 수출대금 회수시간 단축과 선물환, 스왑 등 선진 금융 기법 도입을 이용한 해외 자금조달 등으로 불과 1년 만에 수십억 원의 이익을 창출하는 성과를 낼 수가 있었다. 다음 해에는 깐깐한 외환관리법과 해외투자 허가절차를 뚫고 삼성전기 최초의 해외사무소인 '삼성재팬' 설립에도 성공하여 우리 과장을 초대 소장으로 보내드리고 나도 홍콩과 필리핀에 연수를 갈 기회도 얻었다. 사실 그때까지만 해도 한국이 외환 쪽에서는 후진국이라 내가 계속 그 일을 했더라면 배우는 것과 경험할 기회도 더 많았을 텐데 어느 날 아침 우연히 신문에 난 교사모집 광고를 보고 '아 참 내 어릴 때 꿈이 교사가 되는 것이었지.'하는 생각에 갑자기 이직을 하게 된 것이 좀 아쉽긴 하다. 그 결정을 후회하는 것은 아니지만 그때 같이 일하던 동료가 이제는 외국투자 전문가로 성장하여 최근에 《해외사업 디벨로퍼의 세계》라는 책을 낸 것을 보고 그동안 한국 기업들의 눈부신 세계화 실적들을 감안하면 어쩌면 나도 그 분야에서 더 큰 일을 할 수도 있었겠다는 생각이 들기는 했다.

하긴 나도 한몫을 하지 않은 것은 아니었다. 또 하나의 에피소드로 내가 학교로 이직하기 직전에 우리 부장님이 미국 출장을 다녀오시더니 갑자기 '우리 MLCC 사업을 해야겠다.'며 TF를 꾸리셨다. 그때까지만 해도 우리는 그 다층기판이란 게 무언지도 몰랐지만, 지금은 삼성전기가 세계 최고의 기술력을 가지고 반도체와 더불어 전자산업의 쌀이라고 할만큼 중요한 역할을 하여 4조 원 이상의 연간 매출과 수천억의 순이익을 창출하는 효자품목이 되었다. 아무튼 그때는 MLCC가 중소기업 고유 업종으로 분류된 규제 때문에 삼성은 사업을 시작할 수도 없었는데, 미래를 보면 반드시 대규모 투자로 기술개발을 해야겠고 영세 중소기업 하청으로는 해결할 수 없는 난제를 해결하는 것이 내 퇴사 전 마지막 과제였다. 법을 당장 바꿀 수는 없으니 정부를 설득하여 고유 업종 변경을 할 때까지는 우선 비자금을 조성하여 현금으로 청주에 있는 한 중소기업을 실질적으로 인수하는 우회와 편법을 동원할 수밖에 없었다. 어쩌면 이런 내 행태를 비난하는 사람도 있겠지만 나는 지금 생각해도 아니 지금 생각하면 그렇게 열심히 일을 하여 한국경제 발전에 조금이라도 기여한 것이 더욱더 자랑스럽다.

사실 삼성 같은 대기업과 소위 재벌에 대한 한국사람들의 시각은 참 모순적인 면이 많다. 외국에서 기아나 현대 같은 차가 많이 팔리고 삼성과 LG 같은 전자제품이 최고급 제품이 되었고 한국에 대한 인식이 좋아져서 방탄소년단의 한국 노래나 한국문화가 인기를 얻는 경제적 배경이 된 것은 자랑스럽게 생각하고 또 한국의 경제성장을 이끌어 수많은 하청 업체와 직원들을 지탱하고 한국의 국가재정, 수출과 GDP의 절반 이상, 사실상 거의 대부분을 차지하는 대기업의 낙수 혜택을 누리며 대기업에 입사하기를 바라고 또 국민 상당수가 대기업의 주식을 가지고 있으면서도 한편으로는 기업주를 부패하다고 비난하고 대기업이 중소기업과 서민을 착취한다고 욕을 한다. 이 같은 한국 대기업 집단에 대한 부정적인 시각은 일부 대기업 소유주의 비리가 언론의 주목을 받은 면도 있겠지만 이론적으로는 아마도 송건호 등이 펴낸《해방전후사의 인식》을 읽은 이들과 경제학계의 소위 '학현학파', 그리고 자칭 재벌 사냥꾼이라는 김상조 등이 득세를 한 영향이 클 것이다.

하지만 전 세계적으로 상업자본이든 산업자본이든 금융자본이든 그 자본이 형성되던 시기와 과정에서 산업 구조 개편과 기술발전, 기계화 및 자동화와 노동인력 수요 변화 등으로 기존 경제체제에서 살아가던 농민과 노동자와 서민들이 일부 희생이 되는 것은 피할 수가 없었고 한국에서도 예외는 아니었지만 그 부작용이 크다고 해서 자본주의 체제의 효율성과 기술진보가 낳은 경제성장 그리고 그에 따른 근대 자유 민주 시민 국가 사회 체계 성립과 보편적 교육·복지·인권·문화·의료·여가생활의 확대 발전과 전반적인 삶의 질 개선 등 서구 선진 문명 주류의 성과를 무시할 수는 없다. 또한, 자본주의를 부정하는 공산주의 체제의 붕괴와 타락 그리고 계획경제를 강행하기 위해 필수적인 일당독재의 압제와 악행과 폭력성을 반면교사로 보아도 이는 논쟁의 여지가 없이 자명한 사실이다.

그런데도 한국에서는 현 체제에 대한 점진적 개선이 아닌 전면부정을 하는 이들이 상당한 것은 참 의아한데 사실 해외에서는 주주들과 스톡옵션의 이해관계, 그리고 노조와 여론 눈치 보기 등 때문에 임시변통과 단기적 이익 실현에 열중하는 소위 전문경영인 체제보다 일본과 한국의 대기업 집단(소위 재벌)의 소유주들과 중국의 국영기업이 더 장기적 투자와 경영에 유리한 결정을 내리고 힘있게 실천함으로써 이 세 나라의 경제발전에 유리했고 후발주자로서 서구 선진 경제 대국들을 따라잡는 데 한 역할을 했다고 보는 시각도 있으며 실제로 Walmart, Ikea, BMW, Cargill 등 많은 대기업이 기업 공개조차 하지 않고 가족기업으로 장기간 번성하는 경우도 상당히 많다. 또한, 나 개인적으로는 일본 경제의 몰락 원인이 1985년 플라자합의에 따른 엔화절상과 가격 경쟁력 하락이 촉매가 되었지만 근본적으로는 일본 기업이 대부분 주인 없는 경영인체제로 전환하여 변화하는 세계시장에 능동적으로 대처하지 못한 탓도 크다고 보며 저출산과 더불어서 한국이 일본의 그 경제적 부흥과 몰락의 전철까지 그대로 밟게 되지 않을까 걱정스럽다.

비록 개인적 인연과 경험 때문에 조금은 객관적이지 못한 분석도 있고 정치 경제학적으로 논쟁의 소지도 있지만, 삼성을 포함한 대기업이 경제, 사회, 문화, 안보 등 한국의 많은 부분에 기여하는 소중한 자산이며 세계적으로 경쟁력이 있는 실체이므로 이념에 편도된 부정적인 시각을 가지고 이들을 해체하고 죽이려고 하기보다는 좀 더 현실적이고 미래지향적인 시각으로 개선하고 키워나갈 필요가 있다고 본다. 사실 대기업이 없다면 당장 그리고 미래에도 한국인이 지금처럼 세계 10위권의 경제 대국으로 풍요를 누리며 살길이 달리 거의 없다는 것이 엄연한 현실임을 직시해야 할 것이다. 부디 뿔이 좀 삐뚤어졌다고 소를 때려잡는 교각살우(矯角殺牛)의 어리석음이 없었으면 좋겠다.

가르치며 배우며

오늘 또 비샬(Vishal)이 교장실에 불려 왔다. 이번에도 스쿨버스에서 음식물을 다른 아이에게 던지며 싸우다가 지적을 당해서 부모님 호출하고 자습실 근신처분을 받게 되었는데도 좀처럼 시정이 되지 않는다. 흥분된 상태로 급하게 학교로 온 어머니는 오히려 관리를 못 한 기사를 탓하며 반성이나 사과는 고사하고 부당한 처분이라고 항의를 한다. 기분이 씁쓸하다. 반면에 마리아(Maria)는 아이들의 이름과 얼굴을 다 외우지 못한 나를 위해 오늘도 자진해서 출석점검을 도와준다. 갑자기 일할 맛이 막 생긴다. 이렇게 착한 아이와 못된 아이들이 섞여있는 것은 한국이나 외국이나 마찬가지인가 보다. 그래도 미워하거나 편애를 하면 안 되는데…. 뭔가 오해가 있을 수도 있고 아직 어려서 그렇지 언젠가는 좋아질 거라고 믿어야 하는데…. 쉽지가 않다. 교사도 사람인지라 겉으로 표현은 안 할지라도 아무래도 마음속으로 더 이쁜 아이도 있고 화가 나는 아이도 있을 수밖에 없다.

사실 대다수 교사들은 단순히 가르치고 월급을 받는 직장인을 넘어서서 자신이 좋은 선생님이 되고 싶고 학생들의 삶과 미래에 긍정적인 영향을 미칠 수 있기를 바란다. 그리고 마치 많은 부모들이 자식의 성공을 통해서 대리만족을 원하듯이 교사들도 자랑스럽고 훌륭한 제자들을 배출해서 교직의 성취와 보람을 찾고 싶은 은밀한(?) 소망도 가지고 있다.

나 역시도 교단에 있을 때 수업과 학생지도를 열심히 하긴 했으나 전혀 사심이 없었던 것은 아니어서 좋은 평가도 받고 싶고 내세울 만한 멋진 성공사례도 만들고 싶은 욕심도 좀 있었던 것 같다. 그렇게 잘하려는 욕심이야 동기부여도 되기에 그 자체로 나쁜 것은 아니지만 지금 돌이켜 보면(특별한 날 하루보다도 평범한 나날이 더욱 소중하듯이) 특출한 아이 하나보다 보통 아이들 전체가 더 귀하다는 가치를 깨닫고 실천하지 못한 그 미숙함이 부끄럽게 느껴지면서, 한편 반대로 큰 성공사례도 없지만 엄청난 실패사례도 없었다는 것은 그나마 잘한 게 아닐까 하는 위안도 생긴다. 하지만 20년 교직 생활에, 대단한 사건은 아닐지라도 소소하게 기억에 남은 아이들이 아주 없는 것은 아니다.

우선,

명희 가출사건

* 아래 이야기에 등장하는 인물의 이름은 모두 가명입니다.

학기 초, 봄 햇살이 따스하게 운동장을 내리쬐던 체육대회 날, 부반장 명희가 결석을 했다. 집에 전화를 해보니 어젯밤에 나가서 아직 안 들어왔다며 무슨 일이라도 있을까 봐 어머니도 걱정이 태산이었다. 우선 각자 수소문을 해보고 다시 연락을 하기로 하고 전화를 끊었다. 이제 체육대회는 뒷전이고 반 아이들을 모아놓고 명희에 대해 아는 것이 있으면 말하라고 다그쳤다. 아무도 말은 안 하는데 분위기가 좀 이상했다. 정말 아는 게 없다면 아이들도 놀랄텐데 몇 명이 고개를 숙이고 발로 땅을 툭툭 치는 것이 이미 예상을 하고 있었다는 느낌이 들었다. 그중에 한 명을 따로 교무실로 불러서 물어보니 "아마, 오빠랑 있을 거예요."라고 순순히 불었다.

"오빠라고? 오빠 없는데…."

"아니 사귀는 오빠요."

"아니 중2가 오빠를 사귄다고?"

"예. 얼마 전부터 고등학교 오빠를 사귀었어요."

"그게 어느 학교 누군데?"

“무슨 공고라던데 지금은 학교 안 다녀요.”

아이고, 가슴이 철렁 내려앉았다.

“그 오빠 어디 사는지 알아?”

“몰라요.”

“그럼 잘 가는 데는?”

“터미널 앞 당구장에서 명희랑 같이 한 번 만난 적은 있어요.”

“그래 알았다. 명희 소식 들으면 나나 명희 엄마한테 꼭 연락해라. 바로. 알았지?”

그 후 사흘 동안 방과 후에 매일 명희 부모님과 함께 마치 형사처럼 탐문 수사와 잠복근무와 정보 수집을 한 끝에 드디어 나흘째 되는 일요일 아침에 그 ‘오빠’네 집을 ‘급습’하기로 했다.

그 집은 약간 허름한 전형적인 농가로 야트막한 담장과 철재 대문을 지나 마당에서 쳐다보면 좌우로 방이 하나씩 있고 가운데 대청마루 그리고 앞으로 두 뼘 남짓 되는 툇마루가 이어져 있고 왼쪽으로 기역자로 꺾여있는 큰 문은 아마 부엌인 것 같았다. 그리고 꽤 큼직한 창고도 하나 본채로부터 동떨어져서 있었다. 우선 툇돌 위 어지럽게 늘려진 신발들 중에서 자그마한 여자 신발이 하나 보였다. 어머니께 눈짓을 하니 명희 것이 맞다고 고개를 끄덕였다.

기선을 제압하기 위해서 다짜고짜 '명희야!'하고 큰소리로 외쳤다. 잠시 후에 마루로 이어지는 방문이 열리더니 명희가 부스스한 차림새로 나오고 곧이어 꽤 덩치가 있는 머스마 하나가 따라 나왔다.

"가자!" 나도 조금은 기가 막히고 화가 나서 바로 신발을 신은 채로 마루로 올라가서 명희 손목을 잡아끌었다. 명희가 엉덩이를 뒤로 빼고 끌려오지 않으려고 뻗대었다. 그러자 그 '오빠'가 갑자기 부엌으로 달려 들어갔다. 순간 식칼이라도 들고 나오지 않을까 싶어 섬뜩했다. 그렇다고 체면이 있는데 도망을 칠 수도 없고 멈칫멈칫하고 있는데 다행히 그놈이 빈손으로 부엌에서 나왔다가 이번에는 창고로 들어가서 삽을 들고 나왔다. 기세는 등등했지만 나는 마음속으로 '그래, 너는 나한테 진 거야! 삽으로는 좀 다치기는 해도 죽지는 않아!'라고 생각하면서

"그래. 찍어라. 날 찍고 데려가라."

뭔 객기인지 오기인지 제대한 지도 한참인데 군인정신이 갑자기 발동한 건지 어디서 용기가 솟은 나는 뒤로 물러서지 않고 오히려 그놈 쪽으로 다가서며 목을 쭉 빼 내밀었다. 그러자 내 예상 밖 행

동에 그놈이 오히려 당황해서 어쩔 줄을 몰라 하다가 '에이 씨'하면서 삽으로 애꿎은 툇기둥을 내리찍었다. 그러자 이 광경을 지켜보던 명희 어머니가 '아이고'하며 외마디 탄식을 하며 마당에 철퍼덕 주저앉았다. 그런데 정말 내가 놀란 것은 그 모습을 보면서 내 손을 뿌리치고 달려나간 명희가 간 곳은 땅바닥에 앉아있는 엄마가 아니라 그 '오빠'였고 그 곁에 붙어 서서 '어떻게 해 어떻게 해.'하고 있는 것이었다. 그래서 나는 마음속으로 '다 틀렸구나.'하고 생각하면서 명희 어머니를 부축하고 돌아섰다. 그러자 양심은 있는지 명희란 년이 쫄래쫄래 우리를 뒤따라오는 기척이 느껴졌다.

이렇게 초년 교사 생활에 팔자에 없는 영화를 한 편 연출, 주연을 했지만 결말은 별로 좋지가 않았다. 명희는 며칠 후에 다시 가출했고, 나중에 소문으로 아이도 낳고 군대 간 '오빠'를 기다리며 시집에서 살고 있다고 들었다. 어쩌면 내가 사랑의 훼방꾼이었나 하는 생각도 들었지만, 조숙하고 얼굴도 예쁘장하고 공부도 꽤 잘하고 똑똑한 아이였는데 그렇게 어린 나이에 너무 일찍 어른이 되어버린 게 못내 안타까웠다.

조폭 제자

아, 이 아이도 참 아깝다. 춘식이는 내가 담임을 하던 고1 때 벌써 키가 180cm가 되고 덩치도 산(山)만했으며 과묵하고 가끔씩 씨익 하고 웃는 모습이 참 멋진 사내였다. 그런데 학기 초 면담을 하는데 "선생님 저 가끔 무단결석 조퇴를 할지도 몰라요. 별건 아니고 집안일 때문이니 걱정은 마시고 그러려니 하고 봐주세요."라는 것이었다. 좀 당돌하고 당황스러웠지만 "그래 알았다."하고 쿨하게 대답하고선 곧바로 또 뒷조사(?)에 들어갔다. 전 학교 담임 선생님과 친구들에게서 들은 바로는 춘식이가 농사일을 하는 홀아버지와 함께 사는데 이 아버지가 평소에는 참 좋은 사람인데 술만 먹으면 행패를 부리고 괜히 시비를 걸고 물건을 부수는 등 주사가 매우 심하다는 것이었다. 그래서 춘식이 어머니도 못 살아서 도망갔고 이 아버지가 말썽을 부릴 때마다 춘식이가 가서 말리고 제압(?)을 하고 해결을 해야 한다는 것이었다. 그 후 춘식이는 정말 가끔 말없이 갑자기 학교에서 사라지기도 하고 안 오기도 했지만 별 탈 없이 생활했고 나도 그냥 출석부에 기록만 하고 모른척해 주었다. 하지만 아무래도 학업에 충실하지 못하여 성적도 부진하고 이대로 가면 대학 진학도 어려워 보이는 춘식이 사정을 끝까지 방관하기엔 좀 찜찜해서 농사일을 돕는다는 핑계로 농번기에 춘식이 집에 가서 일도 도와주며 가정방문도 하고 상황 파악을 하며 내가 개입해서 개선할 게 있나 살펴보았지만 어린 나이에 가장 역할을 하는 춘식이가 오히려 대견하고 아버지도 평소에는 너무나 멀쩡해서 딱히 뾰족한 방법이 보이지가 않았다.

그러던 어느 날 밤에 경찰서에서 전화가 왔다.

"선생님 반 학생 하나가 폭행으로 들어왔는데 보호자가 없어서 그러니 서로 지금 나와주실 수 있나요?"

부랴부랴 나가보니 춘식이와 병태 그리고 병태 어머니가 경찰관 앞에 앉아있었다. 얼핏 보니 병태의 눈두덩이 시퍼렇게 멍이 들었고 입술도 찢어져서 퉁퉁 부어있었다. 병태 어머니는 문을 열고 들어오는 나를 보자마자

"아이고 선생님. 저놈이 순 깡패 같은 놈이 우리 병태를 이렇게 두들겨 팼어요. 글쎄."하며 춘식이에게 삿대질을 했다.

"아휴. 많이 상했네요. 둘이 싸웠나요?"

"싸우긴요? 저놈이 다짜고짜 일방적으로 때린 거래요. 우리 병태는 싸움 같은 거 할 줄 몰라요."

"예. 자초지종은 이따가 따져보고요. 병태 병원부터 가봐야겠네요. 치료를 받아야 할 거 같아요."

"벌써 갔다 왔어요. 전치 2주래요. 그나마 이빨이 흔들리기만 하고 빠지진 않아서 다행이래요. 아휴 저 숭한 놈이 막돼먹어서 이래 가지고 어디 애를 학교에나 보낼 수 있겠어요?"

"예. 학교에서는 적절히 조치를 하겠습니다. 일단 경찰서에서는 데리고 나가야 하지 않을까요?"

담당 경찰관이 나섰다.

"조서는 다 꾸몄는데 피해자가 합의를 안 해주거나 보호자가 없으면 저 학생은 못 나갑니다."

"아휴 합의는 무슨…. 저놈 좀 보세요. 잘못했다고 싹싹 빌어도 모자란 판에 지금도 기세가 등등한 거 안 보이세요. 난 합의 못 해줘요. 콩밥을 먹이든 해서 버릇을 고쳐놔야 해요. 지 아비는 오늘도 고주망태가 돼서 자식이 뭘 하고 돌아다니는 줄도 모르고…. 이러니 애가 뭘 배우겠어요?"

순간 춘식이가 고개를 들어 병태 어머니를 노려본다. 내가 짐짓 화를 내며 춘식이 머리를 쥐어박았다.

"이놈이 뭘 잘했다고! 얼른 무릎 꿇고 사과드려." 그러자 춘식이도 눈치가 있는지 주춤주춤 일어나서 바닥에 무릎을 꿇고,

"잘못했습니다. 죄송합니다."라고 나지막하게 말을 했다. 병태 어머니는 외면을 했지만 조금 누그러진 것 같았다.

“아무튼 제가 지도를 잘못해서 죄송합니다. 다신 이런 일 없도록 단속하겠습니다.”

“아휴 선생님이 뭔 잘못이세요. 암튼 이번엔 선생님을 봐서 넘어가는데 다음에 또 그러면 절대 그냥 안 넘어갈 테니 그런 줄 알아.”

그렇게 가까스로 수습을 하고 춘식이를 데리고 나온 후 다음 날 학교에서 “왜 그랬어?”하니까 “병태가 인철이를 자꾸 괴롭혀서 그랬어요.” “아니 네가 판사냐? 그런 일이 있으면 나한테 말을 했어야지.”

“걔는 좀 맞아야….”

“이놈이 아직 정신을 못 차렸네. 너 자꾸 이러면 정말 네 신세 망치는 거야.”

이렇게 훈계하고 유기정학으로 마무리했지만 알고 보니 비슷한 일이 처음은 아니었다. 아이들 사이에서 문제나 분쟁이 있으면 춘식이가 나서서 해결을 해주는 보안관 같은 역할을 하고 있었다.

다행히 더 이상의 문제는 없이 그렇게 그 학년을 보내고 2년 후 춘식이도 졸업을 했는데 소문에 좀 유명한 조폭 조직에 바로 스카우트가 되었다고 한다. 남자로서 나라도 탐나는 아까운 놈이니 이

왕에 그리된 거 멋진 조폭이 되었기를 바라지만 영화와는 달리 현실의 조폭은 조금도 멋있지 않고 비열하고 치사하고 힘들고 잔인한 삶이란 걸 알기에 그 속에서 살아갈 춘식이를 생각하면 교사를 떠나 한 어른으로서 참 미안하다.

여담이지만 그 후 내가 친구에게 빌려준 돈을 떼였을 때 춘식이에게 연락해서 한번 받아내 볼까 하고 잠깐 생각을 하다가 그 속물스러움에 손사래를 치며 혼자 피식 웃었던 기억이 난다.

아기 주례

내가 나이 서른아홉에 주례를 선 일이 있다면 믿겠는가? 그 사건이 일어난 날 결혼식장의 주례와 신랑과 신부와 사회자 이렇게 4명의 나이를 다 합쳐도 100살이 되지 않았다. 하필 신랑의 아버지도 선배 교사여서 한복을 점잖게 차려입고 흰 수염을 늘어뜨린 나이 지긋한 동네 어른들과 교장 선생님들, 그리고 지역 유지들 앞에서 새파란 내가 단에 올라 주례를 보던 순간을 생각하면 지금도 아찔하다. 식이 어떻게 진행되었는지는 어찌나 긴장하고 정신이 없었던지 전혀 기억이 나지 않지만 주례를 의뢰받고 준비하고 마무리를 한 일은 지금도 생생하다.

사건의 시작은 신랑인 청수가 담임인 나를 너무 좋아한 데서 비롯되었다. 이유는 잘 모르겠지만 비교적 엄격했던 자기 아버지와는 달리 내가 평소에 학생들과 격의 없이 어울리고, 잔소리 없이 받아주고, 놀고 하는 모습이 아마 청수에게는 좋게 보였던 것 같다. 그리고 졸업 후 청수가 꽤 괜찮은 대학에 진학을 하긴 했는데 공교롭게도 일찍 여자 친구를 사귀고 바로 임신이 되어서 결국 서둘러 결혼을 해서 학생 부부가 되기로 한 것이었고 주례는 또 반드시 나를 세우겠다고 고집을 부렸다는 것이었다. 그 과정에 부모님과 마찰이 없지 않았음은 불 보듯 환한 일인데 나도 이미 결심과 결정을 했다는 젊은 신랑의 힘겨운 출발에 굳이 또 하나의 제동을 걸 수는 없어서 부담스러운 청을 받아들일 수밖에 없었다.

다만 청수 아버지가 좀 더 완강하게 말렸으면 내 부담은 줄어들어서 좋았겠다는 아쉬움도 있었지만, 그 후로 교직을 떠나서 타향살이를 하다 보니 다시 주례를 볼 일도 없어 그것이 내 인생의 처음이자 마지막 주례가 아니었나 싶다.

청수야 아내랑 아기랑 행복하게 잘 살아라.

장삿속 미술학원

연희는 학기 초부터 눈에 띄는 아이였다. 자그마한 키에 단정한 모습에 야무지게 생겼는데 언행도 똑 부러지게 바르고 전년도 성적도 학교에서 최상위권이었다. 그런데 미술대 진학이 목표라면서 본 수업만 마치고 보충이나 자율학습 없이 바로 귀가를 한다고 했다. 그래서 허락은 했지만 담임으로서 한번 면담은 해야겠기에 포트폴리오를 가지고 오라고 했다. 그런데 문외한인 내가 보기에도 이건 아니다 싶었다. 마치 초등학교 아이들 장난처럼 보였다. 그래서 연희의 그림 한 장을 가져다가 아는 선배 미술 선생님께 보여주었는데 그분도 고개를 절레절레 저었다.

그래서 부모님께 연락해서 다시 한번 진로를 재고해 보라고 조심스럽게 조언을 했지만 부모님들은 미술로 성공할 수 있다고 확언하는 미술학원 선생님의 말을 확고하게 믿고 있었다. 그러니 어쩌겠나. 학원 선생님 말이 맞기를 기대해 보는 수밖에 없었는데 며칠 후 교장실에서 호출이 왔다.

교장실로 들어가니 웬 손님이 와있었다.

"이 선생님 인사하세요. ○○미술학원 원장님이세요. 학원 연합회 회장님이시고요."

"네. 안녕하세요. 근데 무슨 일로 저를?"

"예. 선생님 반의 연희가 저희 학원에 다니는데 협조를 부탁드리려고요. 공교육을 세우려는 선생님의 열정은 잘 알겠지만 아무래도 예체능은 학교에서 지도하기가 충분치 못한 게 현실이니 아무쪼록 양해를 바랍니다."

"예. 잘 알겠습니다."

씁쓸한 심정으로 교장실을 나왔고 나로서는 더 어떻게 할 수가 없어서 그냥 지켜보았는데 나중에는 결국 서울대 미대 입시에 실패하고 재수를 해서 일반계로 연세대에 진학했다고 한다. 만일 내가 그때 바로 잡았더라면 재수를 하지 않고도 바로 일반계 서울대로 갈 수 있는 재능이 있는 아이였는데 시간과 노력이 낭비된 것이 아까웠다.

아마도 미술학원에 갖다 바친 돈도 만만치 않았을 텐데 그 미술학원 선생님이 혹시라도 장삿속에 그렇게 했다면 원망스럽다. 예체능계나 연예계 · 게임 등 좀 특이한 분야에 관심이 있는 학생들과 학부모들은 조심을 할 일이다.

꼴찌 탈출

그해 우리 반 꼴찌 2명은 정말 꼴찌 같지 않았다. 겉만 보고 우등생과 꼴찌를 구별할 수야 없겠지만 보통은 딱 보면 아무래도 분위기가 차이가 나는데 성진이는 완전 성실 그 자체이고 대영이는(실제로 좀 잘살기도 했지만) 귀공자처럼 잘생기고 점잖게 생긴 것이 귀티가 흘렀다. 특히 성진이는 수업시간이고 자습시간이고 심지어 쉬는 시간에도 한눈팔지 않고 그렇게 열심히 공부를 하는데 왜 성적은 안 나오는지 답답하고 안타까워서 팽팽 놀고도 시험을 잘 보는 머리 좋은 놈들이 얄미울 지경이었다.

그래서 두 놈을 매일 방과 후에 불러서 무료과외를 시켜보았다. 숙제도 내주고 질문도 받고 공부 방법도 지도해 주기를 한 학기를 했다. 그랬더니 학기 말 성적은 꽤 올라가서 두 놈 다 꼴찌 탈출을 했다. 하지만 형평성 문제도 있고 편애가 되거나 의존성이 생길 수도 있어서 2학기 때는 과외를 중단하고 학년을 마쳤다.

그런데 한번 꼴찌 탈출을 계기로 성적이 계속 나아지기를 바라는 내 마음은 아랑곳없이 다음 학년에서는 다시 꼴찌로 떨어지고 결국 둘 다 대학진학에 실패하고 말았다.

하지만 후문에 따르면 성진이는 전문대에 가서 차량 정비를 하고

대영이는 아버지가 하던 갈빗집을 이어받아서 둘 다 잘 살고 있단다.

역시 행복이 성적순만은 아닌가 보다. 그래 성실하게 잘 살면 된다. 성공한 거다.

나는 교사요!

보통 생각에 시골에서는 사람들이 모두 착해서 오손도손 잘 살 것 같은데 사실은 의외로 결손가정이 많고 그 경우 대부분 성적과 생활환경도 좋지가 않다. 경아는 어머니가 도망가고 아버지도 재혼을 해서 도시로 나가버리고 연락도 끊겨서 할머니가 키우는 아이이다. 그래서 결석과 지각이 잦았는데 말로 아무리 타일러도 고쳐지지 않아서 하루는 좀 다잡아야겠다고 마음을 먹고 경아 집을 아는 친구 하나를 대동해서 직접 집으로 데리러 갔다.

할머니는 일하러 나가시고 경아가 아직도 혼자 방 안에 이불을 덮고 누워있었다. 방문을 여니 담배 냄새가 퀴퀴하게 절어있다. 모른척하고

"학교 왜 안 왔어? 어디 아파?"하니까

태연하게 "차비가 없어요."라며 멀뚱멀뚱 쳐다본다.

기가 막혀서 "알았다. 오늘은 나랑 같이 가고 내일부터는 내가 매일 차비 줄 테니까 학교 나와라."고 말하고 아이를 데리고 학교로 왔다. 그래서 그 후로 경아는 매일 차비를 타갔는데 그래도 결석이 없어지지가 않았다. 다음 날 "차비 줬는데 왜 결석했어?"하면

"배가 고파서 붕어빵 사 먹었어요."라는데 나도 뭐라고 할 수가 없었다. 할머니와 의논해서 기초생활 지원 신청을 해보았더니 주민등록상 양육인인 부모 보호자가 다 생존하고 생활력도 있어서 지원이 안 된다고 한다. 부모가 자식에게 전혀 도움이 안 되고 차라리 없으면 더 좋다니 세상에 이런 부모가 다 있다는 게 기가 막히다.

그러던 어느 날, 나도 좀 지쳐서 기운이 나지는 않았지만 언제나처럼 습관적으로 집에 가서 데리고 오려는데 이번엔 내 마음을 알았는지 안 가겠다고 버텼다. 그래서 억지로 손목을 잡아끌고 대문을 나서는데 갑자기 얘가

"살려주세요!"하고 소리를 질렀다.

그러자 나는 졸지에 납치범이 된 것 같아 당황스럽고 지나가던 사람들은 쳐다보고 소동이 벌어졌다. 그리고 잠시 후 지나가던 순찰차에서 누가 내리더니 신분증을 내밀면서 "난 형사인데 당신 지

금 뭐 하는 거요?."하며 나를 막아섰다. 순간 나도 질세라 주머니에서 내 교사신분증을 꺼내 보이며

"나는 교사요!"라고 당당하게 말했다. 그러자 그 형사가 태도가 누그러지면서

"아 그렇습니까? 그럼 제가 학교까지 모시겠습니다."라며 차에 올랐다. 덕분에 나는 평생 처음으로 경찰의 호위를 받아봤고 경찰차에서 내리자마자 교무실로 붙잡혀 온 경아는 기가 완전히 죽어서 내 말을 기가 막히게 잘 들었다.

그러나 그것도 잠시뿐 경아는 결국엔 나중에 가출을 해서 도시로 가서 산다는데 소문만 있을 뿐 아무도 소식을 정확히 아는 사람은 없었다.

졸업생 After Service

대입전형 중에 농어촌 특별전형이란 게 있다. 농어촌의 열악한 교육환경과 형평성을 고려해서 농어촌 학교 학생들을 별도 정원으로 선발하는데 일반전형보다 비교적 커트라인이 낮다. 6년 또는 12년 거주 조건이 까다롭긴 하지만 좋은 기회일 수 있어서 우리 반에

서 성적이 좋고 조건이 맞는 태수를 마음먹고 내신관리를 하고 자소서와 생기부를 챙겼다. 부모님들도 협조를 해서 결국 우리 학교 개교 후 처음으로 서울대에 합격을 시켰다. 작은 읍내에 경사가 나고 현수막이 걸리고 축제 분위기였지만 나는 태수를 봐선 기쁘지만 너무 인위적으로 한 것 같아서 좀 부끄럽기도 했다.

그런데 다음 해 졸업을 하고 서울대에 다니던 태수에게서 전화가 왔다.

“선생님, 교수님이 내주신 과제를 도저히 못 하겠어요. 좀 도와주세요.”

이런, 능력이 안 되는 아이를 억지로 집어넣어서 After Service까지 해야 하겠네 하고 난감한 생각이 들었지만 도와주지 않을 수 없었다. 다행히 그다음 해부터는 A/S 요청이 안 왔고 무사히 서울대를 졸업하고 풀브라이트 장학금으로 미국 연수도 하고 취업도 잘했다.

그러고 보니 사례들이 대부분 시골 학교 아이들이다. 아무래도 배우고 가르치는 역할에만 충실한 도시에서보다는 아직도 교사를 지역사회의 스승으로 존경해 주는 시골의 학교에서 인간적인 정을 더 많이 나눈 때문인 것 같다.

아, 어느 날 산에서 주웠다면서 토실토실한 알밤을 한 바구니 교무실로 가지고 온 해정이, 집에서 총각김치를 담았더니 맛있어서 선생님 드리고 싶다며 싸가지고 온 선자, 집 앞 개울에서 잡은 미꾸라지로 매운탕을 끓여주던 상인이…. 그런 순박한 아이들의 얼굴은 지금 생각해도 미소가 저절로 나오고 마음이 푸근하고 행복해진다.

고맙다 얘들아. 내가 너희들에게 가르쳐 준 것보다 너희들로부터 내가 배우고 얻은 행운이 더 많은 것 같다. 지금은 어디에 있는지 모르겠지만 모두들 행복하고 바르게 잘 살아라.

오른뺨을 내주는 것은…

오늘은 좀 추운 날이라 잔뜩 끼어 입고 산책을 나섰다. 언덕길을 올라 공원으로 접어드는데 갑자기 커다란 누렁이 개가 껑충껑충 뛰어오더니 나를 보고 막 짖으며 달려들었다. 난 위협을 느껴서 손으로 개를 밀쳤다. 그러자 좀 떨어진 곳에서 어떤 건장한 남자가 내게 뭐라고 소리를 질렀다. 아마 개 주인인 듯했다. 당연히 사과를 하고 개를 제지해 줄 거라고 기대를 했는데 오히려 내게 소리를 지르니 황당했다. 그래서 나도 여기는 개를 묶고 다녀야 하는 on leash 구역이니 즉시 개를 묶으라고 맞받아쳤다. 그랬더니 이 남자는 더 화를 내면서 내게 한번 해보자는 거냐고 바짝 다가와서 고함을 쳤다. 이 인간의 주장은 여기는 off leash 바로 곁이고 내가 마스크를 써서 개가 짖었고 내가 개를 손으로 때렸으니 모두 내 잘못이라는 것이었다. 기가 막혔지만 치고받고 싸우면 나만 손해다 싶어서 똥 밟았다 생각하고 그냥 피해버렸다. 서로 옷깃만 스쳐도 사과하고 양보하는 게 생활화된 여기 사람들에게는 극히 드문 일이다. 정말 나도 여기 온 지 10년 만에 처음 당해보는 일이라 이런 게 인종 차별인가 싶기도 하고 어디나 미친놈은 있나 보다 싶기도 하고 별생각이 다 들었다.

그러고 보니 살면서 억울하게 당한 게 참 많다. 몇 년간 월급에서 차곡차곡 아껴서 모아둔 저축 전부인 6,000만 원을 사업하는 친구에게 빌려주었다가 떼여버린 기막힌 사건, 직장에서 궂은일은 내가 도맡아 하고 승진은 아부꾼이 한 것도 한두 번이 아니고, 부모님 부양은 내 아내가 다 했는데 시골의 작은 집과 땅 한 발뙈기 그 꼴꼴한 유산은 큰형이 다 가져가고, 학교에서도 보면 나쁜 놈들은 착하고 순한 애들만 골라서 괴롭히고, 사회에서도 이기적이고 뻔뻔한 놈들만 돈과 권력을 잡아서 약한 사람들을 착취하는 것 같아 보인다.

아니면 원인과 결과가 바뀌었나? 마음대로 할 수 있는 지위에 있으니 그렇게 군림하고 힘이 없으니 당할 수밖에 없는 건가?

또 아니면 어릴 때 어떤 나쁜 선생님이 걸핏하면 아이들 둘을 불러내서 서로 번갈아 빰을 때리게 시켰는데 갈수록 서로 세게 때리게 되었듯이 누구나 자기가 당하고 억울하다고 생각하는 걸까?

정말 예수님 말씀대로 언제까지나 왼빰을 맞으면 오른빰을 내밀고 겉옷을 요구하면 속옷도 내주어야 하나? 실천이 쉽지 않을 뿐 아니라 뭔가 이건 현실적인 해결책이 아닌 것 같아서 답답했는데, 그렇게 오른빰을 내미는 것이 잘하는 짓이 아니라 오히려 악당을 키우는 것이니 선행에는 협조하고 악행에는 응징하는 것이 옳다는 극히 상식적이고 논리적이고 마음에 들면서도 과학적 근거가 있는 이론을 발견해서 기뻤다.

그 이론은 바로 니컬라 라이하니의《협력의 유전자》에 있는데 핵심 내용을 인용 발췌하면 다음과 같다.

> '그래서 처벌은 남을 해롭게 하는 행위다. 하지만 처벌하는 사람이 직접 비용을 치르면서까지 집단 수준의 편익으로 보이는 것을 제공하니, 이는 친사회적 행위일 수도 있다. 그러므로 남을 처벌하겠다는 결심은 투자 게임을 토대로 생성된 또 다른 공공재 게임이다. 이런 까닭에 처벌을 '2차 공공재'라 부르고, 처벌에 나서지 않는 사람에게 '2차 무임승차자'라는 꼬리표가 붙는다.'

처벌을 협력의 한 형식, 그러니까 2차 공공재로 보면 '사람은 처벌받지 않으려고 협력한다.'라는 주장의 순환 논법이 드러난다. 처벌은 대개 협력을 장려한다. 이는 인류 역사에서 우리가 어떻게 가까운 일가친척 너머로 협력의 범위를 넓혔는지를 설명하는 중요한 이유다. 하지만 우리가 왜 협력하느냐는 물음의 답으로 '처벌'을 말한다면 또 다른 난관을 마주하게 된다. 협력에서 문제가 되는 동기가 처벌 기제에도 존재하기 때문이다. 우리는 이를 어떻게 설명해야 할까?

비용이 드는데도 불구하고 사람들이 왜 처벌에 나서느냐는 물음에 대한 답을 하나 제시하자면, 우리가 명백히 처벌을 즐기기 때문이다. 친사회적 선행이나 다른 보람찬 활동을 할 때 뇌에서 활성화하는 보상 영역은 남을 벌할 기회를 잡을 때에도 밝게 빛난다. 아이

들조차 못된 친구가 마땅한 벌을 받는 모습을 지켜볼 때 짜릿함을 느낀다. 꼭두각시 인형극을 이용한 연구에서 아이들은 못된 인형이 다른 인형한테 맞는 모습을 계속 보려고 진짜 돈을 지불했다. 실제로 우리 인간은 사회적 사기꾼을 벌하고자 하는 성향이 무척 강하다. 오죽하면 자신이 직접 연관되지 않은 상황에서조차 피해자를 대신해 사기꾼을 벌줘야겠다는 의욕을 느끼는 '제삼자 처벌(third-party punishment)' 현상을 보인다.

즉, 왼빰을 때린 사람에게는 똑같이 왼빰을 때려주어야 사회에 정의가 실현된다. 잘못을 응징하지 않으면 사람들은 마음 놓고 악을 저질러 다른 사람들에게 피해를 주고 사회가 무질서에 빠져 약육강식으로 궁극적으로 모두가 피해를 보게 된다. 사적인 처벌과 보복이 허용되거나 처벌을 즐기는 것이 제도화되면 피해가 증폭되어 부작용이 생기지만 법률과 제도로 적절히 제한된 처벌은 인간 사회에서 필수적이다. 모두가 조화롭게 서로 양보하고 도우며 살아가는 그런 아름다운 세상은 존재하지 않는다. 착하고 선한 사람들이나 종교적 이상으로 그런 세상을 꿈꾸는 것은 가능하고 그런 것을 지향하라고 가르치고 장려할 수는 있지만 '제도적 처벌'이라는 안전장치도 없이 그런 이상을 꿈꾼다면 늑대 굴에 토끼를 던져주며 모든 생명의 존엄과 평등을 지키라고 하는 것만큼이나 비현실적이고 어리석은 짓이다. 그래서 만인이 평등하리라는 사회주의 이상은 결코 실현될 수 없는 것이다. 결국 법과 제도와 이념과 신앙이 모두 있어야 의미가 있는 것이지 어느 하나라도 결여되면 사회는 망가진

다. 인간은 꿈을 꾸지만 꿈을 깨고 나면 호혜주의와 처벌이 있어야만 서로 협력을 하며 그 협력이 있어야만 사회적 존재로서의 인간의 삶과 사회가 보장이 되는 것이다.

아이러니이지만 인간의 이기심이 인간의 생존과 사회의 변화 발전을 이끄는 에너지이므로 이 본능을 없앨 수는 없고 그것이 무절제하게 발현될 때 나타나는 전쟁과 폭력과 착취 등의 부작용을 적절히 통제하기 위한 수단으로써 법과 정부와 종교와 관습이 존재하는 것이다.

처벌이 만족을 주는 것이면서 동시에 비용이 드는 행동이라면 어쩌면 불의에 눈을 감고 스스로 마음의 위안을 얻는 행위는 이기적이며 비겁한 행동일 수 있다. 어쩌면 처벌을 하기 위해서 나쁜 배신자와 싸우다가 목숨을 잃거나 부상을 입거나 에너지를 소모할 위험을 감수하는 행위가 더 이타적일 수가 있는 것이다. 겉으로 보기에 세속적으로 보이는 처벌자가 어쩌면 우아하게 용서하는 자보다 인류의 장기적 이익에 봉사하는 더 훌륭한 사람일 수 있다(국가가 다행히도 선이라면). 마치 애국심에 살인을 저지르는 사람이 평화주의를 외치며 도망간 탈영병보다 위대한 사람일 수 있듯이….

'그러므로 선행은 위신 편익과 지위 편익을 안겨줄 도깨비방망이가 아니다. 사람들은 걸핏하면 선행의 동기를 추론해 지나치게 너그러운 행동을 이타 행동은 커녕 경쟁 행위로 받아들이기까지

한다. 이런 '오염된 이타주의 tainted altruism' 효과 때문에 최선과 동떨어진 결과가 나올 수도 있다.'

-니컬라 라이히니, 협력의 유전자

더욱이 지나친 관용은 다른 평범한 사람들을 부끄럽고 화나게 한다. 그래서 그들로부터 배척을 당하기도 한다. 특히 그 선행을 과시하거나 드러낼 때는 위선자로 보이고 다른 사람들에게 아무런 피해를 주지 않았는데도 배척을 당한다. 하지만 조금 더 내밀하게 보면 피해를 주지 않은 것이 아니다. 이기적이며 처벌을 하는 일반 사람들을 상대적으로 나쁜 사람으로 보이게 만드는 피해를 줬다. 그러므로 정말 오른뺨을 내밀려면 왼뺨도 영원히 남모르게 내밀어야 한다.

아, 세상에는 천사만 있는 것도 악마만 있는 것도 아니며 항상 나만 억울한 피해자이고 남들은 다 나쁜 것도 아니다. 나도 상황에 따라 곧 천사이자 악마가 될 수 있다. 그러니 내 주변에 나쁜 놈이 많다는 것은 내가 약하다는 증거이고 내 주변에 좋은 사람이 많다는 것은 내가 빈틈을 보이지 않고 현명하게 잘 대처한다는 증거이다.

이제 마음이 편하다. 이제부터는 운 좋게 착한 사람을 만나기를 바라며 마음을 졸이거나 그저 착하게만 살려고 억지로 노력하지 않아도 된다. 다음부터는 악당을 만나면 비겁하게 피하지 말고 당당히 맞서 싸울 힘과 용기만 기르면 된다. 단, 내가 악당이 되지 않도록 항상 경계하면서…. 자, 생각은 그만하고 운동 나가자.

상대적 시간

어떻게 보면 돈이 참 좋다. 젊을 때 부지런히 일하고 아껴 써서 저축하고 그 돈을 종잣돈으로 하여 투자도 좀 하고 했더니 요즘엔 다행히 일과 생활과 일상 · 삶에 여유가 좀 생겼다. 그래서 스트레스도 적고 취미생활도 즐길 수가 있는데 그러다가 보니까 하루가 후딱후딱 어떻게 지나가는지도 모르겠다.

20대에는 20km, 50대에는 50km로 세월이 흐른다는데 이게 정말 나이 때문만일까? 사실 이 현상은 뇌 과학에 따르면 인간의 뇌가 익숙하고 반복되는 것은 인지 자체를 못하기 때문에 어릴 때는 모든 게 새롭고, 나이가 들면 세상사가 대부분 다 겪어본 일이고 그게 그거니까 실제로 뇌의 입장에서는 아무런 자극이 없는 시간이 금방 흘러가는 것이다.

아무튼 시공이 절대적이지 않다는 아인슈타인의 이론이 과학적으로 입증이 되었다지만 우리가 지구 상에서 그 사실을 체감하기란 어렵다. 하지만 카를로 로벨리의 《시간은 흐르지 않는다》에 따르면 우리가 상식으로 받아들이는 '순서대로 흐르는 시간'은 존재하지 않는다. 그렇다면 모든 사람에게 같은 양의 시간이 주어지는 것은 아니다. 사건의 총량이 시간의 양이라면 하루 종일 아무런 사건도 없이 보내는 사람에게 주어진 시간은 '0'이고 의미 있는 많은 활동을 하는 사람에게는 시간이 거의 무한대로 주어진다. 지금 내가 듣고 있는 이 음악이 수많은 사람들에게 감동을 주고 있다면 이 음악을 작곡하고 연주한 사람들은 더 많은 시간을 산 사람들이다. 좋은 글을 쓰고 유용한 물건을 만들고 만족스러운 서비스를 제공하는 사람들의 시간은 결코 무의미하게 흘러간 것이 아니며 산책을 하고 수영을 하고 스키를 타며 보낸 나의 하루도 그렇지 않은 하루보다는 더 풍요로울 것이다. 세상에 공짜가 없으며 세상에 의미가 없는 것이 없다. 그러기에 지금 이 순간 멍하니 석양을 바라보며 생각에 잠겨있는 것도 그것이 내 삶을 풍요롭게 하고 내 생각의 깊이를 더해주고 언젠가 한 친구의 다정한 대화로 되살아난다면 그 또한 무의미하지 않을 것이다.

그러니 세상과 삶이 허무한 벗들이여 슬퍼하지 말기 바라네. 이 어쭙잖은 글도, 자네의 손길이 닿은 사소한 그 모든 것들도 하나하나 모두 소중하지 않은 것이 없다네.

명분과 이익

뉴스를 보면 겉 다르고 속 다른 사람들이 참 많다. 과연 그들만 그럴까? 나는? 또 내 주변의 사람들은? 아마 정도의 차이만 있을 뿐 크게 다르지 않으며 심지어 다람쥐나 침팬지, 그리고 일부 새들도 먹이를 두고 기만행위를 한다니 이 속임수는 생존의 필요에 따라 발생한 누구나 가지고 있는 본능에 가까운 것이다. 그러니 마르크스가 허무맹랑한 공산주의 이론으로 세상에 엄청난 해악을 끼쳤지만, 인간의 모든 제도를 상부구조와 하부구조로 나누고 정치, 사회, 문화, 교육 등의 상부구조는 하부구조인 경제적 이해관계에서 기인한다고 본 것만은 혜안인 것 같다.

사람 아니 동물 아니 생명체를 움직이는 모든 동인은 무엇인가?

생존과 번식이다.

여기엔 옳고 그름이 없다.

인간은 다만 사회를 구성하여 살아가고 의식이 있기에 인간의 모든 이기적 행동을 용인하지 않고 법과 도덕이라는 제도로 타인에게 위해를 가하거나 공동체의 장기적 번성에 해가 되는 개인의 행동을 규제하고 전체에 도움이 되는 행동을 정의와 선이라고 장려해 왔다.

그리고 모든 사람들은 자신에게 궁극적으로 이익이 되는 방향으로 모든 선택을 하면서 한편으로는 그것이 자신만을 위한 것이 아니라 모두에게도 이로운 것이라고 정당화시킨다. 그것이 그 사람의 가치관을 형성하고 그 집단의 이데올로기를 만든다. 그 어느 개인도 그 어느 집단도 자신(들)이 악이라고 믿으며 악행을 하진 않는다. 사기꾼도 자신이 스마트하고 속은 놈이 바보라고 믿으며 죄 없는 사람을 무차별 살해하는 테러리스트도 신의 뜻을 행한다고 믿으며 인권을 유린하는 공산 독재자도 인민을 위한 폭력이라고 확신한다.

이것을 깨닫고 보니 내가 사춘기 이후 오랫동안 추구해 왔던 인간의 선한 의지와 진리의 탐구 그리고 약자를 위한 희생 같은 것들이 얼마나 무지개 같은 허상을 추구한 것이었는지 비로소 알 수가 있었다.

그래서 사람은 그의 말이 아니라 행동을 보고 숨은 동기를 파악해야 하며 이해관계가 바뀌지 않으면 관점의 변화나 설득이 불가능한 것이다. 또한, 사회는 선한 의도로 모순이 개선되는 것이 아니라 개개인의 이기적 욕망을 인정하고 평화로운 힘의 균형을 보장하는 법적 · 정치적 제도와 문화적 관행으로 유지가 가능한 것이다.

순진한 낙관의 환상에서 벗어나 객관적 현실을 직시하는 데 참 오랜 시간이 걸렸다. 서구의 제도 속에서 살아본 것이 한국의 이상론자들의 사회주의적 허상을 깨는 데 도움이 크게 되었다.

눈은 저 별과 하늘을 바라보되 발은 굳건히 땅을 딛고 서있어야 한다.

자, 뜬구름은 그만 잡고 이제 돈 벌러 갈 시간이다.

행복한 아이들

겨울에는 여행객들이 많지 않아서 일이 좀 뜸하고 주로 학생들 행사 수송이 대부분이다. 그중에서도 아이스하키 원정 경기가 많은데 오늘은 밴드부 Festival이 있어서 학생들과 함께 Edmonton에 왔다. 여름에는 좋은 곳으로 여행도 하고 등산도 하면서 돈을 벌지만 지금은 기다리는 동안에 경기도 보고 음악 실황 감상도 할 수 있으니 난 이 일이 참 좋다.

그런데 보다가 보니까 아이들 수준이 장난이 아니다. 이 정도 하려면 억지로 되는 것이 아니니 연습량도 많아야 하지만 진정 즐길 수 있어야 할 텐데 이처럼 예체능 교육이 활성화되어 있는 점이 내가 미국과 캐나다 교육을 볼 때 제일 부러운 점이다. 그리고 가까이에서 지켜보면 학교생활 자체도 공부에 크게 부담을 안 느끼며 수업시간에도 즐겁게 적극적으로 발표하고 참여하는 방식으로 진행이 되어 전혀 지루할 틈이 없다. 그러니 지식 · 이론 · 경쟁 · 입시 중심 교육에 찌들어 있는 한국 학생들을 생각하면 미안하기까지 하다. 더욱이 한국의 학생들은 학교에서뿐만이 아니라 방과 후에도 사교육에 시달리니 그 폐해가 교육적 문제를 넘어서서 경제적 · 사회적 문제가 되고 있어서 답답하다.

2016년 통계청 집계에 따르면 한국의 총 사교육비는 18조 원, 참여율 67% 학생 1인당 연평균 307만 원 참여시간 주당 평균 6시간에 이른다. 한편 공교육비는 (2013년)학생 1인당 695만 원으로 OECD 평균인 1,376만 원의 절반 정도에 그치고 있다. 그리고 2022년 통계는 연간 학생 1인당 평균 사교육비가 500만 원을 넘어서고 참여율도 더 높아져서 오히려 상태가 더 악화되고 있음을 보여준다. 다시 말해서 한국에서는 사교육이 공교육이 맡아야 할 교육의 일부분을 지탱하고 있다는 것이다. 따라서 한국 사교육의 문제는 과중한 사교육비 부담 그 자체가 문제가 아니라 사교육은 그 성격상 공교육과 달리 부모의 경제력이 자녀의 학력에 영향을 미쳐 결국 교육을 통한 계층 이동을 어렵게 하고 부의 세습을 강화시킨다는 사회적 역기능에 더 큰 문제가 있는 것이다.

어쨌든 사교육이 경제적 · 사회적으로 그리고 학생들의 행복 추구에 문제가 많은 것에는 모두 공감하지만, 그 해결책에 대해서는 이견이 많고 정권이 수없이 바뀌고 정책이 수없이 바뀌어도 효과적인 해결책이 나오지 않는다. 얼마 전 한 교수는 방송 대담에서 사교육은 입시경쟁 때문이므로 고교 졸업생이 대학 정원을 하회하는 시점에 입시와 사교육 문제가 해결된다고 하기도 했고, 김상곤 교육부 장관은 수능을 절대평가로 바꾸고 특목고를 없애는 한편 자율학습과 심야 학원 운영을 규제하면 입시와 사교육 문제가 해결될 것이라고 했지만 그럴수록 사람들은 여전히 더 좋은 대학에 가기 위해서 경쟁적으로 사교육에 매달리고 있다(심지어 조국, 이희연, 김상곤 등 그런 정책을 주장하는 좌파 교육 관련 핵심인사들마저도 사교육과 특목고를 통해서 자기 자녀들을 일류대학과 미국 유학을 보냈다.).

사람들은 바보가 아니다. 대부분 사람들이 사교육에 돈을 지출하는 것은 그만큼 효과가 있다고 믿기 때문이다. 말로는 남들이 하니까 나도 뒤처질까 봐 안 할 수 없다고 자기변명을 하지만 진정으로 효과가 없다고 생각하면 거기에 돈과 시간과 자녀의 행복을 희생시키지 않을 것이다. 그런데 과연 그럴까? 지금까지는 그랬다. 하지만 앞으로는 달라질 것이다.

지금까지는 자녀의 교육에 투자하는 것은 확실히 남는 장사였다. 그 이유는 70년대~90년대 고도 성장기에는 교육받은 인재의 수요도 항상 있어서 대학 교육만 받으면 돈도 벌고 중산층 이상의 삶을 유지할 수 있었다. 또한, 전통적인 효 개념이 살아있어서 그들이 출세하여 부모를 봉양했으므로 노후대책으로도 충분한 투자가 되고 자녀의 성공이 곧 자신의 인생의 성공으로 비춰지는 풍토 속에서 삶의 성취감도 느낄 수 있었다. 전통 농경사회가 산업사회로 변화하던 시점에 땅을 자녀에게 물려주는 것보다는 그 땅을 팔아서 자녀 교육을 시키는 것이 더 현명했고 국가적으로도 경제개발에 필요한 토지와 자본, 인력 공급이 되어서 좋았다.

하지만 이제부터는 달라질 것이다. 18세기 후반의 증기기관에 의한 1차 산업혁명으로 농민의 일자리가 없어지고, 20세기 초반 전기에 기반한 2차 산업혁명으로 단순 노동자의 일자리가 사라졌으며, 1980년대 디지털 혁명으로 사무직 일자리가 줄어들고 있고 앞으로 로봇 공학 · 인공 지능 · 나노 기술 · 생명 공학에 의한 4차 산업혁명이 본격화되면 정신적이든 육체적이든 반복 작업을 하던 일자리는 사라질 것이다. 2016년 다보스포럼 연차총회가 발표한 '미래고용보고서'는 전 세계에서 일자리 700만 개가 사라질 것으로 전망했다. 물론 데이터 분석 등 컴퓨터 분야에서 일자리 210만 개가 새로 만들어질 것을 감안해도 전체적으로 약 500만 개 일자리가 순감할 것이라고 보았다. 특히 로봇과 기계에 의해 대체되는 일자리는 대부분 단순 업무에 종사하는 저소득층일 가능성이 높고 전문 지식과 서비스로 무장한 개인이나 기업, 국가는 상대적으로 더 수혜를 누릴 수 있다. 결론적으로 기술과 산업의 발달은 갈수록 고도로 교육받은 소수의 사람만을 필요로 하기 때문에 처음의 1차 산업혁명 후에는 초등교육, 2차 산업혁명 후에는 고등교육, 3차 산업혁명 후에는 대학 교육만으로 충분했지만 이제는 대학을 나와도 좋은 일자리와 삶이 보장되지 않는다는 것이다. 더욱이 유교적 가치관의 붕괴와 저성장에 따른 소득감소로 자녀들이 더 이상 부모를 부양할 능력도 의지도 없게 될 것이므로 자녀의 사교육에 투자하는 것은 정말 어리석은 일이 되는 것이다.

사실 한국 사회에서는 이미 출산 기피, YOLO족 등장, 생전 증여

회피 등 이런 추세를 반영하는 현상들이 나타나고는 있지만 아직도 대다수가 교육에 대한 미련은 버리지 못하고 있다. 이것은 사람들이 미래보다는 과거의 경험에 집착하는 경향 때문이기도 하지만 문화적 현상은 경제적 현상보다 항상 뒤처져서 실현되는 보편적 경향 때문이다. 즉, 사람들은 현실로 나타날 때까지는 과거의 관행을 버릴 용기를 쉽게 내지 못하고 뚜렷한 대안도 미래에 대한 확신도 없으므로 일단 그동안 먹혀왔고 가능성은 낮지만 여전히 성공의 확률은 남아있는 교육(사교육)에 투자를 해보고 있는 것이다.

하지만 변화가 눈앞에 나타났을 때에는 이미 늦다. 진화의 냉혹한 현실처럼 새로운 환경변화가 일어나면 과거에 집착하며 이전의 경쟁 도구를 계속 발달시키던 개체는 도태되고 완전히 새로운 특성을 가진 개체만 살아남듯이 앞으로는 지금처럼 공부를 열심히 해서 시험을 잘 치는 사람보다는 보다 자유롭고 창의적인 사람이 성공할 확률이 높으며 그에 앞서서 출세보다 행복을 삶의 목표로 삼는 패러다임의 전환이 필요하다. 왜냐하면 이제는 이른바 '출세'를 할 확률이 극히 낮으므로 굳이 출세를 하지 않더라도 행복하게 살 수 있는 능력을 길러야 하기 때문이다. 이 두 가지를 위해서는 자녀들을 사교육의 틀로 얽맬 것이 아니라 풀어주어야만 한다. 자녀의 삶을 자신의 삶의 성패로 동일시하지 말고 각자 자신의 삶의 의미를 찾아가고 경제적으로 대비를 하는 현명한 선택을 한다면 사교육보다는 자녀와 좀 더 많은 시간을 보내고 자녀에게 좀 더 많은 경험을 할 수 있는 기회를 주고 자녀 스스로 하고 싶은 활동을 하고 결정을 할 수 있게 도와주게 될 것이다.

세상에 100% 보장된 것은 없다. 신념을 가지고 용기 있게 실천하는 자만이 미래를 열어갈 수 있으며 그런 사람들이 조금씩 늘어날 때 사교육을 포함한 한국의 교육문제와 무의미한 무한경쟁에 따른 폐해가 조금이라도 빨리 해결되고 한국인의 삶의 질과 행복도 개선될 것이다. 물론 쉬운 선택은 아니다. 잘못되면 남들보다 힘든 일을 하면서 평생 불안정하고 열악한 삶을 살아야 하므로 어떤 결과에도 후회 않을 개인적 결단과 사회문화적 공감대가 필요하다.

나도 개인적으로는 아이들이 원치 않는 사교육을 시키지 않았고 22년 교직 생활에서도 공교육의 질과 양을 높이고 학부모의 신뢰를 얻어서 사교육 수요를 공교육으로 소화하는 것이 국가와 교육을 살리는 길이라 믿고 새벽부터 밤늦게까지 나름 헌신을 해왔다(그것이 학교 밖에서 경쟁적인 사교육 수요는 여전한데도 당장 학교 교육에서 경쟁을 멈추라는 이상주의와 부딪혀 좌절하기도 했지만). 나를 믿고 따라서 열심히 해준 아이들을 생각하면 내 선택에 대해서는 스스로 보람을 느끼고 그 결과에 대해서는 후회를 하지 않는다. 하지만 나는 실패를 했다. 나 혼자만의 힘으로는 바꾸기 힘든 도도한 사회적 현상이 쉽게 바뀌지는 않을 것이고 나름 한국의 급속한 경제성장에 기여한 면도 있을 것이다. 그러니 노동자와 학생들은 단순히 성장 이면의 희생자로만 볼 것이 아니라 공로자로 의미를 부여할 필요도 있다. 세상 모든 존재는 나름의 가치가 분명히 있기에 절대 전면 부정을 하면 안 된다.

그래도 그럼에도 불구하고 행복한 여기 아이들이 부럽다. 한국도 분명히 이제 변화의 바람이 불 것이다. 한국의 아이들도 이 아이들처럼 깔깔대며 버스에 오르는 날이 머지않아 올 것이다.

일상의 행복

괴테의 고전 명작《파우스트》는 젊음과 그 환락을 얻기 위해서 악마와 거래를 하고 영혼을 팔고 예상외의 결과를 얻는 사람의 이야기를 담고 있다.

그런데 누가 나에게 어린 시절로 돌아가겠냐고 하면 공짜로 보내줘도 난 거절을 할 것 같다. 좀 더 나이가 들면 어떨지 몰라도 지금은 난 지금이 좋다. 내 어린 시절과 젊은 시절이 너무 고단하고 어두웠기 때문일까?

하지만 나만 그런 것이 아니라 한 통계에 따르면 인생에 있어서 가장 행복감을 많이 느끼는 나이가 50대라고 한다. 통계이기 때문에 그 이유에 대한 연구는 없었지만 나는 언제나 누구나 추구하는 이 행복에도 종류와 차이가 있다는 데에서 그 이유를 찾을 수 있다고 본다.

왜 세상 근심 없이 뛰어놀 수 있는 10대도 아니고, 인생에 있어

서 가장 아름답고 활력이 넘치는 20대도 아니며, 한창 꿈을 펼치고 있는 30대도 아니고, 어느 정도 성취를 한 40대도 아니며, 삶의 지혜를 터득한 60대도 아니며, 욕심을 내려놓을 정도로 원숙한 70대도 아닌 어쩌면 어정쩡한 50대가 가장 행복할까? 물론 세대별로 큰 차이가 나는 것은 아니지만 50대가 가장 행복한 이유는 행복은 흔히들 말하듯이 단순히 마음먹기에 달려있는 것은 아니라는 것이다. 즉, 우리를 행복하게 하는 것들이 많이 있지만 가장 지속적으로 행복감을 유지시켜 줄 수 있는 요소는 바로 안정감이라는 것이다. 다른 세대와 비교할 수 있는 50대의 특징은 바로 안정감이다. 50대에 비해 20대는 미래가 불확실하여 너무 불안하며, 40대는 삶의 무게가 너무 무겁고, 60대 이후는 곧 닥칠 상실에 대한 두려움이 너무 크다. 여기서 중요한 것은 나이 자체가 아니라 행복을 바라보는 우리의 시각이다. 즉, 50대가 되어야 행복할 수 있다는 것이 아니라 인생의 어느 순간이라도 평범한 일상의 소중함을 깨닫는 것이 행복 추구와 성취에 있어서 중요하다는 것이다. 아프고 나서야 우리는 건강의 소중함을 깨닫듯이 많은 사람들이 현재 주어진 것에는 쉽게 싫증을 내고 그 소중함을 모르고 살아간다. 하지만 안락한 주거와 건강과 생활에 필요한 물질(돈)을 벌 수 있는 일(직업)은 행복에 있어서 가장 기본적인 필수 요소이다.

그러나 사람들은 사랑과 정신적 가치의 중요성을 강조하다가 오히려 가장 기본이 되는 물질적 안정의 필요성을 가볍게 여기기도 하고, 새로움과 도전에 의미를 많이 부여하다가 일상의 행복을 놓치기도 한다. 사람은 생리적으로 반복되는 것에는 익숙해지고 싫증을 느끼게 진화되어 설계되었다. 심지어 행복 호르몬이 분비되는 사랑의 유효기간도 2년이라고 하지 않는가? 새로움을 추구하는 것은 변화 · 발전을 위해서는 필요한 것이지만 때로는 행복에 저해요소가 되기도 되기 때문에 이 새로움과 안정을 적절히 조화롭게 유지하는 것이 핵심이다.

칸트는 매일 시계처럼 규칙적인 생활을 한 것으로 알려져 있다. 왜 그랬을까? 정말 따분하지 않았을까? 나는 요즘 그 이유를 짐작할 수 있다. 일에 쫓겨 정신없이 살다가 좀 선택할 수 있는 여유 있는 생활이 가능해진 이후로 나는 규칙적인 일상을 하는 것이 얼마나 편안하고 행복한지를 깨닫고 있다. 아침에 일어나서 근육운동을 하고 청소를 하고 아침을 먹고 일을 하거나 산책을 하고, 점심때는 커피를 한 잔 마시고 저녁에는 수영을 하고 음악을 들으며 독서를 하며, 저녁 후에는 영화나 TV를 보고 휴일에는 자전거를 타거나 테니스를 치고 때로는 등산을 하기도 한다. 때로는 그냥 하고 싶은 것만 하거나 아무것도 안 하며 빈둥거리고 싶은 유혹도 느끼지만 그래도 비록 반복되는 일상이지만 다양한 활동을 섞어서 하는 것이 더 기분이 좋다는 것을 경험으로 알기에 귀찮지만 습관적으로 시작을 하고 보면 그 활동들의 즐거움에 빠져서 하루가 지루할 틈이 없다. 그리고 습관화의 또 다른 좋은 점은 무엇을 할까 고민을 할 필요가 없다는 것이다. 그저 전에 좋았던 것을 오늘도 또 하면 되고 그 안정과 편안함 속에서 마음의 평화를 느끼고 새로운 생각도 하고 그것을 글로 옮기는 기쁨을 누리며 삶의 가치와 영혼의 풍요를 만끽할 수 있는 것이다. 가끔 좀 더 신나고 역동적인 것을 하고 싶을 때는 또 그렇게 하면 된다. 다만 다시 일상으로 돌아왔을 때 그 일상의 행복을 누릴 수 있어야만 한다.

평범한 일상의 소중함을 느낄 수 있는 만큼 우리는 행복할 수 있다.

사랑도 행복도 그 본질을 알고 공략해야지 성취하고 누릴 수 있다.

자, 주워 담으러 가자. 여기도 행복 저기도 행복, 눈만 뜨면 행복이 주렁주렁 열려있는 게 보이지 않니?

과일이 익기까지

아아 세상에는 행복한 즐거움이 너무 많다. 햇빛이 환한 날에 개와 함께 강가를 산책하는 기쁨, 하루의 목표를 성취한 후 퇴근하는 기분, 따스한 물에서 하는 수영, 스키 타기, 숲길에서 자전거 타기, 승마, 패러글라이딩, 갓 구운 팬 케이크….

그중에서도 하루의 일과가 끝난 한가한 시간에 편안한 음악을 틀어 놓고 고소 쌉쌀 달콤한 커피 향을 맡으며 책을 읽는 즐거움은 마음도 풍요롭게 해주는 빼어난 즐거움이다.

또한, 좋은 생각이 떠올랐을 때 그것을 글로 옮기는 창작의 즐거움도 개인적으로는 큰 기쁨인데 이것은 잘 써야 한다는 압박감과 글이 막혔을 때의 스트레스, 그리고 결과가 마음에 들지 않을 때의 실망과 좌절감이 너무 커서 자꾸만 포기하게 된다. 그래서 독서에 대한 압박감을 버리니 즐거운 책 읽기가 되었듯이 글도 잘 써야겠다는 욕심을 버리고 일기를 쓰듯이 부담 없이 즐거운 글쓰기를 하는 것이 좋을 것 같다. 어떤 작가는 직장에 출근하듯이 무조건 하루에 8시간을 글을 썼다고 하며 소위 천재들도 창작의 고통을 겪고 애를 쓰지 않으면 성과가 없다는 게 사실이겠지만 적어도 나는 힘들여 억지로 짜내기보다는 과일이 익을 때를 기다리듯이 삶의 경험과 독서가 쌓이면 좀 더 원숙한 글이 나올 때가 있을 것으로 믿고 기다리고 또 기다리고 있다. 그렇게 기다리고 기다리다가 끝나버린다면 그 또한 어쩔 수 없는 일이 아니겠는가? 그것이 내 재능의 한계라면 아무리 원하고 바란다고 해도 안 되는 것은 안 되는 것이다.

하지만 그럼에도 불구하고 다시 한번 붓을 드는 이유는 최근에 읽은 뇌에 관한 두 권의 책 때문이다. 하나는 데이비드 이글먼(David Eagleman)의 《Livewired : The Inside Story of the Ever-Changing Brain》이고, 또 한 권은 마이클 라이언의 《뇌는 왜 아름다움에 끌리는가》이다. 전자에서는 '인간의 뇌는 사용하는 쪽으로 계속 발달이 되고 사용하지 않으면 없어져 버린다.'라고 하니 원하는 것이 있으면 계속 습관화시켜야 하므로 무작정 기다려서는 안 됨을 깨달았고 후자에서 배운 것 '뇌가 끌리는 아름다움은 그 특성이 생존과 번식에 유리하기 때문이라는 기존의 상식이나 학설과 반대로 생물 종의 감각 능력의 발달 정도에 따른 능력의 한계 내에서 이미 선호가 결정이 되고 그에 따라 성 선택의 진화가 이루어지며 그 결과가 생존에 유리한 경우에 무작위적으로 그 특성에 후대에 이어진다.', '원하는 것과 좋아하는 것은 다르다. 섹스 · 식탐 · 도박 · 마약 등 도파민 분비를 유발하는 것은 원하게는 하지만 즉각적 쾌락을 보상하는 엔도르핀 분비와는 별개이다. 좋아함이 원하게는 만들지만 같은 자극에 익숙해지는 성향 때문에 원하고 성취한다고 해서 그것이 항상 바로 쾌락이 되는 것은 아니다.'는 등의 내용은 흥미롭고 재미있지만 이를 기록해 놓지 않으면 잊혀버린다는 사실 때문에 일단은 생각이 들 때 쓰고 보기로 한 것이다. 재미나 예술성은 생각하지 말고 누군가가 읽을 것이라고 기대하지도 말고, 그냥 취미로 내 시간 보내기라고 생각하고 쓰기로 했다.

완성 후에 지워버릴 만다라를 모래 위에 정성껏 그리는 승려들의 노력이 결코 헛된 것이 아니듯이 결과가 아닌 과정에 의미를 부여한다는 깨달음이 있다면 글을 쓰는 즐거움을 다시 찾을 수도 있을 것이다.

어떤 날에는 아무런 생각도 없이 허무하게 지나가는 때도 있겠고 헛된 생각에 마음에 들지 않는 글이 나올 수도 있겠지만, 욕심만 버린다면 인생이 즐거워지듯이 내 삶에 있어서 이 글을 쓰고 있는 오늘 하루 이 1시간이 독서와 경험을 통해 받은 내 생각을 정리하고 나를 돌아보고 그 과정에서 새로운 깨달음을 얻는 아름답고 즐겁고 소중한 시간인 것만은 분명할 것이다.

내 인생 전체가 그러하였듯이 누가 알아주든 아니든 그것은 부차적인 것이다.

목마름

오래전 배낭여행으로 독일 하이델베르크를 방문했을 때 칸트가 산책을 했다던 '철학자의 길'에 가본 적이 있다. 지금은 관광코스가 되어있었지만 그래도 고성과 아담한 시내와 강과 다리를 내려다보는 완만한 언덕길 산책로가 깔끔해서 사색을 하기에 참 좋겠다는 생각이 들었다. 하지만 그때는 평생 같은 시간에 같은 코스로 산책을 하는 것이 지루하지 않았을까 의문이 들었었다. 그런데 지금은 왜 그랬는지 이해가 된다. 칸트의 속마음이 어땠는지는 모르고 그 동기가 무엇이었는지는 모르지만 나도 요즘에는 겉으로 일어나는 변화를 별로 좋아하지 않게 되었다. 그래서 집 안의 가구와 도구들을 가능하면 꼭 필요한 것만 비치하고 항상 제자리에 정돈을 해놓으려고 노력하며 하루의 일상도 기상 후 운동 · 아침 식사 · 일 · 산책 · 독서 · 음악 감상 · TV 보기 · 취침 등 정해진 순서대로 하고 주말 운동도 계절에 따라 자전거 · 골프 · 등산 · 스키 등 약간의 변화만 주려고 한다. 그렇게 해서 좋은 점은 일상에 에너지를 쓰지 않고 좀 더 생산적인 일에 집중을 할 수 있다는 것을 깨달았다. 하루의 매 순간 무엇을 해야 할지를 고민하지 않으면 그 하는 일의 내용에 더 많은 노력을 들일 수가 있어서 참 좋고 편안하다. 그래서 겉으로는 같은 행동의 반복이지만 그 내용은 매번 달라지고 새로워져서 지루할 틈이 없는 것이다. 즉, 무변화가 변화를 보장하고 지루함이 흥미를 보장하는 모순이다. 그렇다면 이처럼 겉에 보이는 것 말고 내면을 들여다볼 수 있다면 스님들이 같은 불경을 수없이 반복하지만 그 정신세계는 항상 새로운 창공을 날아갈 수 있다는 것도 이해할 수 있을 것이다.

누군가 '여행은 집이 얼마나 편안한지를 알기 위해 떠나는 것.'이라고 했다. 어찌 보면 참 모순적인 논리인데 하지만 잘 들여다보면 그 모순으로 보이는 것이 나름 이유가 있고 궁극적인 '중도'라는 적절한 균형을 이루어 생존과 풍요를 보장하는 도구가 되는 것이다. 사실 동물의 뇌가 이처럼 익숙한 것에 금방 싫증을 내고 나아가 감각과 의식조차 마비가 되어 변화를 갈망하면서 한편으로는 안정과 평화를 추구하는 것을 보면 원래 생명이란 것이 본질적으로 그렇게 생겨 먹은 것이다. 즉, 배가 고프면 맛있는 음식을 찾고 배가 부르면 운동을 하여 에너지를 소비하며, 힘이 들면 쉬고 싶고 또 한참을 쉬고 나면 또 움직이고 싶다. 또한, 목숨을 걸고 짝을 찾았다가도 금세 다른 짝을 찾아 나선다. 모험과 도전에 흥분하고 그를 찬양하지만, 그 때문에 지치면 다시 또 평화를 갈구한다. 참 어리석어 보이지만 그것이 너무 지나치지 않은 정도로 생명체의 안정과 발전을 동시에 보장하는 것이다.

그래서 나는 오늘도 여기까지만 글을 쓰고 맛있는 저녁을 먹으려고 한다. 적당히 적당히….

계획 없는 유전자

리처드 도킨슨의《이기적 유전자》이후 많은 사람들은 생명체의 행동과 성 선택 뒤에는 유전자가 있을 것이라고 상정하고 진화에 유리한 형질들만이 환경에 의해서 선택되고 살아남아 후손을 남기는 것이 새로운 상식이라고 생각해왔다. 그래서 겉으로 이타적으로 보이는 행동들도 사실은 그 종 전체의 보존을 위해 개체를 희생하는 이기적 동기가 숨어있다고 보았다.

하지만 유전자는 아무런 계획이 없다. 유전자는 사고를 하지 않기 때문에 계획이 있을 수가 없다. 진화에 유리한 선택을 하는 것이 아니라 그 반대로 우연하고 다양한 돌연변이가 일어나서 생긴 형질 중에서 환경에 적합한 것과 환경의 변화에 적응한 개체의 형질이 살아남아 후손을 남긴 것이다. 또한, 살아남은 형질이라고 해서 가장 합리적이고 효율적인 것만도 아니다. 합리와 효율을 본다면 인간의 식도는 기도 뒤에 위치하고 분리되는 것이 더 좋지만 우리는 먼 조상이 우연히 가진 불편한 구조를 가지고도 그냥 또 다른 우연들 덕분에 그냥 살아남은 것이며 마이클 라이언의《뇌는 왜 아름다움에 끌리는가》에서 연구한 long tailed widow maker bird의 사례에서처럼 성 선택이 종의 생존에 불리한 경우도 많다(물론 이것이 공작의 꼬리처럼 과다한 성 경쟁의 결과로써 이 역시 강한 유전자를 남기기 위한 선택이었다는 주장이 있으나 이는 유전자의 선택이 있었다는 결론을 먼저 상정하고 이유를 끼워 맞추어 이끌어 낸 강변에 불과하다.).

유리해서 선택한 것이 아니라 거꾸로 우연히 선택을 했더니 그중 어떤 것은 생존에 불리하여 도태되고 어떤 형질은 생존에 유리하여 살아남은 것이다. 성 선택에 있어서도 마찬가지이다. 역시 마이클 라이언의 같은 책에서 관찰된 swordtail fish의 경우에서처럼 긴 꼬리를 아름답게 보고 선택하여서 꼬리가 길어진 것이 아니라 아종이 갈라지기 이전에 이미 긴 꼬리에 대한 선호가 있었고 그럼에도 불구하고 어떤 아종은 긴 꼬리로 진화하고 다른 아종은 짧은 꼬리로 남았다. 즉, 긴 꼬리가 생존과 번식에 필수적인 것은 아니었고 그렇다고 해서 단기간에 그 선호도가 사라진 것도 아니라는 사실이다.

물론 아름다움에 대한 선호가 생존과 번식에 유리할 수 있는 이유는 많다. 그중에서도 인간과 동식물에게서 가장 공통적이고 포괄적인 것은 '아름다움은 같은 종의 평균에 수렴한다.'는 사실이다. 인간이 좌우 균형이 잡힌 몸매를 선호하고 여러 사람들의 얼굴을 조합한 형상을 가장 아름답게 본다는 사례에서 보듯이 이렇게 평균적인 모양과 소리를 아름답게 보고 선호하고 선택하는 것은 이종교배나 부적합한 지나친 돌연변이와의 번식에 따르는 위험을 줄이고 가장 건강한 유전자를 남기려는 본능(?)에 따른 것이지만 그렇다고 해서 그것이 다는 아니다. 아름다움에는 사회적 문화적 요소와 감각과 행동에 있어서의 신체적 한계 그리고 포식자와의 관계도 있기 때문이다.

다시 말해 유전자는 살아남아 번식하기 위해서 계획적으로 유리한 것을 아름답게 보는 것이 아니라 아름다움이란 그 자체로서 존재하고 그 선호로 선택을 했더니 그 결과가 우연히 생존에 유리했으면 살아남았고, 불리했으면 없어진 것이다. 하지만 이 불합리 속에 멋진 생존의 비밀이 숨어있다. 즉, 합리적인 계획이었다면 없었을 다양성이 확보된다는 것이다. 가장 효율적인 것을 선택하려 한다면 그 결과는 단수나 소수에 수렴할 것이나 무계획적으로 선택했다면 그 결과는 무수한 다양성이 될 것이고 변화무쌍한 자연환경은 계획적인 전자보다는 비합리적인 후자에게 생존과 번영이라는 생명의 우승컵을 안겨준 것이다.

사실 '아름다움이 무엇이고 우리는 왜 아름다움에 끌리는가.'라는 주제는 참 매력이 있는 의문이고 숙제인데 드디어 답을 보았다. 아름다움은 생존이든 뭐든 그 무엇을 위해 존재하는 것도 아니고 그 자체로서 존재하지만, 그 결과는 역사를 바꾸고 개인의 운명과 삶을 송두리째 뒤흔드는 막강한 힘을 가진 것이다. 뭔가 숭고한 목적을 기대하며 아름다움에 대한 찬양을 하는 사람들에게는 좀 허무한 결말일 수도 있으나 그래도 나는 아름다움이 그냥 그 자체로 존재하는 선호도이며 엄청난 의미가 있는 것은 아니라는 것이 마음 편하다. 내가 예쁜 것을 사랑하고 내가 좋아하는 풍경과 소리와 감각을 그냥 적당히 즐기면 되니까.

자유를 누릴 자유

사람을 포함한 모든 동물들 심지어 식물들도 생존과 번식을 위해 속임수를 쓴다. 진화시킨 포식자와 피식자 사이에서의 진화의 경쟁처럼 보호색 같은 이러한 속임수 기술과 그 속임수를 파악하려는 경쟁도 끝이 없다. 인간에게 있어서도 개인뿐만 아니라 집단끼리도 서로 속임수를 쓰기에 겉으로 내세우는 명분과 그 숨은 동기는 다를 때가 대부분이다. 더욱이 동기와 결과는 서로 일치하지 않는 경우가 많기 때문에 명분과 결과는 완전히 상반되는 것이 오히려 보편적이다.

그러다 보니 세상 모든 것들의 뒤에는 숨겨진 의도와 의미가 있을 것이라는 강박에 빠져서 사랑과 아름다움 · 이끌림 이런 것들에서도 이해관계를 찾으려고 노력해 왔으나 이유 없이 무작정 좋고 아름답고 끌릴 수 있다는 것을 알고 나니 참 자유롭고 좋다. 장조의 음악이 흥겹고 단조의 음악이 우울하고 슬픈 것은 어떤 이유나 동기가 있어서가 아니고 개나 어린아이들에게 혼을 낼 때의 어조는 끝이 단호하고, 어르고 달랠 때의 어조는 톤이 높게 시작하고 끝이 길어지는 현상이 문화와 상관없이 동일한 것은 소리에 절대적이며 공통적인 감정을 느낀다는 것이다. 그러므로 우리가 푸른 들판의 노을을 아름답게 느끼는 것에 굳이 인류 초기의 사바나 풍경을 대입할 필요는 없는 것이다. 이제 이유를 따지지 않고 맛과 냄새와 모양과 색과 소리와 음악에서 자유롭게 아름다움과 좋은 것을 느껴도 된다.

해야 할 일을 하고 해야 할 이유를 찾는 것이 아니라 이제 자유롭게 하고 싶은 것을 해도 된다. 항상 의미 있는 것을 해야 한다는 강박관념에서 벗어나 내 삶의 자유를 누릴 자유가 생겼다. 뭔가 돈과 시간을 낭비하면 안 된다는 막연한 죄의식에서 벗어나 이제 절제와 변화 속에서 좋은 것을 즐기고 하고 싶은 것을 해도 좋다고 생각하니 참 좋다. 책을 읽고, 글을 쓰고, 말을 타고, 야영과 스키도 하고, 패러글라이딩을 하고, 자전거를 타고, 배도 타고, 수영도 하고 그렇게 즐겁게 살아야겠다. 이제 산사 스님들의 독경 소리도 듣고, 성당의 스테인드글라스를 뚫고 들어오는 색감도 감상하고, 그림과 조각품도 감상하고, 봄꽃 냄새와 여름밤 맥주 축제 느낌도 마음껏 즐겨도 되겠다.

마음 가는 대로 그렇게 자유롭게…….

스러져가는 것들의 아름다움

부끄러움을 안다는 것. 유학에서는 수오지심(羞惡之心)을 의(義)에서 우러나오는 것으로 인간으로서 갖추어야 할 기본 심성 네 가지, 사단(四端)으로 중요하게 보았다. 요즘엔 정말 부끄러움을 모르고 뻔뻔한 사람들이 너무 많다. 특히 좌파들은 멋진 명분을 내세우고 자기 잘난 맛에 살기에 자신의 잘못이 드러날 위기에 처하면 차라리 자살을 할지언정 절대 솔직하게 잘못을 인정하고 반성하지 않는다. 나 역시 젊은 시절 좌파들의 사상에 빠져서 그것만이 옳은 줄 알고 자존심 하나로 삶의 어려움을 버텨왔으며 아직도 마음속으로는 부끄럽고 후회스러운 것들이 많지만 겉으로 그것을 인정하지는 못하고 있다. 그저 반성하는 마음으로 조용히 살아갈 뿐…. 그럼에도 불구하고 최소한의 품위는 지키려 하고 그래도 아주 나쁜 놈은 아니라고 자위를 하고 있을 뿐이다.

역사상 얼마나 많은 사람들이 부끄러움 없이 살다가 갔을까? 파리의 지하무덤의 그 수백만 개의 해골의 주인들은 모두 어떠한 삶을 살다가 갔을까? 산속에서 흔적도 없이 살다가 간 스님들은 어떤 것을 깨닫고 무엇을 이루었을까? 젊은 시절엔 의미 있는 삶을 살려고 발버둥을 쳤으나 이제는 인간이 세상에 살다가 세상에 기여하는 것은 고사하고 해악을 끼치고 가지만 않아도 성공한 것이라는 생각이 든다. 죄를 짓지 않고 살아가는 것만도 쉽지 않은 일이니 내 주변이 사람들에게 좋은 영향을 미치고 내가 일을 통해 이룬 것으로 세상에 내 밥값을 하고 욕심을 부려 좋은 글을 써서 좋은 책 한 권 정도 남길 수만 있다면(아니 어차피 세상에 좋은 책도 넘치므로 굳이 한 권 더 보태지 않더라도) 그냥 조용히 스러져간들 무엇이 아쉬울 것인가?

그러기 위해서는 위선과 명분의 거짓된 삶을 과감하게 떨쳐버리고 지금 이 순간부터 매 순간순간 솔직하고 담백한 진실한 삶을 살아가야 할 것이다.

흐르는 강물처럼

흘러야 한다. 강물처럼. 끊임없이….

'멈추면 보이는 것들'이라는 달콤한 유혹도 있고 계속 변화한다는 것은 피곤하고 힘들어 보이지만 사실은 가만히 있는 것이 더 힘들고 구속과 퇴보가 되며 오히려 변화하고 흐르는 것이 생명의 자연스러운 본성이다. 멈추면 뒤로 가는《이상한 나라의 앨리스》에 나오는 '붉은 여왕의 딜레마'는 경쟁적 진화에만 적용되는 것이 아니라 생명체의 모든 현상에 맞는 말이다. 현실에서 볼 때 무리하게 억지로 변화하려는 것이 문제이지 자연스러운 흐름은 오히려 소통과 성장과 즐거움과 활력이 된다. 사람은 일이 지치고 힘들면 쉬고 싶고, 또 쉬다 보면 지겨워서 움직이고 싶고, 여행을 가면 집이 그립고, 집에 있으면 새로운 세상을 보고 싶은 법이다. 이것은 잘못된 것이 아니다. 사랑하던 사람과도 오랜 시간이 흐르면 따분해지는 것은 자연스러운 현상이다. 그러므로 아무리 좋은 것도 그 상태를 유지하려고 집착하면 오히려 권태와 동맥경화가 생기는 법이니 좋은 상태를 유지하고 싶으면 계속 긍정적인 새로운 변화를 추구해야만 한다.

생명체가 살아있다는 것은 세포가 끊임없이 생기고 성장하고 죽는 과정이며 그것이 멈추면 곧 개체의 죽음이듯이 사람의 두뇌활동과 경제 · 사회제도와 인간관계도 멈추면 현상유지가 아니라 퇴보와 죽음과 부패로 이어지는 법이다. 심지어 두뇌는 새로운 자극이 없이 기존의 동일한 자극이 지속되면 감각 자체마저도 둔화되고 없어지게 되며, 아무리 좋은 사람도 계속 같이 있으면 좋은 줄을 모르고, 경제와 사회도 순환하지 않으면 문제가 발생한다. 따라서 신선한 자극과 활동을 지속해야 그것이 살아있는 것이다. 그것이 꼭 겉으로 보이는 활발한 역동성만을 의미하는 것은 아니다. 가만히 앉아서 참선을 하는 것도 활동이 될 수 있고 가벼운 산책도 좋은 경험이 될 수 있다. 그래서 행복의 비결은 흐르는 강물처럼 activity를 유지하는 것이다. 그리고 그 즐거운 경험을 습관화시켜야 하는 것이다.

젊음과 노쇠, 생명과 죽음의 차이는 무엇인가? 바로 새로움에 대한 열망의 유무가 아닌가? 매일 아침 눈을 뜨면서 새로운 하루에 대한 기대가 없다면, 매일 걷는 산책길에서 새로운 풍경의 변화와 익숙한 새의 지저귐을 듣지 못한다면 그 삶은 얼마나 따분할 것인가? 굳이 멀리 모험을 떠나고 짜릿한 자극을 추구해야만 하는 것이 아니다. 마약이나 도박이나 섹스처럼 강한 자극만을 끝없이 추구한다면 거기에 중독이 되어 결국엔 그 욕망을 충족할 수 없게 될 것이지만 일상의 작은 활동 속에서 새로움을 발견할 수 있다면 하루하루 매 순간순간이 즐겁고 흥미진진하고 새롭고 보람이 있을 것이다. 중요한 것은 어떤 활동을 하느냐가 아니라 그 활동 속에서 어떤 것을 느낄 수 있느냐에 있는 것이다. 독서와 음악 감상 · 야외활동 · 운동 · 산책 · 영화감상 · 정원 가꾸기 등등 자신의 취미생활 속에서 삶의 활력을 느끼고 좋은 인간관계도 유지해야 한다.

인간의 뇌는 동시에 들어온 자극은 그것이 인과관계가 없더라도 연관이 있는 것으로 받아들인다. 따라서 좋은 일이 있으면 좋은 사람과 함께하는 것이 좋다. 취미를 공유하는 것도 좋고 같이 차를 마시고 이야기를 하고 여행을 하고 산책을 하는 것도 좋고 항상 좋은 것이 있으면 함께하고 나누면 그의 삶은 풍요롭고 행복해질 것이다. 인간은 사회적 동물이라 혼자서는 살기가 힘들다. 다른 사람과 함께 강물처럼 부드럽게 즐겁게 흘러가는 것 그것이 인생이다.

〔참고문헌: David Eagleman, Livewired〕

그럴듯한…

모든 사기꾼들은 믿음직하다. 누구도 의심스러운 사람에게 속지는 않는다. 믿던 사람의 달콤한 유혹과 본인의 욕심이 결합하면 사기는 성립이 된다.

모든 거짓말은 그럴듯하다. 의심스러운 것에 사람들이 속지는 않는다. 아프리카의 Kong 산맥이나 태평양의 Sandy 섬처럼 나중에 사실이 밝혀지면 어처구니가 없을 거짓말들도 적어도 그 사실이 밝혀지기 전까진 상식으로 당당하게 존재하여 권위 있는 도감과 심지어 Google Earth에까지 떡하니 실체로서 자리를 잡고 있다. 또한, 1637년 네덜란드의 튤립 투기(이런 이것도 과장이라고 하네)와 1991년 일본의 부동산 폭등 · 폭락과 1720년 뉴턴도 속았다는 South Sea 주식 폭락의 예에서도 보듯이 광기에 가까운 군중심리 상황도 터지기 직전까지는 아무도 모른다.

가만히 돌이켜 보면 나도 참 많이 속고 살았다. 그 당시에는 옳다고 믿었던 것들이 나중에 보면 잘못된 것이었던 적이 참 많았다. 그

때는 도움을 주는 착한 사람인 줄 알았는데 결국엔 나를 이용한 적도 많았다. 물론 그 반대인 적도 있었겠지만 기억에 남는 것들은 주로 뼈 아픈 상처들….

자동차의 앞길을 깃발 든 사람이 유도하는 150년 전 영국의 '붉은 깃발 법'이 대표적인 규제악법이라고 소리 높이던 정치인이 있었다. 그의 말을 듣고 보니 정말 참, 말도 안 되는 법이라고 생각했다. 하지만 그 법이 아직도 시퍼렇게 살아서 캐나다의 Home Depot 매장에서 Pork Lift가 움직일 때 유도수가 붉은 깃발을 들고 사람들을 안전하게 피하게 하는 것을 보니 말이 안 되는 것이 아니었다.

오래전 '녹색 세계사'를 읽고 모아이 석상으로 유명한 이스터 섬의 멸망 원인으로 지목된 환경 파괴의 위험성을 깨닫고 크게 감동하여 환경 운동에 전적으로 찬동하고 지원금을 보낸 적이 있었다. 그러다가 환경 파괴가 아니라 유럽인들의 침입이 멸망의 원인이라는 증거를 들이대는 책을 읽고는 내가 속았다고 생각했는데 최근에 재레드 다이아몬드(Jared Mason Diamond)의 《문명의 붕괴》에서 환경 파괴의 증거를 읽고서는 다시 한번 속았다는 생각이 들었다.

북한 어린이들에게 학용품을 보내고 영양 급식을 한다고 해서 매달 꼬박꼬박 보냈던 내 돈이 나중에 알고보니 임종석 손에 들어가 북한 독재정권 유지와 핵 개발에 쓰였다니…. 이런 멍청이!

어린 시절엔 박정희가 영웅이라고 믿었는데 대학생이 되어 운동권 선배들로부터 그동안 내가 속고 살아왔으며 박정희와 이승만이 친일파이고 김구와 김일성이 항일 독립투사 위인이라고 배웠고 민주화를 위해 목숨을 바치는 것이 조국과 민족과 민중을 위한 삶의 목표라고 믿고 청춘을 바쳤다. 그러나 나중에 보니 인간을 착취한다던 자본주의 제국주의 미국이 세계 최빈국 남한을 자유민주주의 체제로 살렸고 민중이 주인인 나라라던 베트남과 쿠바와 중국과 북한이 인권탄압 독재국가였으며 매판 자본이라던 삼성과 현대가 한국의 산업화와 근대화를 이끌고 나를 포함한 동시대 한국인의 삶의 질을 실질적으로 향상시켰고 그 경제적 성공을 토대로 정치와 사회와 학문과 문화의 발전이 이루어져 세계 속에서 서구 선진국들과 나란히 한국과 한국인이 인정을 받게 되었다는 것을 알게 되었다.

하긴 이런 것들은 미국 독립의 아버지 중 하나로 계몽사상가, 피뢰침의 발명가, 유명한 자서전의 저자로 미국 100달러 지폐에도 초상이 나와있는 벤자민 프랭클린(Benjamin Franklin)마저 고의적으로 가짜 신문을 만들어 영국군과 원주민의 잔학성을 과장하고 선전하는 등 목적을 위해 수단 방법을 가리지 않는 거짓말쟁이였다는 사실이 주는 충격에 비하면 아무것도 아니다. 인간은 정말 믿을 수 없는 존재들이다.

언제까지 속고 살 것인가? 아마 지금도 속고 있는 것이 있을 것이다. 그러나 어쩔 것인가? 지금이라도 하나씩 깨쳐나갈 수밖에…. 아는 만큼 보이고, 보이는 만큼 속지 않는다. 그러니 많이 읽고, 많이 경험하고, 욕심과 편견에 눈이 멀지 않도록 조심해야 한다. 모든 것에 의심하라. 믿음직하고 그럴듯한 것일수록 더 의심하라. 증거도 의심하고 입증이 된 것도 의심하라. 항상 내가 믿고 있는 것이 사실이 아닐 가능성을 열어두어야 속을 확률을 줄일 수 있다. 그래서 모든 존재를 의심하는 것에서부터 출발한 (방법적 회의론의)르네 데카르트(René Descartes)를 합리적 세상을 연 근대 철학의 아버지라고 하는 것이다. 그가 옳다.

하지만 아무리 조심해도 안 속을 수가 없고 속임수가 득세하는 것을 완전히 막을 수도 없다. 속임수가 문제가 아니라 그 속임수가 통하는 것이 문제이다. 세월호 다이빙 벨 같은 사기도 한동안은 진실인 것처럼 득세했고 거짓도 드러나지 않고 권력을 얻으면 그것이 진실이 되고야 만다.

어쩌면 진실과 거짓의 경계가 모호할 때가 더 많다. 옳지 않은 것도 다수가 믿고 따르면 그것이 정의가 된다. 그리고 자연계에서도 속임수를 써서 경쟁에서 살아남으면 그것이 힘으로 살아남은 것과 다를 것이 없다. 누가 문어나 카멜레온의 현란한 보호색을 속임수라고 비난할 수 있으며, 전쟁터에서 위장복을 입지 말고 기만술도 쓰지 말고 정정당당하게 싸우라고 요구할 수 있을 것인가?

생명에 있어서는 건강과 힘과 속력과 지혜와 마찬가지로 속임수도 하나의 생존능력이고 인간 사회에서도 그 속임수 능력을 이용해서 경쟁에서 이기고 권력을 얻고 살아남고 다수를 지배하고 믿게 하면 그 모든 것이 합리화되고 그것이 새로운 상식과 표준(norm)이 된다. 인권과 환경보호와 시장 경제와 민주주의 제도가 언제부터 인류의 보편 선이었던가? 사실은 국왕에 대한 충성이 최고의 선이었던 기간이 더 길었다. 따라서 진실과 거짓은 현실에 들어가면 선악의 문제가 아니라 입장의 차이이고 이겨서 살아남는 자가 진실과 정의가 된다. 그것이 냉혹한 사실이다. 그러니 어리석게 속은 자와 힘이 없어 패배한 자가 나중에 아무리 억울하다고 한탄을 해도 소용이 없다.

결국 진실은 거짓과 더불어 힘을 얻고 살아남기 위한 하나의 수단에 불과할 뿐이다. 그것이 현실에서의 진실이다.

〔참고문헌: 톰 필립스, 진실의 흑역사〕

해가 질 무렵

열심히 일을 하고 의욕적으로 무언가에 매진하며 살아가는 모습이 감동적일 때가 있고

해가 질 무렵 범종 소리를 배경으로 조용히 앉아 마음을 비운 사람의 편안한 표정이 아름다와 보일 때가 있다.

모든 것은 때가 있고, 지나치지 않을 때 그 빛을 발할 수 있다.

오늘 하루는 돈 문제로 분주했다. 그러나 그것도 무시할 수는 없는 삶의 한 모습이고

일을 마치고 경건하게 하루를 마무리할 수 있는 시간을 가질 수 있다는 것에 감사할 따름이다.

不老의 비결

나이가 들수록 시간이 빠르게 흐른다고 한다. 또 낯선 길보다 자주 가던 길은 짧게 느껴진다. 또 사랑하는 사람도 계속 만나면 더 좋은 줄을 모르게 된다.

왜 그럴까? 착각일까? 뭔가 잘못되었기 때문일까?

아니다. 사람(의 뇌)은 원래 그렇게 생겨먹었다. 뇌는 같은 자극이 반복되면 무관심해진다. 그것은 예측 가능한 상황에 지속적으로 에너지를 쓰는 것은 낭비이기 때문이다. 반대로 불안정한 상황이 지속되면 거기에 적응하기 위해서 뇌는 에너지를 많이 소모하여 피곤해진다. 따라서 인간은 가능하면 생존에 대한 위험을 회피하고 에너지 소모를 줄일 수 있도록 안정을 추구하는 것이 본능이다. 그래서 한 번 갔던 길을 다시 가거나 한 번 경험한 일을 다시 할 때는 처음보다 힘이 덜 들고 쉽게 갈 수 있는 것이다.

그러나 반대로 신선한 자극이 전혀 없으면 뇌는 아무런 즐거움을 느끼지 못한다. 새로운 자극이 있을 때 엔도르핀이 나온다. 따라서 즐겁게 살고 신선한 사랑을 지속하려면 적당한 변화가 지속적으로 주어져야만 한다.

어린아이들에게는 이 세상의 모든 것이 새롭고 신선한 자극이고 경험이므로 순간순간이 도전과 흥미와 모험으로 가득 차 있지만, 나이가 들어 경험이 많아질수록 새로운 자극을 받을 기회가 줄어들어 어제와 비슷한 오늘인 하루가 금방금방 지나가 버리는 것이다.

그러므로 늙지 않고 살려면 어떻게 해야 할까?

바로 아이들처럼 살면 된다.

새로운 경험을 계속하거나 일상 속에서도 새로움을 계속 발견하면 된다. 어제와 같은 음악을 들으며 안정을 찾으면서도 동시에 새로운 책 속에서 새로운 깨달음을 얻고, 크든 작든 일을 통해서 새로운 성취감을 느끼면서 때로는 예상을 깨는 유머로 활력을 느끼고, 같은 산책길에서도 새로운 새소리를 듣고, 오늘 아침에는 어제와 다른 해 뜨는 풍경을 감상하고, 20년을 같이 산 아내나 오랜 친구들과 대화를 나누면서도 서로 변화 · 발전 성숙해 가는 모습과 관계를 발견하고, 활동과 여행과 취미를 통해서 새로운 세상과 경험을 지속한다면 육체와 정신의 건강을 유지 · 증진하면서 오래도록 젊게 살아가다가 아쉬움 없이 생을 마감할 수 있는 것이다.

〔참고문헌: David Eagleman, The Runaway Species〕

보이는 미래

미래를 예측하고 적절하게 대비할 계획을 세워서 실천할 수 있는 능력이 있어야 인생에서 성공할 수 있으며 특히 현대사회에서 돈을 벌고 잘 살기 위해서는 맡은 일을 잘하고 폭넓은 사회관계를 유지하는 것 외에도 미래를 예측하고 투자를 할 수 있는 능력이 필수적이다.

그래서 생존을 위해서 적응능력이 필요하듯이 발전과 도약을 위해서는 미래를 보는 능력이 중요한데 이를 위해서는 우선 정치 · 경제 · 사회 · 문화 · 심리 · 과학 · 기술 등 세상이 돌아가는 원리를 알아야 하고 이 지식들을 논리적으로 분석 · 종합할 수 있는 인지능력이 있어야 하며 감정이나 편견에 휘둘리지 않는 논리적 사고 능력이 필요하고, 또한 과거에 일어났던 사건들이 현재에 어떻게 영향을 미쳤는지에 대한 역사적 식견이 있어야 하고, 현존하는 제도와 단체에 대한 상호관계를 파악해야만 그것들이 미래에 어떻게 움직이게 될지를 비로소 짐작할 수 있기에 참으로 쉬운 일이 아니다.

더욱이 세상은 무수한 변수와 상호작용에 의해서 다양하게 변화하며 인간의 심리와 사회현상 역시 원래 불확실성과 임의성이 본질이므로 그러한 규칙을 찾아내기란 거의 불가능에 가깝다. 그러나 그럼에도 불구하고 생존과 번영을 위해서 인간은 그 불확실성 속에서 규칙을 찾아내기 위해서 끊임없이 노력해 왔고 그것이 과학과 기술과 학문이란 이름으로 지금의 풍요와 안정을 이룩해왔으며 개인적으로도 그 예측에 성공한 사람이 경쟁에서 승리할 수밖에 없으므로 인간이 다른 동식물처럼 본능과 유전적 한계 속에서만 살아가지 않는 한 지금도 그리고 앞으로도 우리는 숙명적으로 미래에 대한 예측과 대비를 할 수밖에 없는 것이다.

그렇다면 코로나 이후의 세상은 어떻게 변할 것인가? 가장 확실한 것은 양극화가 심해질 것이다. 당장의 경제 붕괴를 막기 위해서 어쩔 수 없는 선택이었겠지만 지원금과 경제 살리기란 명목으로 전 세계적으로 엄청나게 풀린 통화량 [미국 M1 1년에 10.6% 증가 (2019년 4월 $14,558,300,000-2020년 3월 $16,103,900,000)], [한국 M1 1년에 6.5% 증가 (2019년 3월 $764,452,539-2020년 2월 $814,475,229)], [2020년 11월 한국 M1은 전년 동월 대비 26.8% 증가한 1,139조 6,000억원을 기록]은 반드시 통화가치 하락이라는 부메랑이 되어서 돌아올 수밖에 없다. 원래 통화는 재화의 교환수단이므로 그 총량의 증가나 감소는 경제성장률에다 2% 정도의 사람들의 인플레 기대심리가 적절하며 그 이상이나 이하가 되면 지나친 인플레이션이나 디플레이션을 초래하여 경제의 흐름과 발전 즉, 사람들의 물질과 용역의 소비생활 나아가 사회의 안정과 미래에 장애와 불안요소가 발생하게 된다. 비록 미국 연준이 2008년 세계 금융위기 이후로 양적 완화 즉, 통화 공급을 지속적으로 늘려왔음에도 인플레이션이 크게 발생하지 않는 현상을 경제학자들이 이해할 수 없다고는 하나 이는 에너지와 자산 가치를 본원 물가에서 제외한 통계적 착각에 불과하며 특히 2020년 전 세계적인 경제성장률 하락(2019년 $87,552 bil-2020년 $83,545 bil)까지 감안하면 향후 통화가치 하락과 인플레이션이 발생할 것은 확실한 사실이다.

사실 코로나 봉쇄와 경기불황에 따른 역대 최저의 통화 승수 하락[2019년 1월 15.8배-2020년 11월 14.4배] 때문에 아직 겉으로 드러나지는 않았지만 향후 코로나가 풀리고 정상적인 경제활동 상황이 돌아오면 에너지 가격 상승을 시발점으로 전 분야에 있어서 인플레이션이 일어나는 것을 막을 수가 없고 최근의 주요 지역 부동산과 주식 · 금 · 가상화폐 등의 자산 가격 상승은 이미 통화가치의 하락이 시작되었음을 보여주는 것이다. 비록 주식이 경제의 선행지표라고는 하지만 지금과 같은 불황 속에서 한국을 포함한 전 세계 증시에서 코로나 이전보다 더 높은 index를 보여주는 것은 정상적인 경제지표도 아니고 경기회복에 대한 기대심리를 나타내는 것도 아닌 통화가치 하락과 투기적 요소라고밖에 볼 수가 없다. 결국 이러한 자산 가격의 상승은 경제적 기득권자들에게 유리한 환경이 되었고 자산이 없거나 소량의 현금성 자산만을 가진 계층은 코로나 위기에서 살아남는다고 하더라도 이미 중산층에서 밀려나 있음을 느끼게 될 것이고 그것을 미리 감지한 많은 사람들이 부동산과 주식에 투자를 하고 소위 '영끌'로라도 자산을 확보하려고 하는 중이다. 이러한 현상은 현재의 양극화를 더욱 부추기며 향후 경기 회복과 인플레이션에 따른 이자율 인상(미국 장기 금리 10년 물 국채 수익률 2020년 4월 0.5%-2021년 1월 1.097%로 이미 상승 중임)이 불가피해지면 과도한 가계와 정부의 부채(2020년 12월 말 현재 은행의 가계대출 잔액은 988조 8,000억 원으로 1년 새 100조 5,000억 원이 증가, 기업부채 대출 잔액이 976조 4,000억 원으로 1년 전보다 107조 4,000억 원 증가, 한국 국가 채무 GDP 대비 45%인 846조 9,000억 원까지 증가)에 따른 금융과 경제 위기가 초래될 가능성이 높아진다. 결국 서민을 살리겠다며 펼치는 좌우파를 가리지 않는 각국의 선심정책이 오히려 서민들의 삶을 더욱 피폐하게 만드는 결과를 낳게 될 것이다.

세상에 공짜는 없다. 잘못된 예측과 잘못된 정책은 반드시 나중에 나쁜 결과를 초래할 수밖에 없다. 따라서 지금 현명한 사람은 공짜에 취해 넋을 놓고 있을 것이 아니라 일자리를 지키고 자산을 확보하고 부채는 줄여나가야 하며 좋은 정부는 정부 부채를 줄이고 공짜로 베푸는 것을 최소화하고 우량 기업을 선별 지원하고 이념에 경도되어 실패로 판명된 규제와 계획경제의 시도를 중지하고 자유로운 경제활동을 보장 · 활성화해야 앞으로 닥칠 파국을 막을 수 있을 것이다.

하지만 안타깝게도 이러한 바람에도 불구하고 앞으로 펼쳐질 미래는 제레미 리프킨이 《노동의 종말》에서 예견한 세상과 비슷하게 될 것이다. 역사상 독재정권은 몰락하지만, 대중이 포퓰리즘 정권에 대한 지지를 자발적으로 철회한 사례가 없듯이 코로나 사태를 계기로 한 번 공짜에 맛을 들인 대중은 복지라는 이름으로 정부의 수혜에 기대어 사는 비중이 높아지고 2차대전 이후 50년간의 고도 성장의 한계에 따른 장기적 저성장시대 도래와 코로나로 한 번 타격을 입은 비숙련 노동자와 초급 관리직들은 로봇과 자율주행, AI와 비대면 거래의 활성화 등 기술 발달로 일자리를 잃게 되어 경제적 자립을 못 하고 하류 계층으로 전락하여 사회는 중산층은 감소하고 소수의 자산가, 권력자, 지식인과 다수의 복지수혜 계층으로 양분되게 될 것이다. 물론 다수 대중의 지지를 받는 정권은 기본 소득 등의 이름으로 지속적인 복지를 제공하여 최소한의 삶의 질은 보장하려 하고 이러한 현상을 '지속 가능한 성장', '보편적 복지'라는 이름으로 포장하겠지만, 창의성과 역동성 저하에 따른 침체와 대립과 양극화 현상을 막지는 못할 것이다. 비록 인류의 현재 기술력과 생산력으로도 잘 통제만 한다면 모두가 먹고사는 문제는 해결할 수 있겠지만 일부 낭만적 사회주의자가 꿈꾸는 세상 즉, 모두가 욕심을 버리고 환경과 인간이 조화롭게 평등하게 사는 세상, 빌딩 사이로 맑은 실개천이 흐르고 사람들이 단층집에서 울타리도 없이 이웃과 오손도손 나누며 최소한의 소비생활로 만족하며 살아가는 그런 세상은 현실적으로 이루어질 수 없다. 이미 인류의 현재의 물질적 기대 수준을 충족시키려고만 해도 지속적 경제성장은 필수적이고 인간의 욕망은 제어가 불가능하므로 그들의 이념을 현실에 강제하려고 한다면 오히려 인간의 또 다른 본능인 자유마저 잃게 되는 부작용이 초래될 것이다.

그렇지만 싫든, 좋든, 옳든, 그르든 앞으로의 세상은 결국 소수의 자산가와 다수의 복지수혜계층으로 양분되고 거대한 정부가 지배하는 저성장(안정)사회가 될 것이다.

〔참고문헌: Statistics Times, 한국은행, 이투데이, 매일경제〕

* 이 글은 2년 전인 2021년에 쓴 글인데 2023년 지금의 상황을 거의 정확하게 예견하고 있어서 그대로 수정 없이 올린다.

무지개

누가 무지개를 잡을 수 있을 것인가?

모든 사람과 사회가 무지개의 색을 일곱 가지로 분류할까?

무지개 밖에는 우리 눈에 보이지 않는 적외선과 자외선도 있으며

우주는 인간이 듣지 못하는 온갖 파장의 '소리'와 물질로 가득 차 있고 동시에 비어있다.

개는 아마 흑백의 꿈을 꾸고 있으며 나에게는 없는 냄새에 흥분하고,

내 친구는 나와 다른 경험을 하고 다르게 느끼며 다른 세상을 살아가고 있다.

모든 것은 변화한다.

궁극의 아름다움, 변치 않는 진리, 완벽한 평안, 영원한 생명을 찾고 싶지만

그것은 없다 그저 부분적인 것만 일시적으로 보고 가지고 누릴 수 있을 뿐이다.

진리도 아름다움도 사랑도 삶도

무지개처럼

붙잡았다고 이루었다고 멈춰서는 순간

도망쳐 달아나기 시작한다.

심지어 과학과 자연법칙마저도

세월이 흐르고 세상이 바뀌면 오류가 발견되고 패러다임이 변하고 상식이 뒤집어지고 새로운 것이 발견되기에

끝없이 찾고 추구해야만 한다.

줄타기처럼

균형을 잡았다고 생각하는 순간 줄 아래로 떨어져 버린다.

최선의 것, 최상의 것이었던 것도 곧바로 더욱 새로운 것으로 대체될 수밖에 없다.

그것이 운명이고 그 덕분에 창조와 발전도 있으며 나와 우리와 세상이 존재할 수 있는 것이다.

모두가 공감하는 진리나 감정 같은 것도 없다.

꼭 같은 사람은 하나도 없고 쌍둥이도 서로 다르며

개인의 사고와 삶은 문화와 사회와 역사 속에서 어우러져 교류하기 때문에

서로 비슷하면서 또 각기 다르다.

또한, 자연도 개체가 다 다르고

우주는 쉼 없이 움직이고 세상은 끊임없이 변화하고

사람의 생각과 감각도 새로운 것을 추구하고 금방 익숙해지고 다시 또 새로운 것을 추구하기에

불변의 것은 어떤 인간에게도 이 세상 어떤 존재에도 천상의 신에게도 없다.

있는 것이라면 이 무궁한 변화와 다양성과 불확실함 뿐이며

말로 하자면 그 공허함만이 내 마음속에 그리고 저 피안에 아름답게 빛나고 있을 뿐이다.

〔참고문헌: David Eagleman, The Runaway Species〕

안 돼, 자연으로 돌아가면 안 돼

'자연으로 돌아가라.'는 루소의 주장은 빈부격차 · 공해 · 자연파괴 · 기후 변화 · 도시화와 노동의 기계화에 따른 고단한 일상 등 산업화된 근현대를 살아가는 사람들이 느끼는 문명의 부작용과 모순을 근원적으로 해결할 수 있는 거부할 수 없는 달콤한 유혹으로 들린다. 그래서 18세기 말 낭만주의 사조와 1789년 프랑스혁명을 거쳐 1867년 마르크스와 엥겔스의 《자본론》 출간 이후 공산주의 사상의 대두, 1917년 러시아 공산주의 혁명과 1949년 중국 공산화의 사상적 기초가 되었다.

이는 인류 최초로 서부 유럽이 봉건적 신분체제를 타파하고 만민에게 평등한 정치 경제 사회적 자유와 인권을 보장하는 법치주의 민주체제를 확립하고 이를 세계적으로 확산시키게 된 시발점이 되기도 했지만 한편으로는 각 개인의 능력을 존중하고 경제활동의 자유와 사유재산권을 보장함으로써 풍요와 효율을 추구하지만 그 부작용으로 빈부격차와 불평등 등이 생기는 자유 시장 경제의 모순을 극복하기 위한 사회주의 좌파 사상의 이론적 근거가 되기도 했다.

이를 좀 더 자세히 보면, 루소는 1755년 《인간 불평등 기원론》에서 인간 불평등의 기원은 사유재산의 '소유'라 지적했다. 이후 루소는 부유한 자가 가난한 자를 대상으로 유혹해 거짓 계약을 맺었기 때문에, 진정한 사회 계약을 맺어야 한다고 《사회계약론》에서 주장하였고 《에밀》에서는 이상적 시민을 교육하는 방법을 제시하였다. 이는 만민의 평등을 지향하는 프랑스혁명의 중요한 사상적 근거가 되었고 또한, 마르크스와 엥겔스에 의해서 주창된 역사의 5단계 중 1단계가 문명사회에 선행하는 자연사회(自然社會)로써 남녀 간의 분업만 존재하고 생산수단이 사회 전체의 소유이고 생산물이 평등하게 분배되는 원시공산제(原始共産制)였으며 그 후 생산력 증대에 따라 사유재산의 성립과 더불어 계급과 불평등이 발생하였으므로 결국 노동자 계급이 착취 계급을 타도하여야만 궁극적인 공산주의 이상 사회를 만들 수 있다는 공산주의 사상으로 이어졌으며 그 후에도 좌파 사회주의 이론가들의 사상적 기초가 되었다.

하지만 이러한 루소와 좌파, 공산주의 사상의 근본적이고 치명적인 한계는 그 사상과 주장이 이론적으로는 아름답고 이상적이지만, 과학적이고 현실적인 근거가 없는 공상에 불과하다는 것이다. 우선 루소가 돌아가라고 한 조화롭고 이상적인 자연의 모습은 아무런 과학적 근거가 없이 생각만으로 만들어 낸 출발점부터 몽상에 불과한 것이었다. 인간의 자연 상태를 인류학적 실증으로 들여다보면 결코 평화롭고 조화롭지가 않았으며 오히려 불안하고 폭력적이었고 인간의 본성은 이기적인 욕망의 성취를 위한 개인과 집단 상호 간의 경쟁과 폭력적 다툼의 모습이었고 그나마 이들의 폭력성을 통제할 수 있는 것은 근대 문명의 사회제도와 법치의 확립을 통해서 가능한 것이었다. 이는 좋든 싫든 받아들여야 하는 인간의 모습이며 이것이 이상적이지 않다는 이유로 '자연적인' 모습을 부정하고 억지로 그 '이상적인' 모습으로 인간을 끌고 가려고 하는 순간 문제는 더 크게 발생한다. 즉, 지금 인류가 누리는 이 정도의 풍요와 평화와 안정은 그 모든 모순에도 불구하고 과거보다는 엄청나게 발전한 것이고 앞으로도 개선되어 나갈 것인데 그 모든 긍정적인 모습은 무시하고 오로지 모순만을 부각해서 이를 파괴하면 인류는 그 어떤 존재하지도 않는 이상 사회로 돌아가는 것이 아니라 폭력이 만연하는 야만으로 돌아가는 비참한 결과를 초래하게 될 것이다.

그러니 현재가 어쨌거나 완벽하진 않아도 그나마 최선의 상태로 발전해 온 것이므로 조금씩 당면한 문제점을 개선을 해나갈 필요는 있지만 현 자유민주주의 체제 자체를 파괴할 만큼 급변을 주장하는 것은 아무리 그 구호와 이상이 달콤하더라도 절대 받아들여서는 안 되는 것이다. 다시 말해서 '자연'은 낭만이 아니라 '야만'이므로 우리는 결코 자연으로 돌아가서는 안 된다. 동물에게는 힘과 폭력과 기만이 지배하는 자연 상태가 당연하고 이를 나쁘게 볼 것이 전혀 없지만, 인류는 이미 그 야만을 아름답게 극복한 문명사회에서 더 오래 더 건강하게, 더 평화롭게, 더 조화롭게 살고 있으므로 그 존재하지도 않는 아름다운 자연으로 돌아가자며 그동안 이룩한 것을 파괴하자는 위험한 주장에 선동당해서는 궁핍과 무질서와 부패와 폭력과 강제와 통제와 궁극적인 파멸만이 있을 뿐이다. 믿기지 않거들랑 북한과 구소련과 리비아와 쿠바와 베네수엘라의 현실을 보라. 그들의 사상과 주장은 여전히 아름답지 아니한가?

여담으로, 루소 자신도 말은 멋지게 했지만 정작 자기 자녀는 직접 양육하지 않고 당시 유행에 따라 보육원 등에 위탁했다.

[참고문헌: 재레드 다이아몬드, 어제까지의 세계; 위키피아]

있을 때… 잘 지켜

사람들은 참 똑똑한 듯하면서도 어리석다. 본능적이고 즉흥적으로 행동할 줄밖에 모르는 동물과 달리 인간은 미래를 예측하여 대비하고, 감각적으로 느낄 수 없는 추상적인 존재가 있다고 믿으며, 계획을 세워서 행동하고, 서로 의도적으로 협력 및 배반을 하기도 하는 능력을 갖추어서 그 힘으로 전 지구를 정복할 만큼 번성과 번영을 이룩했다.

하지만 아직도 미래에 대한 대비를 하는 데에 있어서는 동식물보다 못한 경우가 많다. 의도적은 아니겠지만 식물들은 겨울이 올 것에 대비하여 광합성을 충분히 할 수 있는 여름에 뿌리나 씨앗에 양분을 축적하여 겨울을 견디고 이듬해 봄에 새싹을 틔울 준비를 하고 동물들도 겨울잠을 자기 위해 먹이가 많은 여름에 지방을 축적하기도 하고 알을 낳아 겨울을 견뎌내기도 한다. 물론 인간도 김치를 담근다거나 곡식을 저장하고 고기를 훈제 보관하여 겨우살이 준비를 하는 등 확실한 미래에 대해서는 어느 정도 준비를 하지만 조금이라도 불확실한 미래에 대해서는 거의 외면하고 현실에 안주하는 경향이 있다. 그러다가 문제가 터지면 그때서야 부랴부랴 해결책을 찾느라고 고생을 한다. 그래서 미리 대비를 했더라면 훨씬 쉽게 문제를 해결할 수 있고 아예 문제가 발생할 것을 예방할 수도 있는데도 그 '보험료'가 아까워서 즉, 대비하는 수고를 하기 싫어서 현재 당장 문제가 없으면 앞으로도 괜찮을 것이라고 자위하며 현재를 즐긴다.

물론 그 준비도 지나치면 불필요한 기회비용을 치를 수도 있고 미래에 대한 걱정 근심에 현재의 행복을 누리지 못할 수도 있지만 대부분의 경우는 대비가 지나쳐서 문제가 되기보다는 준비를 충분히 하지 않아서 탈이 날 때가 많다.

그래서 우리는 건강할 때 그 건강을 지키기 위해서 운동도 하고 식단도 조절해야지 마음 놓고 나태하게 지내다가 병이 나면 그때는 고치기가 더 힘들고 고통스럽거나 아예 치유가 불가능한 사례를 주변에서 많이 본다. 마찬가지로 집단의 안전도 평화로울 때 무기를 비축하고 훈련을 하고 치안을 유지해야 그것이 지켜지지 손 놓고 있다가 전쟁이나 소요가 발생하면 그때는 엄청난 피해와 돌이킬 수 없는 파멸에 직면하게 되는 것이다. 그리고 개인적인 생활에 있어서도 돈이 있을 때 절약하고 투자해서 미래를 준비해야 하며 그렇지 않고 돈이 있다고 흥청망청 쓰다가 보면 나중엔 어떻게 해볼 방법도 없이 비참한 삶을 살아갈 수밖에 없는 것이다. 또한, 사랑을 포함한 인간관계도 서로 좋을 때 조심하고 서로 잘해야지 사소한 갈등들이 쌓여서 결국 곪아 터지고 나면 그때는 돌이킬 수 없게 되는 것이다. 좋은 게 좋다고 그냥 낙천적으로 살아가는 태도도 때로

는 필요하고 경우에 따라서는 꼬치꼬치 따지기보다는 그냥 묻어두고 가는 것이 최선인 경우도 없진 않지만 그냥 그렇게 운에 맡기고 삶을 살아가기에는 우리의 삶과 세상이 본질적으로 그렇게 녹록하지가 않다.

간단하게 한번 생각해 보자. 지금 내 상황이 별문제가 없고 만족스럽다고 하자. 좋다. 그런데 그것이 언제까지 유지될 것인가? 항상 변하고 바뀌는 것이 세상의 아니, 우주의 이치이니 언젠가는 곧 달라질 것이다. 그럼 더 좋은 쪽으로 달라질 가능성은 얼마나 될까? 유감스럽게도 그 가능성은 '0'이다. 왜냐고? 원래 인간과 세상이 그렇게 생겨먹었기 때문이다. 우주의 모든 존재는 엔트로피가 증가하여 에너지의 평형 즉, 안정화로 갈 수밖에 없다. 쉽게 말해서 가만히 있다가 시간이 흐르면 배가 고파지고 장작이 다 타면 추워진다. 가만히 있는데도 배가 부르고 장작이 쌓이고 옷이 만들어지는 법은 없다. 안타깝지만 우리가 생명을 유지하기 위해서는 애써서 몸을 움직여야 하는 것이다. 가만히 있으면 지금 가지고 있던 것, 누리고 있던 것이 사라지게 되어있다. 평화도 밥도, 돈도, 사랑도, 건강도, 생명도… 언젠가는 곧 사라지게 될 운명이다.

또한, 설령 운이 좋게도 누군가가 도와주거나 누군가를 착취해서 지금의 좋은 상황이 유지된다고 해도 인간은 익숙해지면 싫증을 내고, 불만이 쌓이고, 더 많고 새로운 흥미와 자극을 찾는 존재이다. 그래서 가만히 있으면 모든 인간 앞에는 예외 없이 100% 불행과 부족과 불만과 고통이 도사리고 있는 것이다. 그런데 이렇게 조금만 논리적으로 생각해 보면 너무나도 자명한 미래에 대해서 어떻게 준비를 안 할 수가 있단 말인가? 그러니 현명한 사람은 건강도, 사랑도, 돈도, 평화도, 생명도, 차 한잔의 행복도… 그 무엇이든 그것이 소중하면 소중할수록 누리기만 하지 말고, 방심하지 말고, 있을 때 지킬 수 있도록 항상 노력을 해야 한다.

계속 노력해서 더욱 갈고닦고 쌓아나가면 된다. 이것이 말은 쉽지만 실천은 쉽지가 않다. 사람은 당장 지금 눈에 보이는 것만을 느끼기 때문이다. 그러니,

색즉시공(色卽是空)! 모든 것은 영원히 존재하지 않는다는 것을 명심하라.

공즉시색(空卽是色)! 항상 나태와 욕심을 버리고 삼가 성실해야만 행복을 누릴 수 있다.

(사족(蛇足); 욕심을 버리고 가진 것에 만족하면 행복할 수 있다는 말은 부분적으로만 맞는 말이다. 무한한 욕심은 버리고 가진 것에 만족해야 하는 것은 맞지만 그렇다고 인간은 아니, 모든 생명은 숨만 쉬고 이슬만 먹고살 수는 없는 것이다. 아니 숨을 쉬고 이슬을 마시는 데도 노력이 필요하며 유한한 자원을 소비해야 살아갈 수밖에 없는 인간들의 집단인 사회는 경쟁이 필수적이고 상호 협력도 이익과 생존에 도움이 될 때 이루어진다는 이 엄연한 현실을 부정하는 이상주의는 그 주장이 아무리 달콤해도 반드시 파멸적 해악으로 귀결될 것이다.)

서학 개미?
뭔 헛소리!

요즘 소득주도 성장이니, '착한' 임대인이니, 주거권이니 이익 공유제니 하는 현실성도 없고 지속가능성도 없는 어처구니없는 사기꾼의 말장난이 넘쳐나는데 그중에서도 압권은 동학 개미라는 말이다.

아니 주식 투자라는 것은 부동산 투기와 함께 요즘 득세한 한국의 주사파 사회주의자들이 그렇게 '싫어하는'(척하며 뒤로는 챙기는) 불로 소득을 추구하는 것인데 이것이 어떻게 소위 '애국 운동'인 동학에 비유될 수 있다는 말인가? 그것이 개미들에 의해서 이루어졌기 때문에? 아하 그렇구나! 참 기가 막힌다. '내로남불'이라더니 똑같은 행위도 내가 즉, 민초들이 하면 정의이고 기관투자가 등 가진 자들이 하면 악이로구나! 그래서 공매도도 여론에 따라서 금지시키는 것이 정당화되는구나! 그럼 주식값이 무한히 오르면 나중에 어떻게 할 건데? 모든 개미들이 이익을 보고 팔고 나올 때까지만 계속 오르고 그다음에 떨어질 때의 손해는 기관이 다 떠안으라고? 세상에 여론과 억지로 할 것이 따로 있지 어떻게 경제 법칙까지도 당위성과 정의와 평등이라는 이름으로 강제하려고 하나? 차라리 자연

법칙도 거스르고 국민(촛불, 인민)의 이름으로 태풍은 멈추고 풍년이 들고 경제는 성장하고 모두가 고르게 잘살게 하라고 명령을 내리지 그랬어?

좋다. 그래 주식을 통해서라도 개미들이 돈을 벌어서 부의 분배를 좀 이룬다고 치자. 그럼 그 돈도 없는 사람들은 어쩔 건데? 그 개미들 간의 불평등은 또 어떻게 해소할 건데?

아니 백번 양보해서 일단 부자들 것을 좀 나눠 갖고 우리나라 경제에 도움이 되는 투자라고 치자. 그럼 서학 개미는 또 뭔데? 그렇게 미국이 제국주의 침략자라며 중소 민족자본을 육성해야 한다더니 어떻게 빈부 격차와 환경 파괴와 이윤만을 추구하는 자본주의 미국 악덕 기업에 투자해서 돈을 벌기를 바라는 사람들에게 서학 개미라는 명분을 붙일 수가 있어? 어떻게 사람들이 말이 이랬다가 저랬다가 할 수가 있지? 아하! 이건 외화를 벌어오는 것이라서 좋은 거라고? 참 나…. 차라리 해킹으로 외화를 버는 북한의 정찰총국도 서학 개미에게 합류시켜 정당화시키지 그래! 하긴 핑계 없는 무덤 없다고 '조국'의 학교법인 부정축재와 사모펀드 편법 증여와 표창장 위조 · 입시부정도 다 자기 딴에는 정당하다니 사기꾼 도둑놈도 누구나 명분은 있겠지… 쯧쯧….

차라리 솔직하기라도 했으면 좋겠다. 그냥 돈 벌어서 잘살고 싶다고…. 뭐 거기다가 명분까지 붙이려고 욕심을 부리나? 하긴 그렇게 사람들을 그럴듯한 말로 속여서 돈과 권력과 명분까지 다 얻으려는 게 강남좌파의 본질이겠지만….

여기서 사실적 경제 법칙을 좀 정리하고 넘어가자.

1. 서학이든 동학이든 주가는 그것이 기업의 생산성 성장 속도를 넘어서는 순간 누군가가 벌면 누군가는 잃는 제로섬 게임이므로 무한히 올라갈 수가 없다.

2. 공매도는 장래의 급격한 주가 하락을 예방하는 순기능이 있으므로 무조건 나쁘다고 할 수 없고 차입 · 매입과 함께 서구 선진 금융제도에서는 당연히 허용되는 것이다.

3. 주식이든 부동산이든 투자와 투기는 구분이 불가능하고, 자유로운 경제활동의 한 부분으로 이를 규제 · 통제 금지하면 합리적인 돈의 사용을 막아 경제성장에 피해와 부작용이 발생한다.

4. 성장이 있어야 분배가 가능하며 성장을 위해서는 적절한 투자가 필요한 게 경제 법칙인데

거꾸로 수레를 말 앞에 매듯이 소득 즉, 임금을 높여 투자를 줄이면 성장 여력이 없어지고 그러면 향후 분배를 해줄 재원이 없어지고 비용 증대로 인플레이션이 발생해서 결국엔 노동자 · 기업 · 가

계 · 국가 모두가 다 같이 못 살게 된다.

5. 임대료는 시장이 결정한다. 장사가 안돼서 수요가 없어지면 임대료는 떨어지게 되어있다. 반대로 임대인이 투자를 해서 상가를 살리고 장사가 잘되면 임대료가 올라간다. 현 정권의 선동처럼 '악덕' 임대인이 임대료를 올리고 '착한' 임대인이 임대료를 낮추는 것이 아니다. 소위 악덕 임대인이 시장을 무시하고 임대료를 올리면 상가가 공실이 되어서 망할 것이고 착한 임대인이 시장을 무시하고 임대료를 낮추면 장기적으로 추가 투자 재원이 없어서 상가가 노후화되고 주변 상가와 경쟁력을 잃고 결국 같이 망할 것이다.

6. 의식주 어느 것이든 당연한 권리, 공짜는 없다. 재화는 절대 하늘에서 그저 떨어지지 않는다. 노동과 투자와 경영과 연구를 통해서만 생산이 되고 생산성이 향상되어 물질적 풍요가 실현되고, 그 물질적 기반과 여력을 바탕으로 인간의 모든 아름다운 여가 · 예술 · 학문 · 문화활동도 영위된다. 그래서 궁극적으로 번영과 행복과 평화의 공존이 가능해진다. 반대로 공짜로 나누어 주면 생산성 저하로 이어져서 결과는 부정부패 폭력 빈곤이다. 북한을 보라.

7. 이익 공유제는 잘못한 경제 주체에게 보상을 주고 잘한 경제 주체를 벌하는 것이다. 기업이 돈을 번 것은 누군가를 착취한 것이 아니라 합리적인 투자와 경영으로 즉, 재화를 잘 활용해서 더 많은 재화를 생산한 것으로 기업의 존재 이유이며 잘한 것이고, 어떤 상

황에서든 기업이 손실을 본 것은 투자된 재원을 낭비한 것으로 이는 정리하는 것이 경제성장을 위해 필수적이다. 이들 좀비기업이나 부실 업체를 고용유지라는 명분으로 유지시키고 이를 위해 세금을 투입하면 결국 우량 기업의 연구 · 개발 등에 재투자 되어야 할 돈을 빼앗아 가는 것으로 기업활동의 동기 자체를 저하시켜 국가 전체의 장기적 경제성장에 해가 되고 특히 어느 누구도 자유로운 경제활동의 결과물을 빼앗아 갈 명분도 없다. 따라서 이익 공유제는 근대국가의 성장 기반인 재산권을 흔들어 자유민주주의 체제 자체를 위협하여 사회주의 · 공산주의 · 독재 체제 즉, 입증된 파멸로 가는 다른 이름일 뿐이다.

낙인찍는 사회

어떤 사람이 좋은 사람인지, 어떤 사회가 바람직한 체제인지는 사실 당시에는 구분하기가 쉽지가 않다. 지금 나에게 잘해주는 사람도 나중엔 나를 배신하거나 속일 수가 있으며 대중들에게 인기가 있는 사상이나 지도자나 인물도 사실은 거짓이나 선동으로 속임수를 쓰고 있을 수도 있고 당대에 효율적이었던 체제도 상황이 달라지면 다음 단계 발전의 걸림돌이 될 수밖에 없기 때문이다. 심지어 무엇이 진실이고 정의이고 진리인지도 개인과 집단의 이해관계와 시대적 과제에 따라 상대적으로 규정지을 수밖에 없다. 그래서 나중에 시간이 지나면 진실이 드러나며 역사가 심판을 한다고들 하지만 사실 역사는 승자의 기록이고 잊히고 묻혀버리는 것들도 많기 때문에 시간이 지난다고 모든 것이 반드시 바르게 밝혀진다고 할 수도 없다.

하지만 이런 생각이 지나치면 불가지론이나 회의론, 무정부주의에 빠져서 가치판단 자체를 포기하여 더욱 큰 혼란에 빠질 수도 있기 때문에 우리는 진실을 찾고 정의를 추구하는 노력을 끊임없이 계속해야만 한다. 아니, 절대적이고 영원한 진리가 없기 때문에 오히려 우리는 완벽하진 않을지라도 현실적으로 가장 좋은 답을 찾고 거기에 안주하지 말고 또 끝없이 그것을 개선해 나가야 하는 것이다. 따라서 우리가 가장 경계해야 할 것은 명백한 악이 아니라 군림하는 선이다. 우리가 역사를 돌이켜 보면 대부분의 악이 시작은 좋았으며 존재하는 모든 것이 나름의 이유가 있었으나 그것이 도그마가 되고 일부의 이익에만 봉사할 때 결국 다수에게 악이 되어버린다는 것을 알 수 있다. 여기서 중요한 것은 처음의 선이 나중에 변해서 악이 되는 것이 아니라 시대적 요구가 변화하는데도 불구하고 그 선이 '처음처럼' 변함없이 자기주장을 굽히지 않으면 그것이 악이 되는 것이다.

한국 사회는 '충신불사이군 열녀불경이부(忠臣不仕二君 烈女不更二夫)'라는 유교의 전통 때문에 변화를 변절로 매도하고 시대의 흐름에 따르지 않는 것을 지조라고 미화하여 결국 다양한 창의와 새로운 발전에 장애를 초래하는 경향이 있고 그 대표적인 예가 조선의 멸망인데도 불구하고 아직도 현 집권세력과 그 동조자들은 50년 전 자신들이 믿었던 (이미 역사적으로 실패한 것이 입증된 공산주의를 지구 상 최악의 독재자 김일성이 변조한)주체사상을 계명처럼 떠받들고 있고 주사파 교조 중의 하나인 신영복이 감옥에서 쓴 붓글씨 '처음처럼'이 유행어가 되어버려서 대중적 술 소주 이름까지도 점령하고 심지어 프랑스 루브르 박물관 한국관의 전시물에도 북한 간첩 출신 비전향 장기수의 붓글씨가 마치 한국의 양심인 양 버젓이 전시되어 있는 지경에 이르렀다.

자신들을 절대 선으로 믿고 반대의견과 비판 자체를 악으로 규정하고 금지시키는 것은 그 주체가 오히려 악이라는 가장 명백한 증거이다. 역사상 어떤 개인이나 집단을 절대 악으로 낙인찍고 그들의 권리 박탈을 당연시하는 체제는 반드시 그 결말이 좋지가 않았다. 히틀러는 유대인들에게 다비드의 별 낙인을 찍어 인간사냥을 했고, 진시황은 자신에게 반대하는 학자들을 생매장하고 책을 불살랐으며 연산군은 자신을 비방하는 '언문' 사용을 금지시켰고 중세에는 죄인과 도망 노비 얼굴에 실제로 낙인을 새겼으며 남한 우파정권은 반체제인사를 공산주의자라고 낙인찍어 탄압함으로써 오히려 지금의 좌파정권 탄생의 명분을 제공했고 스탈린과 마오쩌둥 · 김일성 · 폴 포트 등 공산주의 독재자들은 예외 없이 수많은 반대파들을 숙청하고 이를 프롤레타리아 독재와 반동 척결이라는 이름으로 정당화했다. 어쩐지 섬뜩하지 않은가? '반동 척결', '적폐 해소'….

또한, 21세기 이후 미래 사회의 성패가 인터넷과 인공지능을 이용한 데이터 처리 능력의 발달과 그에 따른 정보의 대중화, 개방화의 성공 여부 그리고 다양한 창의력에 기반한 변화 발전, 그리고 그 부작용 최소화를 위한 사회안전망 구축에 달려있다는 점을 보아서도 변화에 대한 유연성이 부족하고 다른 견해에 대한 비관용과 탄압이 팽배해 있으며 각종 규제가 지나친 한국의 현재 정치적 · 사회적 · 경제적 상황이 획기적으로 바뀌지 않으면 안 된다는 결론이 나올 수밖에 없다.

명심해야 한다. 극좌나 극우의 멋진 구호와 작은 이익을 안기는 선동에 속아서 귀중한 자유와 인권을 팔기 시작하면 그것이 파시즘이나 공산주의 등 전체주의로 빠지고 결국 그 결말은 지금은 상상할 수 없을 정도로 비극적이고 비참할 것이다.

〔참고문헌: 유발 하라리, 21세기를 위한 21가지 제언,
칼 포퍼, 열린사회와 그 적들〕

신

태초에 혼돈이 있었다. 세상은 인간이 이해할 수 없는 위험과 현상들로 가득 차있었고 앞으로 무슨 일이 일어날지 예측도 대비도 할 수 없었다. 인간은 변덕스럽고 거대한 자연 앞에서 무기력했고 이 두려움을 극복하기 위하여 인간은 신을 만들었다. 이제 그 모든 것들은 신의 뜻으로 이루어지는 것이다. 이제는 세상이 혼돈과 무질서가 아니라 자연보다 더 힘이 센 신이 어떤 의지를 가지고 통제를 하고 있으며 인간은 다만 신의 뜻을 모를 뿐이므로 그의 뜻을 잘 받들어 순종하고 의지하기만 하면 모든 일이 잘 풀릴 수 있게 된 것이다. 그리고 모든 상황에 매번 판단과 의사 결정을 하는 것보다 정형화해서 그냥 믿고 행동하는 것이 진화적으로 더 유리할 수 있었다. 더욱이 그 전지전능하신 신은 인간이 복종하고 잘 받들기만 하면 기꺼이 인간의 든든한 후견인이 되어주시니 얼마나 다행이 아닌가? 그래서 자연 앞에서 한없이 무기력했던 인간은 신의 눈을 통해 자연현상에 대해 이해를 하게 되었고 신에게 기도와 희생을 바침으로써 강력한 신의 힘을 작동시켜 간접적으로 자연을 통제할 수 있다고 믿게 된 것이다. 게다가 보너스로 자신의 삶이 무의미한 생존이 아니라 선하신 신의 뜻을 이 땅에 실현하는 도구가 될 수 있다는 엄청난 의미를 부여받게 되었다. 또한, 부록으로 죽음 후의 영원한 행복까지도 보장받을 수 있게 되었다. 아아 축복이어라 믿는 자여! 영원하고 지극한 행복이 넘치는 천국이 바로 그의 것이었다.

그러나 '불행하게도' 인간은 지혜가 발달하여 차츰 자연을 자신의 지식으로 분석하고 해석하고 이해하고 변화시켜 나가기 시작했다. 자연(신)이 제공하는 동식물을 취득하던 인간은 드디어 스스로 자연을 변화시키고 가꾸어 더 큰 수확을 얻어내기 시작했다. 그 후 지속적으로 지식과 경험을 축적하고 기술을 발전시켜서 후대로 전달하고 분업과 협업에 효과적인 사회제도를 구축하여 생산력을 증대시키고 그 결과 풍요로운 물질생활과 수명의 연장, 문화 예술을 통한 지적 유희라는 혜택을 누리게 되었다. 이렇게 과학이란 이름으로 변덕스러운 자연현상 뒤에 숨어있는 원리와 법칙을 찾아낸 인간은 그 범위를 역사와 우주와 영혼(마음)까지 무한대로 펼쳐서 드디어 신의 영역을 침범한 후 '창조주 신은 없다.'라고 선언하게 되었다.

과연 신은 죽었을까? 아니다. 신은 새로운 모습으로 항상 부활한다. 유발 하라리가 《사피엔스》에서 지적했듯이 인간에게 있어서 신은 단순히 인간의 소망을 받아서 들어주는 존재만이 아니라 인간이 지구에서 성공하게 된 원동력인 인지 혁명 즉, 추상적인 것을 믿고 대규모로 유연한 협업을 가능하게 해 주었던 존재였다. 지금은 그 역할을 법률 · 종교 · 학문 · 국가 · 화폐 · 병원 등이 나누어 맡고 있지만, 과거에는 신과 그의 대리인인 성직자 그리고 그의 위임을 받은 정치권력자가 사람들에게 존재하지 않는 그 무언가의 가치를 믿고 거대한 사회 조직 속에서 자신의 역할을 성실하게 수행하도록 도와주고 지지해 주었다. 아이러니하게도 이렇게 신의 도움으로 자란 인간이 힘이 커지자 결국 신으로부터 독립을 선언하게 된 것이다.

하지만 인간이 자신의 자유를 통제하던 과거의 경직된 신으로부터는 독립했을지 몰라도 지금은 인간이 인류의 합리적 지성과 도덕성, 질서 있고 조화로운 사회 조직이라는 새로운 신을 믿고 따르고 있는 것이다. 앞으로도 신이 또 어떤 모습으로 나타날지는 모르지만 인간이 존재하는 한 즉, 홀로 자급자족하지 않고 분업과 협업을 통해서 생활을 영위할 수밖에 없는 한 인간은 무언가 추상적인 것(신)이 자신의 삶에 의미를 부여하고 지탱하고 지지해 준다고 믿어야만 그 존재를 지속할 수 있는 것이다.

따라서 혹시라도 인간 개인이 스스로 완벽한 신이 되었다고 선언하는 날은 오지 않기를 바랄 뿐이다. 그 오만의 날이 바로 타 생명체의 존재 가치를 부정하고 선한 사회를 붕괴시켜 결국 인류가 파멸하는 날이 될 것이기 때문이다.

소유와 무소유

얼마 전 서점의 베스트셀러 매장에 꽂혀있는 대부분의 책들을 '재테크로 대박을 터뜨리는 법'과 '소유에 집착하지 않고 마음을 다스려서 행복해지기'라는 두 부류로 나눌 수 있다는 보도가 있었다. 이처럼 두 극단적인 주제들이 동시에 인기를 얻는 것을 두고 현대인의 모순된 사고방식이라고 비아냥거리는 신문 칼럼도 있었다.

그러나 소유와 무소유가 겉으로 보기에는 완전히 반대되는 것 같지만 행복한 삶을 위한 수단으로 보았을 때는 이 둘은 같은 범주에 속할 수가 있다. 다시 말해, 현대인들이 행복하게 살아가기 위해서는 소유와 무소유 둘 다가 필요하다.

흔히들 물질만으로는 행복을 얻을 수가 없고 정신적 수양을 통하여야만 진정한 행복에 이를 수 있다고 많은 종교 지도자들이 말을 하고 또 어떤 이들은 가난하지만 행복하게 살아가는 저개발국 사람들을 소개하기도 하고 또 어떤 학자들은 세계 최빈국 사람들이 설문에서 가장 행복하다고 응답했다는 통계를 그 증거로 내놓기도 한다. 이러한 주장은 생활은 비교적 여유롭지만 여전히 행복하지 않은 많은 현대인들에게 참 매력적으로 들린다.

하지만 이러한 주장은 사실을 왜곡하고 본질을 훼손한 면이 많다. 우선 행복하다고 느끼는 것과 실제로 행복한 것과는 다르다는 점이 간과되고 있다. 가난한 나라의 사람들이 스스로를 행복하다고 하고 부자나라의 사람들이 스스로 불행하다고 느낄 수는 있지만, 치안 · 의료 · 교육 · 영양섭취 · 문화생활 · 여가활동 · 물가 등 한 나라의 객관적인 행복지수는 그 나라의 일정 기간 누적 평균 국민소득과 거의 비례하며 불평등과 반비례한다. 따라서 이 기준으로 보면 세계의 모든 경제 공동체(국가)는 네 가지로 분류할 수 있다. 즉, A-부유하며 평등한 나라(북유럽 복지국가) B-부유하지만 불평등한 나라(최근의 미국) C-모두가 결핍된 곳(방글라데시, 인류 초기) D-가난하면서 불평등한 곳(남미, 중세) 이다. 이 중에는 A가 최고이고 D가 최악인데 B와 C 중에서는 B보다는 C가 더 행복할 수가 있다. 즉, 가난한 곳의 사람들도 평등하기만 하면 꽤 행복하다고 느낄 수 있으며 부유하지만 정의롭지 못한 곳보다 더 살만한 곳이 될 수도 있는 것이다. 그러다 보니 여기에서 물질적 행복보다는 정신적 행복이 더 중요하다는 단순한 논리가 성립되고 설득력을 얻게 되는 것이다. 또한, 가난한 사람들은 절망하지 않고 살아남기 위해서 물질 이외에 다른 것들(공동체 의식과 유대감 · 노동의 보람 · 선량함 · 지적 성취 등)에 가치를 부여하여 행복을 느끼며 살아가는 것이다.

다음으로 물질적 만족과 정신적 만족은 행복한 삶에 있어서는 서로 보완적인 개념인데 이를 대립되는 개념으로 보는 오류에 빠진 것이다. 이 둘은 하나를 추구하면 다른 하나를 포기해야만 하는 것이 아니라 현실에서 얼마든지 둘 다 동시에 추구하고 얻을 수 있고 실제로 행복하기 위해서는 둘 다 필요한데도 불구하고 '가장 행복한 사람을 찾아보았더니 셔츠 한 장도 없더라.' 식의 이야기가 사람들을 속여서 설득력을 얻고 있는 것이다.

그렇다면 '재테크'와 '정신수양'이라는 두 마리 토끼를 잡으려는 현대인들은 어리석은 것이 아니라 '무소유'만을 강조하는 '선지자'들보다 더 현명한 것이다. 대중들은 본능적으로 느끼고 있다. 누가 뭐라 해도 행복하려면 돈이 필요하다는 것을 그리고 동시에 마음의 위안도 필요하다는 것을! 물론 그 어느 것도 너무 지나치게 집착하면 안 되겠지만 완전히 무시하는 것은 더욱 큰 불행으로 가는 길이다. 행복한 삶은 쉬우면서도 쉽지가 않다. 어떨 땐 쉽게 행복감을 느끼다가도 어떨 때는 절망적인 불행에서 헤어나지 못할 것 같이 느끼는 것이 인간의 변덕스러운 감정이기 때문이다. 또 행복이 물질만으로도 안 되고 마음만으로도 안 되지만 물질이 좀 부족할 때는 마음으로 부족분을 채울 수도 있고 마음이 부족할 때는 물질로 채울 수도 있기 때문이다(사랑이 담긴 꽃반지가 의례적인 금반지보다 기억에 남고 우울할 때 아이스크림이나 영화가 큰 효과를 발휘한 적이 있지 않았던가?).

그러니 세상 모든 것이 그렇듯이 중도와 균형 속에 진실이 담겨

있고 극단과 아집 속에 개인과 집단의 불행이 자라나는 것이다.

적당히 일하고, 적당히 벌고, 적당히 쓰고, 적당히 즐기고, 적당히 사랑하고, 적당히 저축하고, 적당히 미래를 준비하고, 적당히 후회하고, 적당히 자고, 적당히 빈둥거리고, 적당히 먹고, 적당히 운동하고, 적당히 명상하고, 적당히 음악 듣고, 적당히 독서하고, 적당히 여행하고…. 내 뜻을 현실이 따라주지 않는 게 대부분이고 어느 만큼이 적당한 것인지를 결정하고 실천하는 것이 쉽지는 않지만 그 자유의지와 자유 속에 우리 삶을 아름답고 고귀한 경지로 고양시키는 묘미가 있는 것이다.

돈 버는 방법

제목이 좀 사기꾼의 유혹 같지만

사실 돈 버는 방법은 불변하는 법칙이 존재하는 것이 아니라 경제활동 참가자들의 행동과 심리가 결과에 영향을 미치고 방법을 아는 것 자체가 예상되던 결과를 바꾸기 때문에 뉴턴의 물리학보다는 아인슈타인의 상대성 이론이나 양자물리학과 그 성질이 비슷하다. 즉, 어떤 도로가 한가하다는 것이 알려지면 그 도로는 더 이상 한가하지 않다는 모순처럼 어떤 한 방법으로 돈을 벌 수 있다고 하더라도 참가자들이 개입을 하면 그 방법은 더 이상 돈을 버는 방법이 될 수가 없기 때문이다. 그래서 구체적인 사례가 아니라 원리를 알아야 한다. 근본적으로 전 지구적인 두뇌와 심리 싸움이기 때문에 쉽지가 않다.

다시 말해 돈을 벌기 위해서는 경제 즉, 돈이 무엇이며 그 속성이 어떠하며 어디서, 누구에 의해서, 어떻게 움직이는지 또, 어떻게 정치 · 사회 · 문화 · 군사 · 학문 등 인간 활동의 다른 부분과 연계되고 영향을 주고받는지를 우선 알아야 한다.

언제부터인가 '돈 많이 버세요.'나 '대박나세요.'가 한국인의 인사가 되어버렸다. 전통적인 '안녕하세요.'가 불안(정)한 시대의 삶을 반영한 것이라면 이 새로운 인사법은 지금의 한국인들이 얼마나 돈을 버는 데 관심이 많고 얼마나 물질만능주의적 사고를 하는지를 보여주고 있다.

더욱이 70 · 80 · 90년대 전 세계 역사상 유례가 없는 고도 성장기를 거치면서 국민소득의 상승으로 전반적인 생활 수준이 빠르게 향상되고 주변에서 단기간에 많은 부를 축적하는 사례들을 보면서 누구나 실제로 돈을 많이 벌 기회가 있다고 믿고 부동산 투기, 재테크 열풍에 뛰어들었다. 그러다 보니 세상에 공짜는 없다는 것을 잊고 돈이 그냥 생겨날 수도 있다고 믿는 사람들이 많아졌다(물론 최근 저성장시대에 진입하면서 그 불가능을 깨닫고 지금의 삶을 즐기자는 YOLO 족도 나왔지만….).

그러나 우선 돈은 재화(물질과 서비스의 대가 또는 축적)이므로 모든 돈은 하늘에서 떨어진 것이 아니라 누군가의 땀(노동), 피(위험감수), 눈물(피지배)의 대가로 탄생한 것이라는 것을 이해해야지(법적 도덕적으로) 정상적인 돈 벌기가 가능하다.

합법적으로 돈은 버는 수단은 모두 세 가지(노동, 권력, 자본)다. 원래는 돈(물질)을 버는 원천은 오직 하나였다. 인류 역사의 처음에는 육체적 노동이 물질을 만들어 낼 수 있는 유일한 방법이었다. 그 후 생산력 증대에 따라 사유재산과 계급이 탄생하여 다른 사람이 생산한 물질을 빼앗을 수 있는 권력자가 생겼고 근대 이후 자본주의가 발달하면서 자본을 이용하여 부를 축적하는 사람들이 생겨났다. 이 세 가지 요소는 서로 유기적으로 연결되어 있으며 역사적으로 형태를 달리하면서 변화해 와서 지금은 노동도 육체적 · 정신적 노동뿐만 아니라 감정노동 · 기술 · 지식 · 경험 · 기업경영 등 다양한 형태로 바뀌었고 권력도 물리적 폭력을 수단으로 쓰다가 지금은 국가권력이라는 세련된 형태로 바뀌었지만 그 권력을 쥐고 있는 사람들이 피지배자들을 수탈하는 본질에는 변함이 없다(물론 권력자가 피지배자를 보호하고 질서를 유지한다는 주장도 있고 민주국가에서는 국민이 주인이고 자발적으로 국가권력에 복종하는 면이 있지만 권력의 정당성 여부가 권력자가 세금 등의 형태로 경제적 대가를 강제한다는 사실을 바꾸지는 않는다.). 자본도 상업자본과 산업자본 · 금융자본으로 형체를 바꾸면서 돈 그 자체가 돈을 벌어왔고 그 비중은 점점 더 커지고 있다.

이 중 노동과 권력을 통해 돈을 버는 것은 단순히 돈을 벌기 위한 수단 이상의 의미가 있는 인간 활동이므로 교육이나 경영 · 정치 등 또 다른 영역의 주제를 가지고 별도로 이야기를 해야 할 것이고 사기 · 절도 등 불법 활동도 배제하고 여기서는 사람들이 돈을 버는 방법으로 관심을 가지는 좁은 의미에서의 돈으로 돈 벌기 즉, 재테크에 대해서만 알아보려 한다.

이른바 재테크는 크게 투자와 투기로 나눌 수 있다. 이 둘은 둘 다 손실의 위험을 감수함으로써 이익을 추구한다는 점에서 서로 비슷하고 단지 그 비중의 차이로 구분을 하기 때문에 그 경계가 애매하다. 그러나 투자는 토지 · 기계 · 교육 · 기술개발 · 운영자금 등 생산활동에 자본을 투여함으로써 생산성 증대에 간접적으로 기여하는 것이고 투기는 도박 등과 같이 생산성의 증대 없이 단순히 돈이 손만 바꾸는 제로섬 게임(ZERO SUM GAME)이라는 면에서 본질적인 차이가 있다. 그래서 투기도 여기서는 제외한다.

투자는 그 대상을 크게 부동산 · 주식 · 금융상품으로 나눌 수 있다.

부동산 투자 성공의 핵심은 '수익성만 바라보라.'이다. 한국사람들은 부동산에 투자할 때 가격 상승 가능성에 지나치게 집착하는 경향이 있다. 즉, 투자보다는 투기성이 강하다는 것이다. 그래서 '전세'라는 전 세계에서 유일한 제도를 가지고 있는 것이다. 반면 외국인들은 주택가격이 급격히 상승하는 것을 반기지 않는다. 집을 투자수단으로 보는 것이 아니라 삶의 터전 즉 원래의 효용 가치로 보는 성향이 강하기 때문이다. 다른 모든 재화도 마찬가지이지만 부동산도 희소성과 수요 · 공급에 따라 값이 오르락내리락하겠지만 궁극적으로는 원래의 내재적 가치로 가격이 수렴을 하게 되어있다. 즉, 내재가치 이상으로 오르면 언젠가는 떨어지게 되어있다는 것을 잊지 말아야 망하지 않는다. 토지나 건물도 역시 그것이 얼마나 생산활동에 기여하는가를 보고 적절한 가격을 판단해야 한다. 여기서 중요한 것은 현재뿐만 아니라 미래의 가치를 정확하게 판단하고 예측하는 능력에 부동산 투자의 승패가 달려있다. 최소한 유행에 휩쓸려 뒤쫓아가거나 한 방에 크게 돈을 벌려고 하지 말고 10~20년 중장기적 수익성에 초점을 맞추기만 해도 성공률을 크게 높일 수 있다.

주식을 제로섬 게임(ZERO SUM GAME)으로 보는 사람도 있지만 주식의 원래 기능이 기업활동을 위한 자금이며 동시에 기업활동의 결과물이라는 점에 있어서 본질적으로 생산활동에 간접적으로 기여한 대가라고 보는 게 옳다. 주식 투자를 통한 이익은 배당과 주가 상승에서 나오며 주로 그 기업의 실적과 성장 가능 · 경제여건 · 신용도 등에 따라 가격이 등락하는데 이러한 FACT도 중요하지만 참가자들의 심리도 크게 영향을 미친다. 따라서 특별한 정보원이 없이 감으로 뛰어들면 십중팔구 망한다. 특히 국외주식은 여기에 환율과 국제정세 심지어 기후 등도 영향을 미치기 때문에 신속하고 광범위한 조직적 정보망으로 무장한 외국인 기관투자자와 싸워 이기기란 거의 불가능에 가깝다. 따라서 개인은 여유 자금을 가지고 실적배당 위주로 유망한 기업을 찾아서 1년 이상의 장기 투자를 하는 것이 유일한 방법이다. 이때 명심할 것은 과거 주가 그래프를 보지 말아야 한다. 주가에 있어서 과거는 전혀 의미가 없다. 오로지 현재가가 중요하고 거기에 미래전망과 참가자의 심리까지 모두 담겨있다는 걸 잊지 말아야 한다. 많은 사람들이 과거보다 올라가고 있다고 사고 현재보다 떨어질 거라는 소문에 파는 경향이 있는데 그게 바로 망하는 지름길이다.

금융상품은 예금 · 채권 · 현물선물 · 복합금융상품 등이 있는데 그중에 으뜸은 평생 물가상승을 보장하는 연금이고 나머지를 고를 때는 금리전망과 국내외 및 장단기 금리 차가 중요하다. 여기서 금리란 인플레이션을 차감한 실질금리를 봐야 하며 이 금리 속에 경제의 상태와 전망이 녹아있으므로 이를 잘 분석하는 것이 성공의 열쇠이다. 또한, 은행이나 금융회사는 대가 없이 나를 도와주는 자선단체가 아니라 이익을 내기 위한 조직임을 알고 수수료가 많은 상품은 피하는 것이 좋다.

기본원칙은 5년 정도 보고 경기 상승국면에서는 전체 금융상품 비중을 줄이면서 단기 변동이율 예금을 택하고 경기의 하강이 예상되면 장기고정이율의 채권과 정기예금 비중을 높여야 한다(명목금리만 보면 정반대로 보이기 때문에 반드시 실질금리를 봐야 한다. 즉, 경기가 좋아지면 명목금리도 올라가지만 실질금리는 오히려 떨어진다.)(장단기 실질금리 차가 줄어들면 하강국면의 신호이다.).

결국 가장 쉽고 확실한 것은 일하고 노력해서 돈을 버는 것이고 노후를 위해 연금을 넣고도 돈이 좀 남을 때 좀 더 효율적인 저축수단으로 투자를 해야 한다.

보이는 대로 보지 말고 아는 대로 믿지 말라

우리의 일생은 선택의 연속이다. 눈을 뜨면서부터 잠이 들 때까지 그리고 태어나서 죽을 때까지 끊임없는 선택을 해야 한다. 좀 더 잘까? 얼른 일어날까? 아침은 뭘 먹고 무슨 옷을 입을까? 등등의 사소한 선택에서부터 어떤 작업을 택할까? 어떤 주식을 살까 팔까? 누구랑 결혼을 하지? 등등의 인생의 중요한 결정, 또 달려오는 사자와 자동차 앞에서 어느 방향으로 피할까? 등등의 목숨을 건 순간적 판단도 필요하다. 삶은 곧 선택이고 어떤 선택을 하느냐가 삶의 성패를 좌우하며 우리는 자신의 선택의 결과에 대해 책임을 져야 한다.

이 모든 상황에서 우리는 무엇을 근거로 선택을 할까? 본능적으로? 합리적으로? 직관적으로? 무엇이 나의 선택에 영향을 미치는가? 내가 선택한 것이 과연 올바른 것인지 아닌지는 어떻게 알까?

사람은 자신이 보는 것을 사실이라고 생각하고 자신이 아는 것을 진실이라고 믿고 자신의 생각을 쉽게 고치지 않는 경향이 있다. 하지만 사람의 감각과 인식 · 의식 · 판단에는 많은 오류가 있다. 최근의 뇌 과학과 행동경제학 · 인지심리학에서 밝혀진 바에 의하면 우리는 주변 환경에 따라 길이나 원근이 다르게 보이는 착시에서부터 수많은 착각이 가능하고 우리의 기억조차도 얼마든지 사실과 다를 수 있고 심지어 조작도 가능하다. 인간은 필요하다면 스스로를 속이고 합리화할 수 있다. 다른 사람들이 모두 그렇다고 하면 나도 그렇다고 믿게 된다. 우리 편은 옳고 상대편은 나쁘다고 생각하며 자기가 한번 맞다고 믿으면 그다음엔 거기에 부합되는 정보만 받아들이고 다른 정보는 무시해 버린다. 물건의 가치를 평가할 때도 객관적 가치와는 별개로 어떻게 포장되고 전시되어 있느냐에 따라 구매 욕구가 달라지고 처음에 제시된 물건값이 있으면 그것이 기준이 되어 그다음에 제시되는 가격을 평가한다. 그 외에도 변화보다는 현상유지나 경향 지속을 선호하고 믿는 등 수많은 사고의 오류들이 실험으로도 입증이 되고 있다.

선택과 행동에 있어서도 때로는 행동을 먼저 하고 나중에 생각을 하기도 하고 선택을 먼저 하고 나중에 그 선택의 정당성을 찾아 스스로를 합리화하기도 한다. 그것은 우리의 감정의 지배를 받는 직관이 더 빠르고 논리적 사고는 더 느리게 일어나기 때문이며 각각을 처리하는 뇌의 위치도 서로 상이하다.

그래서 금강경에서는 강을 건너면 뗏목을 버려야 하듯이 모든 관념과 진리도 그 상황에 따라 일시적으로 옳은 것이므로 아무리 좋은 것이나 옳은 것에도 얽매이거나 집착하지 말라고 강조하며 그것이 최고의 깨달음이라고 말하고 있다.

이렇게 인간이 객관적으로 믿을 수 없는 사고를 하는 것은 그 이유가 없는 것이 아니다. 이것이 인간 생존에 필요한 것이기도 하기 때문이다. 착각과 망각이 없다면 인간은 미쳐버릴 것이며 직관적으로 판단하고 재빠르게 대응하지 않으면 위험에 처할 수도 있으며 괴롭지만 떨쳐버릴 수 없는 번뇌와 잡념은 다른 동물에게는 없는 인간만의 무기인 추상 능력 즉, 공간을 뛰어넘어 지금 존재하지 않는 것을 이해하고 믿으며 가능한 상황에 미리 대처하는 시뮬레이션의 한 과정 또는 부작용인 것이다.

따라서 이런 사고의 오류를 근본적으로 없애는 것은 불가능하므로 오류의 본질을 파악하여 그 오류가 일어났을 때 이것이 오류라는 것을 스스로 깨닫는 것 즉, 일종의 meta cognition(자기가 알고 있는지 모르고 있는지 자체를 인식하는 것)이 중요하다. 이 깨달음의 출발점은 자신의 생각이 항상 옳다고 고집을 부리지 말고 열린 마음으로 자신을 스스로 돌아보는 훈련을 하는 것이다. 이때 다른 관점으로 보기 위해서 주변 사람들의 견해를 참고하는 것이 도움이 되지만 무작정 휩쓸리지 않도록 또 조심해야 한다(아아 부처님은 그 옛날에 이것을 어떻게 아시고 모든 것이 허상이니 관념과 생각을 뗏목처럼 버리고 무소의 뿔처럼 혼자서 가라고 설파하셨을까?).

이렇게 겸손한 자세로 아집만 버려도 많은 실수를 줄이고 근본적 이해관계 대립에 의한 것이 아닌 다양한 갈등과 싸움은 해결할 수 있을 것이다.

또한, 선택의 기회도 없이 고된 노동과 스트레스에 쫓기듯 살아가야만 하던 고통을 잊지 말기를.

별이 빛나는 밤에

우리는 모두 같은 별의 자손들이다. 나와 모든 인류와 모든 동물과 모든 생물과 지구 상의 모든 존재를 구성하고 있는 다양한 요소는 모두 아주 오랜 옛날 초신성의 폭발로 생겨난 잔해 즉, 원자들의 결합체이다. 그리고 나를 구성하고 있는 세포들은 먼 옛날 또 다른 생명체가 죽어서 분해되었다가 다시 합쳐진 것이며, 내가 숨 쉬는 공기 중의 산소는 수많은 식물들이 만들어 낸 것이며, 내가 먹고 마시고 살아가면서 필요한 것들은 수없이 많은 사람들이 어디에선가 땀 흘려 만들어 낸 것이다.

참새 한 마리가 푸드덕 날아가기 위해서도 수십억 년의 수십억 생명의 숨결이 바람 되어 그 날개를 떠받치고 있기 때문이다.

그리고 내가 죽으면 내 몸을 이루고 있는 세포들은 다시 분해되어서 자연으로 돌아가고 또 다른 생명체의 일부분이 될 것이다.

뿐만 아니라 나의 생각 역시도 온전히 내 것이 아니다. 내 마음은 내가 자유롭게 일으키는 것 같지만 실은 내가 혼자서 만들어 낸 것이 아니라 다른 사람과의 교류 즉, 교육과 사회생활을 통해서 다른 사람들로부터 배우고 영향을 받은 것이다. 나의 행동과 성격, 신체적 특성 역시도 다른 사람들을 모방하면서 배운 것이거나 부모로부터 물려받은 것이다. 결국 나라는 것, 나의 존재, 나의 자아는 다른 사람들과 뗄 수 없는 관계 속에 있는 것이다. 그러므로 인간을 포함한 모든 존재는 홀로 절대 존재할 수가 없다.

사람들은 자신이 다른 사람들에게 의존하지 않고 독립해서 살아간다고 말하지만 사실은 다른 사람들과 끊임없이 도움을 주고받으며 살아가고 있다. 평소에는 이 관계의 혜택을 당연하게 알고 그 고마움을 잘 못 느끼겠지만 정전이라도 되고 물이라도 잠깐 안 나오면 사람들은 추위와 어두움과 목마름에 괴로워하며 그 고마움을 느끼게 된다. 심지어 무인도에서 홀로 살아가는 로빈슨 크루소 역시 인간 사회에서 배워간 지식을 토대로 삶을 영위할 수 있으며 상상 속에서라도 다른 사람들과 유대감을 주고받으면서 외로움을 견디며 살아가는 것이다.

따라서 인간은 자신의 가족이나 이웃뿐만 아니라 전 인류, 나아가 전 생명체, 우주와 공동 운명체인 것이다. 다만 일상에서 그것을 깨닫고 있지 못할 뿐이다. 특히 도시화와 개인주의가 대세인 요즈음에는 '남들이 어떻게 되든 나만 잘 살면 된다.'라고 생각하거나 '남들은 모두 나의 적이거나 경쟁자야. 아무도 믿지 말고 혼자 살아가야 해.'라고 생각하면서 자신만을 위해서 살아가는 사람들이 대부분이지만 이러한 개인적 · 집단적 · 이기주의가 인간이 직면한 많은 문제의 근본 원인이므로 조화롭고 평화로운 삶과 사회를 이루기 위해서는 이러한 자기 중심주의를 극복해야 할 필요가 있다.

물론 한편으로는 이러한 이기주의 즉, 생명체가 자기 개체를 존속시키는데 유리한 것을 택하려는 노력은 생명체가 자신을 지켜내고 자손을 번성시키는 데 숨은 원동력이기도 하지만 인간은 이제 다른 동물과 달리 자신이 키워 온 지능과 집단행동과 상상력이 다른 동물보다 지나치게 많은 폭력성과 결합하여 원자폭탄처럼 자신뿐만 아니라 지구를 파멸시킬 수도 있는 힘을 가지고 있으므로 이 이기주의를 통제해야만 하는 것이다. 그래서 많은 선지자들이 '네 이웃을 사랑하라.', '자비심으로 보시하라.'라고 가르치는 것이다.

여기서 베푸는 것은 1-자기 과시를 하기 위한 것, 2-상호 협력과 유대감을 키우기 위한 주고받기 그리고 3-동정심과 애정에 의한 무조건적 지원 등으로 나눌 수가 있는데 어느 것이 더 좋다기보다는 모두 인간의 사회적 공존을 위해 각각의 역할을 수행하는 것이다. 이처럼 인간은 서로 경쟁하고 싸우면서도 한편 서로 협력하고 도움을 주고받는 제도와 관행을 발달시켜 왔고 그를 통한 심리적 만족감도 본능으로 자리 잡았는데 이는 그것이 인간(유전자)과 사회의 존속에 필요하고 유리하기 때문이었다(《이기적 유전자》 참조).

따라서 (개인적, 집단적)이기적 행동과 이타적 행동은 모두 인류와 사회의 존속과 발전을 위해 어느 정도 필요한 것이고 이 둘의 조화로운 공존이 바람직한 것이다. 이를 위해 우리의 행동은 법에 의한 질서의 강제뿐만이 아니라 종교, 양심, 윤리도덕률의 통제를 받아야 하는 것인데 동시에 이것이 도그마가 되어 오히려 인간성을 파괴하고 억압하지 않도록 주의해야 한다.

다행스럽게도 인간은 이기심에 기초한 노력이 결과적으로 타인에게 유용한 재화와 용역을 제공하고 경쟁과 시장을 통해서 효율을 극대화하는 기막힌 자본주의 시스템을 개발하였고 한편으로는 그 부작용을 최소화할 수 있도록 지나치게 탐욕을 부리는 사람들과 집단을 견제하고 지나치게 편중된 권력과 돈을 재분배하는 경험을 역사적으로 축적하고 점진적으로 민주적인 제도를 발전시켜 왔기 때문에 이제는 배척될 것이 두려워서 누구도 자신의 지나친 이기심을 쉽게 드러낼 수가 없게 되었다(물론 언제 어디에나 교묘하게 자신의 이익만을 챙기는 사람들도 있지만 대다수가 이를 감시하고 견제하고 벌칙을 가함으로써 전반적으로 각자 자기에게 주어진 일을 성실하게 하고 법과 질서를 지키는 것만으로도 서로 협력하는 조화롭고 풍요한 사회를 만들어 유지 · 발전시키고 있는 것이다.).

인간의 본성

살아가다 보면 억울하게 손해를 볼 때가 있다. 그러면 피해를 준 사람이 미워지고 화가 나며 그런 일이 반복이 되면 인간에 대한 믿음이 사라지면서 인간의 본성 자체에 대한 의문이 생긴다. 그래서 순자의 성악설 즉, 인간은 태생적으로 악한 성질을 가지고 있다는 의견에 공감이 간다. 반대로 다른 사람으로부터 친절과 도움을 받거나 서로 협력한 좋은 경험이 있으면 맹자의 성선설이 맞는 것 같기도 하다. 실제로 인간의 역사는 폭력과 전쟁으로 가득하고 인류의 약 30%는 폭력으로 사망했을 만큼 폭력성이 강하고 반면 무리 밖에까지 동정을 베풀 수 있는 모순의 종이다. 과연 인간의 본성은 선한가, 악한가? 이것은 단순한 호기심의 문제가 아니라 교육을 어떻게 시킬지 사회의 질서유지를 어떻게 해야 할지에 대한 기본 지침이 되므로 가볍게 다룰 수가 없는 질문이다.

답은 '선하지도 악하지도 않다.'이다. 그렇다고 인간이 하얀 백지처럼 아무런 성향도 없이 태어난다는 것은 아니다. 인간은 다른 동물들처럼 먹을 것을 찾고 위험을 회피하는 등 생존을 위한 본능을 가지고 태어나며 공감 능력 등 사회화를 위한 기초와 공포와 유머, 분노 등 고등 감정과 이성을 가지고 태어나는데 그 자체는 선하지도 악하지도 않은 것인데 다만 사람들이 '선이다, 악이다'라고 규정을 지은 것이다. 사자가 사슴을 죽이고, 토끼가 도망가고, 아이들이 엄마의 젖을 빨고, 장난감을 놓고 다투는 형제들의 행동을 단순히 선이나 악이라고 규정할 수는 없는 것이다. 즉, 선과 악은 사회생활을 위해 인간이 만든 규범이지 절대적으로 존재하는 자연성이 아니다.

나는 한때 루소의 《에밀》과 자유주의적 교육관을 믿고 내 아이와 학교의 학생들에게 간섭을 최소화하고 내버려 두면 스스로 선을 찾아갈 것이라고 생각하고 실천했다. 오산이었다. 자연 상태의 인간은 본능에 충실할 뿐이어서 내버려 두면 자신의 생존과 이익을 위해서 거리낌 없이 폭력을 행사하는 거친 동물과 다를 바 없이 될 것이다. 교육이란 거친 목재 같은 인간을 역사와 경험에서 검증된 가치로 가다듬는 것이다. 그래서 다른 사람들과 조화롭게 살아가고 사회에 유용한 존재로 자라갈 수 있는 기술을 하나하나 배우고 몸에 배게 하는 것이다. 따라서 그 과정은 인류가 축적한 기술과 경험을 배우고 공동체의 규정을 강제하고 질서에 순응하게 하는 것이 된다.

그렇지만 교육으로 인간의 본성을 가다듬을 수는 있지만 그 성향 자체를 부정해서는 안 된다. 예를 들어 개인이 다른 사람들의 복리를 위해서 자신의 이익을 기꺼이 포기하고 봉사하는 것은 좋은 것이고 선한 것이지만 모든 사람들에게 이것을 강요해서는 안 된다. 인간은 자신의 생존을 위해 자기 자신과 자신이 속한 집단의 이익에 우선 관심을 가지고 타인이나 낯선 집단에게는 경계를 하고 배척하고 때로는 공격하고 파괴하고 빼앗기도 한다. 이러한 특성은 원시사회에서는 정당화될 수 있었지만 현대사회에서는 이 폭력성이 허용될 수 없다. 그렇지만 서로의 이익과 권리를 존중하며 조화롭게 사는 것을 가르쳐야지 모두에게 지나친 희생과 봉사를 강요해서는 안 되고 될 수도 없다. 오히려 모든 사람들이 타인에게 양보만 한다면 이를 악용하는 소위 '무임승차자'를 막지 못하여 그 공동체는 붕괴하게 된다. 오히려 공정한 룰 속에서 자신을 지키고 자신의 이익을 위해 노력하는 사람이 그 사회 발전에 더욱 기여하는 것이다.

나 역시 20대에 어려운 사람들을 위해서 일생을 살겠다고 결심하고 20년 이상 교육운동과 노동운동을 통해 억울하고 어려운 사람들이 잘사는 정의롭고 민주적인 사회를 만들겠다고 내 대부분의 시간과 정열을 바쳤다. 그러한 생각과 노력 자체는 잘못된 것이 아니지만 그 과정에서 나의 죄는 나만이 옳다고 생각한 교만이었다. 이기적으로 보이던 인간의 행동을 나쁘다고만 생각하고 겉보기에 이타적인 행동만이 선이라고 생각하고 이를 추구하느라 그 뒤에 숨겨져 있는 진실 즉, 이 둘이 나름 의미가 있으며 어느 한쪽을 이단시할 것이 아니라 적절한 선에서 조화를 추구해야 한다는 것을 몰랐던 것이다. 또한, 정의와 평등을 외치는 것만으로 스스로 옳고 할 일을 다 했다고 생각하는 위선일 수도 있고 남들보다 더 많은 선행으로 나를 돋보이고 만족하려고 한 순교자의 독선이었다.

자신을 우선하는 인간성은 그 자체로는 악이 아니다. 다만 그 욕구가 현실로 나타날 때 공정한 룰 속에서 타인에게 피해를 주지 않고 공존해야 하는 것이고 그 과정의 부작용인 불평등을 어느 정도 허용하는 것이 선이지 완전한 평등을 추구하며 남을 위해 희생을 하는 것은 개인적으로는 훌륭하고 선한 것이지만 그것을 강요했을 때는 현실적이지도 않을뿐더러 문화혁명처럼 사회의 자유로운 발전을 가로막는 것이므로 이를 선으로 착각하면 안 된다.

한마디로 요약하자면 대다수 사람들에게는 사회의 규정을 지킴으로써 타인에게 피해를 주지 않으면서 자신의 역할을 하며 열심히 살고 작은 것에 만족하며 삶을 즐기면서 가끔 기부하고 봉사하며 살면 그것이 최선이다.

지나침은 부족함만 못하다. 아무리 좋은 것도 지나치면 위험하다(순교자가 전쟁을 일으키고 열성적인 엄마가 아이를 망친다.). 좋은 동기가 잘못된 결과를 정당화할 수 없으므로 반드시 과정과 경로와 방법 모두가 적절해야 한다.

미 중독, 맛 중독

아름다운 것을 보면 즐겁다. 아름다운 사람과 교감하면 행복해진다. 따지고 보면 그 아름다움은 그 자체로는 생산성이 없는데 왜 사람들은 아름다운 것(사람)을 차지하기 위해 목숨을 걸기까지 할까? 단순히 기분 좋은 자극을 넘어서 왜 외모를 보고 그 사람의 인격과 능력을 판단할까?

지금 인류는 아름다움에 중독되어 있다. 인터넷과 시청각 매체가 발달하여 시각정보가 대규모로 쉽게 멀리 전달되고 직접적 교류는 줄어들수록 사람들은 겉모습의 아름다움에 더욱 집착한다. 특히 한국은 성형으로 외모를 고쳐보려는 시도가 보편화되기까지 하고 어느 정도 효과를 보기도 한다.

이렇게 인간이 외모에 집착하는 이유는 시각이 발달했기 때문이고 시각이 발달한 이유는 인간의 잡식성과 사회성에 그 원인이 있다. 인간의 눈은 육식동물의 눈과 초식동물의 특성을 모두 가지고 있다. 즉, 양안이 앞을 향하고 있어서 먹잇감과의 거리를 측정하는

데 유리한 것은 육식동물의 눈과 같으며(초식동물은 거리 감각보다는 넓은 시야가 필요하므로 두 눈은 각각 다른 방향을 바라본다.) 다채로운 색깔을 감지할 수 있는 것은 초록색 잎 사이에 숨어있는 익은 과일을 따 먹는 데 유리한 초식동물의 눈과 같다(대부분의 육식동물은 색맹이며 움직이지 않는 대상은 감지하지 못할 정도로 시각은 발달하지 않았다. 대신 예민한 후각과 청각으로 숨어있는 사냥감을 찾아낸다.). 이렇게 인간의 눈이 발달한 것은 인간이 다른 어떤 동물보다도 다양한 먹이를 찾아서 먹는 데 유리하기 때문이다. 또한, 무리 속에서 성공적으로 사회생활을 하기 위해서는 상대방의 표정을 잘 읽어야 하기 때문에 시각정보에 삶을 의존하게 된 것이다. 만일 인간이 육식이었다면 미스 월드는 가장 아름다운 사람이 아니라 가장 멋진 냄새를 풍기는 사람이 되었을 것이다.

그럼 아름다움이란 무엇인가? 어떤 사람을 우리는 아름답다고 하는가? 이것은 내재적인 것인가? 학습된 것인가? 시공을 초월하여 불변하는 것인가? 아니면 문화적인 현상인가?

인간이 아름답다고 느끼는 사람의 특성은 젊고 건강한 사람이 가지고 있는 특성이다. 여성은 임신을 잘할 수 있는 가임기의 건강한 여성의 특성 즉, 충만한 가슴과 엉덩이 그리고 잘록한 허리, 밝고 팽팽한 피부, 뚜렷한 이목구비를 의미하고 남성은 적이나 위험한 동물과 잘 싸우고 먹을 것을 많이 구할 수 있는 강인한 근육과 체력을 가진 사람의 특성이다. 그리고 남녀 공히 좌우균형이 잡히고 평균적인 비율을 가진 모습이 건강한 즉, 아름다운 모습이다. 이렇게 '아름다운' 대상에 성적으로 이끌려 상대방을 선택한 사람은 결과적으로 임신과 양육에 유리해져서 자신의 유전자를 후대에 남길 가능성이 많아진 것이고 이것이 누적되어 아름다움에 대한 인간의 관념이 형성된 것이다. 그리고 새들에게 길고 화려한 깃털이 살아가는 데는 전혀 도움이 되지 않지만 짝을 유혹하기 위해 끊임없이 발달시킨 것처럼 인간도 아름다움에 대한 집착과 경쟁의 결과 그 '아름다움'이 실제적인 경쟁력을 더욱더 가지게 된 것이다. 즉, 아름다운 사람들이 승진과 취업과 결혼에 더욱 유리하게 되고 그 결과 또다시 더 아름다운 자식을 낳게 되는 순환이 일어나는 것이다.

그렇다면 아름다움에 대한 기준이 변하는 것은 어떻게 설명할 것인가? 수렵채집 시대와 중세는 말할 것도 없고 60년대의 미인과 지금의 미인은 확실히 다르다. 60년대 인기배우는 지금 여배우보다 훨씬 통통하고 남자들은 덜 곱상하고 더 야성적이다. 전반적으로 풍만감이 줄어들었는데 그 이유는 여성과 남성의 사회적 역할 변화에 있다. 즉, 이전에는 출산과 가사노동이 여성에게 있어서 가장 큰 사회적 경제적 역할이었지만 지금은 그보다는 활발한 사회활동이 더 중요해졌기 때문이다. 또한, 요즘 여성스러운 남성들이 인기를 얻는 것은 남성들이 더 이상 근육을 써서 육체노동이나 싸움을 할 필요가 없고 여성들을 존중하고 함께 협력하는 부드러운 특성이 필요하기 때문이다.

따라서 시대가 바뀌더라도 그 기준이 바뀔 뿐 아름다움 즉, 시각 정보에 집착하는 인간의 특성은 집착하면 할수록 더욱 강해지지, 쉽게 사라지지는 않을 것이다.

인간의 미적 감각 역시 익숙한 것을 좋아하는 인간의 특성상 사회적 · 문화적으로 형성되어서 학습되는 것도 있지만 타고난 미감은 인간의 생존에 유리한 환경에 비슷한 시각적 자극과 비슷한 것들이다. 예를 들어 아침 햇살이 비치는 초원의 다채로운 풍경은 밤새 공포에 떨었을 초기 인류에게 정말 반갑고 행복한 풍경이 아니었겠는가? 반대로 우리가 추하다고 느끼는 모습은 병들거나 죽은 형태와 유사하다. 만일 우리가 구더기라면 진물이 흐르고 축축 늘어지고 거무튀튀하고 냄새나는 사람을 보면 성적매력을 느껴 흥분을 하게 되었을 것이다.

마찬가지로 화음이 맞는 음악을 들었을 때 기분이 좋고 날카로운 소리에 스트레스를 받는 것도 맹수들에게 쫓기던 시절에 발달시킨 것이고 섬세한 미각 역시 그 어느 동물보다도 다양한 먹이를 먹기 위해서 영양이 좋은 것과 독이 없는 것을 골라내기 위해 발달한 것인데 지금처럼 먹이가 넘쳐나는 시절에도 남아서 탐식(먹방 열풍)과 폭식으로 오히려 인류의 육체적 · 정신적 건강을 위협하고 있는 것이다.

인간은 더 이상 본능으로만 사는 존재가 아니다. 이성으로 우리의 감정과 행동을 통제할 수 있어야 행복해질 수 있다. 사회적으로 성공하는 것은 행복해지는 것과 동의어는 아니다. 우리는 성공하면 행복해진다고 믿고 행복해지기 위해서 성공을 추구한다고 착각하지만 돈을 벌고 권력을 잡는다고 해서 반드시 행복해지는 것이 아니듯이 아름답다고 해서 반드시 행복해지는 것은 아니다. 좀 더 유리한 것은 사실이지만 그것이 전부는 아니다. 언제나처럼 중용이 답이다. 미와 맛을 부정하지 말고 즐기되 지나치지 않아야 한다. 즉, 미와 맛의 중독에서 벗어나 덜 자극적이고 더 가까이에서 즐거움을 느낄 수 있는 다양한 활동과 일을 하는 과정에서 우리는 진정한 행복을 맛볼 수가 있는 것이다.

진리가 너희를…

'진리가 너희를 자유롭게 하리라.' '진리는 나의 빛.'….

젊은 시절 내 마음을 흔들고 내 삶을 지탱하게 해준 한국 최고 대학의 교훈이다. 그러나 행동이 따르지 않으면 압도적인 폭력과 모순 앞에서 모든 이론은 공허하며 현실을 조금도 바꿀 수 없다는 절망감에 빠져 학생운동이나 노동운동에 희망을 걸었었다. 이런 생각은 아마 80년대 한국 근대사의 어두운 시절을 가까이에서 겪은 대부분 젊은이들의 고민과 고통이었을 것이다.

하지만 그보다 더 힘든 것은 어느 정도의 경제성장과 민주화가 되고 난 90년대 이후였다. 잘사는 나라와 민주화라는 절대적인 희망과 목표를 잃어버린 젊은이들에게 진리는 또 한 번 무기력한 민낯을 드러내는 듯했다. 이제 학생들에게는 학문이 취업과 밥벌이를 위한 수단이 되고 또 교수들에게는 정권이나 기업이 원하는 것을 이론적으로 뒷받침하여 정당화시켜 주면서 연구비도 타내고 권력에 줄을 대고 있다가 새 정권이 들어서면 스스로 권력자가 되고 정치가들은 복지와 정의라는 이름으로 또는 성장과 풍요라는 이름으로 상대방을 절대 악으로 몰아붙이면서 권력을 잡고 결국은 자기 편에게 유리한 체제와 인사와 법률로 국민들을 통제하고 사람들은 덩달아 자신에게 지금 당장 유리한 것이 정의요 진리라고 주장하는 모습을 보면 과연 진리는 어디에 있는가 의심하지 않을 수가 없다. 과연 진리와 자유는 아무런 의미가 없는가? 오로지 돈과 권력과 물질과 풍요와 기술과 즐거움과 휴식이면 족한가? 인간사는 결국 가진 자와 못 가진 자가 서로 빼앗거나 지키기 위해 끊임없이 싸울 수밖에 없는 운명인가?

아니다. 요즈음 사람들은 자신들이 아직도 역사와 사회 안에서 얼마나 약한 존재인지를 느끼지 못하고 스스로 자신의 삶을 독립적으로 이끌어갈 수 있다고 착각하기 때문에 진리와 자유의 중요한 의미를 잊고 있을 뿐이다. 상상해 보라. 만일 당신이 지금 북한이나 시리아에 살고 있다면, 히틀러 치하에서 성장했다면, 봉건시대 여자로 태어났다면…. 당신의 성실성과 선한 의지와 노력이 무슨 의미가 있겠는가? 인간은 아직도 철저히 사회적인 동물이기에 모든 문제는 공동체 안에서 풀어야 하며 한편으로 이 한계를 극복하여 자유를 얻는 유일한 길이 진리인 것이다.

인간의 역사는 개인의 자유를 확대해 온 역사이며 우리가 진리를 추구하는 이유는 현재의 나를 규정하는 것이 무엇인지를 이해하고 거기에서 자유를 얻을 수 있는 방법을 찾기 위해서이다. 경제를 알아야 성실하게 노력했지만 파산하는 이유를 알고 대처할 것이고, 자연을 알아야 어떻게 자연과 공존 · 번영하는 방법을 알 수가 있다. 위생과 의학을 알아야 질병에서 자유로우며 공학을 알아야 궁핍에서 벗어날 수 있다. 사회와 정치를 알아야 진짜 정의롭게 공존하는 법을 안다. 하지만 알려면 제대로 알아야 한다. 어정쩡하게 잘못 알고 믿고 행동하면 오히려 재앙이 된다는 것을 우리는 역사에서 많은 사례를 본다. 이것이 우리에게 단순한 지식이 아니라 진리와 지혜가 필요한 이유이다.

1. '모든 것은 변한다.' (무릇 약한 것은 살기 위해 서로 협력하고 강한 것들은 우위에 서기 위해 서로 경쟁하며 힘의 역학관계는 생명이 존재하는 한 변화하며 모든 존재는 우주가 존재하는 한 상호 영향을 주고받으며 변천 흥망성쇠(興亡盛衰)한다.) 자연의 힘 앞에서 무기력하고 결핍 속에서 시달리던 인간들은 부족을 만들어 공동체 안에서 협력하고 한편으로 다른 부족들과 치열한 경쟁(전쟁과 폭력)을 했으며 국가라는 거대한 체제를 만들어 서로 견제하고 싸우는 한편 공동체 안에서는 외부의 침략으로부터 구성원을 보호하면서 그 대가로 불평등 구조를 질서유지와 착취의 수단으로 이용하여 왔다. 물론 이견도 있고 단기적으로 보면 후퇴하는 듯이 보일 수도 있지만 장기적으로 인간은 개인들의 자유와 복리와 수명과 존엄성(인권)을 향상시켜왔다. 그리하여 대다수 문명국가에서는 자신들이 여전히 구속당하고 있다는 사실을 느끼지 못한다(물론 어느 시대 어느 사회에서든 구속을 못 느끼는 사람들도 있고 심하게 느끼는 사람들도 있었다.).

2. '새는 좌우의 날개로 난다.' (자유를 추구하되 현실적 한계를 받아들여야 한다. 진리와 정의는 극단에 있지 않고 타협에 있다.) 현실을 너무 부정하고 전체를 지나치게 강조하면(=진보) 현실이 무너지며, 현실을 지나치게 받아들이고 개인만을 강조하면(=보수) 변화 발전이 없다(개인적으로도 현재에 만족하고 감사하되 주저앉지는 말고 한 걸음씩만 조금씩 올바른 방향으로 나아가는 것이 가장 좋다.).

3. 결국에는 '진리가 자유로 가는 길을 보여줄 것이다.' 절대적이고 영원한 정의와 진리는 없으므로 끊임없는 변증법적 부정으로 정의와 진리를 추구하는 노력을 해야만 한다. 그 노력을 게을리하는 개인과 공동체의 종말은 비참할 것이다.

분노

'고층 아파트에서 페인트칠을 하는 사람이 듣는 음악 소리가 시끄러워서 낮잠 자는 데 방해된다고 화가 나서 그 사람이 매달린 밧줄을 끊어 떨어져 죽게 했다.', '층간 소음 때문에 다투다가 홧김에 불을 질렀다.', '놀리는 것이 화가 나서 동료 부대원에게 수류탄을 던지고 자동소총으로 조준 사격해서 죽였다.' 류의 분노 범죄 뉴스를 들으면 이따금씩 내 안에서 치솟아 오르는 분노가 얼마나 무섭고 위험한지 겁이 난다. 그래서 사람들은 '참는 자에게 복이 있다.', '참을 인(忍)자 세 번이면 살인도 면한다.'면서 화를 다스릴 것을 권유한다.

사실 분노는 기쁨 · 슬픔 · 두려움 · 즐거움 등과 함께 인간이 가진 자연스러운 감정 중의 하나인데도 불구하고 그중 가장 푸대접을 받는다. 분노는 다른 그 어떤 감정보다 위험하고 부정적인 것으로 간주되어 이를 억제하고 통제할 수 있으면 성숙한 인격을 가진 사람으로 인정이 되고 이를 드러내거나 폭력적으로 표출하면 사회적 평판이 떨어지고 심하면 기피 대상이 된다. 이렇게 조절되지 못하고 분출된 분노는 상대방에게 정신적 물리적으로 피해를 주며 반복되는 분노는 본인에게도 손해가 되고 억누른 분노는 화병이 되어 자신을 괴롭히기도 하기 때문에 가장 조심해야 할 감정인 것은 사실이다.

하지만 분노가 그 자체로서 원래부터 나쁜 작용만을 한 것은 아니다. 오히려 인간의 생존에 도움을 준 감정이다. 인간은 부당한 대우를 받았거나 무시를 당했다고 판단할 때, 자신의 당연한 권리를 빼앗겼을 때 그리고 궁지에 몰려있을 때 분노한다. 화가 나면 아드레날린이 분출하고 그 불합리한 상황에 맞서 싸울 힘과 용기를 얻게 된다. 만일 분노가 없다면 그 사람은 자신의 것을 빼앗기고도 아무런 저항을 하지도 못하고 계속 빼앗기기만 하여 결국 생존이 불가능하거나 열악한 환경을 감수할밖에 없는 것이다. 이렇게 보았을 때 분노는 정의의 도구라고 할 수 있는 것이다. 원시시대에는 맹수와 적대적 부족의 침입 등 수많은 위협에 맞서 싸운 원동력이었을 것이며 역사상 많은 혁명과 반란이 집단적 분노 표출의 결과인 것을 보면 정의를 실현하고 인간의 생존을 지탱한 것은 이해득실을 따지는 합리적 판단이 아니라 불 끓는 분노였던 것이다. 그래서 고대 신화에 등장하는 신들은 분노하는 신들이 많다. 그리스 신화의 최고 신은 화가 나면 번개를 막 쏘아대고 구약성경에서도 야훼(여호와)가 인간들의 잘못에 격노하는 장면이 많이 나오며 한국의 토속신들도 금기를 어기면 화가 나서 인간에게 해를 입히기도 한다(동티가 난다고 함.). 그러나 세월이 흘러 인간이 조직화된 사회를 이루고 살면서 복수가 아니라 도덕과 법률로 정의를 추구하게 되면서 이 분노가 푸대접을 받게 된 것이다.

그런데 여기서 주목해야 할 점은 분노는 그 사람의 가치판단에 따른 것이라는 점이다. 시기심 · 우울감 등도 마찬가지이지만 객관적인 상황 자체보다는 그 사람이 그 상황을 어떻게 보느냐에 따라 감정이 달라지는 부분이 많다는 것이다. 즉, 사람은 궁핍하거나 빼앗겼다고 화를 내는 것이 아니다. 그것을 당연하다고 받아들이면 아무렇지도 않지만 부당하게 빼앗겼다고 판단할 때 분노한다. 이것은 고대의 노예나 봉건시대에 하층민들이 체제에 순응하며 살았던 것이나 원숭이를 대상으로 한 유명한 실험에서도 그 성격이 드러난다(두 원숭이에게 똑같이 도토리를 주면 둘 다 불만이 없지만 아무 이유 없이 한 원숭이에게는 도토리를 주고 다른 원숭이에게는 바나나를 주면 도토리를 받은 원숭이는 화를 내며 도토리를 집어 던진다.). 반면 빼앗기지 않아도 어떤 상황이나 상대방을 지배하던 동물이나 사람이 그것이 더 이상 가능하지 않게 되었을 때 또 자신이 원하는 바를 이루지 못했을 때도 마치 자신의 당연한 권리를 빼앗기기라도 한 것처럼 화를 낸다. 결국 분노는 객관적 상황보다는 주관적 판단으로 일어나는 것이고 그 상황을 냉철하게 들여다보는 인지적 통찰로 조절이 가능하며 한편 조작도 가능하다는 것이다. 즉, 현실에 순응하던 사람들을 자극하여 폭도로 만들 수도 있는 것이다. 그래서 공산주의자들은 각성되지 않은 노동자는 혁명의 동력이 될 수 없다고 본 것이고 농노와 소작농과 노동자와 소상업인 등 사회적 약자들에게 그들이 부당하게 착취당하고 있다는 것을 이론적으로 증명하고 선동함으로써 그들의 분

노를 계급의 적(자본가와 기득권자)에게 돌려서 기존 질서를 무너뜨리게 조직화하려고 노력하며 그들을 이용해서 자신들도 권력을 잡으려고 시도한다. 하지만 자신들이 권력을 잡은 후에는 프롤레타리아 독재라는 명분으로 스스로 기득권자가 되어 그 이전보다 더 불평등하고 비효율적이고 폐쇄적이며 인권을 유린하는 체제를 폭력적으로 유지하는 것이다.

이처럼 현대사회에서의 분노는 집단적으로나 개인적으로나 잘 통제하지 못하면 파국적 국면을 초래하므로 그 동기가 어디에 있는지를 잘 살펴서 언제나 이성의 통제 하에 두도록 노력하여야 한다. 특히 나쁜 분노 즉, 부당한 처우의 피해자가 아니라 가해자가 약자를 지속적으로 통제하기 위해서 화를 내거나 자신이 원하는 바를 이루지 못했을 때 습관적으로 화를 내는 것은 가정과 사회의 평화와 정의를 해치는 절대 악이 될 수 있으므로 이를 바로잡기 위해서는 약자의 용기 즉, 정의로운 분노가 필요해진다.

아, 아, 정녕 말은 쉽고 이루기는 어렵다. 하지만 세상에 공짜는 없고 지혜로운 노력에는 반드시 좋은 결과가 따르는 법. 마음의 불을 밝히고 자신을 살피며 정의로운 분노로 부당한 분노에 맞서 싸울 때 살기 좋은 세상은 마침내 올 것이다.

아, 아, 욕심을 좀 줄이고 먼 곳에서 세속을 바라보니 화낼 일이 없고 몸과 마음이 편안해서 정녕 고맙고도 기쁘다.

오만과 독선

신념이 없이 살아가는 것은 개인에게 불행이지만 그릇된 신념은 다른 사람도 불행하게 한다.

나는 다른 관점에서 세상을 바라보는 것을 좋아한다. 어릴 때 철봉에 거꾸로 매달려 운동장을 바라보면 아주 신기하고 재미있었다. 누런 운동장 모래밭이 하늘처럼 펼쳐지고 아이들이 모두 그 하늘에 붙어서 뒤집혀서 뛰어다니는데 아래로 뚝뚝 떨어지지 않는 것이 신기했다. 지구봉에 올라타면 세상이 빙글빙글 돌아가고 시소를 타면 앞산과 학교 건물이 오르락내리락 출렁거렸다. 사춘기에는 학교 뒷산 멧등 잔디밭에 누워서 하늘을 바라보면 한눈 가득 파란 하늘에 흰 구름이 끝없이 펼쳐지며 가슴이 시원하게 뻥 뚫렸다. 지금도 수영장이나 바닷가에 가면 배영 자세로 물 위에 둥둥 떠서 흔들리는 물결에 몸을 맡기고 하늘을 바라보면 내 몸의 세포 하나하나가 행복감에 환희의 찬가를 부르는 것을 느낀다. 때로는 물속에 잠수하여 물 밖을 바라보면 거기엔 또 다른 세상이 펼쳐진다. 일렁이는 수면이 거울처럼 빛을 반사하면서 마치 수은이 넓게 퍼져있는 것처럼 금속 빛 광택 속에 물속 풍경과 물 밖 풍경이 묘하게 뒤섞이고 그 일렁이는 색감의 변화가 신비로울 만큼 아름답다. 흐린 날에 높은 산에 올라가면 운이 좋으면 운해를 볼 수도 있다. 바람이 고요한 날엔 낮게 깔린 구름들이 하얀 바다가 되어서 이리저리 흘러다니고 산봉우리에 부딪혀 파도처럼 철석이기도 하고 계곡을 타고 슬금슬금 기어오른다. 비행기나 패러 글라이드를 타고 하늘에서 아래를 내려다보는 풍경은 또 색다르다. 모든 사물이 조그마하게 축소되어 사람들과 자동차와 건물과 나무 모든 것이 장난감 같고 세상 근심 걱정과 욕심이 하찮게 느껴진다. 굳이 멀리 여행을 가지 않더라도 매일 바라보는 똑같은 산과 들판과 숲과 오솔길도 비가 올 때, 아침 햇살이 비칠 때, 노을이 질 때, 바람이 불 때, 달빛 아래에서 볼 때 그 느낌과 모습이 각각 모두 달라서 언제나 새롭다.

아침 햇살이 숲속 나뭇잎 사이로 스며들어와 동글동글 빛 방울을 만들었다가 어느새 온 산에 아카시아 향기가 달콤하게 퍼져나가고 봄이 오면 먼 산에 돋아난 부드러운 새싹들의 아기처럼 여린 연둣빛이 어여쁘고 여름엔 들판에서 성긴 풀잎들이 쏴아아 불어오는 바람결에 물결치고 비가 내리면 싱싱한 대나무밭에서 뿜어져 나오는 생명력이 넘치는 그 푸른빛은 눈이 아니라 가슴으로 바라볼 수밖에 없다. 가을이 되어 울긋불긋 단풍이 호숫물에 비치면 기러기 떼가 물살을 가르고 헤엄치다 푸드덕 날아오르며 투명한 물을 휘저어 버리고 겨울이 되어 하얀 눈이 백양나무 가지에서 뚝뚝 떨어지면 숲 언저리에서 가만히 내다보는 사슴의 순박한 눈망울이 왠지 나를 슬프게 한다. 자연은 이처럼 내게 언제나 새로운 공연을 펼치는 극장이요 어디서나 즐거움을 주는 음악당이며 늘 설레는 미술관이다.

이런 눈의 사치 외에도 내 마음도 항상 새로운 관점으로 세상을 바라보려고 노력한다. 새를 좋아하는 나는 가끔 새들에게 모이를 주기도 하는데 언젠가 '철새에게 먹이를 주지 마시오. 새를 죽이는 행위입니다.'라는 안내문을 보고 놀란 적이 있었다. 사람이 주는 먹이에 익숙해진 새들은 계절이 바뀌어도 이주를 안 하고 결국 죽게 된다는 것이었다. 이처럼 내가 좋은 뜻으로 한 행위가 결국은 상대방에게 해를 입히는 것이 어디 야생동물에게 먹이를 주는 것뿐이겠는가? 그리고 내가 옳다고 생각했던 것들이 나중엔 잘못인 것으로 드러난 것도 어디 하나둘뿐인가? IS 자살 테러범도 자신은 옳은 일을 하고 있다고 믿고 죄 없는 사람들을 죽이고 있으며 하나님의 뜻을 펼치는 성스러운 일을 하러 간 십자군과 신대륙 선교사들도 결국엔 토착 원주민들의 삶을 파괴한 침략자들이었다. 세계 자유의 수호자라고 믿었던 베트남 참전용사는 그 민족의 자유를 유린한 범죄자가 될 수도 있었다. 내가 이북 어린이들을 돕겠다고 보낸 성금이 핵무기 개발 자금으로 흘러갔을 수도 있고 광우병과 세월호 다이빙 벨은 사실이 아니었다. 북유럽에서는 담세능력에 맞춘 적절한 복지가 국민의 평생 행복을 보장하는 반면 남미나 남유럽에서는 지나친 복지정책이 장기적으로 국가 경제를 악화시켜 결국 국민의 삶을 파탄에 이르게 했다. 내가 한때 근무했던 외국기업에서는 노동자의 임금과 복지를 높인 강한 노조 활동이 결국 경영악화와 파산

(철수)으로 이어져서 모두를 실업자로 만들기도 했다. 가지를 자르고 솎아주는 것이 식물을 더 건강하게 자라게 할 수도 있고 토끼를 잡아먹는 여우는 토끼의 개체 수를 조절해서 토끼 전체가 먹이 부족으로 멸종하는 것을 막아주고 약한 영양을 잡아먹는 치타는 결과적으로 튼튼한 영양들이 살아남아서 후세를 강하게 만들어 주는 역할을 하기도 한다. 또한, 아이들에게 지나친 자유를 주는 것이 아이들이 막돼먹게 할 수도 있는 반면 지나친 보호가 아이들을 약하게 만들 수도 있다. 대학생이 된 자녀들을 돌보겠다고 학교 강당에 텐트를 치고 거주하는 중국 열성 부모들이 과연 자녀들의 삶에 진정 도움이 되겠는가? 그런 일이 중국에만 있는가? 나는 신규교사 연수장에까지 따라와서 준비물을 챙겨주는 한국 부모들도 보았다.

일부만을 보았을 수도 있고 잘못 착각했을 수도 있다. 옳았던 것도 세월이 흐르고 상황이 바뀌면 더 이상 진리가 아닐 수도 있으며 언제라도 입장을 바꾸어 보면 내가 틀렸을 수도 있다.

눈을 뜨고 열린 마음을 가져야 한다. 사람은(즉, 나는) 옳기에 믿는 것이 아니라 자신에게 이롭기에 선택하고, 선택했기에 옳다고 합리화시키는 존재라는 점을 잊지 말아야 한다. 자신이 아는 것만을 보는 오만과 자신만이 옳다고 믿는 독선은 무지보다도 더 경계해야 할 악이며 폭력과 공멸로 가는 헤어날 수 없는 덫이기 때문이다.

감사

금요일 저녁. 일을 마치고 돌아와 음악을 들으며 책을 읽는다. 행복하고 편안하고 미안하고 감사하다. 불행과 고통도 감사하라 했는데 이렇게 평화롭고 안락한 삶을 누리고 있으니 어찌 순간순간 감사하지 않을 수 있으랴?

아침에 일어나면 건강하게 아프지 않고 오늘 하루를 시작할 수 있으니 얼마나 고마운가? 시리얼과 우유로 아침을 먹는다. 이 맛있는 음식을 기르고 운반하여 이렇게 내가 배고픈 고통을 면하고 맛있게 먹고 힘을 낼 수 있게 해준 농부와 어부와 상인과 운전사와 자동차를 만든 사람들에게 감사한다. 직장에 일을 하러 나간다. 힘들고 스트레스를 받을 때도 있지만 오늘도 할 일이 있어 세상에 기여하고 쾌적한 삶을 살 수 있는 생활비를 벌 수 있게 해준 사장님과 동료 직원들에게 감사한다. 쉬는 시간에 따스한 커피를 마신다. 고소하고 쌉싸름한 커피 향이 참 좋다. 달콤한 도넛을 곁들이면 더욱 행복하다. 역시 먼 열대의 뜨거운 태양 아래에서 커피콩을 기르고 공장에서 갈고 정성껏 끓여준 이들이 고맙기 그지없다. 때로는 속을 썩이는 학생들과 자기 아이들만 생각하여 억지 주장을 하는 학부모들도 있지만 착하고 성실한 많은 학생들이 있어 보람이 있고 또 내 일터를 지켜주는 사람들이 참 고맙다. 그래서 나도 내 몫을 열심히 해야겠다고 생각한다. 일을 마칠 시간이다. 8시간 노동을 정착시켜 장시간 노동에서 해방되게 목숨 바쳐 투쟁한 역사상 많은 노동자들 그리고 반면에 지나친 혼란을 막고 세상의 질서를 유지해 주는 경찰과 군인과 소방관에게도 감사한다. 일을 마치고 수영장에 간다. 풀장의 물은 깨끗하고 시원하며 온탕의 물은 따뜻해서 몸을 담그면 하루의 피로가 사라지고 편안한 안락감에 나른한 느낌이 참 좋다. 이 수영장을 만들고 관리하고 또 안전을 지켜주는 사람들이 고맙다. 상쾌하게 샤워를 하고 산책 삼아 강가 공원을 따라 걸어서 퇴근을 한다. 신선한 공기와 따스한 태양, 나무 · 숲 · 그늘 사이로 휘감아 돌아가는 산책로를 따라 걸어가면 기분이 좋아진다. 간간이 만나는 사람들과 웃으며 인사를 나누고 주인을 따라 산책을 나온 강아지들도 꼬리를 흔들며 나를 반긴다. 동물들마저도 이렇게 서로 정을 주고받으며 행복을 증폭시키니 얼마나 좋은 세상인가? 아 이렇게 멋지고 편안한 옷과 신발을 만들어 준 사람들도 잊으면 안 된다. 선선하게 불어오는 바람도 파란 하늘도 흰 구름도 반갑고 내 보살핌을 거부하지 않고 받아주고 아름다운 꽃을 피우는 화분도 어여쁘다. 이윽고 아늑하고 따스한 집에 들어선다. 무엇보다도 집을 지어주고 전기를 생산해 주고 가스와 석유를 공급해 준 수많은 노동자들이 고맙다. 집이 없다면 춥고 깜깜한 밤에 어디 가서 고단한 몸을 쉬고 편안하게 잠을 잘 수 있을 것인가?

집에 있으면 집에서 쉴 수 있어서 감사하고 집을 나서면 또 새로운 경험과 여행을 할 수 있어서 고맙다. 인터넷 라디오로 '세상의 모든 음악'을 듣는다. 이 아름다운 음악을 작곡하고, 연주하고, 송출하고, 전파로 바꾸고 또 음향으로 전환하여 내가 감상할 수 있게 이 모든 기술을 개발하고 기계를 만들어 준 수많은 사람들을 존경하고 감사한다. 어리석은 나에게 진실과 새로운 세상에 눈을 뜨게 해주는 좋은 책을 쓰고 만들어 준 사람들에게 감사한다. TV에서 즐거운 웃음과 이야기와 새 소식을 전해주는 사람들에게 감사하다 보면 어느덧 부드러운 이부자리와 푹신한 침대를 만들어 준 사람들의 신세를 질 시간이 되었다.

감사하고, 감사하고, 또 감사하며 이 모든 행복을 함께 나누지 못하는 사람들에게 미안하고 혹시라도 그들의 몫을 내가 직 · 간접적으로 빼앗은 건 아닐까 조심하며 또 한편 내 평생 살아가며 너무나 많은 물질을 소비하고 지구 생태계를 파괴하는 것이 아닐까 삼가는 마음으로 오늘 하루 꼭 필요하지는 않았는데도 과시를 위한 소비를 하지는 않았는지, 나도 모르게 다른 사람들이나 생명에게 해를 끼치지는 않았는지, 허영과 욕심으로 내 마음을 더럽히고 남들을 악하게 보고 비난하지는 않았는지 돌아보며 잠자리에 든다.

작은 것이 큰 것보다도, 자랑보다는 겸손함이, 낭비보다는 소박함이, 떠벌림보다는 스스로 인정하기가, 빼앗기보다도 베푸는 것이, 화를 내는 것보다도 차이를 받아들이는 것이, 비난보다도 사랑하는 것이, 불평보다 감사함이, 끝없이 자극적인 쾌락과 빈둥거림보다는 적당한 노동과 휴식과 놀이가 더 행복한 참 감사한 하루였다.

더 바랄 것이 없다.

죽은 자를 위한 변명

삶의 무게가 너무 무거운 자에게는 죽음이 가져다주는 평화가 때론 더 달콤할 수도 있다. 살아가는 순간의 고통의 종류가 무엇이었든 그 크기가 얼마이었던가는 아무 상관이 없다. 실연의 슬픔이든 실패의 낙담이든 수치스러운 과오이든 생활의 고달픔이든 견딜 수 없는 두려움이든 양심의 가책이든 거창한 신념이든 남들은 이해할 수 없는 그 어떤 원인이든 그 누구도 대신할 수 없이 오로지 혼자서 밤새 그리고 의식이 살아있는 순간순간 마주쳐야 하는 그 엄청난 무게를 감당해야 할 그로서는 도저히 극복할 수 없는 그리고 어쩌면 나아질 거라는 희망조차 가질 수 없는 그 절망의 나락에 빠져있는 당사자에게는 도저히 빠져나올 수 없는 영원한 고문이 지속되는 감옥 아니 그야말로 생지옥이다. 그러니 그 누구도 "쯧쯧 죽을 용기로 살면 될 것을 왜 그랬을까."라는 그 흔한 말로 죽은 자를 비난해서는 안 된다. 그것은 죽은 자가 겪었을 고난에 연민하는 것이 아니라 죽은 자를 약자로 모욕하고 어리석은 자로 폄하하는 잔인한 짓이며 그를 통해 자신의 우월을 입증하는 데 만족하는 위선이다. 하긴 어쩌면 그것이 살아있는 자의 권리이며 세상 모든 생존 게임의 승자가 누릴 수 있는 기쁨인지도 모른다. 하지만 죽은 자는 죽은 자 나름대로 빠져나갈 구멍은 있다. 즉, 더 이상 그 수치와 모욕과 고통을 느끼지 않을 절대 자유를 얻는 것이다. 비록 살아가는 기쁨이나 즐거움은 없겠지만 맛있는 음식의 맛을 더 이상 느낄 수도 없고, 봄날 아침 산책길의 싱그러움도 다시는 바랄 수 없고, 사랑하는 이의 부드러운 미소를 볼 수도 없고, 가족들과의 담소 그리고 친구들과의 취미 생활의 흥겨움도 사라질 테지만 그 모든 것을 포기할 수밖에 없는 상황이 오면 그 행복에 대한 기대가 크면 클수록 그 상실의 고통도 클 수밖에 없기에 그만큼 그의 절망은 깊고 그래서 그가 선택할 수 있는 유일한 탈출구가 모든 희망을 버리는 것뿐일 때 그때 비로소 그에게는 자유와 마음의 평화가 주어지는 것이다. 비록 씁쓸한 과실이지만 그나마 그 독사과라도 주어진다는 것이 얼마나 다행인지 생각해 본 사람만이 그리고 영원한 고통과 노동을 겪어야 하는 시시포스나 프로메테우스에 비하면 끝낼 수 있다는 것이 얼마나 큰 축복인지 느껴본 자만이 죽음의 달콤함을 이해할 수 있을 것이다. 그 절망의 끝에서 얻는 자유는 어쩌면 살아있는 자들이 가진 그 모든 즐거움과 희망보다 더 크게 느껴지는 순간이 있는 것이다. 그 찰나의 순간은 그리 오래 지속되는 것도 아니고 너무 많은 번민을 겪어야 하는 것도 아니다. 또한, 버리기로 결심한 때에는 돈도 재산도 명예도 평생 추구하고 쌓아 올린 그 무엇도 까짓 아무것도 아니게 느껴진다. 그런 세속적인 성공에 집착하는 것이 오히려 추하게 보이기까지 하기에 죽기로 결심하고 그것을 실행하는 것은 평소의 상상만큼 그렇게 힘들고 끔찍하고 두렵지는 않다. 아주 순간일 뿐이다. 그 후에는 아무것도 없다.

고통도 슬픔도 자유도 평화도 쾌락도 희망도 판단도 비난도 후회도 옳음도 그름도 번민도 빛도 어둠도 불면도 두려움도 일도 휴식도 휴가도 승리도 패배도 미움도 부끄러움도 미안함도 다툼도 용서도 오늘도 내일도 생각도 잘남도 못남도 계획도 성공도 실패도 편안함도 불편함도 안락도 고기도 새우도 과일도 잔치도 술도 콜라도 커피도 여행도 집도 차도 옷도 신발도 침대도 소파도 가족도 친구도 원수도 연인도 사랑도 결혼도 이혼도 하늘도 땅도 해변도 나무도 숲도 배도 자전거도 개도 고양이도 새도 구름도 바람도 위안도 눈물도 웃음도 영화도 팝콘도 음악도 시간의 흐름도 빚 독촉도 따돌림도 댓글도 경쟁도 공부도 전쟁도 스트레스도 만남도 헤어짐도 질병도 늙음도 추위도 배고픔도 외로움도 원한도 가난도 억울함도 그리움도 기다림도 안타까움도 깨끗함도 더러움도 법도 규정도 비난도 잘난 것도 못난 것도 섹스도 오락도 폭력도 오해도 책도 무지도 깨달음도 갑도 을도 높은 자도 낮은 자도 착취자도 당한 자도 사기도 거짓도 속임수도 살인도 강도도 도둑질도 도움도 협조도 배신도 성스러움도 비굴함도 나도 너도 없다.

그러니 그 얼마나 자유로운가. 그러니 산 자들이여 죽은 자를 함부로 판단하지 말지니…. 비록 죽은 자 그 누구도 스스로 자신을 변호하지 못하지만 한 가지 분명한 것은 지금 살아있는 자 그 누구도 언젠가는 죽는다는 것만 생각하면 누구나 조금은 겸손해질 수 있을 것이다. 자의든 타의든 갑작스럽든 오랜 후든 누구나 반드시 죽어야 할 운명인 것을 생각하면 산 자와 죽은 자의 차이가 그다지 크지 않다는 것을 깨달으면 죽은 자를 위한 변명이 모든 산 자에게도 조만간 그대로 적용된다는 것을 알게 될 것이다.

삶을 선택한 이와 죽음을 선택한 이의 사이에는 그 어떤 우월도 잘잘못도 없다. 그저 선택의 차이일 뿐이다. 그러니 부디 비난이나 비웃지만은 말기를…. 그저 남은 흔적이나 잘 정리해 주기를….

에이 그러거나 말거나….

물리적 행복관

지금 화가 나거나 우울하거나 불행한가?

그럼 세상일이나 사람들이 내 뜻대로 풀리지 않기 때문인 경우가 대부분이다.

반대로 행복한 사람은 일과 건강과 인간관계와 생활여건이 만족스러운 경우이다.

따라서 행복해지기 위해서는 인간의 무한한 욕망을 다 채울 수 없으므로 자신이 지금 가진 것에 만족하라는 충고를 하는 것이 흔한 종교적 · 철학적 접근법이다.

하지만 이는 심리적 만족만으로는 해결할 수 없는 실체적 삶의 조건을 무시할 수 없다는 점과 상대적 불운에 대한 납득할 만한 해답이 없어서 대부분의 사람들이 실제로 받아들이기가 쉽지 않다.

그래서 이를 당연히 받아들이기 위해서는 물리 과학적 설명이 필요하다.

과학적으로 볼 때 미래는 예측할 수 없다.

아리스토텔레스에서 시작하여 뉴턴에 이르기까지 고전 물리학은 현재의 물리적 위치와 운동량을 기반으로 미래의 변화를 예측하려는 노력이었고 아인슈타인에 이르러 미래가 예측이 가능한 것으로 보이기도 했다.

또한, 의학 · 생물학 · 경제학 등 모든 학문이 어쩌면 현재의 만물의 실체를 규명하고 어떤 법칙을 찾아서 일정한 변화를 줌으로써 현재의 문제를 해결하거나, 보다 바람직한 미래를 만들어 내려는 노력이었다. 하지만 양자역학에서 본 세상은 하나의 실체도 아니요, 미래도 확률로써만 예측 가능한 것이며 진화도 필연적 결과가 아니라 무작위로 이루어진 우연한 변화의 결과였다.

따라서 모든 인과관계도 1대 1의 매칭이 아니다.

같은 원인에 수많은 다른 결과를 가져올 수 있다.

초깃값의 사소한 차이가 나중에 지수함수적으로 엄청나게 다른 결과를 초래한다.

일종의 나비효과이며 엔트로피는 증가한다는 열역학 제2법칙의 당연한 귀결이다.

시간을 거꾸로 돌릴 수 없듯이 미래를 한 방향으로만 이끌어갈 수는 없다.

결국은 혼돈이며 확률일 뿐이다.

그러므로 세상일이 내 뜻대로 내 계획대로 풀리지 않는다고 억울해하거나 분노할 수는 없다.

가장 객관적으로 움직이는 물리법칙조차 이러한데, 하물며 순식간에 합리적인 이유를 규명하기도 어려울 정도로 주변 환경과 이기적 생존본능에 따라 쉽게 바뀌는 인간의 마음과 그에 따른 행동의 변화 즉, 인간관계와 그리고 그것들의 집합체인 사회구조가 나에게 미치는 영향에 대해서 감히 예측을 하거나 무언가 기대를 한다는 것 자체가 어리석은 바람이다.

따라서 내가 할 수 있는 것은 다만 가장 확률이 높다고 판단되는 쪽으로 대비를 하고 또 제2 · 제3 · 제4의 가능성도 열어놓아야 할 뿐이다.

그러면 뜻하지 않은 일이 닥쳤을 때에도 당황하지 않고 화를 내

거나 억울해하지 않고 마음의 평정을 유지하고 또 다음의 적절한 대비로 삶을 영위할 수 있는 것이다.

또한, 세상에 '이치'와 '옳고 그름'과 '인과관계'라고 하는 것 자체가 절대적인 실체가 없는 것인데 어찌 감히 내 생각이 맞고 다른 사람의 생각이 틀리다고 주장을 할 수 있겠는가. 더욱이 지금 맞는 것이 시간이 흐르면 또 다른 곳, 다른 조건에서는 틀린 것이 될 수밖에 없는데 어찌 내 생각과 계획과 뜻을 계속 주장하고 다른 의견을 가진 사람과 다툴 수가 있겠는가?

당연히 한정된 자원을 두고 현실적으로 사람들과 집단들 사이에서 이해충돌이 생기고 경쟁과 설득과 힘의 대결이 있을 수밖에 없고 그 결과 역시 납득이 되든 안 되든 받아들일 수밖에 없다.

여기서 잠깐 비유가 될 만한 우화 하나를 소개한다.

'사슴 무리가 사자에게 쫓기고 있었다. 그런데 한 사슴이 도망치면서 옆을 보니까 친구 사슴이 별로 열심히 뛰고 있는 것 같지 않아 보였다. 그래서 숨을 헐떡이며 말했다.

"어이 친구, 그렇게 느릿느릿 도망가면 어떡하나? 그러다가 사자에게 잡아먹히네. 자네는 나보다 훨씬 더 빠른데 왜 그렇게 천천히 뛰나?"

그러자 그 친구가 하는 말

"응, 굳이 그렇게 힘들게 일 등으로 도망갈 필요는 없네. 난 그저 자네보다 한 발만 앞서가면 되네.'"

좀 냉혹하고 씁쓸하지만 중요한 진실이 담겨있다. 우리의 보편적 착각과는 달리, 자연에서는 이처럼 가장 강한 것이나 가장 적합한 것이 생존하는 것이 아니라 가장 적합하지 않은 것이 도태되는 것이다.

그러므로 경쟁만이 아니라 선택적이긴 하지만 서로 이해하고 협력하는 것이 생존에 보다 유리한 전략일 수 있는 것이다.

어쨌든지 간에 안빈낙도이든 경쟁이든 협력이든 양보든 계획 수립이든 노력이든 자선이든 투쟁이든 그 모든 것이 상황에 따라 적용되어야 할 행복한 삶을 위한 방책이며 또한, 그 모든 노력에도 불구하고 삶이 뜻대로 풀리지 않을 수도 있음을 아니, 당연히 그렇다는 물리적 법칙이 있다는 것을 알고 받아들여야만 그 어떤 경우에라도 행복을 누리며 살다가 삶을 마감할 수 있는 것이며 그런 사람들이 많은 사회가 합리적이고 공정한 평화로운 세상인 것이다.

주식을 하며 도를 깨닫다

나는 평생 복권을 한 장도 사본 적이 없다.

노력 없이 얻어지는 행운을 기대하는 것의 위험과 허망함을 알기 때문이고 아무리 어렵고 힘들어도 내 힘으로 극복하고자 하는 의지의 상징이기 때문이다. 또한, 자극적이고 원초적인 욕망 추구의 함정과 한계를 알기 때문이다.

같은 취지로 보험이나 도박이나 주식 · 마약 · 술 · 담배 · 외환에도 관심을 갖지 않았다. 그러다가 최근에 주식을 조금 해보았는데 의외로 장점이 꽤 있다는 것을 발견했다. 물론 지나치게 많은 금액이나 시간이나 관심을 들이면 안 되겠고 하다 보면 나도 모르게 선을 넘으려는 유혹도 생기고 그 선을 지키기도 쉽지가 않지만 그런 균형을 지키는 자체가 또 하나의 수행이기도 했다.

마치 수행자가 세속의 유혹에서 벗어나고자 산으로 들어갔다가 도를 통하고 더 이상 흔들리지 않을 자신이 있으면 다시 두려움 없이 세상 속으로 돌아오듯이…. 물론 그러다가 다시 파계하는 어설픈 중도 있지만….

암튼 주식 조금 하면서 그리고 성공하지도 못했으면서(현재 수익률 -8%) 너무 거창한 의미를 부여하는 것 같지만 나는 위험 자산 투자에 전체 포트폴리오의 30%를 넘기지 않는다는 대원칙 아래에서 5~10%를 주식에 투자하고 있고 5~10%는 채권, 5~10%는 귀금속 현물, 10~20%는 예금 및 현금, 50~75%는 부동산(수익성과 실용성에 반반)을 투자하고 있고 그 범위 내에서 경기에 따라 각각의 비중을 조절한다(경기는 길게 보면 사이클이므로 불경기 때 즉, 호경기 예측 땐 좀 공격적으로, 호경기 때 즉, 불경기 예측 땐 좀 더 보수적으로…. 다시 말해 뉴스와 반대로 모두가 팔라고 하면 사고 모두가 사라고 하면 파는 방식으로…). 이 정도면 아주 보수적인 투자이며 현재나 미래의 수익성과 경제적 안정을 해치지 않을 수준이라고 본다.

아무튼 모두 잃어도 죽지 않을 수준이니 마음 편하게 즐기면서 느끼면서 주식을 하면 재미가 있으며 그 첫 번째 장점은 겸손해진다는 것이다.

비록 많지 않은 돈이라도 투자를 할 때는 최선을 다해서 모든 정보와 판단을 동원해서 결정을 한다. 그러나 곧 그 결정이 잘못된 것이라는 것을 깨달을 때가 많다. 오르리라고 믿고 확신했던 주식이 떨어지면…. '왜 그랬을까? 왜 그때는 이걸 예측하지 못했을까?'

하는 생각이 들고 후회를 한다. 세상일이 다 그렇다. 내 생각이 틀릴 때가 많고 세상일이 내 마음대로 되지가 않는다. 겸손해질 수밖에 없다. 예전에 노조 위원장을 하다가 잘리고 나서 주식에 몰방하다가 홀딱 망한 사람들을 보면서 왜 저럴까? 노동의 신성함을 주장하고 불로소득과 자본주의를 증오하면서 한편으로 그 반대로 행동하는 것을 이상하게 생각했었는데 이제 보니 그 심리를 알 것 같다. 그들은 자신들이 세상의 이치와 흐름을 알고 통제할 수 있다고 믿는 오만에 빠져있었기 때문이고 그래서 한 손에는 '무소유'를 들고 다른 한 손에는 '대박 터뜨리는 비법'을 들고 읽고 다니며, 강남 아파트에 살면서 특권을 누리며 호의호식하면서 입으로는 평등과 정의의 박애와 사회주의를 옹호하며 정신승리를 하는 자기모순에 빠지는 것이었다. 암튼 실패와 실수를 통해 겸손해진다.

주식을 조금 하면서 두 번째로 얻는 것은 돈과 경제를 중심으로 흘러가는 세상의 이치를 놓치지 않고 깨닫는다는 것이다. 정치 · 문화 · 과학 · 사상 · 국제 등등 다른 분야도 경제적 밑바탕에 대한 관심을 기울여야 그 근본을 알 수가 있고 주식을 하면 그 정보에서 뒤처지지 않을 수 있다.

세 번째는 욕심을 내려놓는 법을 배우는 것이다. 주식을 하면서 무욕을 배우는 것이 모순 같지만 주식을 하다 보면 자기도 모르게 욕심을 부리게 되어서 시장이 뜻대로 잘되면 빚을 내면서까지 무리한 투자를 하고 잘 안 되면 물타기를 하는 등 감정에 쏠려서 과욕을 부리다가 결국엔 크게 망가지기가 쉬운데 그 욕심을 버리기가 생각만큼 쉽지가 않다는 것을 경험을 통해서 알게 되는 것으로 마치 예방주사를 맞는 것처럼 욕심을 부리다가 작은 손해를 보고 다시 비슷한 실수를 하게 되는 것을 사전에 막게 되는 것이다. 그래서 옛말에도 늦게 배운 도둑질에 밤새는 줄 모른다고 했듯이 온실 속에서 시련 없이 너무 깨끗하게 자란 사람이 작은 난관에도 크게 추락할 수 있는 것과 같다.

마지막으로 절제하는 법을 배운다. 실패를 해보지 않은 사람은 자신을 과신하고 자기가 뭐든지 할 수 있다고 생각하기에 자신감이 지나칠 수 있고 그래서 위험에 빠질 수가 있다. 하지만 주식을 해보면 겸손해지고 조심스러워지기 때문에 절제를 배울 수 있다. 그래서 도전 정신이 필요하고 또 실패 후에도 재기할 수 있는 시간과 체력과 정신력이 충분하며 자신의 노력으로 성실하게 세상을 개척해 나가야 하고 아직 투자할 자본력도 충분하지 않은 젊은이들은 소위 재테크나 주식보다는 근로소득을 충실하게 쌓고 저축을 하는 것이 맞고 좀 나이도 들고 세상도 알고 투자할 자금도 생긴 이후에는 포트폴리오도 분산하고 자산 증식도 해야 하므로 주식을 조금씩 하면서 즐겁게 자기 수양을 할 필요가 있다고 본다.

그래서 난 오늘도 일을 하다가 놀다가 가끔 주가를 힐끗 쳐다본다. 그리고 주식으로 돈 버는 것이 쉽지 않다는 걸 알기에 세상에 공짜 점심은 없다는 것도 절실히 깨닫는다. 모든 것에는 반드시 그 대가가 있다.

골프를 치며 세상을 보다

돈과 시간이 좀 많이 들지만 골프는 참 재미있다. 과연 귀족 스포츠다. 그래서 선뜻 치기가 망설여지지만 얻는 점도 많기에 가끔은 칠만하다.

우선 많이 걸으니 무리 없이 육체 건강에 좋고 탁 트인 야외에서 좋은 사람들과 하는 활동이니 내기 골프만 아니라면 스트레스를 풀고 정신에도 좋다.

더욱이 배우는 것도 많다.

우선 골프를 치면 골프공이 내 뜻대로 잘 가지 않는다. 그래서 성질을 내는 사람들도 있지만 그게 세상 이치라고 받아들이면 수양도 된다. 골프공이 삐끗할 때마다 항상 드는 마음이 '아… 다시 치고 싶다. 다시 한 번만 치면 이번엔 정말 잘 칠 수 있을 텐데….'하는 마음이 든다. 하지만 그런 일은 절대 없다. 다시 쳐도 또 마찬가지다. 행운도 따라야겠지만 꾸준한 실력 배양이 없이는 마음처럼 그렇게 금방 좋아지지 않는다.

한 번 일어난 일은 그게 마음에 들든 안 들든 돌이킬 수가 없다. 그러니 자신을 다스리고 결과를 받아들이고 과거를 후회하지 말고 그 때문에 다음 티까지 성질로 내질러 버리지 않고 침착하게 다음 타를 치는 것을 배우고 익히는 것이다.

그리고 다른 사람의 샷이 잘된다고 조급해하지도 말고 다른 사람이 삑사리 냈다고 즐거워하지도 말고 다만 내 샷에 충실하게 한 샷 한 샷 쌓아가는 것이다.

인생도 마찬가지! 흔히들 크게 좌절하거나 실패를 하면 '이번 생은 글렀어.'라고 하면서 마치 다음 기회가 있는 것처럼 스스로를 위안하지만 아쉽게도 다음 생은 없다. 마음에 들든 들지 않든 현실과 결과를 받아들이고 오로지 한 번뿐인 이번 생에서 최선을 다해서 결말을 봐야 한다. 인생은 죽으면 game over 후에 다시 기회가 오는 전자오락이 아니다.

따라서 인생의 모든 순간 하루하루가 소중하듯이 모든 샷이 모두 꼭 같은 가치와 의미가 있다.

굿샷.

배달부

출퇴근이 자유로운 직업이 있다면 얼마나 좋을까?

평생 동안 직장에 매여 사는 월급쟁이로 살다 보니 사장님이나 자유직종이 부러웠다. 그래서 코로나로 일거리가 줄어든 틈에 배달 일을 좀 해보았다. 자유롭긴 했다. 언제든 일을 하고 싶으면 하고 안 하고 싶으면 안 할 수 있었다. 하지만 결국 돈 자체에서 자유로울 수는 없었다. 부지런히 뛰어봐야 계산해 보면 최저임금에도 못 미치는 수입이기에 먹고살려면 쉴 틈 없이 일을 해야 하고 쉬고 싶어도 호출이 있으면 그게 바로 돈이라 $5의 유혹도 뿌리칠 수가 없었다. 택시 운전도 마찬가지였고 결국 여유로운 생활을 보장받을 수는 없었다. 다행히 나는 모아둔 돈이 좀 있어서 끝까지 얽매여 끌려가지는 않아도 되었지만 여러 가지 비감한 에피소드도 있었다.

제일 기억에 남는 것은 주스 한 잔을 들고 17km를 20분 달려가서 배달한 일이었다. 배달비는 $11. 주스값 자체보다 비쌌다. 수령인은 20대 피부 관리원 직원! 배보다 배꼽이 크고, 가까운데 다른 주스 집도 있었는데 과연 그렇게까지 해서 꼭 그 주스를 먹어야만 했을까? 자기 돈 자기가 쓴다는데 할 말은 없고 나는 돈만 벌면 되지만 그래도 거동이 불편한 노인에게 음식을 배달할 때의 보람 같은 것은 없었다.

자본주의 사회에서 자신의 돈을 자신이 원하는 대로 쓸 수 있는 자유는 상당히 중요하다. 거기에 어떤 가치를 부여하고 제한을 두기 시작하면 그것이 사회주의 통제경제의 시작이 되는 것이고 결국 사회와 개인의 자유와 역동성에 문제가 발생하여 결국 공멸로 가는 길이 된다. 방종도 나쁘지만 통제도 안 된다. 항상 균형이 문제다. 나는 아직도 운동권에서 배운 사회적 가치 개념이 남아있어서 개인의 소비에 대해서 옳고 그름의 비판의 잣대를 들이대려고 한다. 그걸 나에게 적용하는 것이야 어쩔 수 없겠지만 남에게도 적용하면 안 되는 것이다. 주문을 하고 돈을 안 주면 그건 범죄이지만 정당하게 돈만 낸다면 그건 어디까지나 그 사람의 자유인 것이고 그 내막이야 내가 어떻게 알 것인가? 일전에 맥도널드에서 세상 행복한 표정으로 아이스크림을 먹던 시리아 난민 일가족을 보았는데 비록 $1짜리 아이스크림이었지만 그들에게는 그것이 캐나다에 와서 느끼는 새 삶과 희망의 상징이었듯이 그 주스가 그 사람에게는 하루 중 유일한 행복일 수도 있지 않겠는가? 섣불리 함부로 겉만 보고 남의 삶을 평가하지 말자.

제2차 한국전쟁

필사즉생 필생즉사(必死卽生 必生卽死)(영화 〈명량〉에서 이순신 장군이 한 말로 인용되어 유명해졌지만 원래는 《삼국지》와 《오자병법》에서 나온 말이다.).이를 응용하여 나는 지금 '전쟁을 준비하는 자는 전쟁을 피할 것이요 평화를 준비하는 자는 침략을 당할 것이다.'는 말을 하고 싶다. 물론 가능성이 높지는 않지만 지금 지구 상에서 전쟁이 일어날 위험이 가장 높은 곳이 한반도라는 것은 누구도 부인하지 못할 것이다. 그 이유는 현재 테러집단이 아닌 한 국가로서 핵무기와 대륙 간 탄도 미사일로 미국 본토를 위협하는 나라는 북한이 유일하며 미국은 역사상 본토를 공격당한 적이 없기 때문에(일본도 하와이 섬을 공격했을 뿐이다.) 북한이 미국 본토를 공격할 것을 절대로 용납하지 않을 것이기 때문이다. 하지만 미국도 북한의 실질적 도발이 있기 전까지는 함부로 북한을 공격하지 못할 것이다. 미국의 여론이 베트남과 이라크의 전철을 북한에서 밟기를 원치 않을 것이며 더욱이 수천만 남한 국민의 목숨을 담보로 전쟁을 일으키기가 어렵기 때문에 차라리 현 상태를 유지하면서 지속적으로 남한에 무기를 팔아먹는 것이 미국의 이익에 더 부합할 것이기 때문이다. 북한 정권 역시도 전쟁이 일어나면 자신들도 멸망할 것임을 잘 알기 때문에 핵무기 개발이 완료되면 그것으로 미국과 남한을 위협하면서 자신들의 원하는 경제적 원조와 정치적 입지를 강화하여 정권을 유지하고 남한을 지배 · 수탈하는 것이 목표일 것이며 남한 정권이나 중국도 우선은 전쟁보다는 현 상태 유지가 유리하다고 보기 때문이다.

그럼에도 불구하고 전쟁에 대한 대비를 해야 하는 이유는 아무리 가능성이 낮아도 전쟁은 한 번 터지면 그 피해가 엄청나며 우발적 사건이나 지도자의 잘못된 판단으로 전쟁이 일어나기도 하기 때문이다. 물론 군비경쟁이 전쟁의 가능성을 더 키운다는 주장도 있지만 평화는 상대방이 군비감축에 동의해 주어야 가능한 것이지 일방적으로 평화를 주장하며 무장을 해제하고 우호적으로 대한다고 해서 군비경쟁이 멈추어지고 평화가 오는 것이 아니다. 평화란 오로지 '힘의 균형' 아니면 '굴종'을 통해서만 이루어지기 때문이다. 아자 가트(Azar Gat)의 '문명과 전쟁'에 따르면 인류에게 전쟁이란 문화적 현상이 아니라 인간의 본성에 기인한 것으로 전 세계에서 수렵 채집인부터 현재까지 인간 집단은 약한 집단의 재화를 지배하고 수탈하거나 이에 맞서기 위해서 끊임없이 전쟁을 해왔다. 사실 이는 인간만의 본성이 아니라 모든 생명체는 생존과 번식을 위해 서로 경쟁하면서 진화를 해왔다. 따라서 평화를 원하면 무기를 버릴 것이 아니라 무기를 들고 자신을 지킬 힘을 가지고 있어야만 하는 것이다.

하지만 이러한 원칙에도 불구하고 안보에 대한 견해차가 생기는 이유는 무엇인가? 그것은 정치적 당파의 이해관계가 서로 다르기 때문이다. 임진왜란 직전에 일본의 침략 가능성에 대해서 당시 야당이었던 황윤길의 서인들은 전쟁의 가능성을 내세워 국면전환을 노렸고 김성일이 속한 동인들은 이를 저지하여 권력을 안정적으로 유지하려 했으며, 김상헌 등이 후금을 배척하고 인조가 이를 지지하여 결국 병자호란을 당하게 되어 국토가 유린되고 수많은 백성들이 피해를 본 것은 이들이 국제정세를 파악하지 못하고 명분만을 앞세운 탓도 있지만 광해군을 몰아내고 정권을 잡은 그들이 광해군의 명-청 등거리 실리 외교를 승계할 수 없었던 이유도 있기 때문이다. 따라서 영화 〈남한산성〉에서 묘사하듯이 주전파 김상헌과 주화파 최명길이 노선만 달랐을 뿐 모두 충신이라는 견해는 잘못된 것이다. 설령 동기의 순수성을 인정한다고 할지라도 정치적 판단의 잘못과 그에 따른 국가이익의 손상과 백성의 피해의 책임은 엄중히 물어야 함에도 불구하고 우리는 심정적으로 결과보다는 동기에 따라 면죄부를 주는 경향이 강하다.

또한, 김성일의 경우에도 고의가 없었으며 이전의 덕행이 있다하여 임란이 일어난 이후에도 요직에 다시 등용되었는데, 공이 있다고 하여 전쟁의 참화를 막지 못한 과오가 씻어지는 것은 아니다. 임종석 등 운동권 출신들은 자신들이 민주화에 공이 있다고 하여 그것을 훈장처럼 내세우며 모든 면에서 자신들의 주장이 옳다는 근거로 삼으려 하지만 북한의 핵이 공격용이 아니라 북한 체제 유지용이라는 그들의 주장과 그에 따른 대북 원조가 오히려 북한에게 핵을 보유할 수 있는 돈과 시간과 자신감을 가지게 하고 결국 힘의 균형이 깨져서 전쟁이나 굴종으로 종결되지 않을까 우려스럽다. 아니 주사파들은 공산주의자들이 독립운동에 더 공이 많았다는 이유로 이승만의 남한보다는 김일성의 북한의 정통성을 더 인정하며 자본주의의 빈부격차의 모순을 강조하며 그 번영보다는 사회주의의 평등에 더 많은 가치를 두고 그 체제가 더 인간을 중시한다고 보고 (소위 사람 중심의 경제) 민족주의와 자주독립을 명분으로 삼아 미국의 패권에 의한 세계질서유지와 대북견제를 제국주의로 보기 때문에 북한의 핵 보유나 남한에 대한 영향력 확대에 대해서는 거부감이 없고 오히려 북한 정권과 공존하면서 평화보장을 구실로 자신들의 정권 연장을 내심 바라고 있을 수 있다.

1차 한국전쟁 때도 자유당 정권이 실질적 군사력은 키우지 않으면서 명분만으로 북진통일을 주장하여 결국 침략을 당했듯이 한국사뿐만 아니라 인류 역사를 통틀어 보면 평화는 그 어떤 명분이나 당위성으로 지켜지는 것이 아니라 자신을 지킬 힘을 가지고 있었을 때에만 지켜지는 것이다. 그래서 힘이 부족하면 외교를 통해 동맹을 맺어서 연합을 하여야 하고 그 과정에서 일방적 손실을 피하기 위해서는 서로에게 공동이익이 되는 부분을 만들어 내야 하며 때로는 미국이 군비경쟁을 통해 소련을 무너뜨리고 경제력 경쟁과 교류를 통해 서독이 동독을 무너뜨린 것처럼 냉전을 통해서라도 위협을 제거해야 하는 것이다. 이를 위해서는 정치인들이 정확한 정세판단을 할 수 있는 능력을 가지고 당파보다는 국가이익을 우선하여야 하며 그 결과에 대해 끝까지 책임을 져야 한다. 하지만 평화적 해결이라는 이상만 내세우며 계속되는 북한의 도발에도(아직은 red line을 넘지 않았다는 궤변만 반복하면서) 북한에게 질질 끌려다니다가 결국 북한이 핵을 질적 그리고 수적으로 충분하게 보유하게 되고 북한이 남한을 삼킬 수 있다고 오판하여 전쟁을 일으키거나 핵을 믿고 소규모 국지도발을 계속하더라도 제대로 대응을 못 하고 그들의 무리한 요구를 들어줄 수밖에 없는 상황이 되어 남한마저 북한 독재정권이나 그 하수인의 손아귀에 넘어가게 되고 그 결과 우리가 그동안 애써 이룬 번영과 자유와 미래를 잃게 될까 봐 걱정이다.

제발 나의 이 걱정이 기우이길 바라고 그게 아니라면 한 사람이라도 더 깨어서 북핵과 그에 따른 불행을 막을 수 있기를 바란다.

삶

이국의 낯선 하늘을 가득 채우며 하얀 눈이 내린다. 흰 눈을 밟으며 누군가는 미끄러질까 두려워하고 누군가는 교통체증에 짜증을 내며 누군가는 애인과 멋진 데이트를 계획하고 나는 어린 시절 어머니와 시골 역에서 보따리를 들고 눈을 맞으며 기차를 기다리던 장면을 기억한다.

아직 삶을 돌아볼 때는 아니지만 나는 군인과 회사원, 은행원, 운전기사, 교사로 지금까지 평생 어디에서든 단 한 번도 결근을 하지 않고 나름 열심히 살아왔고 그중에서도 교사로 가장 오랜 기간 일을 하면서 단순한 지식 전달자가 아니라 제자들의 삶에 긍정적 변화를 이끄는 스승이 되고 나아가 좋은 세상을 만드는 데 일조하려고 노력을 했지만 후세들이 변화하는 멋진 사례를 보기란 쉽지가 않았고 오히려 같은 잘못을 반복해서 저지르는 모습을 지켜보면서 자꾸만 '사람은 쉽게 바뀌지 않는다.'는 자조를 하게 되고 전교조 활동을 통한 사회변혁도 권력과 이권을 목적으로 삼아 정치가로 출세한 옛 동료들에 의해서 본질이 왜곡되는 것을 보면서 내 삶이 이룬 것이 과연 무엇인가 회의감이 들 때가 있었다. 그러다가 문득 헤겔의 '양적 변화의 질적 변화로의 이행법칙'과 지눌의 돈오점수(頓悟漸修)에 그 해답의 실마리가 있음을 알았다.

인류 특히 과학의 역사는 혼돈의 세상 속에서 규칙과 법칙을 찾아내려는 노력이었고 그를 통해서 문명과 진보가 이루어졌으며 그 법칙은 곧 미래를 예측하는 기술이 되어 성공의 방편이 되기도 한다. 그리고 이 인과법칙과 인본주의, 실용적 합리주의는 근대 이후 모든 학문과 사회제도의 근간으로 확고하게 자리를 잡게 되었다. 특히 근래 카오스 이론의 등장과 빅 데이터의 활용은 인간의 무지로 인해 우연으로 보였던 영역까지도 통계적 추론으로 분석하기에 이르렀고 뇌 과학의 발달로 인간의 감정과 행동의 동기를 파악하고 통제하며 CRISPR 유전공학으로 생명체의 본질까지도 조작할 수 있게 되었다. 이처럼 인간의 과학과 이성으로 통제할 수 있는 영역이 엄청나게 늘어났지만 반면에 양자물리학은 전혀 예측할 수 없으며 합리적이지 않은 모순이 또한 존재함을 보여주고 있다.

이 모순이 의미하는 것은 무엇인가? 결국 엔트로피 증가 법칙과 붉은 여왕의 가설에서 유추할 수 있듯이 존재하는 모든 것은 사멸 혹은 변화하지만 그 변화를 인과관계로 설명하는 데는 한계가 있고 또한, 일대일로 한순간에 이루어지지는 않는다는 것이다. 즉, 모든 현존의 내적 모순을 극복하려는 양적 변화의 축적이 있어야만 본질과 구조에 있어서의 질적 변화가 일어날 수 있다는 것이다. 그래서 아는 것과 실천하는 것은 다르며 내가 어느 날 호숫가를 산책하다가 던진 돌 하나의 파문마저도 태평양 건너 태풍의 한 계기가 될 수도 있는 것이다. 그러니 그것이(인간의 판단으로 봤을 때) 긍정적이든 부정적이든 내 삶의 매 순간의 노력과 족적이 무의미하지는 않은 것이다. 단지 우리는 그 결과를 보지 못할 뿐이고 그 결과는 나의 의도와 상관없이 수없이 많은 다른 변수들과 영향을 주고받으며 종착점이 없는 끝없는 여로를 갈 뿐인 것이다.

따라서 인간의 삶을 결정하는 사고와 인식과 판단과 행동은 각자의 유전과 경험과 환경에 의해서 철저히 구속을 당하기에 개인의 자유의지에는 인류의 집단적 의지가 배어들어 있을 수밖에 없으며 그 행동의 결과마저도 각 개인이 예측하거나 결정할 수 없기 때문에 각 개인이 자신의 의도나 행위의 결과를 인과론적으로 보겠다는 것이 잘못이고 어쩌면 무언가를 이루겠다는 생각 자체가 오만인 것이다.

여기까지 오면 인간은 겸손해질 수밖에 없다. 결국 내가 할 수 있는 것은 오로지 나에게 주어진 여건 속에서 최선의 판단을 하고 변증법적 상호 수정 과정을 거치면서 정성을 다해 지속적인 노력을 하는 것까지이며 다만 그 과정 속에서 주어진 것에 감사하며 오늘을 가족과 또 이웃과 즐겁고 행복하게 사는 것뿐, 그 행위의 결과는 오로지 다른 사람들(또는 자연과 신)에게 맡겨야 하고 그 평가에 대해서도 아무런 변명 없이 그대로 받아들여야만 하는 것이다.

그래서 부처님도 인과의 고리를 끊으라며 색불이공 공불이색 색즉시공 공즉시색(色不異空 空不異色 色卽是空 空卽是色)이라 했고 예수님도 천국은 마음이 가난한 자의 것이라고 했다.

그리하여 완벽하게 비울 때 비로소 누구나 삶의 허무를 넘어설 수 있는 것이다.

천지에 온종일 눈이 내리고 아름다운 음악이 가득하다.

〔참고문헌: 리처드 도킨슨, 이기적 유전자, 2006, 을유문화사,
제레미 리프킨, 엔트로피, 2015, 세종연구원〕

천사도 디테일

아주 우연히 동사무소에서 만난 졸업생을 통해서 몇몇 제자들과 연락이 닿았다.

어느 날 누가 칠판에 '선생님 바보'라고 써놓았는데 내가 화를 내지 않고 '이걸 어떻게 알았지?'라고 응수를 해서 모두 깔깔대고 웃었던 이야기, 초코파이 생일잔치 때 책받침에 돌려가며 쓴 글이 너무 짧아서 누구는 서운했다는 이야기, 연구수업 때 갑자기 내가 영어로 수업을 진행해서 킬킬대고 웃었던 이야기, 일찍 등교해서 칠판에 'Early birds catch the bugs.'를 써놓고 나에게 칭찬받아서 좋았다는 이야기, 나에게 주려고 산에서 밤을 줍다가 모기에게 뜯기고 뱀에게 놀란 이야기, 같이 서울의 대학교 구경 갔다가 오히려 좌절했다는 이야기, 짝 축구를 하다가 누구는 좋아하던 누구랑 짝이 되어서 기뻤는데 막상 상대방은 싫어서 손가락 끝만 잡았다는 이야기, 꼴찌를 해서 나와 나머지 공부하던 누구는 사실은 큰 식당을 물려받게 되어있어서 공부를 잘할 필요도 없었다는 이야기, 가출한 친구 설득하려 잠복했던 이야기, 누군 어느 대학 가고 누군 어디 취직했다는 등등…. 모두들 자신들이 기억하던 학창시절의 추억을 나누다 보니 나는 까맣게 잊고 있었던 일들이 그들에게는 잊지 못할 소중한 삶의 한 조각이었고 나 역시 그때를 회상하며 잠시 행복에 잠겼다.

어려울 때 찾아갈 수 있는 존경하는 스승이 일생에 하나도 없는 사람은 불행한 사람이라고 했는데 그동안 내가 큰 인물을 만들어 내거나 누군가의 삶을 결정적으로 바꾸어 주지는 못했을지라도 이렇게 많은 제자들에게 작은 추억과 행복을 만들어 준 것만으로도 큰일을 했다는 뿌듯한 보람도 느꼈다.

맞다. 악마는 디테일에 있다는 말이 있지만 이처럼 천사도 디테일에 있다. 인생의 불행과 행복은 거창한 명분에 달려있는 것이 아니라 사소한 일상 속에 숨어있는 것이다. 사랑한다고 하지만 서운한 말 한마디에 상처를 입기도 하고 라디오에서 우연히 좋은 음악을 들었을 때, 쉬는 시간에 커피와 함께 먹는 모카 빵의 달콤한 향기, 일을 마치고 하는 가벼운 수영, 하이킹 후 마시는 시원한 물 한 모금, 저녁노을이 예뻐서 생각났다며 걸려온 벗의 전화…. 이런 작은 행복들을 별것 아니라고 지나치면 삶 전체의 의미와 행복과 가치를 놓치는 것이다.

인생은 어쩌면 모래시계와 같다. 한쪽에는 과거의 추억이 담겨있고 다른 한쪽에는 미래에 대한 계획과 희망이 담겨있다. 시간의 모래는 미래에서 과거로 흘러가고 갈수록 희망은 줄어들고 추억이 쌓이는 것이다. 그래서 늙는다는 것은 나이가 많은 것이 아니라 희망보다 추억을 더 많이 가지고 있는 것이다. 하지만 진정한 삶의 의미와 행복은 희망에도 추억에도 있지 않고 흘러가는 지금 이 순간의 모래 하나하나에 어떤 색깔을 입히느냐에 있는 것이다.

인간은 생존 욕구에 따라 움직이는 다른 생물과 달리 꼭 최종 목표를 달성했을 때 만족하는 것이 아니라 과정 그 자체에서 보람과 행복을 느낄 수 있는 유일한 존재이다. 이는 상상력으로 장기계획과 협력을 가능하게 한 뇌 진화의 결과로, 우리에게는 엄청난 축복이다. 즉, 우리는 삶의 매 순간순간 사소한 성취에서도 행복을 느낄 수 있는 능력을 가지고 있기에 시간과 공간을 뛰어넘어 매 순간순간 성취감을 느끼고 다른 사람과 교류를 통해 행복을 주고받으며 삶을 풍요롭게 영위할 수 있는 것이다.

잘 돌이켜 보라. 음악 · 음식 · 옷 · 집 · 책 · 호수에 비친 햇살 · 영화 · 휴대전화 등등 이 순간 내게 행복을 주고 삶을 풍요롭게 한 그 모든 것들에 자연과 다른 사람들의 손길과 정성이 담겨있지 않은 것이 단 하나라도 있는지…. 그러니 감사하라….

그대가 있어 나 지금 행복하다고….

그리고 행복하고 의미 있는 삶을 원한다면 소소한 일에 성실하고 작은 것을 소중히 하고 내 주변을 세심하게 보살펴야 한다.

〔참고문헌: 유발 하라리, 사피엔스, 2015, 김영사〕

Fight, Flight, Adapt, Extinct

영화에서 가끔 주인공이 위기에 직면하면 'Fight or Flight'라며 잠시 고민하는 장면이 나온다. 대부분 Fight로 결론이 나고 멋지게 위기를 극복하지만… 실제 생명체가 환경변화나 숙적의 공격 등의 위기에 직면하면 선택할 수 있는 것은 도망가거나 맞서 싸우거나 적응하거나 아니면 개인적인 사망 혹은 그 종의 멸종이다. 이 중 제일 쉬운 방법은 도망가는 것이다. 그래서 모든 동물들은 위험에 직면하면 일단 도망을 간다. 이건 비겁한 것이 아니라 가장 효율적인 위기 극복수단이다. 사람도 어려움에 처하면 우선 물리적으로 회피하거나 심리적으로는 '부정-분노-타협-우울-수용' 등 방어기제를 작동시킨다. 그리고 도망갈 길이 없으면 맞서 싸우는데, 지면 죽고 이기더라도 다칠 수 있기 때문에 이 선택은 위험을 동반한다. 그래서 싸우지 않고 살아남기 위해서는 변화된 환경에 자신을 변화시켜 적응하는 것이 최선이다. 하지만 이것은 말은 쉽지만 항상성을 가진 자신을 변화시키는 데도 에너지와 손해가 수반하고 이를 인간사회에 적용하면 굴종을 의미하는 것이라 쉬운 일이 아니다. 그렇지만 이 역시도 부정적으로만 해석해서는 안 된다. 약한 자가 살아

남기 위한 가장 합리적인 방법이기 때문이다.

이러한 환경에 대한 적응 기제는 인류의 역사에도 결정적인 영향을 미쳤는데 재레드 다이아몬드는 인류의 역사를 개관한 역작《총균 쇠》에서 유럽 문명이 전 세계를 지배하게 된 원인으로

> 1. 대륙별로 이동 축이 달라서(유라시아 동서축, 아메리카, 아프리카 남북축)
> 2. 가축화 가능한 동물의 종류, 작물화 가능한 곡식의 종류와 그 수
> 3. 분열된 유럽과 통일된 중국(환경의 영향) 전파 가능한 배경

때문이라는 탁월한 분석을 했다. 그의 책이 훌륭한 것은 그 결론 자체보다도 결론에 이르는 과정을 지루할 정도로 세심한 자기 반문과 논증을 통해서 보여주었다는 점이다. 어쨌든 그의 결론은 한마디로 하면 시련이 없으면 발전도 없다는 것이다. 도망은 우선엔 쉽고 맞서 싸우는 것은 멋있어 보이지만 나의 변화가 없기 때문에 최종 승리는 환경에 적응하여 변화하는 개체의 것이라는 것이다. 이는 강한 자가 아니라 유연하게 적응하는 종이 살아남는다는 다윈의 '진화론' 결론과도 일치하며 나의 개인적 삶의 경험과 직감에도 부합한다. 즉, 공짜로 주어지거나 순조롭기만 한 환경에서 자란 사람은 조그마한 변화에도 무너지기 때문에 시련이 있어야 끊임없이 변화하는 환경에서 살아남아 발전을 할 수 있는 것이다.

하지만 여기서 시련은 견디지 못할 만큼 너무 심하면 안 된다. 감

히 재레드의 이론에 내 생각을 보태자면 유럽 문명이 세계를 지배하게 된 것은 인류의 각 시기의 시련을 맞이하여 이를 극복할 수 있는 적절한 기술 발달 수준을 가졌던 호모 사피엔스와 유럽인들이 살아남아 번성한 것이다. 다시 말해 재레드의 이론은 유럽인의 승리 원인은 이야기했지만 좀 더 거시적으로 왜 호모 에렉투스나 데미소바인이 아니라 호모 사피엔스가 승리했는지에 대한 설명이 없으며 좀 더 미시적으로 왜 유럽인 중에서도 영국인이 승리했는지는 설명할 수 없다는 것이다. 내가 보기에는 호모 에렉투스 등 초기 인류나 데미소바인이 가진 기술력으로는 당시의 기후 변화를 이겨낼 수 없었고(즉, 시련이 너무 과다했으며), 네안데르탈인은 기후 변화에는 살아남을 만큼 강인했지만 좀 더 유연했던 호모 사피엔스와의 경쟁에서 패했다. 즉, 호모 사피엔스는 그들이 가진 날렵한 체구와 바늘로 만든 옷과 불과 도구 제작 능력으로 거친 환경 속에서도 좀 더 효율적으로 영역을 개척해 나갈 수 있었다. 다시 말해 호모 사피엔스가 더 강했다기보다는 당시에 닥친 시련의 종류 및 크기와 호모 사피엔스의 적응능력이 맞아 떨어졌던 것이다. 그래서 인류의 문명이 비교적 온화한 메소포타미아에서 기원하여 이집트 · 로마 · 프랑스 · 영국 · 미국에 이르는 고위도로 차츰 이동한 것이다. 초기에는 농업 생산력에 결정적으로 영향을 미치는 기후가 주요인이었지만 기술과 문명의 발달로 기후의 결정력은 줄어들고 교역과 산업 생산력, 제도적 조직력 등의 무게가 더 결정적으로 작용을 했다. 즉, 3,000년 전 인류의 기술과 제도로는 나일강과 황하 지역의 홍수가 극복하기에 가장 적절한 시련이었고 교역의 발달은 로마 문명을 일으켰고 17세기 항해술의 발달은 스페인과 포르투갈을 신세계의 왕자로 만들었고 18세기의 당면한 과제인 산업 생산력 경쟁은 조선능력과 철강기술 등 당시 영국의 국력과 기술력으로 극복할 수 있는 적절한 강도였기에 영국이 전 세계를 식민지로 삼고 세계역사의 주인공이 될 수 있었다. 20세기 초 불황과 세계대전이라는 시련은 유럽에게는 지나친 것이었지만 미국은 풍부한 자원으로 극복하기에 적절했기에 전후의 번영이 가능했다.

이처럼 국가든 개인이든 적절한 시련만이 발전과 성공의 조건이다.

돌이켜 보자. 우리는 너무 편한 것만을 추구하고 있지는 않은지? 반대로 버티기 힘들 만큼 너무 힘든 삶을 강요하고 있지는 않은지….

〔참고문헌: 재레드 다이아몬드, 총 균 쇠, 2013, 문학사상사〕

나에게 어떻게 살라고 말하지 마라

정답은 없다.

원래부터 어디에서나 누구에게나 보편타당한 정의와 진리는 없으며 개인과 집단의 이해관계와 환경과 역학관계의 변화 속에서 상대적이며 한시적인 옳음만 존재하는 것이지만 지금처럼 빠르게 변화하는 기술과 지식과 유행을 바탕으로 하여 탈권위적인 다양한 문화가 확산되어 있는 때에는 과거의 경험이나 지식이 미래에 도움이 되지 않는다. 이는 축적된 과거의 지식과 지혜와 경험이 현상에 대한 답을 제공하던 농경시대와 산업사회가 종식되고 새로운 문제에 대한 새로운 해답을 과거가 아니라 전혀 새로운 곳에서 찾아야 하는 정보사회의 도래와 더불어 필연적인 것이 되었다.

따라서 '어떻게 살아야 할 것인가.'를 고민하거나 가르치려는 '꼰대'들의 시도는 더 이상 먹히지 않을 뿐만 아니라 바람직하지도 않다. 아니 바람직하다는 것 자체가 없다. 바람직하다는 것은 한 공동체가 지속적으로 공유하는 가치관을 말하는 것인데 지금은 이미

국가와 지역 공동체뿐만 아니라 가족 공동체마저도 해체되어 버려서 바람직한 것의 기준 자체가 사라진 것이다. 그러니 이러한 변화가 바람직한가 아닌가를 묻는 것은 의미가 없다. 그리고 그것이 개인의 행복과 전체의 조화로운 공존에 도움이 되는가 아닌가를 묻는 것도 이미 시대착오적인 망상이다.

원래 생명체는 '의미'와는 상관없이 '생존'만을 위해서 진화해 왔다. 그러므로 인류와 역사가 '발전'했다는 것은 착각일 뿐이다. 최근의 인류가 역사상 물질적으로 가장 풍요롭고 사회적으로 가장 평화로우며 문화적으로 가장 인본적인 삶을 누리고 있는 것은 사실이지만 이 변화의 결말이 인류 문명과 지구 생명체의 대량 멸종으로 갈 가능성은 높으며 그 끝은 아무도 모른다.

결국 언제나처럼 지금의 변화에 적응하고 살아남는 것만이 정답이며 언제나처럼 지금의 변화도 그 이전에는 전혀 경험하지 못했던 새로운 변화일 뿐이고 그 변화에 당황한 기존 세대의 의구심과 걱정은 1,000년 전에도 있었다. 그러니 어떻게 살 것인지를 말하는 것은 그것이 아무리 논리적이고 도덕적이어도 그것은 이미 과거의 잣대로 제작된 것으로 그것으로 새로운 세상의 방향을 제시할 수 없고 더욱이 그 이데올로기로 새로운 삶을 규정해서도 안 된다. 그래도 참과 거짓 · 선과 악 · 정의와 불의는 존재한다고 부르짖고 싶겠지만 그것은 단지 너의 생각일 뿐이다. 이 글도 나의 생각일 뿐이다.

새로운 세대는 논리가 아니라 감각으로 느끼고 문자가 아니라 이미지로 판단하고 인과관계가 아니라 현상으로 결정한다. 옳은 것은 없다. 각자가 믿고 그것이 인터넷을 타고 빠르게 번져나가면 그것이 진실이 된다. 아니, 진실이다.

그렇게 새로운 방식으로 각자 모두 살아갈 것이다.

어쨌든 나는 지금 식후에 따뜻한 봄 햇살 아래 산책을 한 후 음악을 들으며 책을 읽는 이 짧은 내 삶의 한순간이 완벽하게 행복하다.

〔참고문헌: 임홍택, 90년생이 온다, 2018, 웨일북〕

행복二
지나치지 않는 습관

봄이 왔다. 기쁜 마음에 자전거 하이킹을 나섰다. 하지만 따뜻한 햇살과 시원한 바람을 맞으며 강가 트레일을 신나게 갈 때까지는 좋았지만 좀 무리하게 목표를 잡았는지 돌아오는 길은 힘들고 추워서 고생을 했다. 막바지에는 안장과 닿는 엉덩이가 쑤시고 왕복 6시간 동안 반복된 페달 밟기에 지친 허벅지와 종아리 그리고 어깨 어디 하나 안 아픈 곳이 없었다. 아무리 좋은 것도 지나치면 결핍만도 못하다는 소중한 깨달음을 다시 한번 되새긴 경험이었다. 또한, 내 몸이 즐거움의 원천인 동시에 고통의 원인이라는 것도 뼈아프게 느꼈다. 군대에서 고된 훈련을 받으며 고통으로 나를 괴롭히던 내 몸과 두려움에 힘겨운 내 마음을 저주하던 때가 생각났다. 제대만 하면 무슨 일을 해도 행복할 것 같던 그때가 지나면 또다시 불만이 생기고 아무리 편안하고 쾌락에 빠져있어도 곧 익숙해져서 지루해지던 때는 또 언제였던가?

그렇다면 내 마음대로 할 수 없는 내 몸은 과연 내 몸이며, 내가 통제할 수 없는 내 마음은 또 과연 내 마음인가? 식욕 · 성욕 · 성취욕 등 각종 욕구에 따라 결핍을 느끼고 그것이 충족되면 즐거움을 느끼며 그 즐거움에도 곧 익숙해지게 되어 또 다른 결핍을 느끼는 내 몸, 그리고 환경과 유전 · 호르몬과 생리에 철저하게 종속되어 있는 내 마음은 과연 내 마음인가? 이 문제에 대한 해답을 찾기 위해서 수많은 사람들이 세속적으로 물질과 권력과 인간관계에서의 충족을 통한 행복을 추구하며 또 도덕적 종교적인 깨달음을 통해 세속적 행복의 한계를 극복하려고 노력해 왔다. 그리고 그것이 개인적 성취뿐만이 아니라 공동의 사회적 실천을 통해 가능하다는 운동을 일으키기도 했다. 그중에는 물질적 금욕을 강조하는 것도 있고 전체를 위해 개인의 욕망을 억누르거나 반대로 개인의 주관과 자유를 최대한 존중해야 한다는 주장과 체제도 있다. 그래서 답이 없어 보인다.

하지만 내가 보기에 그 답은 '지나치지 않는 습관'이라고 본다. 어떻게 보면 지나치지 않는다는 것의 측정이 너무 주관적이어서 사실 현실성 없는 무의미한 주장이기도 하지만 그나마 개인적으로든 공동체 전체를 위한 것이든 정신적이든 물질적이든 모든 면에 있어서 지나친 결핍이나 넘침을 경계하고 지나치지 않는 한도 안에서 주어진 것에 만족하려는 노력 자체는 필요하다고 본다. 또한, 사람은 나태해지려는 유혹을 내재적으로 가지고 있기 때문에 적절한 만족과 행복을 깨닫고 느꼈을 때 그 상황을 습관으로 간직하여 반복하려는 노력 또한 지속적 행복을 위해 필수적이라고 본다.

그래서 나는 모든 것을 습관화하려고 노력한다. 일어나면 식전에 맨손 운동을 무조건 30분 하고 커피는 하루에 한 잔만 마시고 술 · 담배는 하지 않고 매일 정해진 시간에 산책과 수영을 하고 큰 욕심 부리지 않고 적당한 일을 성실하게 하되 낭비는 하지 않고 하루에 1시간은 독서와 음악 감상을 하며 야식은 먹지 않고 주말에는 늦잠도 자고 좀 자유롭게 그때그때 내키는 대로 하이킹이나 영화 보기 등 자유로운 활동을 한다. 그 덕분인지 감사하게도 나는 항상 74kg의 몸무게를 유지하고 치과 이외에는 아파서 병원에 가본 적이 없으며 먹고살 걱정은 안 해도 될 만큼의 돈도 번다.

이렇게 계획적이고 습관적인 생활이 너무 따분하고 재미없겠다고 생각하는 사람도 있겠지만 사실 이렇게 하다 보면 처음엔 귀찮고 힘들지만 습관화가 되면 자동적으로 움직이니까 의외로 편안하고 창의적인 생각도 많이 떠오르며 갈등이나 번뇌 없이 내적 평화를 느낄 수가 있다. 사실 이러한 하루하루의 삶이 쌓이면 그것이 육체적 정신적으로 건강하고 건실한 삶이 되는 것이며 물질적 수요의 적절한 충족으로 생활고에서도 해방될 수 있는 초석이 되며 그 외에 죽음이나 질병 등에 대한 고민이나 번민은 깨닫고 보면 망상일 뿐이다.

이렇게 내가 행복한 삶의 비결을 '지나치지 않는 습관'이라고 쓰는 이유는 답을 찾으려는 사람들에게 참고자료를 주기 위한 것도 있지만 나 스스로 이것을 지켜나가기 위한 다짐이기도 하다.

물론 지금 이 순간 내 마음 한구석에는 따스한 봄날 벚꽃이 핀 남쪽 마을로 여행을 떠나서 맛있는 것도 먹고 경치 구경도 하고 싶다는 욕구가 샘솟지만 그것이 소비와 경험을 부추기는 낭만적 근대 자본주의 가치관을 내가 배운 탓이라는 것도 알기에 그 충동을 억누르고 지금 듣고 있는 '세상의 모든 음악'만으로도 충분히 행복하지 않느냐고…. 여행은 언젠가 좀 더 시간이 지난 후 한번 가자고 다독거리고 있기는 하다….

선물에 포장을 하는 이유

사람들은 왜 선물에 포장을 할까?

사람들은 왜 갑자기 화를 낼까?

우리의 만남은 과연 우연이 아니라 숙명일까?

6,500만 년 전 공룡 멸종의 한 원인이 된 운석이 간발의 차이로 지구를 비껴갔다면 포유류와 인류가 지금 지구 상에서 번성할 수 있을까?

나의 아버지를 어머니에게 소개해 준 그 중신아비가 부산에서 나의 외할머니를 우연히 만나지 않았더라면 나란 존재는 지금 여기 있을 것인가?

뿌린 대로 거두어지지 않고 왜 내가 더 열심히 했는데 저 운 좋게 태어난 놈이 성공을 할까(혹은 그 반대)?

왜 세상에는 생로병사의 고통과 분쟁이 존재하며 악인과 불평등이 창궐하고 정의가 반드시 승리하지 않는 것처럼 보일까?

신은 왜 완벽한 세상을 창조하지 않았을까?

세상에는 이유가 없어 보이는 것에도 대부분 그 이유가 있다. 다만 우리가 그 이유를 알아차리지 못할 뿐이다. 그렇지만 반면에 세상이 인과율에 의해서만 움직이지 않는 것도 사실이다. 그럼 동시에 참이면서 거짓일 수 있는 양자론과 같은 이 모순은 무엇을 의미하는가? 어쩌면 빅뱅 직후 물질과 반물질의 완벽한 균형을 가정한다면 그것은 곧 우주의 소멸을 의미하기에 애초부터 완벽은 불가능한 자기모순이었다.

그럼에도 불구하고 인류는 인지능력을 가진 후 우주와 자연과 인간사에서 인과법칙을 찾아내서 불확실성을 제거하고 논리적 추론과 예측을 하기 위해서 부단히 노력해 왔고 뉴턴과 다윈과 아인슈타인 등 천재들의 힘을 입은 근대 과학은 인간의 거의 모든 의문과 문제에 대한 답을 찾아냈으며 그 결과 자연의 파괴적 힘을 회피하고 나아가 극복할 수 있게 되었다. 한편 종교적 선지자들도 인과율에 기초한 삶의 지혜를 설파하여 인간들의 조화로운 공존과 구원에 이르는 길을 보여주었지만 여전히 세상이 모순과 우연과 이해할 수 없는 불확실함으로 가득 차있어 보이는 것은 우리가 아직 그 이유를 발견하지 못했기 때문이 아니라 세상 자체가 그 이른바 법칙의 지배를 받지 않는 부분이 있기 때문이다.

'고통에는 끝이 있지만 두려움에는 한계가 없다.'는 말이 있듯이 인간을 포함한 모든 생명체가 불확실성을 불안해하고 안전을 추구하는 것은 약육강식의 세계에서 살아남기 위해 발달시킨 본능이며 미지의 것에 대한 정보를 습득하여 기회손실을 줄이는 것만으로도 보상에 버금가는 도파민 분비로 만족감을 얻는다는 최근의 뇌 심리 실험도 인간과 동물의 호기심과 정보에 대한 욕구가 강렬한 본능적 욕구인 것이 증명이 된다. 따라서 불확실성 제거로 행복을 추구하는 것은 인간에게 당연한 본성인데 왜 또 한편으로는 평안함 속에서 무료함을 느끼고 모험을 추구하는 본성을 또한 가지고 있는 것일까? 이 이해할 수 없는 모순의 답 또한 생존전략에 있다.

모두가 추구하고 궁금해했듯이 세상 모든 것이 분명하고 이해가 되고 예측이 된다면 얼마나 좋겠는가? 하지만 세상 즉, 환경 자체가 본질적으로 불확실한 면이 있기 때문에 진화의 법칙은 필연보다는 불확실성에 손을 들어줄 수밖에 없었다. 즉, 불확실하고 우연이 지배하는 세상에 적응하기 위해서는 주어진 현재 환경에 가장 적합한 답을 가지는 것보다는 좀 부적합하더라도 다양한 변이를 가지는 것이 미래의 변화에 대응하기가 더 유리한 것이었다. 따라서 모든 생명체는 항상 이해할 수 있는 최선의 방향으로 진화한 것이 아니라 우연에 기초한 다양성을 선택받았으며, 본능을 넘어서는 자유의지를 가진 유일한 종인 우리 인류도 안정을 추구하면서 동시에 짜릿한 모험도 즐기는 모순되는 본성을 발전시켰고 그랬기 때문에 오랜 세월 기후 변화를 견디고 다양한 환경을 가진 지구 전 지역에서 번성할 수 있게 된 것이다. 따라서 자연과 사회현상을 이해하려는 과학적 노력은 인간의 삶을 풍요롭게 하고 안정된 문명 형성의 기초가 되었지만, 환경과 기후 변화 등 새로운 문제가 발생했다. 그러므로 세상의 불확실한 것을 완전히 제거하고 모든 의문의 답을 찾으려는 시도는 애초부터 존재하지 않는 것을 찾아 헤매는 헛수고이고 과욕이므로 그 불확실성을 이해하고 받아들여야 하며 그래야 그 어쩔 수 없이 존재하는 우연과 불확실성도 우리의 행복과 생존에 유리하도록 활용할 수 있는 것이다.

이것을 현실에 적용하면, 사람들은 판도라의 상자처럼 그 안에 무엇이 담겨있는지 모를 때는 일단 그것을 알고 싶어 한다. 하지만 열어봐서 좋은 것이 들어있다는 것을 알면 더 열어보고 싶은 충동이 강하며 (이미 알고 있는 것에는 만족감이 감소하기 때문에)포장이라는 호기심으로 기대감을 높여서 행복지수가 올라갈 수 있다. 이것이 사람들이 선물에 포장을 하여 너무 빨리 내용물을 확인할 수 없게 하는 이유이며 반면 나쁜 결과가 예상되는 것에는 그 불확실성이 오히려 불안을 더 증폭시키기도 하지만 그 나쁜 결과를 직면할 용기 부족이나 일말의 희망으로 일단은 묻어두고 회피하고 싶은 마음이 생긴다. 이것이 사람들이 자신의 암 검사 결과를 보고 싶어 하지 않는 이유이다. 거꾸로 사람들이 불쑥불쑥 화를 내는 것은 (이미 알고 있는 것은 불안감을 감소시키기 때문에)긴장감을 끌어올려 공포 유발의 목적을 최고로 달성하기 위해서 상대방이 예측할 수 없는 순간에 화를 내는 것이다. 그리고 우연이나 숙명이란 것은 확률이거나 관념

속에서만 존재하는 자의적인 해석일 뿐이기 때문에 '우리의 만남'과 모든 현존은 우연도 숙명도 아닌 그냥 존재함일 뿐이다.

이처럼 세상이 완벽하지 못하고 신이 주사위 놀이를 하는 것처럼 보이는 것도 단지 사람들의 집단사고로 만들어 낸 나의 생각일 뿐이다. 세상은 결코 내가 원하는 대로 움직이지 않으며 만일 누군가의 뜻대로 돌아가거나 최고만이 존재하는 세상이 있다면 그 세상은 다른 이들의 지옥이거나 곧 멸망할 것이다. 결국 세상은 나나 인간의 의도나 인지와는 별개로 세상 그 자체로 존재하는 것이기 때문에 내가 할 수 있는 것은 합리적인 선택과 노력으로 좋은 원인을 만들어서 최선의 결과를 추구하되(내가 보기에) 더 이상 이해할 수 없고 해결할 수 없는 부조리하며 불확실한 상태는 있는 그대로 받아들이고 적응해야 하는 것이 세상 이치에 합당하다.

아직도 억울하고 이해가 되지 않는가? 그럼 아주 쉽고 간단하게, 자연계에서는 때로는 의도나 원인과 일치하지 않더라도 결과적 존재가 곧 승리이고 승자가 정의를 규정하므로 정의는 항상 승리할 수밖에 없다는 것을 받아들이면 된다.

〔참고문헌: 마이클 부룩스 외, 2017, 우연의 설계, 도서출판 반니/
Sofia Deleniv, When Ignorance is bliss, April 2019, Discover〕

거짓말 예찬

생물은 생존과 번식을 위해서 속임수를 쓴다. 주위 환경에 따라 몸 색깔이 변화하는 카멜레온이나 문어의 보호색은 말할 것도 없고 꽃의 다채로운 색과 나비나 벌새의 아름다운 깃털과 얼룩말과 치타의 위장 무늬, 자벌레의 나뭇가지를 꼭 빼닮은 몸의 형체 등등 자연 속에서 살아남고 먹이를 사냥하기 위해 생명체가 속임수를 경쟁적으로 진화시킨 사례는 너무 많아서 오히려 속임수를 쓰지 않은 종은 이미 멸종을 해버렸을 가능성이 높다. 또한, 수컷 새들의 화려한 깃털과 수사슴의 멋진 뿔, 여성의 화장과 상시 돌출된 유방 등 번식을 위한 과시와 유혹도 일종의 육체적 속임수이다. 또한, 위기에 직면했을 때 곤충이나 일부 동물들의 죽은척하기, 일부 새들이 위험에 처한 둥지의 새끼를 구하기 위해서 일부러 다친척하여 천적의 시선을 다른 곳으로 끌기, 침팬지가 매복 장소로 사냥감 원숭이를 몰고 가기, 새들이 짝이 아닌 다른 개체와 몰래 바람피우기, 뻐꾸기의 탁란, 다람쥐나 원숭이가 먹이를 몰래 숨겨놓거나 염탐하여 찾아내고 기만을 하는 등의 속임수 행동도 다양하다.

이처럼 모든 생물은 생존을 위해서 협력과 공생도 하지만 필요하다면 속임수를 쓰며 인간 역시 진화 과정에서 무리 생활과 조직 사회화를 거치면서 네트워크를 만들어 상호협력 의존을 하는 능력과 동시에 기만하는 능력을 고도로 발달시켜 왔고 그것이 인간 생존의 필수조건이었다. 하지만 인간 사회에서는 협력은 미덕으로 칭송하고 조장하면서 속임수는 공동체 파괴의 원인으로 보고 금기시하고 처벌을 해왔다. 그러나 그럼에도 불구하고 모든 사람들은 지금도 기회만 있으면 속임수를 써서 타인의 물질과 짝과 권력을 빼앗는다. 심지어 재미로 상대방을 속이고, 속아 넘어가면 즐거워한다. 위장과 기만이 필수인 전쟁은 목숨을 건 속임수 싸움이며 평시에도 개인적 차원에서뿐만 아니라 권력에 의한 속임수 독점 현상이 일어나서 국가권력이 국민의 생명과 재산을 지키는 기능을 과장하고 군주 국가에서는 왕권이 전지전능한 신에게서 유래한 신성불가침이라는 속임수로 저항과 반항의 명분을 없애고 공산주의나 사회주의 정권은 인민을 위한다면서 실제적으로 소수 권력자들만을 위한 독재를 펼치며 좌파들은 생산성 향상을 동반하지 않는 최저임금 인상이 그에 따른 인플레이션으로 인한 상쇄 효과로 노동자의 실제 구매력과 생활향상에 도움이 되지 않으며 성장이나 증세 없는 복지가 비효율과 경제활동의 동기 훼손에 따른 경제침체 그리고 재정파탄으로 이어져 후세의 삶에 대한 착취이며 전체의 몰락으로 간다는 사실을 숨기는 정치적 속임수를 쓰며 자본주의 정권과 기업은 주주와 경영자와 노동자가 공동운명체이면서 동시에 이해가 상충되는 관계라는 사실을 숨기고 성장만 하면 무조건 모두에게 이익이 될 것이라는 속임수로 분배정책을 외면하여 과실을 독점하려 하며 학문과 예술과 문화와 제도는 이런 이데올로기를 뒷받침하기도 하고 드물게 우상을 부수어 버리기도 한다.

또 한 조사에 따르면 스스로 이타적이라고 자부하는 (좌파 성향)사람이나 스스로 남의 일에 관심이 없다고 생각하는 (우파 성향)사람 모두 (남이 보지 않을 때)실제 행동에 있어서는 85% 이상이 이기적 행동을 했으며 최근 한국의 좌파정권 사람들이 말로는 사회 정의를 부르짖으면서 실제로는 권력을 이용한 이권과 독점적 내부 정보를 이용한 주식과 부동산 투기 등으로 부를 축적한 사실들로 보아 이기 행위와 속임수는 인간의 본성이라고 할 수가 있다.

그렇다면 왜 좀 더 솔직할 수 없을까? 자본주의자들의 비교적 솔직한 이기 행위보다 사회주의자들과 좌파들의 인간의 본성에 거스르는 위선은 이기 행위에 속임수까지 결합되어 애초부터 만인이 평등하게 잘 산다는 그 멋진 이념은 비현실적 사기성 구호에 불과하고 실제로는 1970년대 아르헨티나와 칠레와 최근 베네수엘라 사례에서 명확히 보았듯이 오히려 공동체의 자유로운 번영과 풍요를 파괴하는데도 불구하고 왜 솔직하지 않을까? 결국엔 이들 역시 권력을 빼앗기 위해서 대중을 속이는 것이거나 조국, 소로스 같은 부유한 강남 좌파들의 말과 삶이 다른 면피용 가식에 불과하기 때문이다. 그렇다면 양심이니 정의니 하는 수사로 위선적 속임수를 쓰지 말고 차라리 인간의 이기심과 속임수 본성을 솔직하게 인정하고

서구 자본주의 사회에서처럼 법과 관행이라는 제도적인 상호견제를 통해서 서로의 반사회적인 행동을 막는 것이 더 솔직하고 효과적이다. 결국 너나 나나 할 것 없이 모든 인간에게 보편화된 속임수는 본심과 수치심을 감추는 옷과 같아서 벗어버리고는 정상적 사회생활이 불가능하므로 이제 더 이상 인간 속임수의 주 도구인 거짓말을 금기시할 것이 아니라 떳떳하게 드러내고 그것도 하나의 능력이라는 점을 인정하고 어차피 인간 사회가 개인 대 개인, 집단과 집단 사이의 경쟁과 협력을 회피할 수 없을진대 육체적 능력과 미모와 지적 능력과 사교 조직능력, 공동체의 전통과 문화 축적 등과 더불어 이 속임수 능력도 하나의 능력으로 인정하는 것이 필요하다.

그렇다고 굳이 거짓말 올림픽이나 거짓말 전쟁까지 할 필요는 없지만 '나도 대부분 이기적이고 속임수를 쓴다.'는 사실을 인정하고 남들에게도 거짓말한다고 비난하지 말고 인간은 거짓말 능력으로도 서로 경쟁하며 사회는 속이려는 자와 이를 간파하여 속지 않으려는 자 사이의 전쟁터이며 역사상 모든 승자들은 일부분 속임수의 승리라는 것을 받아들여야 한다. 또한, 착하고 정직한 사람이 시련을 겪지만 결국엔 승리한다는 신화와 드라마와는 달리 현실에서 선악은 동기와는 별개로 결과로 판가름 나기에 속임수를 잘 쓰는 사람이 반드시 악이 되는 것은 아니고 그 능력으로 오히려 성공과 승리할 가능성이 높으며(선행의 탈을 쓴 위선적 또는 진정 이타적인 일부 행동이 아니라) 대다수 사람들의 이기적인 동기에서 나온 활동이 진화와 역사를 움직이는 힘이었고 결국은 이 사회를 먹여 살리고 굴러가게 한다는 진실을 밝히고 최소한 '대다수 사람들이 착하며 거짓말을 하지 않는다.'는 거짓말만은 안 하는 것이 진정 솔직한 미덕이다.

요약하면, 모든 사람은 이기심과 이타성, 협력과 경쟁, 진실과 거짓의 양면을 모두 가지고 있어서 모두가 일상적으로 거짓말도 한다는 전제 하에, 겉으로 보이는 사실들 중 많은 부분은 드러나지 않은 조작과 편견과 속임수가 포함된 것이고 솔직하라는 말은 나만 거짓말을 독점할 테니 나에게 속아달라는 뜻이고 거짓말하지 말라는 말은 나를 속이면 혼내주겠다는 협박이거나 나도 속이지 않겠다는 상호계약이며 누구에게나 모든 상황에서의 정직은 속임수의 쉬운 먹잇감이므로 후세들에게 무조건 속임수를 쓰지 말고 정직하라고 가르치는 것보다는 거짓말을 간파하여 속지 않는 법과 정직에는 정직으로 응수하는 지혜를 가르치는 것이 이 사회에서 사기가 발을 붙일 자리를 없애고 공정한 세상을 만드는 현실적인 대안이다.

〔참고문헌: 매트 리들리, 이타적 유전자, 2001, 사이언스북스/
니얼 퍼거슨, 금융의 지배, 2010, 민음사〕

서울대가 죽어야…

20년 전 김경일은 '공자가 죽어야 나라가 산다.'라는 당시에는 충격적인 제목으로 유교의 특징을 인문 의식 · 온고지신 · 조상 숭배라는 세 가지 개념으로 요약한 뒤, 국가와 (남성)가부장이라는 권위에 대한 일방적 복종을 강요하는 유교의 폐해를 공격하고 이를 극복하지 않으면 대한민국의 발전이 없다고 주장했다. 또한, 50년 전 중국에서는 마오쩌둥이 재집권을 위해서 문화 대혁명이란 이름으로 자본주의와 봉건주의, 관료주의를 몰아내고 공산주의를 재정립한다는 명분으로 청년 홍위병을 앞세워 공자와 유교의 전통을 폭력적으로 지워버리려는 시도가 있었다.

그렇다면 공자의 유교는 선인가 악인가?

답은 한때는 선이었으나 지금은 더 이상 선이 아니므로 이를 고집하는 것은 악이다.

금강경에 '강을 건너면 뗏목을 버려야 한다.'는 가르침이 있다. 수단이나 형식에 집착하지 말고 본질과 목적에 충실하라는 뜻이다.

다른 모든 사상과 이념도 마찬가지이지만 아무리 올바른 진리도 시대와 상황이 바뀌면 그 자체가 도그마가 되어서 악이 되어버린다.

(1) 혼돈에서 질서로

공자의 유교는 중국 춘추전국시대의 혼란과 잦은 전쟁의 폐해를 극복하고 중앙집권적 질서를 회복하기 위한 사상적 배경으로서 당위와 효과가 있었으며 고려말 권문 귀족들의 무질서한 수탈과 횡포를 왕권으로 막고 적절한 지배체제를 유지하는 수단으로써 또한 의미가 있었다. 하지만 이러한 동양의 유교와 서양의 기독교가 지지한 봉건제도처럼 왕과 가부장을 정점으로 피라미드처럼 유지되는 권위와 복종체계는 봉건 초기에는 질서유지 효과가 탁월하였고 상층계급이 하층민에 대한 수탈의 보상으로 제공하는 외부 침략으로부터의 보호라는 상보 관계가 어느 정도 적절하였으나 중세 이후 국가성립으로 사회가 상대적으로 안정이 되고 과학 기술의 발달로 생산성이 증대하자 보호의 필요성은 감소한 반면 생산성 대비 수탈의 정도가 심해지고 자유로운 교역과 경제활동에 장애가 되었다.

(2) 장애에서 효율로

이를 극복한 18세기 부르주아 시민 혁명 이후에도 왕권을 대체한 자본과 국가권력이 가진 권위주의는 여전히 부족한 자원을 집중하여 축적된 자본으로 기술과 생산성 향상을 도모하는 효율성에 있어서 효과가 있어서 한국에서도 60~70년대 산업화의 성공을 뒷받침했다. 그러나 그 부작용으로 생긴 불평등과 빈부 격차의 문제가 발생한다.

(3) 불평등에서 민주화로

이를 극복하기 위한 노력의 일환으로 공산혁명 · 노동운동 · 복지국가 등이 등장하였으며 한국에서도 70~80년대의 민주화 운동이 성공을 거두었다. 그러나 이를 이끈 386세대 주사파의 경직된 이념이 지금은 한국 사회의 다양성과 역동성을 막는 새로운 권위가 되어서 역설적이게도 공산독재정권과 동거하며 자유롭고 풍요로운 미래에 장애가 되고 있다. 이들 현 정권을 이론적으로 뒷받침하는 새로운 집단 신흥 엘리트는 서울대 출신이 장악한 국가권력이다. 이들은 민주화 운동 당시에는 운동권의 지도부로 활동했고 그 후에는 노동소득분배율이 1970년 40.1%에서 1980년 50.6%, 1990년 56.8%, 2000년 57.8%, 2017년 63.0%로 크게 증가하였음에도 불구하고 이를 가계소득 불평등으로 왜곡하여 지지기반인 노동계층의 불만과 이익을 조장하는 소위 소득주도성장이라는 달콤한 이론으로 한국의 경제성장 동력을 파탄 내고 있는 변형윤의 학현학파, 불편부당해야 할 법조계를 이념과 계파 세력다툼의 장으로 만든 박시환의 우리법연구회, 인민재판식 여론몰이 전문 시민단체인 박원순, 조국, 김상조의 참여연대 등이 사회 각계 요직과 특권을 독점한 채 자기들만이 민중의 이익과 평화와 정의를 대변한다는 그릇된 선민의식과 독선으로 한국 사회를 지배하고 있다.

(4) 획일에서 창의로

하지만 미래는 인류역사상 처음으로 가용자원과 총 노동력이 과잉인 시대가 될 것이므로 이제 효율과 물량 중심 생산성 증대를 뒷받침한 위계적 질서와 획일적 이념은 과학 기술로 무장하고 역동적이고 다양한 네트워크에 기초한 정보 시민 사회의 창의성에 걸림돌이 되고 있다. 인터넷을 기반으로 이미 태동하고 있고 앞으로 세상의 주인이 될 분권적인 네트워크는 서울대 출신들이 이론으로 미리 정해놓은 하나의 답을 거부한다. 공룡처럼 거대한 아집에 사로잡혀 반대되는 의견을 말살하는 서울대 출신의 신흥 독재가 죽어야 비로소 다양하고 작은 목소리와 활동들이 살아나고 시행착오를 통한 창조가 가능해져서 획일이 아닌 합리적 기술과 역동적 교류와 대중의 창의가 승리하는 미래의 개성 다양 분권 정보화 사회를 열어갈 수 있는 것이다.

〔참고문헌: 김경일, 공자가 죽어야 나라가 산다, 2001, 바다출판사
니얼 퍼거슨, 광장과 타워, 2019, 21세기 북스
2018 국가지표체계〕

교양과 품위

나에겐 어린 시절부터 가지고 있던 은밀한 소망이 하나 있다. 현실적으로는 공부하고 일하고 가정과 사회생활을 통해서 보람과 행복을 추구하면서도 마음속 깊은 곳에서는 나중에 나이가 들면 삶의 경륜에서 우러나온 품위의 아름다움이 젊음의 싱싱함보다 더 빛날 수 있게 그렇게 일생을 살다가 가고 싶었다.

하지만 많은 세상 사람들이 분노나 정욕 때문에 또는 과시 · 이익 · 쾌락 돈과 권력을 위해 너무 쉽게 양심과 명예와 신용과 인격을 파는 모습을 보면서 정말 본받고 싶은 스승이나 롤 모델을 만나기가 어려울 정도로 이것이 나뿐만이 아니라 누구에게도 결코 쉽지 않은 일임을 알게 되었다.

이는 가식이 아닌 진정한 품위가 세속적 성공을 통해서는 얻을 수 없는 교양 있는 삶의 축적을 통해서만 가능하기 때문이다.

그렇다면 교양이란 무엇인가?

시대와 문화에 따라 표현방식은 달라지겠지만 근대 주류사회에서 교양이란 세상을 바로 보고 이해할 수 있는 지식과 자신의 삶을 건실하게 영위할 수 있는 품성과 약자를 보살피고 불의에 맞서며 남의 허물도 이해하고 포용하는 덕성의 세 가지 요소 그리고 이를 균형 있게 지속적으로 실천하는 자질로 이루어진 것으로 이는 어느 한 분야에서 하루아침에 이룰 수 있는 것이 아니라 폭넓게 평생을 갈고 닦아야 하는 것이며 전문 직업교육과 더불어 바람직한 삶과 전인교육의 궁극적 목표이기도 하다.

우선 지식 면에 있어서 정치 · 경제 · 사회 · 문화 · 역사 · 문학 · 철학 · 예술 등 인문 · 사회 분야뿐만 아니라 물리 · 화학 · 생물 · 천문 · 지리 · 의학 · 전기전자 · 전산 등 자연과학 분야에서도 상당한 지식이 있어야 한다. 심지어 '교양'이라는 제목으로 백과사전보다 두꺼운 책이 나왔고 대학에서도 교양과목에 최소 1년을 투자할 정도로 교양 지식을 쌓는 것도 쉬운 일이 아니지만 세상을 바로 이해하고 판단하기 위해서는 많은 독서와 공부가 필요하다. 정말 운이 좋게도 공부를 하지 않아도 세상의 진실을 꿰뚫어 볼 수 있는 지혜와 혜안을 가진 사람도 드물게 있겠지만 보통 사람들에게는 교양 지식을 쌓는 것이 무엇이 옳은지도 모르면서 천박하게 날뛰며 살아가지 않을 수 있는 가장 안전하고 기초적인 필수조건이다.

다음은 예절 · 예능 · 유머 · 운동 · 옷차림 · 몸가짐 · 대화 · 건전한 생활습관 · 기본 외국어 등 일상에서의 삶을 건실하고 활기차게 살아가는 능력을 기르는 것이다. 이를 위해서는 금연 · 절주 · 위생 · 주기적 운동 등 건강한 습관뿐만 아니라 즐거움과 활력을 주는 스포츠와 소풍 · 산책 등으로 자연을 즐기고 음악 · 원예 · 애완 등 각종 취미활동과 영화 · 전시회 · 공연 등 문화활동에 참여하고 즐길 수 있어야 하며 가족과 동료와 이웃을 포함한 주변 사람들에게 폐를 끼치지 않고 함부로 간섭하거나 설교하지 않고 마음을 배려할 수 있는 예절을 지키며 검소하고 단정한 용모와 옷차림 · 밝은 미소 · 유쾌한 웃음 · 겸손한 행동거지 그리고 부드러운 표정과 목소리 · 유머가 포함된 정제되고 명랑한 대화로 긍정적인 교류를 하며 나아가 공동체에 봉사하고 참여하는 활동을 지속적으로 해야만 한다.

세 번째로 세상을 포용할 수 있는 덕을 쌓는 일이다. 정직 · 근면 · 성실 · 신용 등 기본 덕목은 말할 것도 없고 약자에 대한 측은지심을 가지고 보살피며 두려움이나 망설임 없이 부정과 불의에 맞서고 상대방의 의견을 존중하며 나아가 세속적인 이해관계에 일희일비하지 않으며 실질적 피해와 부당함에도 인간으로서는 남의 허물을 감싸 안을 줄 알고 아픔과 상실에도 슬픔 등의 감정을 여과 없이 드러내지 않으며 항상 평상심을 유지하고 그러면서도 위선적이거나 가식적이지 않아 진솔하고 진심이 담긴 감성을 자연스럽게 표출할 수 있어야 한다. 이 또한 천성적으로 착하고 선하며 덕을 갖춘 사람도 있겠지만 나 같은 속물은 거의 도가 통할 정도의 정성과 노력으로도 될 동 말 동 한 일이기는 하나 이러한 덕이 몸과 마음에 배어있어야 비로소 온화하고 밝은 표정과 기운에 아름다운 빛이 나는 진정한 교양을 갖춘 품위가 완성되는 것이다.

또한, 구체적인 실천에 있어서는 무엇이든 지나치면 모자람만 못하고 자칫 균형을 잃기가 쉬우므로 적절하게 자제하면서도 지속적인 중용을 유지하여야 한다.

아직 갈 길이 멀다. 하지만 진정한 목표는 종착지에 있는 것이 아니라 여정에 있으며 더 소중한 가치는 결과가 아니라 절차와 과정에 있음을 깨닫고 실천한다면 어디서 무엇을 하든지 매 순간순간이 의미 있고 행복하며 언젠가 뜻하는 바도 어느 정도는 이루어지리라.

(존경하는 민병하 선생님을 기억하며….)

공짜 좋아하다가…

우연히 한 고등학교의 웹사이트에서 안내 팝업을 보고 깜짝 놀랐다. 그것은 여성가족부가 여학생들에게 생리대 구매 비용을 무상지원하니 신청하라는 내용이었다. 무상급식 · 무상의료 · 무상교복 · 무상보육 · 주거지원 · 청년수당 · 공공 일자리 · 임금보전 · 냉난방 지원에 드디어 무상 생리대까지…. 정말 이렇게 공짜로 세금을 풀어서 선심을 쓰다가는 어린애들부터 자립의 의지는 없이 공짜로 얻어먹고, 입고, 쓰고, 더 달라고 떼쓰는 병에 들어 흥청망청 쓰다가 그 빚을 감당 못 하거나 국가가 통제하는 사회주의가 되어서 결국엔 나라가 망해버릴 수밖에 없을 것 같다.

자유와 평등 · 평화 · 박애는 근대 이후 인류의 소망인 선이다. 그러나 이러한 이상은 현실에서는 적절히 균형을 유지하지 않으면 서로 모순과 대립이 되기도 한다. 그래서 자유에는 삼권이 분립된 법치에 의한 적절한 규제가 있어야 지나친 격차를 막을 수 있고 평등은 기회의 평등이 되어야지 결과의 평등을 지나치게 강조하면 공산주의 폭력이 되어서 성장과 번영을 불가능하게 한다. 평화 역시 악당의 전횡을 막는 치안과 안보라는 안전장치가 필요하고 모두에게 공짜로 퍼주는 무분별한 복지는 박애가 아니라 공동체 전체의 삶을 위협하는 빚이 된다.

이는 모두를 고르게 잘살게 해준다던 공산주의 계획경제가 그 비효율성과 관료주의로 모두 현실적으로는 오히려 인민의 자유를 억압하는 독재를 하고 경제적 삶마저도 피폐하게 만들었다는 역사적 사실이 증명을 하고 있으며 자본주의 체제 속에서도 복지와 정의를 명분으로 대중의 인기에 영합해서 공짜로 퍼주기만 하는 포퓰리즘은 결국 국가를 망하게 하고 국민의 삶을 비참하게 한다는 것이 1980년대 페론의 아르헨티나와 2010년 그리스, 이탈리아 그리고 2018년 베네수엘라 사태에서 입증이 되었다. 그럼에도 불구하고 현재 문재인 정부의 재정 확대 정책이 1980년대 그리스와 닮은꼴이란 지적이 나오고 있다.

'1980년까지만 해도 그리스는 남유럽 최강국 중 하나였다. 탄탄한 재정(국가부채비율 22.5%)과 건실한 제조업 기반(남코 자동차, 핏소스 전자 등)을 앞세워 스페인 포르투갈보다 5년 앞선 1981년에 유럽연합(EU) 전신인 유럽경제공동체(EEC)에 가입했을 정도였다. 이랬던 그리스를 '유럽의 천덕꾸러기'로 끌어내린 건 포퓰리즘(대중인기영합주의)이었다. 1981년 집권한 사회당의 안드레아스 파판드레우 총리는 최저임금 대폭 인상, 전 계층 무상 의료 · 무상 교육, 연금 수령액 인상 등 선심성 정책을 잇달아 내놨다. 노사 분규 등의 여파로 민간 기업들이 파산 위기에 몰리거나 공장을 해외로 옮기자 공무원을 늘리고 민간 기업을 국영화하는 식으로 일자리를 유지했다.

'공짜'에 취한 그리스 국민은 파판드레우에게 최장수 총리(11년) 타이틀을 안겨줬고, 그는 성원에 보답하기 위해 나라 곳간을 더 활짝 열었다. 포퓰리즘의 대가는 재정 붕괴였다. 2010년 국가부채비율이 146%까지 치솟았고, 국제통화기금(IMF)의 구제 금융을 받는 신세로 전락했다.

현(2020년) 한국 정부의 경제정책 역시 아동수당 · 청년수당 · 단기 일자리 예산 · 무상 의료 확대 등 '퍼주기 정책' 여파로 2018년과 2019년 재정지출 증가율(연평균 8.6%)이 2011~2017년 평균(4.6%)보다 두 배 가까이 높아졌다. 무상 급식 · 교육 · 교복 등 '무상 시리즈'로 인해 교육복지 예산은 3년 새 두 배(2016년 3조 8,288억 원 2019년 7조 3,360억 원) 가량으로 늘었다. "건강할 때 재정을 지키지 못하면 그리스처럼 될 수도 있다."(박형수 전 조세재정연구원장)는 우려가 나오는 이유다.' (한국경제 2019.6.10 인용)

경제를 포함한 모든 것의 답은 자율과 균형에 있다. 공정한 법이 지배하는 자유민주주의 체제는 최소한의 규제 안에서 경제활동의 자유를 적절히 보장하여 자본의 투입이 효율적으로 이루어지게 하며 그 결과 생산성이 향상되고 자본이 축적되면 자연히 자본 이익률이 떨어지고 따라서 노동의 가치가 상승하고 임금이 올라 모두의 삶의 질이 향상되는 선순환을 이루게 되고 국가 역시 세수확보로 사회 취약계층의 기본적 삶을 보장하는 복지정책을 펴서 국가의 안정과 번영을 도모할 수 있는 것이다.

그래서 세계 최고 수준의 복지를 자랑하는 캐나다에서도 절대로 공짜는 없다. 저소득층이나 장애인 · 노인 · 실업자 등 취약계층에게는 기본적 삶의 질을 제공하지만 능력이 있는 사람들에게는 절대로 공짜로 주는 것이 없으며 오히려 더 많이 세금으로 걷는다. 그리고 무엇보다 중요한 것은 어릴 때부터 스스로 자립심을 기르게 하고 성인이 되면 독립을 하게 하지 한국처럼 모두가 국가에서 길러주고, 먹여주고, 입혀주고, 생리대 나눠주고, 현금 주면서 의존성을 기르게 하지 않는다. 부모들 역시 아이들을 기르고 교육시키면 됐지 그 이상 재산을 물려주지는 않는다. 그래서 캐나다에서는 대부분 흙수저이고 자녀들에게 재산을 물려주거나 물려받는 금수저도 거의 없고 그런 공짜 인생을 크게 부러워하지도 않고 오히려 도움받는 것을 부끄러워한다. 지자체와 개인은 노력과 능력 범위 안에서 소비하려 노력하고 큰 욕심 없이 너무 무리하지 않게 일을 하면서 능력이 닿는 한에서는 대부분 스스로 독립을 하여야 행복하고 자유로운 삶을 살 수 있다고 믿는다.

영원한 부와 권력은 없다. 이렇게 권세로 빼앗고 버는 것보다 많이 빚내서 펑펑 쓰다 보면 곧 모두가 쪽박을 차게 될 것이다.

사촌이 땅을 사면

…왜 배가 아플까?

논리적으로 따져보면 사촌이 땅을 사면 내게도 이익인데 말이다. 가난한 친척에게 보태줄 일도 없고 오히려 내가 아쉬울 때 도움을 받을 가능성이 높아져서 좋다. 하지만 사람은 감정적인 동물이다. 절대적 빈곤보다 상대적 빈곤이 더 고통스럽게 느껴진다. 그래서 남이 잘되는 것에 배가 아픈 것은 보편적인 현상이고 부자들을 부러워하면서도 동시에 질시하기도 한다.

그래서 부자들은 빈자들의 원성을 피하는 한 방편으로 이따금 자선과 잔치를 베풀기도 하며(이것이 인류학적으로 뿌리 깊은 관행이라는 것은 태평양제도와 캐나다 서부 원주민 부족 유력인사들이 150년 전 정부 금지 전까지 potlatch라는 소모적 선물 잔치를 경쟁적으로 벌였다는 것에서도 알 수 있다.) 세습 지위와 교양과 명예 그리고 종교적 가치를 높이 평가하고 그 권력에 수반되는 재산과 부의 축적 및 세습은 짐짓 평가를 절하하고 경원시해 왔다.

그러나 15세기 이탈리아 메디치가에서 태동한 중상적 자본주의와 18세기 영국을 중심으로 발달한 산업자본주의가 생산력을 비약적으로 발전시키고 사람들의 물질적 삶을 풍요롭게 하자 이러한 자본(돈, 부의 축적)을 바라보는 사람들의 윤리관도 16세기 루터의 종교개혁을 계기로 변화하기 시작했다. 노동과 그 결과물인 물질 그리고 그 기반인 세속적 지식 즉, 기술력을 신성시하고 긍정적으로 평가하게 되었다. 이러한 노동과 자본을 바라보는 긍정적인 시각은 자본주의 발달의 결과물이면서 동시에 자본주의 발전에 필수적인 요소이다.

한국에서도 1970년대 경제성장을 이룬 데는 정부주도의 경제개발 드라이브와 미국과 일본 제조업을 모델로 하고 우수하고 저렴한 노동력을 발판으로 그 뒤를 잇는 경쟁력을 갖춘 대외적 여건도 큰 힘이었지만 '우리도 한번 잘살아 보자.'는 성실과 근면과 저축을 금과옥조로 여기고 실천하는 한국 역사상 최초의 자본주의적 윤리관이 사회적으로 확산된 것도 필수적 성공 요소였다.

물론 물질적 풍요가 인간 개개인 그리고 인류의 행복을 보장해주느냐는 철학적 논쟁은 별개의 논의 대상이다. 퍼거슨은 광장과 타워에서 농경이 인류의 확산에는 성공이었지만 농부 개인에게는 고된 노역의 시작이었다고 주장했고 역사적으로도 생산력 증대에 따른 잉여 생산물과 사유재산이 인류 불평등과 착취의 기원이 된 것도 사실이며 물질만으로 인간의 행복과 인류의 이상을 실현할 수

없음은 철학적 · 윤리적 · 종교적으로 공감되고 있다.

하지만 경제적 관점에서 인간이 기본적 의식주가 해결되지 않고서는 어떤 경우든 행복한 삶을 살 수 없는 것은 자명하며 자본주의가 그 효율성에 있어서 생산력 증대에 탁월하며 물질적 풍요를 보장하는 시스템이라는 것은 이론적 경험적으로 입증이 되었다.

그럼에도 불구하고 지금까지도 자본과 물질에 대한 부정적 시각과 도전은 지속되고 있다. 생산에 있어서(축적된 자본으로 연구개발을 통한 기술력과 기계 설비 등 생산수단을 개발 투자 경영하는) 자본의 역할을 무시하고 노동의 가치만을 강변하는 공산주의로부터 평등과 분배와 복지와 정의라는 이름으로 자본과 대립하고 투쟁하는 사회주의 노동운동 등은 타당한 면도 있지만 그것이 균형을 잃고 너무 강대해지면 자본주의 경제체제 자체를 붕괴시켜 전체의 파멸로 가기도 한다.

특히 빠르게 경제성장과 자본축적을 이룬 한국은 정통성 결여 · 강제성 · 분배 부족 · 부패 등 그 과정에서의 부작용이 성과보다 더 부각되고 좌파적 권력기반인 현 정부의 집권연장 시도와 맞물려 갑질 논란 등 기업과 재벌과 부자에 대한 윤리적 비난과 반기업적 규제가 심화되고 있다. 이런 정서는 모든 부와 자본의 축적은 비도덕적 악이라는 원시적 정서와 함께 상승작용을 일으켜 결과적 평등을 추구하는 공산주의 정서에 접근하는 것으로 우려하지 않을 수 없다.

자유 민주 서구자본주의 국가에서는 복지와 분배를 강조하며 그 부가 정당하지 않게 형성되거나 불법적으로 사용되면 처벌받지만 자본 자체의 역할을 부인하거나 부와 재산 또는 부자 자체를 죄악으로 보지는 않고 오히려 노력하여 성공한 사람은 존경을 받는다. 그래서 노동과 기업운영과 투자에 따른 소득세는 내지만 그것을 축적한 재산에 대해서는 상속 증여세나 징벌적 종합재산세를 이중으로 부과하지 않으며(부동산은 지자체의 인프라 혜택을 입으므로 지자체 운영을 위해 재산세를 낸다.) 대기업이라고 해서 차별적 규제를 더 심하게 하지 않고 개인의 의료보험이나 복지혜택의 자격을 심사할 때도 소득 기준으로 하지 한국처럼 재산 기준으로 하지 않는다.

자유롭고 투명하고 공정한 경제활동은(자본주의) 경제발전과 국가와 인류의 풍요 그리고 행복의 기반이다. 한국경제가 선진세계 경제 질서 속에서 계속 발전하기 위해서는 자본과 부를 바라보는 시각과 윤리관이 긍정적으로 바뀌어야만 한다.

한마디로 사촌이 땅을 사면 헐뜯고 빼앗을 것이 아니라 '열심히 일해서 나도 사야지.'라고 생각하는 사회 분위기가 되고 대부분 사람들이 일을 하고 돈을 벌면서 자기 역할을 하며 보람과 행복을 찾고 장래 희망이 기술자 · 과학자 · 기업가인 아이들이 많아야 한국이 살아날 수 있는 것이다.

마음까지 담아야

미국사람은 용품(用品)을 만들고,

중국사람은 상품(商品)을 만들고,

독일사람은 제품에 기술(技術)을 담고,

일본사람은 혼(魂)을 담고,

한국사람은 마음을 담는다.

외국에서 살다가 보면 여행을 할 때 겉모습만 보고 스쳐 지나가는 것과는 달리 그 나라의 문화와 사정을 속속들이 알게 되고 한국과 비교를 할 수 있게 된다. 많은 사람들이 처음에는 그 차이 때문에 문화충격을 경험하거나 적응에 어려움을 겪기도 한다. 이러한 차이 중에서 두드러지는 것을 네 가지 정도 살펴보면 다음과 같다.

첫 번째는 법과 규정에 대한 관점과 준수의 정도 차이이다.

대체로 한국사람들에 비해서 캐나다나 미국사람들이 법률과 규칙을 잘 지키는데 이는 문화적 전통에 차이가 있기 때문이라고 생각한다. 여기 사람들은 낯선 사람들에게도 엄청 친절하고 신입이라고 차별을 하지도 않고 모든 것을 규정대로 하다가도 누군가 법과 규정을 어기면 엄청 냉정하고 무섭게 지적한다. 한국이나 동양 사람들은 법을 구속이라고 생각하지만 여기 사람들은 법이 자신을 지켜준다고 믿는다. 그래서 아는 사람이라도 법을 어기거나 탈세를 하면 즉시 더 이상 친구나 이웃이 아니라 공동체의 번영과 평화를 해치는 적으로 간주한다.

그 이유는 역사적으로도 중세 서양에서는 정부와 귀족과 법이 외부 침략으로부터 주민들을 지켜주는 역할을 했고 고대 그리스 로마와 근대국가 그리고 신대륙 개척시대에는 주민들의 자치가 이루어져서 세금과 법이 자신들의 것이라고 생각한다.

반면에 동양과 한국에서는 중앙집권 정부의 왕 관료 귀족계급이 주민을 수탈하는 성격이 강했다. 이에 대해서는 1890년대 조선을 방문했던 비숍 여사가 '조선과 그 이웃 나라'에서 조선 말기의 무기력한 백성들의 삶을 묘사하면서 그 원인으로 극심한 관료들의 수탈 때문에 적극적인 경제활동을 할 동기와 환경이 갖추어져 있지 않은 탓이라고 지적한 것으로 단적인 예가 되겠고, 재레드 다이아몬드도

《총 균 쇠》에서 서부 유럽의 경쟁적이고 자유로운 지방분권이 적극적이고 창의적인 경제활동을 보장하여 중앙집권제 동양을 추월해 세계사의 주역이 될 수 있었다고 보았다. 그래서 아직도 한국사람들에게 관청과 송사와 법은 기피 대상이고 규정이나 법보다는 자의적인 판단이 우선하는 경향이 있다. 그래서 한국사람들에게는 신호등의 빨간불이나 주차금지 표지도 무조건 지켜야 하는 것이 아니라 자기가 상황판단을 하는 데 하나의 참고사항에 불과한 것이다.

다음은 한국사람들의 조급성에 대한 것인데 동남아 관광지에서도 한국말 '빨리빨리'를 알아듣고 중국 고대 문헌인 위지동이전에도 우리 민족이 음주 · 가무를 좋아하고 성격이 급하다고 했지만 근세사에서 한국은 전통을 지킬 필요성보다는 새로운 선진 문물을 빨리 받아들이는 것이 유리하다 보니 이런 것들이 상승작용을 일으켜서 관심이나 유행이 일시에 급하게 끓어올랐다가 또 급격히 식어버리는 경향이 강하다. 물론 이것은 부실의 부작용도 있지만 공사 기간을 단축하고 IT분야처럼 빠르게 기술이 바뀌는 시장에서 유리하게 작용하기도 한다. 캐나다 시골에 가면 아직도 폴더폰을 쓰는 사람도 있고 인터넷도 안 되는 곳도 많은데 그래도 사람들은 옛날 방식대로 그냥 별 불평 없이 산다.

세 번째로는 한국의 획일성과 폐쇄성이다. 한국사람들은 다른 사람들의 사생활이나 개성을 서양 사람들만큼 존중하지 않는다. 모두가 다 같아야 안심을 한다. 음식점에서도 메뉴를 통일하거나 남들이 무얼 시키는지에 따라 내 메뉴 선택이 달라진다. 남이 하면 나도 해야 하고 다른 사람이 가진 것은 나도 가져야 뒤처지거나 소외되지 않았다고 생각한다. 심지어 TV에서도 남들이 어떻게 살고, 무얼 먹고, 어딜 가고, 무엇을 입는지를 관찰하는 소위 예능 프로그램이 대세이며, 그것을 보면서 무엇을 생각하고 어떻게 이해하고 느껴야 하는지까지 친절하게 자막으로 그리고 제삼자로 출연한 관찰자들의 반응으로 제시해 준다. 같은 걸 보고도 다르게 생각할 수 있는데 한국에서는 이견이나 반응이나 감정이 다른 것도 인정하지 않고 무조건 통일을 시켜준다. 그래서인지 각 개인들도 자기의 선호도나 자질과 개성보다는 유행이나 팬덤에 따라 남의 눈치를 보면서 자신의 감정을 조절하고, 제품을 선택하고, 가치판단을 하고, 직업을 고르고, 놀고, 먹고, 기타 등등 살아가면서 필요한 온갖 선택을 하는 경향이 있다.

그리고 의외로 외국 사람과 문화에 대해서 거부감이 심하다. 이것은 너무 큰 주제라 따로 다루어야겠지만 한국은 외국인의 국적 취득이 무척 어렵고 일본 · 동남아 등 주변 국가들에 대해서 적대적이며 K-팝 K-방역 어쩌고 하면서 한국이 무조건 최고라는 과장된 자기도취 성향이 있다.

네 번째는 심정주의이다. 어떤 상황이나 사태를 판단할 때 이성적이기보다는 감정적인 경우가 많다. 그래서 서양처럼 필요한 만큼만 하는 것이 아니라 지나치게 넘치게 해야 비로소 만족한다. 밥도 다 먹지도 못할 만큼 대접해야 인심이 좋은 것으로 인정하고 고객 서비스도 고객이 감동을 느낄 만큼 해 주어야지 그제야 만족한다. 게다가 심지어 내가 표현하고 요구하지 않아도 상대방이 알아서 해 주기까지 바란다. 한국 손님을 만족시키기란 쉽지가 않다. 음식점에서 종업원이 무릎을 꿇고 눈높이를 맞추어서 주문을 받고, 전화 안내를 시작하면서 '고객님 사랑합니다.'로 시작하는 것을 서양에서는 상상할 수가 없다. 그러다 보니 제품에 정성을 쏟아부어 한국 제품이 세계시장에서 인기를 얻는 좋은 효과도 있지만, 그게 당연한 줄로 착각하고 소위 '갑질'을 하는 진상 고객도 생기고 불필요한 낭비와 마찰이 생기는 부작용이 있다.

이것은 각국의 광고와 영화에서도 그 특징이 드러난다.

예를 들어, 미국 광고는 정보를 전달하는 데 주안점을 둔다. 그래서 가격이 얼마이고 지금 이것을 사면 어떤 이익이 있는지를 숫자를 들어가며 설명을 한다. 반면 한국 광고는 노골적인 홍보보다는 전반적으로 친근한 느낌과 정(情)에 호소를 한다. 그리고 캐나다 광고는 따스하면서도 잔잔한 유머를 좋아하며 프랑스 광고는 미적 감각을 강조하여 세련되고 섹시하다. 중국 광고는 소리도 시끄럽고 색감도 대비가 심해서 튀는 편이다.

영화도 미국 영화는 메시지를 직접 전달하려 하고 프랑스 영화는 분위기로, 인도 영화는 군무로 표현하지만, 한국 영화는 눈물과 웃음과 감동과 공포 등 온갖 장르를 비빔밥이나 국밥처럼 다 섞어서 두루뭉술하게 감상적으로 표현한다.

이러한 차이들은 우열이 있다기보다는 각각 장단점이 있는 것이므로 그 성격을 잘 이해하여 오해를 줄이고 장점은 살리면서 부작용을 최소화하도록 해야 할 것이다. 그리고 그 시작은 우선 그 차이를 알아 객관적으로 바라볼 수 있어야 하는 것이다.

이것만은…

2020년 11월 탈북주민 2명을 조사나 증거나 재판도 없이(16명을 살해한 흉악범이라는) 북한의 말만 듣고 이틀 만에 강제로 북송하여 버린 사건이 있었다. 이것은 어느 정당을 지지한다거나 하는 정치적 문제도 아니고 어떤 정책이 옳으냐 그르냐, 누구에게 유리하냐 불리하냐를 따지는 선택의 차원을 넘어서는 인권의 문제이기 때문에 양심을 가진 지성인이라면 절대로 모른척 눈감고 넘어가서는 안 된다.

실제로 그들이 살인을 했다고 가정을 하더라도 헌법상 탈북민도 대한민국 국민이므로 그들이 한국의 영해나 영토에 들어온 이상 한국의 법에 따라 조사와 판결과 처벌을 받아야 마땅하며 국제법상으로도 망명 또는 피난민 지위를 인정해 주어 보호하고 적절한 심사를 받을 기회를 주어야 함에도 불구하고 돌아가면 극형을 받을 게 뻔한 사람들을 눈까지 가려서 판문점으로 끌고 가서 북한 당국에 넘겨준 것은 반인륜, 반인권적 만행이며 범법, 반헌법, 이적행위이다.

어떤 사람들은 한국의 드레퓌스 사건이라고도 하지만 그것은 19

세기 프랑스에서 유대인 장교를 부당하게 처벌한 사건으로 당시의 지식인들 사이에서 큰 논쟁과 반발을 받아 유명한 사건이지만 나는 그보다 더 심각한 나치의 유대인 학살에 버금가는 반인권 범죄로 본다. 더욱이 당시 대통령이 소위 인권변호사 출신이었는데도 이런 일을 저질렀다니 더욱더 실망스럽다. 또 혹자는 북한과의 관계를 고려한 어쩔 수 없는 선택이라고 변명하지만 매년 유엔의 북한 인권보고서 채택 때 기권을 하는 등 북한 눈치를 보는 것도 모자라서 이렇게 노골적인 반인권 범죄를 주도할 수 있는 것인지 통탄스럽다. 더욱이 중국도 아닌 남한이 탈북자를 북한으로 강제 송환한 사실은 탈북만이 유일한 희망인 잠재 탈북주민에게도 엄청난 충격과 공포를 안겨줄 것이다. 과연 이렇게 양식에 반하는 야만적인 짓을 해놓고 어떻게 자유니 인권이니 민주니 정의니 떠들어댈 수 있으며 국제 사회에서 한국인이라고 고개를 들고 다닐 수 있을 것인가?

개인이든 국가든 세상에 양보하고 타협할 것도 있지만, 아무리 힘들고 손해나 피해가 나고 무서워도 반드시 끝까지 지켜야 할 것이 있다. 그중에서 첫째는 국민의 생명과 재산과 인권을 지키는 것이다. 이 책무를 다하지 못하는 정부는 정부의 자격도 없다. 그러기에 국제적으로도 반인권 반인륜 범죄는 공소시효나 관할지역에 상관없이 끝까지 추적하여 처벌을 하는 것이다.

양심이 있다면, 상식이 통한다면, 정상적인 국가의 국민이라면 이 사건은 절대로 그냥 넘어가면 안 된다. 이왕 벌어진 일을 돌이킬 수는 없겠지만 책임자를 끝까지 처벌하고 기억하여서 다시는 같은 일이 일어나지 않도록 해야 한다. 그것이 내가 이 글을 쓰고 기록하는 이유다.

나의 문화유산답사기 유감

한때 《나의 문화유산답사기》라는 책과 그 속에 실린 '아는 만큼 보인다.'는 문구가 크게 유행을 한 일이 있다. 덕분에 작가는 돈도 벌고 문화재청 청장으로 출세도 했고, 한국의 문화유산에 대한 대중의 관심과 지식과 자부심을 일떠세우고 답사 여행 열풍도 일으킨 공을 세웠다. 그러나 세 가지 면에서 유감스러운 것이 있다.

우선 한국문화에 대해 사람들이 근거 없는 지나친 우월감을 가지게 한 것이다. 자기 문화를 비하하거나 열등감을 가져서도 안 되지만 우리 것만이 최고라고 생각하는 것은 잘못일 뿐만 아니라 위험하기도 하다. 백인들의 우생학적 우월주의가 인종 차별을 낳고 나치가 게르만 민족 우수성을 주창하며 유대인 학살을 저질렀으며 민족주의에 기반한 식민지 독립운동이 공산주의자에게 이용을 당한 이후로는 특정 국가나 민족의 우수성을 이야기하는 것이 금기시되거나 시대착오적인 것으로 받아들여지고 있는데 한국은 아직도 민족 자주를 앞세우고 '우리 민족끼리' 어쩌고저쩌고 소리를 높이고 있으며 최근 K-pop 등 한국문화의 세계적 인기에 편승하여 심지어 한복과 비빔밥마저도 세계 최고라고 홍보를 하고 있을 지경이다. 피자가 세계적으로 사랑을 받는다고 이탈리아 사람들이 자랑을 하지 않을뿐더러 만일 그런다면 얼마나 웃기겠는가? 그런데 어떻게 김치와 불고기 홍보활동을 하고 고추장을 우주식에 넣자는 황당한 주장을 할 수가 있을까? 각 민족의 문화는 나름 다 의미가 있는 것이어서 어떻게 등위를 매길 수 있는 것이 아니며 그저 다양하게 교류가 되면 될수록 좋은 것이다.

다음은 이 한국문화 자부심 갖기에 숨겨진 의도가 있다는 것이다. 즉, 80년대 운동권에서 친일파가 세운 정부라며 남한 정권의 정통성을 부정하고 미국의 영향력을 신제국주의로 비난하고 일본을 증오하여 한미일 동맹을 무너뜨리고 중국의 공산혁명을 미화하는 등 북한의 통일전선 전략을 동조 홍보하려다 보니, 겉으로 내세우는 명분으로 외세를 배제한 민족의 자주통일을 주장하고 우리 민족 전통의 우수함을 발굴하여 자부심을 심어주어서 자신들의 정통성을 내세울 수밖에 없었다. 그래서 일본의 사악함을 부각시키기 위해서 위안부와 징용을 재조명하고 무능했던 고종과 민비를 미화한 '명성황후'를 뮤지컬로 만들고, 대학마다 풍물패가 생기고 '동아리' · '먹거리' 등 순수 우리말 쓰기 정도는 써야 제법 의식이 있는 걸로 행세도 하게 되었다. 따라서 크게 보면 이 문화유산 답사기도 한국문화 자부심 세우기의 세련된 첨병이었던 것이다. 그러니 이제는 한국문화 답사기가 아니라 세계문화 답사기를 읽어서 편협되지 않고 넓고 공정한 시각을 가진 세계의 지식인으로 다시 나야 할 것이다.

세 번째로는 '아는 만큼'이 너무 강조되다 보니 자유롭고 다양한 시각이 부족해질 우려가 있다는 것이다. 역사든 예술이든 문화재든 사람마다 다양한 의미를 읽고 해석을 할 수 있으며 또 그래야 하는데 너무 미리 정보를 주고 그대로 받아들이고 이해하라고 강조하는 것은 옳지가 않다. 소개는 객관적 사실 정도면 충분하지 그 의미나 우수성 그리고 감상 · 감명 포인트까지 지정해 주는 안내서는 오히려 창의적 사고에 역효과를 낼 수가 있다. 물론 누구나 자신의 견해와 감상평을 할 수는 있다. 하지만 그건 어디까지나 그 사람의 생각이고 나는 나대로 내 느낌대로 자유롭고 다양하게 감상하는 태도와 능력을 길러야 한다. '아는 만큼만 보지 말고, 아는 것 너머를 보아야 한다.'

큰 바위 얼굴
(자전 수필)

식민지 시절 일본인의 소유였던 산비탈 적산토지에 조밀 조밀 들어선 무허가 판자촌을 밀어버리고 다닥다닥 붙여서 지은 두 칸짜리 블록 연립주택을 나서는 소년은 매일 아침 발걸음을 멈추고 햇살에 환히 빛나는 앞산을 바라보았다. 멀리 보이는 구미 금오산의 푸른 능선은 분홍빛 하늘을 배경으로 이마와 콧날 입술까지 있는 커다란 거인의 윤곽을 띄고 있었다. 비록 가난한 시계 수리공의 막내아들이었지만 그 거인을 보면서 소년은 '언젠가 나도 저 산 아래서 자라나 대통령이 된 분처럼 큰 인물이 되리라.'는 꿈을 키웠다. 종교에 심취하여 돈벌이는 물론 자식 교육과 집안일에는 아예 관심이 없었던 아버지와 먹고살고 자식들 가르치려고 항상 행상을 나가는 어머니, 그리고 그 빈자리를 채우느라 집안 살림을 대신하던 불쌍한 누나, 그리고 무서운 형들…. 제대로 씻지도 못해서 옷을 벗어야 하는 신체검사가 창피할 만큼 가난이 싫었고 아무것도 내세울 것이 없었던 소년은 오로지 공부와 글쓰기 그리고 책 읽기가 유일한 탈출구였다. 다행히 성적도 어느 정도 상위권을 유지했고 간간이 독후감과 글쓰기로 상도 타면서 선생님의 칭찬도 받고 가난 때문에 위태로웠던 자존심도 지킬 수 있었다.

그 후 대학에 진학하고 취직을 하고 사회생활을 하면서도 돈도 백도 융통성도 없었던 그가 자존심을 지키며 큰 사람이 되리라는 꿈을 버리지 않을 수 있었던 것은 오로지 성실함 하나밖에 없었다. 하지만 학교에서고 직장에서고 평생을 지각 · 조퇴 · 결석 · 결근 · 휴가 한 번 없이 오로지 공부, 공부, 공부 일, 일, 일 그리고 헌신, 헌신, 헌신밖에 몰랐던 그였지만 한 가지 극복할 수 없는 한계가 있었다. 아무리 노력해도 어디서든 최고가 될 수는 없었다. 상위권은 유지했지만 최고의 자리는 언제나 다른 사람의 몫이었다. 위인전에 나오는 큰 사람, 훌륭한 사람이 되려면 최고가 되거나 뭔가 뛰어나야 하고 뭔가 큰 업적을 남겨야만 하는데 그는 항상 뒤처지지는 않았지만 지극히 평범한 부류에서 벗어나지 못하고 천재성을 발휘하지도 못한 것이 아쉬웠다.

입학금 면제 장학생으로 고등학교와 대학에 가기는 했지만 서울대에 갈 실력은 되지 못했고 당시 대학가를 휩쓸었던 노동자 · 농민 · 빈민이 주체가 되어 자주통일 민주화를 이루고 자유가 넘치고 정의롭고 평등하며 모두가 사람답게 잘 사는 새로운 세상을 만들자는 학생운동에서도 드디어 어린 시절 꿈을 이룰 수 있는 길이 열렸다고 공감하며 열심히 활동했지만 여전히 어디에선가 누군가로부터 내려오는 노선과 방침에 충실히 따라야 했고 그 후 교직에 들어가서 전교조 활동을 할 때에도 지도부의 결정에 무조건적으로 복종해야 했다. 때로는 자신의 신념과 다른 결정이 내려오더라도 그는 개인의 생각보다도 조직을 앞세우고 동료들을 돕고 도덕적으로도 모범적인 생활을 하는 것이 더 좋은 세상을 만드는 데 기여하고 자신의 삶에도 의미를 부여한다고 믿고 개인적인 삶을 희생하면서까지 충실하게 일과 운동에 헌신을 하는 모범생이었다.

그러나 세상은 언제나 그의 노력에 합당한 보답을 하지도 않았고 그의 기대대로 흘러가지도 않았으며 그래서 큰일을 이룬 훌륭한 사람이 되겠다는 그의 꿈도 실현되지 않았다. 그는 언제나 주변인이었다. 학생운동에서도 분신을 하거나 잡혀서 감옥에 갈 만큼의 극한투쟁에는 공감할 수 없었고, 삼성에서도 혼자서 외환거래로 1년에 3,000명의 공장 직원이 낸 이익보다 더 많은 이익을 내기도 했지만 그것이 과연 서민의 삶에도 도움이 될 수 있을까 하는 회의감에 사표를 내고 나왔으며, 전교조에서도 정치투쟁보다는 참교육의 기본 취지에 맞게 교육활동에 중점을 두자는 편에 섰다. 그러다 보니 선명한 노선으로 정치활동을 하던 사람들이 결국에는 권력을 잡는 운동권 내에서도 지도부에 들어갈 수가 없었고 교직에서는 남들이 싫어하는 자리도 마다하지 않고 일과 학생들에게만 집중하느라 당파를 만들고 윗사람의 비위를 맞추며 유리한 자리를 찾아가면서 승진 점수를 쌓지는 못하는 바람에 세속적으로 출세를 할 수도 없었다. 그러니 비록 학생들이나 동료들로부터는 호평을 받는 편이었지만 그것은 그저 성실한 개인에 불과했고 유능한 사람을 발탁할 수 있는 인사권이나 일률적 평준화의 폐해를 막는 특목고 육성 등 주요한 교육현안 결정에 대해서는 아무런 영향력도 행사할 수 없는 무능한 평교사로서의 한계에 부닥치고 또 정치판이 되어 서로 물고 뜯는 교육현장에 염증을 느껴 결국 그의 신념과 뜻을 펼칠 길이 더 이상 없다고 판단하고 명예퇴직을 선택하게 되었다.

이제 그는 세상을 탓하는 것도 구차한 변명이고 자신의 무능함을 탓하는 것은 더욱 비참한 낙오자 신세가 되어서 '큰 사람이 되어 돌아오겠다.'라고 다짐하며 떠났던 고향으로 돌아가게 되었다. 마음을 비우고 욕심도 버렸다고 다짐했지만 고향으로 돌아가는 차창 밖의 풍경을 바라보는 그는 씁쓸하고 허전한 마음을 금할 수가 없었다. '내가 이룬 게 과연 무엇이었던가? 그저 살아온 것 외에 그동안 이룬 것이 과연 있기는 한 것일까?'

고개를 넘어서니 멀리 어린 시절 바라보던 앞산이 보였다. 하지만 이제 그 산은 큰 산 얼굴이 아니었다. 다시 보니 그저 전국에 널려있는 수없이 많은 산 능선 중의 하나에 불과했다. 그 산을 위인의 얼굴이라고 본 것은 주입된 생각일 뿐이었다. 그러니 큰일을 해야 한다고 누가 그에게 말을 했던가? 인정을 받고 성취감을 느끼며 풍요로운 삶을 살고 싶은 인간의 본능과 입신출세가 덕목이었던 유교사상과 교육을 통한 신분 상승을 부추기며 성장을 이루려는 개발도상국의 당시 사회현상, 젊은이의 혈기와 정의감으로 산업화의 모순을 극복하고 민주화를 이룩한 시대 흐름, 돈과 권력이 이상과 정의를 누르는 현실이 결국 그로 하여금 꿈을 꾸게 하고 또한, 그를 좌절하게 한 것이 아니었던가?

이제는 허물어져 버린 옛 집터에 서서 붉은 노을이 비치는 앞산을 바라보며 소년은 더 이상 이루지 못한 꿈의 허전함과 쓸쓸함을 느끼지 않았다. 처음부터 꿈은 산처럼 거대한 것을 이루는 것이 아니라 산속에서 살아가는 이름 없는 풀잎과 나뭇가지 하나하나에 깃들어 있는 것이었는데 소년이 단지 그것을 몰랐을 뿐이었다. 진정한 성과는 멀리서 보이는 큰 업적이 아니라 한 걸음 한 걸음 산길을 걸어가듯 하루하루 일상 속에서 이룬 작은 보람과 기쁨과 변화들이었다.

이제 그는 큰 사람이 되어 올라가겠다던 금오산의 오솔길을 비로소 더 이상 구속받지 않고 완전한 자유 속에서 벅찬 행복을 즐기며 천천히 걸어가고 있었다. 그의 입가에는 편안한 미소가 피어오르고 맑은 새소리가 그의 평생의 노고를 위로해 주었다.

연
(소설)

연(1)

너무 아름다운 것은 슬프다. 곧 사라질 운명이기 때문에….

너무 슬픈 것은 아름답다. 기억 속에서 영원히 빛나기 때문에….

해마다 연꽃이 필 무렵이면 태수는 그 슬픈 따스함 속으로 여행을 떠난다. 빛나지만 우울하며, 세련되었지만 정이 가지 않는 도심의 건조한 회색빛을 떠나 멀지 않은 세미원 천상의 세계로 넘어간다. 그런 점에서 서울은 축복받은 도시다. 군더더기 하나 없이 적당히 근육이 있는 균형 잡힌 남성의 몸매 같은 북한산의 멋진 자태를 항상 바라볼 수 있고 모든 것을 감싸 안아줄 것처럼 푸근하게 흐르는 한강이 지척에 있으며 특히 북한강과 남한강이 만나는 양수리는 풋풋한 처녀와 총각의 데이트 장면을 지켜보는 듯한 생명감과 신선함이 있기 때문이다. 그중에서도 연꽃이 활짝 핀 초여름의 세미원은 그 모든 아름다움이 하나로 모인 꽃술 같은 곳이다.

멀리 호수처럼 잔잔한 합강(合江) 언저리에서 피어올라 물결처럼 흐르는 뽀얀 물안개를 바라보던 태수는 물가에 쪼그리고 앉아 가장자리에 있는 연꽃잎을 엄지와 검지 손가락 끝으로 가볍게 만져본다. 부드럽고 촉촉하다. 따스함만 보태면 연희의 손에서 느껴지던 순하고 가냘픈 느낌 그대로다.

태수가 연희를 처음 만난 날도 오늘처럼 햇살이 따사로운 봄날이었다. 문리대에서 교양수업을 마치고 점심을 먹으러 구내식당으로 가기 위해서 정경관 계단을 돌아 내려오면서 태수는 한 여자가 춤을 추고 있는 모습을 보았다. 긴 생머리가 가볍게 출렁이고 있었고 연분홍 스웨터에 파란 청바지를 입고 한 손을 들고 까치발을 하며 하늘을 바라보고 있던 그 여자는 금방 하늘로 날아오를 것만 같았다. 태수가 뭔가에 얻어맞은 듯 넋을 잃고 바라보고 있던 사이 그녀는 다른 손을 들어 또 다른 꽃잎을 받아 들고 있었다. 그녀가 서 있던 계단 옆 언덕배기에는 오래된 벚나무들이 줄을 지어 서있었고 봄바람에 하얀 벚꽃 잎이 하늘하늘 떨어지고 있었다.

태수가 다가가자 그녀는 손에 모인 꽃잎들을 툭툭 털어버리고 웃으면서 태수를 맞이했다. 고르고 하얀 이빨이 선홍색 입술 사이로 살짝 보였다.

"어서 오세요. 산악부 신입회원 모집 중입니다."

그녀가 서있는 곳 옆에는 조그마한 탁자가 놓여있었고 그 위에는 버너 등 작은 등산용품들과 가입원서로 보이는 종이가 놓여있었다. 그리고 탁자 옆 아스팔트 바닥에는 침낭과 등산화, 텐트 등 비교적 큼지막한 등산용품들이 진열되어 있었고 망치와 철사 비슷하게 생긴 낯선 장비들도 보였다.

"신입생이세요?"

태수가 말없이 고개를 끄덕이자,

"난 김연희라고 해."

그녀가 태수에게 손을 불쑥 내밀었다. 얼떨결에 악수를 하게 된 태수는 정신이 아찔해져서 대답도 제대로 못 하고 엉거주춤 서있었다.

"아… 네, 네."

가족 이외에는 생전 처음 젊은 여자의 손을 잡아본 태수는 자기의 손을 어떻게 해야 할지 몰라서 당황스러웠다. 쥐어야 할지, 빼야 할지, 그대로 있어야 할지, 흔들어야 할지 몰라서 연희가 가볍게 손을 뺄 때까지 그냥 가만히 있던 그 짧은 순간에 태수는 세상에서 가장 부드럽고 따스하고 말랑말랑하고 촉촉한 감촉을 느꼈다. 그것은 밀가루 반죽처럼 매끄럽고, 추운 겨울날 구들목 이불 아래의 따스함 같기도 하고, 엄마가 짜준 벙어리장갑처럼 포근했지만 그 모든 것을 합친 것보다 더 좋은, 아니 예전엔 한 번도 느껴보지 못했던 완전히 새로운 감촉이었고 손끝에서 심장 속, 머리끝까지 전해지는 짜릿하고 행복한 느낌이었다.

"전에 등산해 본 적은 있어?"

"아니. 없습니다."

"괜찮아. 처음부터 배우면 돼."

사실 태수는 산악부에는 관심이 없었다. 고등학교 때부터 도서부 활동을 해왔고 책 읽기를 좋아했던 태수라서 거친 야외활동에는 오히려 반감이 있었지만, 태수는 자기도 모르게 연희가 이끄는 대로 산악부 가입원서를 쓰고 있었다.

"아직 점심 안 먹었지? 라면 먹을래?"

이름과 학번 등 간단한 신상명세를 적어 넣게 되어있는 가입원서를 받아 든 연희는 정경관 입구로 태수를 안내해서 계단을 내려갔다. 계단을 돌아서자 오른쪽 첫 번째에 자그마한 문이 있고, 입구에 산악부라는 간판이 걸려있었다. 문을 열고 들어가니 어두컴컴한 지하 방에 어떤 남자가 버너로 뭔가를 끓이고 있었다. 라면 냄새가 구수했다.

"어이… 신입생인가? 난 박재병이야. 3학년."

연(2)

가만히 있어도 무더운 여름 토요일 오후, 태수는 산악부실 한켠에서 등산 배낭을 꾸리느라고 흘린 땀에 셔츠가 축축하게 젖어있다. 다른 선배들은 이미 배낭을 다 꾸려놓고 밖의 나무 그늘에서 쉬고 있지만 또 다른 신입회원인 경제와 태수만 아직까지도 짐을 싸느라고 끙끙대고 있다.

"이게 뭐야. 괴나리봇짐이냐? 울퉁불퉁…. 다시 싸."

옆에서 지켜보고 있던 재병이 기껏 싸놓은 배낭을 거꾸로 집어들더니 내용물을 바닥에 툴툴 털어버린다.

"산악부 경력은 배낭 싼 것만 봐도 다 안다. 이따위로 하려면 동네 등산클럽으로나 가."

흩어진 장비들을 다시 주섬주섬 주워 담는 두 사람에게 한마디 툭 던지고는 재병이 밖으로 나가버린다. 문이 닫히자마자 경제는 손에 들고 있던 버너를 배낭 속에 쑤셔 넣고는 바닥에 털썩 주저앉는다.

"씨발. 도대체 이게 몇 번째야? 더워 죽겠는데…."

태수도 기운이 빠져서 옆에 쪼그리고 앉아서 코펠 뚜껑으로 부채질을 하다가 출입문 열리는 소리에 화들짝 놀라서 배낭을 다시 주워들었다.

문을 열고 들어온 사람은 다행히 연희 선배였다.

"힘들지? 산악부에서 멋을 낼 수 있는 게 배낭뿐이야. 자, 봐봐. 이렇게 모가 난 것들을 안으로 넣고 침낭처럼 폭신한 것들은 바깥으로 채워야지 겉에서 봤을 때 동글동글하게 나오지?"

연희가 태수의 장비와 배낭을 잡고 직접 싸면서 설명을 해주었다.

"이건 단순히 예쁘라고 그런 게 아니고 안전하고도 관계가 있어. 산에서 배낭과 같이 추락해서 구를 때가 있는데, 날카로운 것이 밖으로 나와있으면 장비도 파손되고 사람이 다칠 수도 있어. 그리고 쌀처럼 무거운 것들은 위쪽으로 채워야 해. 무거운 게 아래로 가면 안정감이 있을 것 같지만 실제로 메고 비탈을 오를 때는 엉덩이 아래로 잡아당기는 것 같아 힘이 드니까 최대한 어깨 가까이 위쪽으로 무게 중심이 가도록 싸봐."

연희의 친절한 설명과 시범에 두 사람은 기분 좋게 그리고 빠르게 배낭 꾸리기를 마쳤다. 시키는 대로 하니까 과연 훨씬 보기도 좋고 배낭이 등에 착 달라붙는 느낌이었다.

연희와 함께 두 사람이 배낭을 메고 밖으로 나오자 다른 선배들이 두 사람의 배낭을 한 번 훑어보더니 각자 자기 배낭을 들고 일어섰다. 3학년 재병 선배가 앞장을 서고 그다음에 1, 2학년이 무리 지어 따르자 4학년 선배들은 뒤에서 어슬렁어슬렁 대열도 없이 산보나온 사람들처럼 한가하게 뒤에서 걸어간다. 4학년들은 배낭도 조그마하다. 공동 장비는 후배들이 모두 챙겨서 4학년 배낭에는 개인장비만 들어있어서 오늘처럼 1박 2일 산행에는 짐이랄 것도 별로 없었다.

토요일 오후 학교 앞 버스 정류장은 한가했다. 학교 앞에서 도봉산으로 가는 버스에는 거의 태수의 산악부 일행만 타고 있었다. 서울에서는 시내버스나 전철로 도봉산 · 북한산 · 관악산 · 수락산 등 좋은 산들로 웬만하면 2시간 이내에 갈 수가 있었다. 그래서 태수의 산악부는 주말마다 근교 산에 산행을 간다. 그중에서도 도봉산의 인수봉은 암벽등반을 하기에 아주 좋아서 거의 매주 태수 일행이 찾는 곳이다. 도심 근교에서 암벽등반을 할 수 있는 곳은 서울이 거의 유일한 곳이다. 더욱이 인수봉은 서울 북부에서는 어디에서나 보이는 거대한 화강암 덩어리이고 초급부터 상급까지 코스도 다양해서 서울의 암벽등반가에게는 소중한 보물이나 마찬가지다.

도봉산 입구의 버스 종착지는 출발지와는 반대로 알록달록한 등산복을 차려입은 주말 등산객들로 붐볐다. 우중충한 갈색의 무거운 배낭을 메고 무채색의 옷을 입고 무리 지어 버스에서 내리는 태수 일행은 가벼운 차림의 다른 등산객들과는 아주 대조적으로 보였다. 하지만 태수 일행은 입구에서 조금 산 쪽으로 올라가다가 대부분 등산객들이 오르는 백운대 쪽 큰길을 벗어나서 오른쪽 작은 산길을 타기 시작했다. 인수봉으로 가는 지름길이다. 비탈도 심하고 암벽 아래로 이어지는 막다른 길이라 전문 산악인들만 이용하는 길이다. 사람들이 많이 다니지 않아서 수풀 아래로 낙엽도 많이 쌓여 있어서 발을 디딜 때마다 산길에서만 나는 약간 텁텁하고 상큼하기도 한 수풀 냄새가 나서 태수가 좋아하는 길이다. 하지만 이 무더위에 무거운 짐을 지고 가파른 산길을 오르는 것은 즐겁지만은 않다. 땀을 뻘뻘 흘리며 태수 일행은 별로 잡담도 하지 않고 산길을 올라 인수봉 아래 야영지에 도착했다.

연(3)

"낙석!"

누군가 위에서 외치는 소리와 함께 투두둑 돌이 암벽에 부딪히는 소리가 들린다. 이때는 무슨 일인지 궁금하다고 고개를 들고 위를 쳐다보면 절대 안 된다. 무조건 몸을 암벽에 바짝 붙이고 고개를 숙여 헬멧이 위를 향하게 하고 얼굴을 바위 면으로 향하게 해야 한다.

"야! 죽고 싶어? 고개 안 숙여?"

선배 하나가 외치는 소리에 아래쪽을 내려다보니 경제가 고개를 들었다가 얼른 목을 움츠리고 있다. 그때 더 아래쪽 암벽이 시작되는 부분에서 "악"하는 소리가 들렸다. 돌에 맞았는지 멀찌감치에서도 한 사람의 얼굴에서 붉은 피가 흐르는 것이 보였다. 아무리 모래알갱이처럼 작은 돌이라도 높은 곳에서 떨어지는 낙석은 맞으면 치명적이다. 순간 태수는 온몸이 얼어붙으며 오줌이 찔끔 나왔다. 고소공포증이 없는 사람이라도 811m 인수봉 정상 가까이에 올라서 아래를 내려다보면 공포감이 생길 수밖에 없다. 더욱이 자일로 안전이 확보되어 있다고 하지만 때로는 작은 틈새에 손가락을 끼워서 몸무게를 지탱하고 때로는 다섯 손가락과 등산화 바닥의 마찰력만으로 암벽 표면의 돌기들을 움켜잡아서 그야말로 허공에 떠있는 기분은 말로 표현할 수 없는 공포 그 자체이기 때문에 아무리 등반에 익숙한 사람도 잠시라도 긴장을 풀 수가 없다. 아차 하는 순간 미끄러워 떨어지고, 그 순간 재수 없게 확보자마저 잠깐 실수하면 수백 미터 아래로 추락해서 죽는다. 그게 선배들의 허풍만은 아닌 것이 루트 중간중간에 등반 중 사고로 죽은 사람들의 추념 동판이 박혀 있으며 두솔길에는 태수의 학교 선배 이름도 새겨져 있었다. 이처럼 한 사람의 실수가 다른 사람의 생명까지도 위태롭게 하기 때문에 등반에서는 팀워크가 중요하고 산악부에서는 소위 군기 즉, 규정과 규칙을 엄격하게 준수하는 것이다.

그래서 등반은 특히 암벽은 몸만 오르는 것이 아니라 마음도 같이 올라야 한다. 잠시라도 방심하여 마음을 저 아래 속세에 두면 몸도 따라 속세로 하강하게 되는 것이다.

“야 뭐 해? 오줌 싸냐?”

태수의 상태를 눈치챘는지 위쪽에서 밧줄로 태수를 확보하고 있던 재병 선배가 빈정거리듯이 다그친다. 이상하게도 그 말을 들으니 약간 창피하면서도 선배에게 혼날 것이 겁도 나면서 공포심이 사라지고 다시 몸을 일으켜 올라갈 수 있게 되었다. 암벽에서는 겁이 나서 몸을 바위에 붙이면 오히려 몸의 균형이 깨져서 올라갈 수가 없다. 용기를 내어서 몸무게 중심점을 바위로부터 떨어뜨려서 거리를 두고 수직을 유지해야만 손발 사지 중 하나가 자유롭게 되고, 그러면 그 손이나 발 하나를 움직여서 다음 지지점으로 이동할 수가 있다. 그다음에는 또다시 무게 중심을 세 지지점으로 이동한 다음 또 다른 손이나 발을 옮겨야 한다. 그 순간순간의 선택이 목숨을 건 판단이 되어야 하고 그것을 실행할 때는 매 순간 목숨을 건 용기와 체력이 필요하다. 당연히 암벽에 붙는 순간부터 정상에 오르는 순간까지 그리고 하강에 완료할 때까지 자신의 모든 것(몸과 마음)을 집중해야만 한다. 참선(參禪)의 목적이 잡생각을 없애는 것이라면, 가부좌를 틀고 방 안에 가만히 앉아있는 것보다는 암벽등반이 아마 가장 좋은 방법이 될 것이다.

태수가 한 걸음 한 걸음 올라서 암벽 틈에 자라난 소나무 그루터기 확보점에 도달했다. 이제 태수가 확보하고 재병이 오를 차례다. 그나마 태수가 무난하게 올라왔는지 재병이 별 잔소리 없이 확보를 풀고 자신의 허리띠에 있는 카라비너에 밧줄 끝을 걸고 올라갈 준비를 했다. 태수는 밧줄의 나머지 끝을 소나무 기둥에 묶고 자신의 허리에 한 바퀴 감은 후 나머지 한쪽 끝을 슬슬 풀어서 재병이 올라가는 데 방해가 되지 않게 재병이 올라가는 속도에 맞추어서 적당한 장력을 유지시켰다. 확보도 등반 못지않게 집중이 요구되는 부분이다. 재병은 태수의 확보 상태를 한 번 훑어본 후 입을 악다물고 암벽을 타기 시작했다.

이렇게 교대로 오르기를 네댓 번 한 후에 태수 일행은 정상에 올랐다. 정상에서는 시원한 바람이 불고 있었다. 저 멀리 도시의 아파트 단지들이 성냥갑처럼 조그마하게 보였다. 긴장감이 풀리고 안도감과 함께 온몸으로 느껴지는 상쾌함이 정말 좋았다. 하지만 산에서는 감정 표현도 모두 자제한다. 그저 한 번 아래를 내려다보고 가볍게 미소를 지은 후 물 한 모금 마시고 곧바로 하강 준비에 들어간다.

"먼저 내려가시겠습니까?"

"아닙니다. 먼저 가십시오."

부근에서 휴식을 하고 있던 다른 팀에게 양해를 구한 후 태수 일행은 밧줄을 정상에 돌출된 커다란 바위에 걸었다. 인수봉 정상은 좁고 확보할 곳이 많지 않기 때문에 한 번에 여러 팀이 하강할 수가 없다. 하강지점은 바위 각도가 90도가 넘는다. 즉, 조금만 내려가면 발이 바위에 닿지 않고 몸이 완전히 허공에 떠서 밧줄에만 매달려 내려가는 것이다. 겁은 좀 나지만 태수가 가장 좋아하는 순간이다. 그야말로 하늘을 나는 듯 자유롭고 붕 뜬 기분이다.

하강을 완료했을 때는 이마 해가 넘어가려고 하늘이 붉게 물들었다. 태수 일행은 서둘러 야영지로 돌아와서 저녁 준비를 했다.

"오늘 좀 무리했네. 다음엔 좀 서둘러 출발하거나 아니면 차라리 바로 야영하고 안전하게 새벽 등정을 하도록 하자."

계곡 숲속에는 밤이 빨리 찾아온다. 어둑어둑 땅거미 속에서 코펠에 밥을 안치고 버너를 불을 지피는 태수와 경제를 지켜보던 4학년 선배 하나가 좀 언짢은 어조로 재병에게 말을 건넸다.

"알겠습니다. 주의하겠습니다."

재병이 깍듯하게 대답하고 식사 준비를 거들기 시작했다. 산속의 식사는 단출하다. 국이나 찌개는 당연히 없고 밥과 마른반찬 그리고 소시지 정도면 성찬이다.

식사를 마치고 일행은 각자 텐트로 들어가서 취침 준비를 한다. 취침 준비라야 씻지도 못하고 양치 정도만 하고 침낭 안에 들어가면 끝이다.

"커피 좀 끓일까요?"

연희가 선배들에게 물었다.

"좋지."

합창으로 답하는 선배들이 오늘 처음으로 이빨을 드러내고 웃었다.

알루미늄 컵에 담긴 커피에서 피어나는 향기는 정말 사람을 홀릴 정도로 매혹적이었다. 태수와 경제도 커피를 한 잔씩 받아 들고 홀짝홀짝 마시기 시작했다.

'Waltzing matilda, waltzing matilda

You'll come a waltzing matilda with me'

커피잔을 들고 버너 불 가에 앉아있던 연희가 가만히 산악인이 좋아하는 노래를 부르기 시작했다. 몇몇 선배들도 조용히 따라 부른다. 태수도 곡조를 배우느라 입속으로 흥얼거렸다.

노래를 마치자 태수가 연희에게 물었다.

"우리 피켈은 왜 이렇게 짧아요? 다른 등산객들 지팡이는 길어서 집기가 좋은데…."

연희가 깔깔대며 웃으며 대답했다.

"피켈은 지팡이가 아니야. 특히 겨울 등반 때 추락을 방지하거나 높은 곳에 오르는 장비야. 지팡이를 쓸 정도 체력이면 산에 오지 말고 평지를 걸어야지."

태수가 좀 머쓱해서 또 다른 질문을 했다.

"선배는 산이 어디가 좋아서 오세요?"

연희가 잠시 답을 망설이는 차에 4학년 선배가 끼어들었다.

"걸마 말이 좀 많네…. 생각이 많으마 산에 오래 못 댕기는 법이여."

별로 잘못한 것도 없이 핀잔을 들은 태수가 머쓱해 하자 연희가 가볍게 웃으면서 말했다.

"글쎄…. 산이 거기에 있으니까…."

말끝을 흐리며 연희가 환하게 웃었다.

"거 표절이다. 그건 조지 리 말로리가 한 말이다."

재병도 웃으며 끼어들었다.

"그럼 너는 왜 이 고생하며 산에 오는데?"

연희가 태수에게 되물었다.

"몰라요. 그냥 주말이 되면 저절로 산에 가고 싶어져요. 안 오면 더 허전하고 이상할 거 같아요."

"그럼 됐다. 산은 그냥 좋아서 오는 거야. 친목이니 건강이니 이런 저런 구실을 대는 사람들은 진짜 산악인이 아니다. 산을 이용하는 사람일 뿐이지. 진짜 산 사람은 산이랑 연애하는 거야. 아무 이유 없이 그냥 산을 사랑하는 사람이다. 알았냐? 알았으면 그만 자자."

4학년 선배가 웃으며 툭 던지듯 말하고는 자기의 텐트로 들어가서 누웠다. 이윽고 모두들 자기 침낭 안으로 들어갔다. 깜깜한 하늘엔 벌써 반짝이는 별들이 가득 차있었다.

연(4)

2학기 개강 후 첫 산행에 연희가 나오지 않았다. 아쉽고 서운한 마음에 태수는 산으로 가는 버스 안에서 재병에게 물었다.

"연희 선배는 오늘 왜 빠지셨어요?"

"응, 이번 학기에 휴학을 한다고 그러던데…."

"왜요?"

“자세히는 모르겠는데 아마 이번 학기 등록금을 마련하지 못했나 봐….”

“그럼 이제 산에도 안 오는 거예요?”

“아니야. 이번 주만 빠지고 수업은 안 들어도 여건이 되면 주말에는 산에 나온다고 하더라고…. 왜? 보고 싶냐? 연희가 잘해주지?”

“아니요. 다른 선배님들도 잘해주세요.”

“그래? 빈말이라도 고맙네.”

그동안 계속 산에 다니면서 좀 친해졌는지 아니면 태수도 이제 좀 한몫을 한다고 느끼는지 후배를 대하는 재병의 표정과 말투가 많이 누그러졌다.

“그렇게 힘드시면 우리가 좀 도와드려야 하는 거 아니에요?”

“글쎄…. 등록금이 어디 한두 푼이래야지….”

태수의 조심스러운 제안에 재병도 말끝을 흐렸다.

그날 산으로 가는 버스 안에서는 어색한 침묵이 흘렀고 산행 자체도 맥이 빠졌다. 배낭도 유난히 무겁게 느껴지고 산비탈도 더 가파른 것 같아 힘이 더 들었다. 암벽에서도 다른 날보다 더 자주 미끄러지고 그 맛있던 저녁밥도 입안에서 까칠까칠했으며 침낭 안에 들어가 잠을 잘 때도 그 포근하면서도 뿌듯한 안락함이 없이 산 전체가 썰렁하고 허전했다.

하지만 다행히도 다음 주에 연희가 산행에 동참했다. 예전에도 매번 같이 가던 산행이었지만 한 주 빠진 후에 등산부실에 나타난 연희의 모습을 발견한 태수는 너무 반가워서 자기도 모르게 얼굴이 붉어졌다.

"형 반가워요."

등산부에서는 여자 선배라도 누나라고 부르면 안 되고 선배나 형이라고 불러야 했다.

"응, 그래. 지난주 산행은 잘 했어?"

"네. 근데 선배가 없어서 좀 재미없었어요."

태수의 솔직한 말에 연희는 농담처럼 가벼운 미소로 응대하며 자기가 싸던 배낭을 다시 꾸리기 시작했다.

그날은 산새들이 다시 즐겁게 지저귀고 빨간 단풍은 파란 하늘을 배경으로 환하게 불타올랐다. 일행의 앞에서 가든 뒤에서 있든, 보이든 보이지 않든 간에 태수는 연희가 있는 곳에서 풍겨 나오는 가슴 설레는 기척을 느낄 수 있어서 그 행복감에 산을 막 뛰어서 오르내리고 싶었고 높은 곳에서 뛰어내리면 하늘이라도 펄펄 날 수 있을 것 같았다.

암벽을 가볍게 끝내고 저녁 식사까지 마친 후 태수는 기회를 봐서 혼자 쉬고 있는 연희에게 다가갔다.

"형 뭐해요?"

"응, 그냥 쉬는 중이야. 왜?"

연희가 언제나처럼 환하게 웃으며 반겨주었다.

"이거…."

말끝을 흐리며 태수가 내민 것은 태수의 어머니가 태수를 서울로 보내며 태수의 손에 쥐여준 금목걸이였다.

"이게 뭔데? 목걸이 아니야?"

"네. 어머니가 급할 때 쓰라고 준 거예요."

"그걸 왜 나한테?"

연희는 손사래를 치면서 받으려고 하지 않았다.

"아니에요. 이야기 들었어요. 저는 그리 급할 일도 없으니까 선배가 등록금에 보태고 나중에 갚으시면 돼요."

"아니야, 아니야. 안 그래도 돼. 지금 알바 자리를 알아보고 있으니까 어쩌면 어떻게 해결이 될 수도 있을 거야. 고맙지만 이건 도로 넣어둬. 어머니가 아시면 서운하시겠다."

"그래요? 그럼 다행이네요. 그래도 제 손이 부끄러우니까 일단 받으시고 등록금 해결이 되면 그때 돌려주세요."

"그래? 암튼 고맙다."

목걸이를 받아 든 연희의 미소를 본 태수는 세상을 다 구한듯한 행복감에 잠겨 잠이 들었다.

연(5)

예상과 다르게 연희는 가을학기를 휴학하고 주말 산행에도 줄곧 나오지 않았다. 다음 학기 등록금을 마련하려고 알바를 하느라 바쁘다는 소문만 있었다. 태수는 안타까웠지만 달리 방법이 없었다.

그렇게 썰렁한 가을학기가 다 가고 산악부에서는 동계훈련 준비에 들어갔다. 동계에는 하계보다 장비나 준비물이 엄청나게 많았다. 등산화만 해도 혹한에서도 동상을 방지하고 발을 보호해야 하기 때문에 그 부피와 무게가 엄청나서 신으면 발걸음을 떼기가 힘들 정도였고 옷도 내복, 외피, 방풍복으로 기본이 세 겹에 모자도 빵모자 위에 외피와 이어 붙은 털모자를 겹쳐 써야 했다. 그 외에 침낭과 식량, 연료로 가득 찬 배낭의 무게는 60kg에 육박해서 혼자서는 지고 일어서지도 못하고 부피도 워낙 커서 배낭을 세로로 지지 못하고 가로로 멜빵을 메고 지어야만 했는데 크기가 얼마나 큰지 양팔을 펴도 그 끝을 잡을 수가 없었다. 그런 배낭을 지고 일어서서 걸으면 사람은 보이지 않고 배낭만 뒤뚱뒤뚱 흔들리며 앞으로 나가는 것 같았다.

펑펑 함박눈이 내리는 크리스마스 전날 저녁, 식사시간이 되었는데도 기숙사 식당은 거의 텅텅 비어있었다. 모두들 데이트를 하러 나갔는지 태수가 식당에 들어서자 조리실 아줌마만 배식구를 통해서 태수를 빼꼼히 내다보고 있었다.

“다들 어디 갔나? 오늘 닭볶음 했는데 이거 다 남아서 어떡해? 학생이라도 많이 먹어.”

아줌마는 식판에 밥과 반찬을 듬뿍 담아서 건네주었다.

“아줌마도 드세요. 아마 거의 다 밖에 나갔을 거예요.”

태수는 혼자 건성건성 밥을 먹고 산악부실로 내려갔다. 좀 심란해서 도서관에 가기도 싫고 그렇다고 기숙사로 가서 자기엔 이른 시간이라 낮에 싸던 장비라도 마저 정리할 심산이었다. 가로등 불빛에 하얀 눈발이 날리고 나무와 길에도 눈이 제법 쌓여서 캠퍼스는 딴 세상이 된 듯 아름다웠고 이따금씩 손을 잡고 걸어가는 남녀의 모습도 보기 좋아서 부럽기도 했다.

산악부실도 역시 텅 비어있었다. 전등을 켜고 보니 다행히 스팀 난방기는 돌아가고 있는지 감압기에서는 칙칙 김이 새는 소리가 들리고 손으로 만져보니 온기도 있었다. 한쪽 벽면에 차곡차곡 쟁여져 있는 배낭들 속에서 자기 배낭을 찾아서 바닥에 내려놓고 버너에 물을 끓여서 코펠 뚜껑에 커피를 탔다. 고소한 커피 향이 퀴퀴한 산악부실 냄새를 몰아냈다. 태수는 따끈한 스팀 라디에이터에 엉덩이를 붙이고 천천히 커피를 마셨다.

그때 갑자기 산악부실 문이 열리고 거짓말처럼 연희가 들어섰다.

"오, 태수가 있었네?"

긴 생머리 위에 눈이 녹은 물이 구슬처럼 아롱다롱 맺혀서 천정의 전등 불빛에 보석처럼 빛나고 있었다. 그 순간 태수의 눈에는 다른 아무것도 보이지 않고 다른 아무 소리도 들리지 않았다. 영화의 클로즈업 장면처럼 연희의 환한 미소만 보이고 영롱한 연희의 목소리만 들릴 뿐이었다.

"선배…."

태수가 놀라서 말을 잇지 못하고 있자니까 연희가 다가오면서 말했다.

"응, 이번 동계훈련에 나도 가려고 준비하려고 왔지. 아무도 없을 줄 알았는데 마침 네가 있어서 다행이다. 그거 커피니? 나도 한 잔 줄래? 한참 걸어왔더니 춥다."

"아, 네, 네. 이쪽으로 오세요. 여기가 따뜻해요."

태수는 라디에이터 자리를 양보하며 커피 물을 더 올렸다.

“이번 동계는 설악산이라며?”

“네. 모레 아침에 출발해서 보름간이래요.”

“그래? 잘 됐다. 겨울 설악. 좋지. 넌 짐 다 꾸렸어?”

바닥에 놓인 태수의 배낭을 보며 연희가 물었다.

“예, 일단 싸긴 했는데 아직 선배들 점검은 못 받았어요.”

“후후, 걱정 마. 너도 이제 베테랑 다 됐잖아?”

“아니에요. 선배 짐 다 싸는 거 도와드릴 테니 끝나고 제 것도 좀 봐주세요.”

커피를 건네며 태수가 말하자 연희도 웃으며 받았다.

“그래. 그러자. 자 무엇부터 쌀까?”

연희가 캐비닛에서 자신의 배낭을 꺼내서 짐을 싸기 시작했다.

그날 밤늦게까지 산악부실은 따스했다.

연(6)

여름 산행의 꽃이 암벽이라면 겨울 산행의 꽃은 빙벽이었다. 태수의 동계 팀은 설악산 토왕성 폭포에서 첫 일정을 시작했다. 태수 일행이 폭포에 도착했을 때 동해에서 솟은 아침 햇살에 환히 빛나는 거대한 얼음 기둥에는 이미 다른 팀들이 꽤 많이 붙어있었다. 빙벽도 암벽 못지않게 위험하다고 선배들은 주의를 주었지만 아이젠과 피켈을 얼음에 박을 때마다 하얗게 부서져 떨어지는 얼음 조각들은 빙벽 등반을 처음 해보는 태수를 흥분시키기에 충분했다. 힘든 줄도 모르고 가볍게 얼어붙은 폭포 위까지 등정을 마친 일행은 비선대를 지나 휘운각 대피소에서 일박을 했다.

겨울 해는 짧아서 저녁을 지어 먹고 나니 금세 밤이 찾아왔다. 설거지와 씻을 물을 뜨러 대피소를 나온 태수는 갑자기 몸이 마비된 듯이 코펠을 손에 든 채로 멍하니 하늘을 바라보았다. 환한 보름달이 구름 사이로 얼굴을 내민 순간 계곡의 풍경은 정말 숨이 멎을 정도로 아름다웠다. 세상의 불빛은 하나도 없이 오로지 달빛만이 눈덮인 하얀 계곡을 비추고 있었고 산봉우리들은 옅은 파란 하늘을 배경으로 짙은 보랏빛 윤곽선을 그리고 그 아래 소나무 숲에서는 빽빽한 파란 잎들이 하얀 눈을 이고 붉은 줄기들과 어우러져 한 폭의 산수풍경을 이루고 있었다. 바람조차 자고 아무런 움직임도 없이 한 점 더할 것도 뺄 것도 없는 정적과 평화, 순수하며 맑게 빛나

는 아름다움 그 자체였다. 태수는 그 풍경 속으로 자신이 들어가기가 두렵고 미안한 마음이 들어서 조심스러운 발걸음으로 호박돌을 디디며 계곡으로 들어섰다. 계곡물은 모두 얼어있어서 큰 돌을 들어서 얼음을 깨뜨려야 했다. '쿠웅…' 돌이 두꺼운 얼음에 부딪히는 둔탁한 소리가 계곡을 따라 산 위쪽으로 울려 퍼졌다. 그 소리에 놀랐는지 숲속에서 후드득 산새가 날아오르고 소나무 가지에 쌓여있던 하얀 눈이 투둑 흩어져 떨어졌다.

다음 날 아침 일어나 보니 갑자기 날씨가 잔뜩 흐려있었다. 태수 일행은 두 팀으로 나누어서 한 팀은 내설악으로 이동하여 백담사 계곡을 타고 오르고, 또 한 팀은 외설악에서 등정을 시작해서 대청봉에서 이틀 후에 합류하기로 했다. 내설악으로는 주로 선배들이 가고 재병과 연희, 태수, 경제는 외설악 팀으로 편성되었다.

"우리는 오늘 용아장성을 탄다. 일반 등산객들은 공룡능선을 많이 오르지만 좀 재미가 없고 용아장성이 험하긴 해도 아기자기하고 멋있다. 그래서 산악인들은 용아장성으로 주로 올라간다."

재병이 짐을 지고 일어서는 외설악 팀을 선도하며 피켈로 우뚝 솟은 능선을 가리키며 말했다. 과연 그가 가리키는 능선은 삐쭉삐쭉 날카로운 봉우리들이 줄지어 늘어서 있는 것이 그리 만만해 보이지 않았다. 하지만 태수는 등산로보다는 벌써 어깨를 짓누르는 배낭이 더 큰 걱정이었다. 길이야 선배들을 따라가면 그만이지만 정말 산더미 같은 배낭을 지고 가파른 비탈길을 그것도 눈이 덮여 미끄러운 산길을 올라가려니 너무 힘이 들어 숨이 턱턱 막혔다. 그렇다고 오래 쉴 수도 없었다. 일행에 뒤처질 수도 없지만 조금만 앉아서 쉬면 이번엔 땀이 식자마자 추워서 가만히 있을 수가 없었다. 일단 한 봉우리 정상까지만 올라가면 그다음엔 능선 길이니까 비교적 순탄할 것이라는 희망을 가지고 죽기 살기로 오르는 수밖에 없었다.

한 3~4시간 올랐을까? 하지만 점심때가 지나서야 올라선 능선 길도 예상과 달리 녹록지가 않았다. 가파른 정상 부분에는 흙이 씻겨져 나가서인지 바위가 드러난 봉우리들이 많아서 옆으로 트레바스를 해야 했고 그때는 밑이 보이지도 않는 낭떠러지와 절벽을 끼고 돌아야 했다. 더구나 오후에는 함박눈이 펑펑 쏟아지기 시작해서 시야도 잘 확보되지 않았다.

"어떡하지? 계속 가는 게 무리가 아닐까?"

쉬는 시간에 재병이 연희에게 말을 붙였다.

"그러게요…. 눈도 이렇게 많이 오니…."

연희가 좀 걱정스러운 대답을 했지만 두 사람의 표정이나 어투는 담담했다.

"일기예보는 이렇게 눈이 많이 온다고 하지 않았는데…."

"아마 지형 때문에 국지적 폭설이 오는 것일 수도 있지 않을까요?"

"그래? 그럼 금방 그치려나? 대청봉에서 내설악 팀과 합류하기로 했으니 일단 가는 데까지 가보자. 전진이 힘들어지면 그때 비박을 하며 눈이 그치기를 기다리든지 철수를 하든지 하자. 길이 미끄러우니까 두 사람씩 확보를 한 상태로 가기로 하자. 자 출발."

재병은 일어서면서 자신의 허리에 자일을 묶고 다른 한쪽 끝을 경제에게 던져주었다.

"묶어."

경제가 어리둥절한 눈빛으로 쳐다보자

"한 사람이 미끄러지더라도 다른 한 사람이 확보를 해주기 위해서 그런 거야. 혹시라도 미끄러질 때는 피켈로 돌려 찍어서 브레이크 잡는 거 배웠지? 자일 묶었으면 배낭에서 피켈 꺼내서 양손을 잡고 걸어. 연희는 태수랑 확보하고 나랑 조금 거리를 두고 따라와."

태수는 재병이 시키는 대로 연희와 자일로 몸을 이은 채 조심스럽게 걷기 시작했다. 눈은 갈수록 더 많이 내리고 길이 잘 보이지가 않아서 앞에서 가는 재병의 발자국만 쫓아갈 수밖에 없었다. 하지만 무섭지만 든든한 선배가 함께 있어서 산은 전혀 무섭지 않았다.

연(7)

"앗!"

짧은 비명에 고개를 들어 앞을 바라보았지만 아무것도 보이지 않았다. 앞에서 걸어가던 재병과 경제가 보여야 했는데 앞에는 하얀 눈밖에는 아무것도 없었다. 놀란 연희가 왼쪽 낭떠러지로 조심스럽게 다가가서 아래를 내려다보았다.

"어떡해? 둘이 저 아래로 떨어졌나 봐…."

태수도 배낭을 벗어놓고 살금살금 낭떠러지 곁으로 발걸음을 옮겼다. 까마득한 낭떠러지 아래 두 사람의 모습이 보였다. 하지만 너무 멀어서 형태만 보일 뿐 움직이고 있는지도 보이지 않고 아무 소리도 들리지 않았다.

"저기 봐. 저리로 떨어졌나 봐."

연희가 손을 들어 가리키는 앞쪽을 보니 눈 덮인 산길이 갑자기 뚝 끊어지고 구멍이 난 것처럼 보이는 곳이 있었다.

"겨울 산 능선에 저런 곳이 많아. 눈이 바람에 날려서 쌓이면 지붕의 추녀처럼 튀어나온 부분이 생기고 그럼 위에서 보면 땅 같지만 아래는 허당인 곳이야."

연희의 설명을 듣고 다시 살펴보니 과연 진짜 길은 구멍 약간 오른쪽에 있었다.

"끼아악--"

연희가 아래를 바라보며 손나팔을 만들어 입에 대고 소리를 질렀다.

산악부들 사이의 조난 신호였다. 하지만 아래에서는 아무런 소리도 들리지 않았다.

"끼아악--"

태수도 소리를 질러보았지만 아래에서는 아무런 소리도 움직임도 없었다.

"어떡하지요?"

태수가 겁에 질려서 연희를 쳐다보니 연희가 허리의 자일을 풀면서 태수의 배낭을 고갯짓으로 가리켰다.

"너 자일 하나 더 있지? 꺼내."

태수가 배낭으로 가서 자일을 꺼내자 연희는 두 자일을 긴 매듭으로 한 줄로 연결했다. 그다음에 벼랑 끝으로 다가간 연희는 자일을 아래로 내리기 시작했다. 그러나 자일의 끝은 바닥에 닿지가 않았다. 잠시 생각을 하던 연희는 뭔가 결심을 했는지 태수에게 단호하게 말을 했다.

"나 혼자 내려갈 테니 너는 휘운각으로 돌아가서 구조를 요청해라."

"자일도 짧은데 어떡하시려고요?"

"저렇게 내버려 두고 하산할 수는 없다. 그렇다고 둘 다 내려가면 계곡에는 눈이 많이 쌓여있어서 움직이기가 어려워서 모두 죽는다. 그러니 내가 내려가서 응급조치라도 하고 있을 테니 너는 오던 길로 거슬러 가서 구조를 요청해라."

"그럼 제가 갈 테니 선배가 돌아가세요."

“시끄러워. 시간이 없으니까 얼른 가.”

연희는 단호하게 말을 자른 후 자일을 끌어올린 후 근처에 있는 나무 둥치에 자일을 걸쳤다.

“자일이 짧을 때는 끝을 묶지 말고 이렇게 걸친 다음 중간 확보 지점까지 가서 한쪽 끝을 당기면 아래에서 자일을 회수할 수 있다. 그럼 거기서 다시 걸치고 내려가는 방식으로 하면 된다. 알았지? 그럼 나는 내려갈 테니 너도 얼른 출발해. 조심하고….”

연희가 벼랑 아래로 내려가는 것을 잠시 지켜보던 태수도 서둘러 발걸음을 돌렸다. 하지만 구르듯이 오던 길을 되짚어 내려가던 태수도 잠시 후에 그만 눈길에 미끄러져서 아래 계곡으로 떨어지고 말았다. 발이 순간 미끈하더니 잠시 몸이 허공에 솟는 듯했고 그다음엔 걷잡을 수 없이 빠른 속도로 미끄러져 내려가는데 바닥에 닿을 때까지 아무 정신도 없었다. 다행히 경사도 좀 완만하고 아래에 눈이 푹신하게 쌓여있어서 다치지는 않았다. 하지만 정신을 차리고 다시 아래로 내려가려 하니 눈이 가슴까지 쌓여있어서 몸이 앞으로 나아가지를 않았다. 발을 움직이고 손을 허우적거려 보았지만 가슴과 배 부분이 눈에 가로막혀 전혀 진전이 없었다. 유일한 방법은 앞으로 엎어져서 체중으로 눈을 조금 다진 후에 그 위에 올라서서 다시 엎어지는 방법뿐이었다. 하지만 온몸이 땀이 젖도록 서둘렀지만 엎어졌다 일어나서 한 발씩 전진해서는 너무 느려서 언제쯤 대피소에 도달할 수 있을지 알 수가 없었다. 마음은 급하고 목은 마르고 온몸에 힘은 빠졌지만 태수는 죽을힘을 다해서 한 발 한 발 전진을 했다.

결국 태수가 밤새 엎어지면서 대피소에 도착한 것은 다음 날 아침이 되어서였고 구조대가 현장에 도착했을 때는 이미 세 사람은 저체온증으로 모두 사망해 있었다.

연(8)

"안 돼요. 그건 연희 선배 거예요."

태수가 울면서 연희 어머니에게 매달렸다.

세 사람의 합동 장례식장에 멍하니 앉아있던 태수는 연희의 어머니가 안치소에서 금목걸이를 들고나오는 것을 보고 벌떡 일어나서 뛰어간 것이다. 화장 준비를 하기 위해서 소지품을 정리하던 사람이 연희의 목에 걸려있던 목걸이를 벗겨서 유족에게 건넨 것이었고 연희의 어머니가 그것을 받아서 나온 것이었다.

"아니. 이 사람이 왜 이래?"

놀란 연희의 어머니가 몸을 돌이키며 피하자 태수는 목걸이의 한 쪽 부분을 손으로 움켜쥐었다.

“이거는 제가 연희 선배에게 준 거예요. 뺏지 말고 그냥 보내주세요.”

당황한 연희 어머니가 어쩌지를 못하고 서있으니까 곁에 있던 다른 유족이 연희 어머니의 손에서 가만히 목걸이를 받아 든 다음 태수의 손에 쥐여 주었다.

“학생하고 무슨 사연이 있는 목걸이인가 보네. 그럼 학생이 가져가.”

“아니에요. 이거 연희 선배 줘야 하는데…. 선배가 가지고 가야 하는데….”

태수는 목걸이를 손에 들고 가만히 서서 울기만 했다. 눈물이 하염없이 흘러내렸다.

장례식을 마치고 화장을 마친 운구차는 양수리로 향했다. 후손이 없는 젊은 고인들은 무덤이나 납골당에 안치하지 않고 뼛가루를 강물에 뿌리기로 한 것이다. 유족과 같이 배에 오른 태수는 유족들이 뼈를 다 강물에 뿌리고 나자 목걸이를 강물에 가만히 던져 넣었다.

목걸이가 가라앉은 자리에 해마다 연꽃이 피어났다.

증부전선 이상 무
(소설)

1

"알티가 장교면 소총 개머리판에서 꽃이 핀다. 이 새끼야!"

당 대위가 군홧발로 이 소위의 정강이를 걷어차면서 소리를 지른다. 부동자세로 서있던 이 소위는 뼈를 타고 올라오는 고통에 자기도 모르게 상체를 웅크렸다가 얼른 다시 차려 자세를 취했다. 그 모습을 한 번 힐끗 쳐다보던 당 대위는 몸을 돌려 이번엔 옆에 서있는 성 소위의 정강이를 걷어찬다.

"아이코."

외마디 비명을 지르며 성 소위가 주저앉는다.

"이 새끼 엄살 봐라. 이따위니까 장교라는 게 낙오나 하는 거 아니야? 응? 당장 안 일어서?"

당 대위가 다시 한번 더 걷어차려고 하자 성 소위는 오만상을 찌푸리며 엉거주춤 일어선다.

"너희들 이번엔 이 정도로 넘어가지만, 다음 연대 알씨티 때 또

이따위로 하면 그땐 둘 다 외출 외박이고 지랄이고 제대할 때까지 전원 영내 대기할 줄 알아? 알아들었어?"

"네 알겠습니다."

이 소위와 성 소위가 부동자세로 복창을 한다.

"우리 중대가 이번 대대 훈련에서 꼴찌 했어. 꼴찌. 응? 내가 대대장한테 얼마나 깨졌는지 알아? 병신 같은 새끼들! 2소대는 무장구보 때 2명이나 낙오하고 3소대는 소대장부터 까무러치고 그러니 꼴찌를 안 하겠냐? 응? 나 원 참 창피해서…. 나가 봐 새끼들아."

당 대위의 양 입가에 하얀 게거품이 맺힌 것이 화가 나긴 잔뜩 난 것 같았다. 이럴 땐 일단 자리를 뜨는 것이 상책이다. 이 소위와 성 소위는 얼른 거수경례를 하고 중대장실을 나섰다. 중대 행정실도 분위기가 싸하다. 행정병들은 말할 것도 없고 주임 상사도 각자 자리에 앉아서 무슨 일인지 열심히 하느라 고개도 들지 않는다. 두 사람도 말없이 각자 소대 막사 문을 열고 들어갔다.

2소대 막사가 텅 비어있다. 페치카 당번 하나만 난로 옆에 앉아있다가 일어서서 경례를 한다.

"제설작업 아직 안 끝났나?"

경례를 받으면서 이 소위가 물었다.

"네. 그렇습니다."

박 상병이 이 소위의 눈치를 흘끗 보면서 작은 소리로 답했다.

이 소위는 박 상병의 대답을 등 위로 들으며 밖으로 나가는 문을 열었다. 찬 바람이 훅 몰아치며 눈발이 같이 쏟아져 들어왔다. 밤새

내린 눈이 아침에 잠깐 그치는 듯하더니 다시 흩날리기 시작한다. 이리되면 내일 또 제설작업을 해야 한다. 답답한 마음으로 하늘을 한 번 쳐다보며 걸어나가는데 1소대장 유 소위가 소대 막사로 들어가는 것이 보인다. 안에서 왁자지껄한 소리가 들리는 것을 보니 1소대는 이미 복귀를 했나 보다. 무슨 일이 있는가 싶어서 마음이 급해진 이 소위는 중대 정문을 통과해서 소대원들이 제설작업 중인 보급로로 발걸음을 재게 놀렸다. 멀리 눈발 너머로 한 무리의 사람들이 군가를 부르며 길을 따라 행진해 오고 있는 것이 보였다. 우리 소대인가 싶어 반가운 마음에 쳐다보았지만 멀리서 보아도 인솔자 키가 훤칠한 것이 3소대 선임하사다. 서로 엇갈리며 박 중사가 가볍게 올리는 경례를 이 소위는 절도 있게 받으며 계속 뚜벅뚜벅 눈길을 헤치며 걸어갔다. 제설작업을 끝낸 길에도 눈이 다시 제법 쌓여있었다. 드디어 멀리 길 위에 흩어져서 비와 삽을 들고 제설작업 중인 소대원들이 보였다. 모두들 야전 잠바와 방한모를 뒤집어쓰고 얼굴만 빼꼼하게 내놓았는데 입 주변엔 작업을 하느라 거칠게 내쉬는 하얀 입김이 얼어붙어서 작은 고드름들이 맺혀있었다.

"수고가 많다. 아직 많이 남았나?"

"아닙니다. 조금만 더 하면 됩니다."

화기 분대장 최 하사가 이 소위에게 경례를 붙이며 대답했다. 말은 그렇게 하지만 최 하사와 소대원들의 분위기가 심상치 않은 것이 느껴진다. 그 이유를 대충 짐작한 이 소위는 모른척하고 옆에 있던 싸리 빗자루를 주워들고 작업에 합류했다.

2

제설작업을 마치고 복귀한 이 소위는 소대원들이 정비를 하며 중식 식사 준비를 하는 사이에 분대장들을 소대장실로 소집했다. 소대장실이라야 내무반 한켠을 베니아 합판으로 막아서 한 평 남짓 공간을 만든 것으로, 책상도 집기도 없고 그저 소대장의 프라이버시만 지킬 수 있게 사무실 흉내만 낸 것으로 분대장 네 명이 들어서서 침상에 앉으니 이 소위는 앉을 자리도 없어서 문을 등지고 서있을 수밖에 없었다.

"제설작업에 수고가 많았다. 오늘 분대장들을 부른 이유는 연대 알씨티 혹한기훈련 대비와 소대원 전출 때문이다. 우선 다음 주에 알씨티 훈련 일정이 잡혀있었는데 혹한에도 불구하고 예정대로 진행하니 철저히 대비하라는 명령을 하달받았다. 이미 장비 지급과 정비를 시작했겠지만 차질이 없도록 준비해서 동상 환자가 발생하지 않도록 하기 바란다. 질문 있나?"

"……."

말은 없었지만 서로 눈빛들이 오고 가는 것을 보고 이들에게 할 말이 있다는 것을 감지한 이 소위가 다시 한번 물었다.

"그럼 건의 사항은?"

"저… 소대장님."

선임 분대장인 1분대 박 하사가 입을 열였다.

"오늘 제설작업 말입니다. 우리 소대만 늦게 끝나서 소대원들이 불만이 많습니다. 아까 1소대장님이 작업 배분했는데 우리 소대만 많이 할당해서 우리만 생고생했습니다. 중대장님과 2, 3소대장은 왜 안 나오셨습니까?"

“그럴 리가 있나? 나와 3소대장, 중대장님은 중대에 일이 있어서 못 나갔는데 내가 한번 1소대장에게 알아보고 사실이라면 시정 조처하겠다.”

“사실 이런 일이 한두 번이 아닙니다. 지금 1소대장님 끗발에 눌려서 우리가 손해 보는 것이 한두 가지가 아닙니다. 알씨티 준비만 해도 주임 상사님을 어떻게 구워삶았는지 1소대는 이미 장비 준비를 끝냈는데 우리는 분실 마모된 것이 많아서 장비점검을 어떻게 준비해야 할지 모르겠습니다. 훔쳐서라도 채울까요?”

“무슨 소리야. 내가 그것도 주임 상사한테 건의해 볼 테니 부족분 목록을 작성해서 올려봐.”

“안 됩니다. 분실했다는 걸 주임 상사님이 알면 우리만 박살 납니다. 차라리 어떡해서든 장비점검을 통과하는 것이 낫습니다. 소대장님은 모른척하십시오.” 2분대장 김 하사가 커다란 눈을 껌벅이며 나섰다.

이 소위는 자존심이 상해서 얼굴이 달아올랐지만 어떻게 달리 할 말이 없었다.

“알겠다. 이 문제는 좀 더 알아보고 조처를 하겠다. 다음 전출 건인데 훈련을 앞두고 1소대에서 결원이 발생해서 2, 3소대에서 각각 2명씩 차출해서 오늘부로 당장 1소대로 전출시키라는 명령이다. 누굴 보냈으면 좋겠나?”

“…….”

“어차피 누군가는 보내야 한다. 기탄없이 의견을 말해봐라.”

“우리 분대 강 상병과 2분대 송 이병을 보냈으면 좋겠습니다.” 화기 분대장 최 하사가 나지막하게 말했다.

“둘 다 이번 무장 구보에서 낙오한 병사들 아닌가? 너무 속 보이지 않은가? 가서 적응하기도 힘들 테고….”

“어차피 누군가는 보내야 한다고 하셨지 않습니까? 그럼 저를 보내시겠습니까?”

최 하사의 말이 귀에 거슬릴 정도로 반항적이었지만 이 소위는 애써 화를 참았다. 화가 나는 것은 둘째치고 오늘 아래에서도 치받히고 위에서도 깨지고 소대장으로서의 체면이 말이 아니었다.

“알겠다. 일단 건의로 받아들이고 숙고 후 결정하겠다. 다른 사안 없으면 이만 해산! 오후 일정은 식사 후 통지하겠다. 일단 내무반에서 대기하도록!”

말을 마친 이 소위는 서둘러 간부식당으로 향했다. 식사보다도 1소대장 유 소위를 만날 마음이 더 급했다.

3

대대 본부 옆에 조그마하게 연이어 붙여 지은 간부식당에서는 수증기와 함께 구수한 음식 냄새가 퍼져나오고 있었다. 같은 부식으

로 조리를 하는데도 이상하게 간부식당에서는 음식의 맛도 냄새도 사병식당과는 달랐다. 사병식당에서는 밥도 짬밥 냄새라고 하는 특유의 누린내가 나는데 간부식당에서는 민가에서 지은 밥 냄새가 나서 간부들은 부식비를 더 내고서라도 간부식당에서 밥을 먹기를 좋아했다. 더욱이 대대장의 명으로 식당에서는 상급자에게도 경례를 하지 않고 편안하게 식사를 할 수 있어서 평소에 엄격하고 얼음 같던 대대장에게 불만이 있던 사람들도 간부식당에 대해서만은 찬사를 보내고 있었다.

점심시간을 조금 넘겨서인지 식당 안에는 사람들로 가득 차있었고 이미 식사를 마치고 나오는 사람들도 있었다. 이 소위는 주방 입구에 쪽창처럼 직사각형 구멍이 뚫린 배식대에서 식판을 받아 들고 당 대위와 1, 3소대장이 같이 밥을 먹고 있는 테이블에 합류했다.

"합석해도 되겠습니까?"

가벼운 목례로 인사를 대신한 이 소위가 당 대위 앞의 빈자리에 앉으며 물었다.

"응, 늦었네?"

조금 전에 이 소위를 두들겨 패던 사람과 같은 사람인가 싶을 정도로 당 대위는 태연하게 대답하며 숟가락을 든 손으로 앞자리를 가리키며 앉으라는 표시를 했다.

"네, 소대에 잠깐 들렀다가 오느라고 좀 늦었습니다."

첫술을 뜨면서 이 소위가 말을 이었다.

"왜? 무슨 일 있나?"

"아닙니다. 건의 사항이 좀 있어서 듣고 왔습니다."

"뭔데?"

조금 망설이다가 이 소위가 어차피 할 이야기다 싶어서 말을 하기로 결심했다.

"오늘 제설작업 때 구역 배당에 불공평했다는…."

"오늘 제설작업 지휘는 1소대장이 했잖아? 그게 사실인가?"

당 대위가 유 소위를 쳐다보며 말했다.

"아닙니다. 아마 2소대가 소대장이 없다고 작업에 꾀를 부려서 좀 늦게 끝난 것 같습니다."

유 소위는 표정 하나 변하지 않고 한쪽 입가에 미소를 띠며 무심한 듯 말을 받았다.

"그렇겠지. 2소대장은 너무 아이들을 말만 들어주지 말라고…. 엄하게 할 때는 엄하게 해야지 너무 오냐오냐하면 질질 끌려가게 되어있어."

아아. 이 소위는 금방 자신이 실수했다는 것을 깨달았다. 문제가 해결되기는커녕 자기만 또 바보가 되었다. 애초에 자신의 잘못을 인정할 유 소위가 아니었다. 이 소위는 자신의 순진함과 유 소위의 파렴치함에 화가 나서 빈정거리듯 웃고 있는 유 소위의 턱주가리를 한 방 쳐주고 싶어졌다. 하지만 그럴 수 없는 줄 알기에 이 소위는 묵묵히 밥을 먹기 시작했다.

"아, 그건 그렇고 전출 건은 어떻게 되었나? 누굴 보내기로 했나?"

"네, 강일구 상병과 송제호 이병입니다."

"그 둘 다 이번 무장 구보에서 낙오한 병사들 아닌가? 문제아들만 보내는구만! 어이, 1소대장 괜찮겠어?"

당 대위가 유 소위에게 물었다.

"네. 문제없습니다. 어차피 좋은 자원들은 기대하지도 않았습니다."

유 소위가 이 소위를 힐끗 쳐다보면서 당당하게 대답했다.

"역시 1소대장이야. 장군감이야 장군감. 군인이 이런 패기가 있어야지! 좋아, 유 소위만 믿네. 이번 알씨티에서는 우리 중대 명예회복 좀 해보자고!"

당 대위는 흡족한 미소를 지으며 왼팔을 들어 옆에 앉은 유 소위의 등을 툭툭 쳐주었다.

"그래 3소대는?"

"아직 결정 안 했습니다."

성 소위는 당 대위의 눈치를 한 번 보더니 변명하듯이 말끝을 흐렸다.

"그래 좀 괜찮은 자원으로 보내라고…. 오늘 중으로 결정해서 내일 배속해서 훈련 준비에 차질이 없도록 해."

이 소위는 고개를 숙이고 밥을 먹는 데 열중하는 척했지만 구겨진 자존심과 모멸감에 아무런 밥맛을 느낄 수가 없었다. 그가 서둘러 식사를 마치자 모두 자리에서 일어섰다.

식당을 나서며 당 대위는 대대 본부 쪽으로 향해 몸은 반쯤 돌리고 고개만 일행을 향한 채 말했다.

"나는 대대에 일 좀 보고 들어갈 테니 오후에 너희들은 지형정찰 좀 갔다 오도록 해. 부대는 선임하사들에게 맡기고 소대장들은 지도 지참해서 전령만 대동하고 이번 훈련지역을 돌아보도록! 차는 부식수령용 쓰리 쿼터를 쓰도록 해. 지난번처럼 엉뚱한 고지에 올라가서 만세 삼창 한 후 '이 산이 아닌가 비여.'하지 말고 응? 야간에도 헷갈리지 않도록 지형 숙지 잘해. 알았어?"

지난 훈련 때 지도를 잘못 봐서 고지 점령에 실패한 적이 있었던 이 소위는 당 대위가 자신을 보고 하는 말인 것 같아서 고개를 들지 못하고 발걸음을 중대 쪽으로 옮겼다. 눈은 계속 내려서 세상은 환했지만 이 소위의 마음은 어둡고 무거워 죽을 맛이었다.

4

중대장이 미리 지시를 해놓았는지 중대본부 앞에는 부식수령용 쓰리 쿼터가 시동이 걸린 채 서있었고 운전병은 행정반에서 대기중이었다. 세 사람은 각자 소대 막사로 들어가서 지도와 무전기를 챙기고 전령을 다그쳐서 밖으로 나왔다. 이 소위가 나와보니 운전석 옆 선탑석에는 이미 유 소위가 자리를 잡고 앉아서 다른 사람들은 짐칸에 탈 수밖에 없었다. 두꺼운 국방색 방수포로 포장은 쳐져 있었지만 뒷부분은 휑하니 뚫려있어서 찬 바람이 휘몰아치는 짐칸은 한당이나 마찬가지로 추웠다. 이럴 때는 짐칸에 가만히 앉아있는 것보다 차라기 걷는 것이 덜 춥다. 걸으면 몸에서 열도 나고 바람도 덜 맞는데 겨울에 이렇게 차량 이동을 하는 것은 고문이나 다름이 없다. 잔뜩 웅크리고 앉은 채로 아래위 이빨을 딱딱 떨며 옆 눈으로 앞 좌석을 쳐다보니 유 소위가 히터가 나오는 유리창 안에서 운전병과 뭔가 잡담을 하는지 하얀 이빨을 드러내며 웃고 있었다.

눈이 내리면 온 세상이 흑백으로 보인다. 추수를 끝낸 들판은 말할 것도 없고 푸르던 소나무 잎도 흰 눈에 덮이고 가끔씩 보이는 맨땅이나 건물 벽들도 눈의 하얀색에 대비되어 그저 검게만 보이고 하늘도 짙은 회색으로 낮게 내려앉는다. 무채색에는 왠지 희망 같은 건 없어 보인다. 2년 6개월 정해진 시간, 정해진 운명 앞에서 선택할 수 있는 것도 예측할 수 있는 것도 없이 그저 그 순간순간 주어지는 명령과 임무에 따라야 하는 군인들은 아예 희망 같은 것을 품어서는 안 된다. 뭔가 기대를 하는 것은 사치가 아니라 위험한 고통일 뿐이다. 무채색의 겨울 풍경이 영원히 계속될 것처럼 봄을 기다리지도 말고 그저 차 바퀴 자국을 남기며 뒤로 흘러가는 풍경처럼 시간을 흘려보내는 것이 가장 현명한 것인지도 모른다고 이 소위는 생각했다. 아니 생각이라는 것, 그것도 하지 말아야 한다.

'끼익'

날카로운 브레이크 소리를 내며 차가 멈춰섰다. 웬일인가 내다보니 훈련 예정지로 들어가는 산길 옆에 있는 작은 마을 입구의 자그마한 구판장 앞이다. 유 소위가 선탑석에서 내려서 구판장으로 들어가더니 잠시 후 검은 봉지에 뭔가를 들고나온다.

"뭐야? 뭐 산 거야?"

성 소위가 내다보며 소리를 질렀다.

"어…, 훈련에 필요한 게 있어서 좀 샀어."

궁금증을 못 이긴 성 소위가 유 소위의 대답을 듣는 둥 마는 둥 몸을 일으켜서 차에서 훌쩍 뛰어내렸다.

"뭐야? 이거 번개탄 아니야? 뭐하려고?"

"아, 조용히 해. 이번 훈련 기간에 영하 20도보다 더 떨어진다는데 이거라도 좀 피워야 얼어 죽지 않을 거 아니야?"

"야, 유 소위! 훈련 중에 참호에서 불 못 피우게 되어있잖아? 적발되면 어쩌려고 그래?"

"괜찮아. 이건 연기나 불빛이 안 나오기 때문에 문제없어."

"군장 검사는 어떻게 하려고?"

"그러기에 미리 사다가 짱 박아놓는 거 아니야…."

성 소위의 걱정스러운 우려에도 불구하고 유 소위의 표정은 당연한 일을 하는 것처럼 단호했다.

짐칸에 앉아있던 다른 사람들 사이에서도 동요가 일었다.

"소대장님 우리도 좀 살까요?"

2소대 전령 박 상병이 조심스럽게 물었다.

"안 돼!"

이 소위가 잘라 말하자 박 상병의 입이 삐죽 나온다.

"다른 소대는 사는데 우리만 왜 안 됩니까? 보세요, 3소대장님도 지금 사러 들어갔지 않습니까?"

"아 글쎄…. 안 그래도 지난 대대 훈련 때 우리 소대가 찍혀있는데 이런 일로 또 걸리면 정말 힘들어져. 안 돼!"

박 상병은 더 이상 말은 없었지만 고개를 숙이고 군홧발로 소총 개머리판을 툭툭 차는 것이 불만이 많은 표정이다. 아마도 고지식한 소대장 때문에 소대원만 지지리 개고생을 하는 것이 한두 가지가 아니라고 생각하며 한편 부대에 돌아가면 고참들에게 자기만 볶

일 생각을 하니 소대장이 더 원망스럽다.

이 소위는 이 소위 나름대로 부하들에게 이런 변명이나 하고 있는 지금 자신의 모습에 정말 자존심이 상했다. 낙오자와 탈진자가 속출하는 가혹한 훈련을 마치고 임관을 할 때만 해도 상사에게 인정받고 부하들에게 자애로운 장교가 되리라 다짐했는데 위에서 다그치는 명령과 아래에서 어떻게든 피해가고 편하고자 하는 요구 사이에 끼여서 지금 위에서는 무능한 장교로 찍히고 부하들로부터는 융통성 없는 지휘자로 원망을 받고 있는 자신의 모습이 초라하고 무기력하게 느껴졌다. 하지만 이를 내색할 수도 없는 일, 투덜대는 박 상병을 애써 외면하려고 이 소위는 철모를 푹 눌러쓰고 입을 다문 채 무릎 사이에 끼워 세운 소총 가늠자만 뚫어지게 바라보며 차가 다시 출발하기를 기다렸다. 이윽고 성 소위도 승차하고 차는 흔들리며 비포장도로를 타고 산길을 오르기 시작했다.

5

연대 알씨티 훈련은 북한군이 공격해 오는 상황을 가정해서 이루어졌다. 막사에서 나와서 진지로 이동한 다음에 방어를 하고 다시 공격을 하여 적을 무찌르고 원대로 복귀하는 기본 개념이다.

예상대로 새벽 4시경에 비상이 걸렸다. 비오큐에서 뒤척뒤척 선잠을 자고 있던 이 소위와 유 소위는 '탁탁탁' 달려오는 전령의 다

급한 군화 발자국 소리를 듣고 바로 숙소를 나섰다. 중대본부에는 이미 흰 완장을 차고 있는 통제관 두 명이 눈을 부라리며 서있었고 중대장도 이미 나와있었다. 통제관과 중대장에게 경례를 하고 두 사람은 소대 막사로 들어갔다. 소대원들은 당직이었던 선임하사의 지휘하에 이미 군장을 꾸리는 중이었다. 수십 명의 사람들이 분주하게 움직이고 있는데도 불구하고 말소리는 들리지 않았다. 가끔 몸짓으로 서로 의사소통을 하거나 귓속말을 하기도 하지만 그동안 훈련의 결과 모두가 자신이 할 일을 잘 알고 있고 습관적으로 행동에 옮기고 있기 때문이었다. 막사 전체에 긴장감이 팽팽한 것이 엄숙한 느낌마저 들었다. 이 소위는 딱히 지시할 것도 없어서 전령이 챙겨놓은 군장과 소총을 매고 연병장으로 나갔다. 군장을 갖춘 병사들이 하나둘 막사에서 나와서 이 소위 앞에 정렬을 한다. 금세 집합이 완료되고 소대별로 인원 점검과 보고가 이루어졌다.

중대장은 집합 보고만 받고 훈시 없이 바로 군장 검사에 들어갔다. 통제관이 뒤에서 지켜보는 가운데 중대장은 소대별로 서너 명을 지목하여 군장 전체를 해체하라고 하고 하나하나 점검하기 시작했다. 소총과 탄약은 물론이고 전투식량, 야전삽, 담요, 텐트, 전투복, 여벌 군화, 속옷, 양말 등등 정식 완전 군장은 엄청나게 내용물도 많고 무거웠다. 하지만 이미 여러 번 연습을 한 터라 아무도 지적을 받지 않고 군장 검사를 마쳤다. 통제관들도 아직까지 별문제가 없는지 가만히 지켜보면서 수첩에 뭔가 부지런히 적고만 있었다. 잠시 후 출발 전 10분간 휴식을 명하고 중대장과 통제관이 잠시 중대본부로 들어갔다. 아마 대대장에게 보고를 하기 위해서 들어간 듯한데 그 순간 연병장에서는 한바탕 소란이 일어났다. 누가 시키지도 않았는데 모두들 군장의 겉만 남기고 안의 내용물은 깡그리 꺼내서 연병장 옆 세면장에 숨겨놓았다. 정말 순식간에 일어난 일이었다. 완전 군장을 그대로 하고 행군을 하면 버텨낼 재간이 없었기에 관행처럼 이루어지던 일이다. 정말 대한민국 군대는 인내심과 단체생활뿐만 아니라 법과 규정을 피해가는 요령을 배우는 학교인 것 같았다.

드디어 어둠을 뚫고 긴 행렬이 시작되었다. 어슴푸레 달빛 아래 흰 눈이 덮인 들판을 가로지르며 검은 그림자들이 검은 농로를 따라 묵묵히 움직이고 있었다. 이따금씩 통제관들이 공습이나 적 발견 등의 상황을 주면 길옆 도랑에 대피하거나 일부 부대원을 보내 소탕을 하는 등 대처를 하기도 하며 50분 걷고 10분 쉬기를 반복했다. 걸으면 힘들고, 쉬면 춥고, 이래도 힘들고 저래도 힘이 든다. 멀리서 보이는 농가의 불 켜진 창 안에서 따뜻하게 자고 있을 사람들이 너무나 부러웠다.

이윽고 날이 밝아온다. 하늘에서 푸른빛이 감도나 했더니 금세 산 너머로 햇살이 비치기 시작한다. 부식 차가 아침을 가지고 왔다. 길가에 앉아 밥을 먹는다. 그래도 전투식량이 아니라 따뜻한 국과 밥을 먹을 수 있어서 다행이다. 밥을 먹자마자 또다시 행군이 시작된다. 아직도 8시간을 더 걸어야 한다. 신참들은 벌써 발에 물집이 잡혔는지 발을 쩔뚝거린다. 그래도 도와줄 방법도 없다. 참고 견디는 수밖에 없다.

점심식사 후에는 지뢰 매설 상황이 주어졌다. 1소대가 매설을 하고 2소대가 해체를 하라는 명령이다. 진지 앞의 논은 추수를 끝낸 후라 벼 그루터기만 남기고 텅 비어있었다. 땅이 얼어있어서 눈만 헤치고 지뢰를 설치한 후 1소대는 야산에 있는 진지로 들어갔다. 대기하고 있던 이 소위는 소대원들을 분대별로 전개하여 해체를 하도록 했다. 잠시 후 1분대 박 하사가 당황한 표정으로 이 소위에게 다가왔다.

"무슨 일인가?"

"이쪽으로 와 보십시오. 문제가 좀 생겼습니다."

이 소위가 1분대 쪽으로 갔다. 1분대원들이 더 이상 전진을 못하고 지뢰 하나를 멀찌감치 바라보고 있었다.

"인계철선이 안전핀에 걸려있는 게 하나 있습니다."

"씨발, 1소대장은 애들 교육을 어떻게 시킨 거야?"

이 소위는 자기도 모르게 욕이 나왔다. 실제 상황에서는 인계철선을 안전핀에 거는 게 맞지만 훈련 상황에서는 안전을 위해서 그냥 몸통에 걸어야 한다. 해체하려면 인계철선을 제거해야 하는데 지금 이 상황이라면 잘못 건드리면 폭발을 할 수도 있다.

"중대장님께 보고를 해야 하지 않겠습니까?"

"아니야. 그럼 통제관이 알게 되고 점수가 깎여. 이유야 어찌 되었든 해체 임무는 우리가 맡았으니 해체를 못하면 우리가 깨지게 되어있어."

"그럼 어떡합니까? 사고라도 나면…."

박 하사와 어느 누구도 겁에 질려 소대장만 바라보며 아무도 꼼짝을 않는다.

"비켜. 내가 한다."

아, 그놈의 책임감이 뭔지…. 이 소위는 조심조심 지뢰에 다가가서 엎드린 채 인계철선 한쪽 끝을 묶어 땅에 박아놓은 작은 말뚝을 뽑았다. 가느다란 철선의 장력이 풀어지며 안전핀이 살짝 움직였다. 이 소위는 입술이 말라 침을 꼴깍 삼켰다. 하지만 자신은 너무나 긴장을 한 나머지 두려움은커녕 아무런 감정도 느껴지지 않고 머릿속이 하얀 것이 세상에 지뢰와 안전핀밖에 보이지 않았다. 이제 반대쪽 인계철선을 제거해야 한다. 이 소위는 땅에 바짝 붙어서 기어서 왼쪽으로 이동했다. 조심스럽게 말뚝을 뽑았다. 이번에도 안전핀이 살짝 돌아갔지만 뽑히지는 않았다. 이제 장력이 없으니 안전핀이 뽑힐 염려는 없다.

"됐지? 이제 마무리하도록 해."

다행히 통제관도 눈치를 챈 것 같지는 않았다. 이 소위는 뒤처리를 박 하사에게 맡기고 서둘러 1소대 진지로 갔다. 유 소위는 소대 벙커에서 담배를 피우고 있었다.

"야, 1소대장, 지뢰 매설을 그따위로 하면 어떡해? 한 발 인계철선이 안전핀에 걸려있어서 사고 날 뻔했잖아."

이 소위는 화도 나고 흥분도 되어서 자기도 모르게 얼굴이 상기되고 목소리가 떨려서 나왔다.

"그럴 리가 있나? 니들이 잘못한 거 아니야? 우린 제대로 설치했어."

유 소위는 의외로 담담하게 별일이 아니라는 듯이 대꾸하고는 일어서서 분대 진지 쪽으로 뚜벅뚜벅 걸어갔다.

“이 씨발놈이 보자 보자 하니까….”

이 소위가 열이 나서 유 소위 앞을 가로막아 섰다.

“부하들 앞에서 이러지 맙시다. 서로 체통을 지킵시다.”

유 소위는 한쪽 입가를 씩 올리며 빈정거리듯 웃으며 말을 흘리고는 이 소위를 슬쩍 피해서 옆걸음으로 지나가 버린다. 이 소위는 기가 막혔지만 더 소란을 피우거나 추태를 보일 수도 없어서 멍하니 서서 멀어지는 유 소위의 뒷모습을 보며 그 모습이 죽이고 싶을 만큼 미워 보였다.

6

다음 날 아침, 모포를 머리 위까지 뒤집어쓰고 자고 있던 이 소위는 군용 전화기의 끊어질 듯 이어지는 '틱틱'거리는 신호음에 잠을 깼다. 눈을 뜨는 순간 이 소위는 “좆됐다.”라고 외치며 벌떡 일어났다. 추위를 피하기 위해 참호 입구를 막아놓은 텐트 천 사이로 환한 빛이 보였기 때문이다. 오늘 6시에 기상을 해야 하는데 한겨울에 날이 이미 이렇게 밝았다면 최소한 7시는 넘었을 것이다. 시계를 보니 7시 10분경이다. 중대장에게 깨지는 것은 둘째치고 훈련을 망칠 수도 있다는 생각에 이 소위는 눈앞이 깜깜했다.

“전화는 내가 받을 테니까 얼른 소대원들 기상시키고 각 분대장들 집합시켜!”

옆에서 부스스 일어나는 전령에게 다급하게 소리를 친 후 이 소위는 전화기의 송수화기를 집어 들었다.

"통신보안. 2소대장입니다."

"야, 니들 아직 안 올라오고 뭐 하고 있는 거야? 7시까지 집결지로 이동하라고 하지 않았어?"

중대장이 화가 많이 났다.

"네, 지금 곧 출발하겠습니다."

"야, 이 새끼야! 지금 곧? 그럼 조식은 언제 먹고 8시에 주간 공격 들어갈 거야? 응? 부하들 굶기고 작전할 거야? 이 무능한 새끼야!"

이 소위는 할 말이 없어 잠자코 듣고만 있다.

"암튼 30분 이내에 올라오지 않으면 정말 조식 못 먹을 줄 알고 빨리 병력 이동시키고 너는 지금 당장 1소대에 가서 상황 보고해. 그 새끼들은 퍼져 자는지 전화조차 안 받는다. 이 한심한 새끼들!"

"네, 알겠…."

중대장은 대답도 듣지 않고 전화를 끊었다.

이 소위가 참호 밖으로 나오자 1분대 박 하사와 다른 분대장들이 교통호를 따라 올라오고 있다. 그들이 도착하는 것을 기다리지 못하고 이 소위가 소리를 질렀다.

"어이, 1분대장. 어떻게 된 거야? 6시 기상인데 왜 아무도 안 나와있는 거야? 불침번도 안 세우고 다 잔 거야?"

"저희는 소대장님 기상 지시를 기다리고 있었습니다."

박 하사가 태연하게 응답했다.

'그래, 모두 내 잘못이다. 너희들에게 책임감을 가지라고 요구하

는 내가 바보다.'

이 소위는 자책감과 서운함과 당황함에 할 말을 잊었다.

"알겠다. 지금 많이 늦었으니 최대한 서둘러서 늦어도 8시까지는 집결지로 이동시켜라. 나는 1소대 들렀다가 바로 중대로 올라가야 하니까 각 분대장들이 인솔하도록 전달해라. 알겠나?"

"네 알겠습니다."

박 하사도 상황을 짐작했는지 오던 길을 뒤돌아서서 뛰어가며 주섬주섬 일어나서 장비를 챙기고 있는 소대원들에게 서두르라고 다그친다. 그 모습을 보고 이 소위는 전령이 챙겨놓은 군장을 메고 일어섰다.

"박 상병, 나 먼저 1소대로 갈 테니까 얼른 장비 챙겨서 뒤따라와라."

이 소위는 소총과 무전기만 주워들고 교통호도 무시하고 1소대로 가는 최단 능선길로 달려갔다. 이동 시 은폐와 엄폐를 하는 것이 원칙이지만 지금은 통제관의 지적을 걱정할 때가 아니다.

어젯밤 2시까지 야간 방어를 한 탓인지 1소대원들도 모두 참호 속에서 자고 있는 것 같았다. 이 소위가 1소대장의 벙커 입구를 가리고 있는 판초 우의를 살짝 들쳤다. 안은 캄캄했다. 이중으로 쳐진 텐트 천까지 들치자 모포를 덮고 자고 있는 유 소위의 모습이 보였다.

"1소대장, 1소대장."

이 소위가 한 발을 안으로 들이며 소리쳤지만 유 소위는 꼼짝도 하지 않았다. 뭔가 이상했다. 유 소위가 눈을 반쯤 뜨고 있었다. 이 소위는 섬찟한 생각에 몸이 굳어져 버렸다. 온몸에 전기가 찌르르 퍼져나가는 것 같더니 바로 식은땀이 흘렀다. 벙커 안에서는 쿰쿰하고 매캐한 연기 냄새가 가득했고 유 소위의 발께에는 타다 남은 번개탄이 하얀 재와 함께 뒤섞여 있었다. 유 소위 옆에 모로 누워있는 사람은 얼마 전 1소대에서 전출 간 송 이병이었다.

이 소위는 갑자기 덮쳐오는 공포에 자기도 모르게 뒷걸음으로 벙커 밖으로 나와서 입구 가리개를 도로 내려놓고 참호 위로 올라섰다. 이 소위의 인기척에 잠을 깬 1소대원들이 부스럭부스럭 일어나서 이 소위 쪽으로 다가왔다.

"송 이병이 왜 여기 있지?"

누구에게라고 할 것도 없이 이 소위가 묻자 누군가가 대답했다.

"받으려는 분대가 없어서 소대장님이 전령으로 데리고 갔습니다."

이 소위는 체면이고 뭐고 제자리에 털썩 주저앉았다.

"안에 들어가지 마라. 사고 났다."

1소대원들에게 나지막하게 외치며 이 소위는 중대장에게 보고를 하기 위해서 무전기를 들고 송신 키를 눌렀다.

7

훈련을 즉각 중단하고 부대로 복귀하자 헌병대 조사관들이 들이닥쳤다. 중대장을 포함한 간부들을 개별 면담하고 중대원 전원에게 소원 수리를 받았다. 그들은 자살을 의심하는 듯 이전에 가혹 행위

가 있었는지를 집중 조사했다. 하지만 별다른 혐의점이 없이 유 소위가 규정을 어기고 연탄불 쏘시개로 쓰이는 번개탄을 구매한 후 추위를 피하기 위해 밀폐된 공간에서 불을 피우다가 불완전 연소에 따른 일산화탄소 질식으로 사망한 것으로 결론이 지어지는 것 같았다. 번개탄에 대해서는 중대장이 입단속을 시킬 필요도 없었다. 번개탄을 피우지 않은 2소대는 말할 것도 없고 1소대와 3소대 어느 누구도 번개탄을 피우거나 번개탄을 구매했다고 자백한 사람은 없었다. 누가 시키지도 않았지만 진지에서 이미 번개탄의 흔적은 깨끗이 사라졌다. 결국 유 소위의 개인적인 일탈 행위로 결론이 나고 규정을 어긴 탓에 순직처리도 이루어지지 않았다. 장례식도 일 계급 특진도 국립묘지 안장도 국가유공자나 보훈 혜택도 없다고 했다.

이틀 만에 조사가 끝나고 아무런 행사도 없이 유해를 실은 군 엠뷸런스가 부대를 출발했다. 이 소위가 선탑을 했다. 때아닌 겨울비가 차갑게 내리는 오전, 벽제화장장으로 가는 국도는 한산했다. 차가 연천 헌병 검문소를 지날 때 어떻게 소식을 들었는지 동기생이 하나 정복을 입고 나와서 엠뷸런스에 거수경례를 하고 서있었다. 갑자기 이 소위의 눈에서 눈물이 쏟아져 흘러내렸다. 그동안 아무런 감정도 없었던 것 같았는데 한 번 쏟아진 눈물은 화장장에 도착할 때까지도 멈추지 않았다.

허무했다. 화장장에 도착해서 운구를 하고 소각로에 관을 넣고 유골을 분쇄하는 과정은 모두 공장의 자동화 공정처럼 일사천리로 진행이 되었고 이 소위는 아무런 표정 없이 그저 지켜보기만 했다. 화장이 끝난 유골은 생각보다 덩어리진 것들이 많았다. 완전히 가루로 만들기 위해서는 절구 같은 곳에 넣고 하얀 덩어리들을 빻아야만 했다. 허무했다. 저것이 사람의 흔적이라니….

잠시 후 화장장 사람이 흰 천으로 싼 유골 상자를 이 소위에게 전해주었다. 식장에서 대기하고 있는 유가족에게 전달하기 위해서 이 소위는 유골 상자를 들고 화장장을 나섰다. 가늘게 내리는 빗방울이 찬 바람을 맞아 얼음 알갱이같이 이 소위의 살갗을 때렸다. 유골 상자에서 아직 유골이 덜 식었는지 그 온기가 이 소위의 손과 배에 전해졌다. 따뜻했다. 그러나 그 따스함은 추위를 견디게 하는 것이 아니라 이 소위의 뒷골을 서늘하게 하는 섬뜩함이 있었다. 아마 평생 잊지 못할 감각일 것 같았다.

이윽고 유골을 유가족에게 전달했다. 유골을 받아 든 유가족들은 통곡을 하며 땅바닥에 굴렀다. 특히 송 이병의 어머니는 이 소위를 붙잡고 '내 자식 살려내'라면서 이 소위의 가슴을 두드렸다. 송 이병이 갑자기 전출 간 사실을 모르는 송 이병의 어머니는 이 소위를 죽은 자식의 소대장으로 알고 있었다. 이 소위는 아무 변명도 못하고 송 이병 어머니의 몸부림을 그대로 받아줄 수밖에 없었다. 하지만 '제가 송 이병을 죽을 자리로 보냈습니다.'라고 말은 할 수 없었다.

중대장과 대대장을 포함해서 사건의 책임을 지고 처벌을 받거나 문책을 받은 사람은 없었다. 다만 중대장과 대대장이 임기를 채우지 못하고 조기 전임을 했고 새로운 중대장과 대대장이 곧 부임했다. 새로 온 중대장과 대대장은 모두 육사 출신으로 비교적 합리적이고 인간적으로 부대를 지휘하여 어수선하던 부대가 곧 평온을 찾게 했다. 부대원들은 오히려 사건을 계기로 부대 생활이 편해졌다고 좋아하는 분위기였다. 비록 아무도 대놓고 말은 못 했지만….

북쪽에서 보이는 고지에 크리스마스트리 불이 밝혀지고 특식 선물이 배부된 평화로운 밤…. 중부전선은 아무 이상이 없었고 이 소위는 비오큐의 침대에 누워서 옆에서 유 소위가 부스럭부스럭 뒤척이는 소리와 가벼운 숨소리를 느끼고 있었다.

길
(소설)

1

인생이라는 여정에서 일상의 과정에 의미를 두지 않는다면

그 종착지는 모두 공허한 죽음뿐이다.

"선생님. 벌 청소시켜요."
"그건 안 돼. 청소는 벌로 하는 게 아니야."
"왜요? 작년에도 지각생들이 벌 청소했는데요? 그럼 화장실 청소만이라도 벌 청소로 하면 안 돼요?"
"아. 안 된다니까. 딴 건 몰라도 청소는 모두 돌아가면서 해야 해. 공부만 한다고 사람이 되는 게 아니야. 일을 할 줄도 알아야 하고 특히 자기가 어질러 놓은 건 자기가 치워야 해."

김길재 선생의 단호한 표정에 아이들은 더 이상 말은 하지 않았지만 모두들 입이 삐쭉 나오고 눈을 내리까는 것이 불만이 많아 보였다. 평소에 민주적으로 학급을 운영한다고 학생들의 의견을 수용하려고 노력은 했지만 자신의 교육적 신념과 맞지 않는 것은 양보를 하지 않다 보니까 학생들이나 학부모들과 부딪치는 부분도 많았다. 오늘도 학급회 때 벌 청소를 시키자는 의견이 나와서 오늘 아침은 출발부터 학급 분위기가 썰렁해져 버렸다. 심란한 마음을 추스르며 교무실로 돌아오니 학급 어머니회 회장인 수진이 엄마가 길재의 책상 옆에 앉아있었다.

"안녕하세요? 어떻게 일찍 나오셨네요?"

길재가 인사를 하며 다가가자 수진 어머니도 자리에서 일어나서 목례를 했다.

"네. 학부모회 결과도 알려드릴 겸 그냥 아침에 시간이 나서 들렀습니다. 바쁘지 않으세요?"

"아닙니다. 3교시 수업이 있으니까 1시간 여유가 있습니다. 차 한 잔하시겠습니까?"

"아니요. 제가 음료수 가져온 거 있으니까 이거 같이 드세요."

길재가 자리에 앉자 수진 어머니가 바닥에 내려놓았던 인삼 드링크를 하나 따서 길재에게 건넸다.

"아, 감사합니다. 학부모회를 하셨다고요?"

길재가 음료수병을 받아들며 물었다.

"예, 앞으로는 매월 첫 번째 금요일에 정기 모임을 갖기로 했어요. 별일 없으면 예년에는 보통 학기 초에 한 번 모이고 학기 말에

한 번 모이고 그랬는데….”

“아, 학부모 모임이 활성화되면 좋지요. 뭐. 근데 회장님은 그만큼 더 힘드시겠어요….”

“예. 사실 좀 그래요. 다른 선생님들과는 학부모들이 개별 면담을 할 기회도 많은데 우리 반은 선생님께서 전혀 식사도 같이 안 하시고 그래서 학부모님들이 좀 답답해하셔요. 그래서 대신 학부모 모임을 좀 자주 하고 제가 중개자 역할을 하기로 의견이 모아졌어요.”

“아, 그랬군요. 죄송합니다.”

길재는 잘못한 것도 없이 사과를 했다.

“그리고 학부모 회비도 좀 걷기로 했어요. 아이들이 화장실 청소를 너무 힘들어해서 그걸 용역에 맡기고 그 비용을 학부모 회비로 충당하자는 의견도 나왔고 담임 선생님이 밤늦게까지 수고하시는데 식사비라도 드려야 하고 아이들 간식도 좀 넣어주어야 한다고….”

말끝을 흐리며 수진 어머니가 흰 봉투를 하나 핸드백에서 꺼내기 시작했다. 그것을 본 길재는 한 손으로 수진 어머니를 제지하며 말했다.

“안 됩니다. 있을 수 없는 일입니다. 학생 지도는 당연히 제 일이고 밥도 학교 식당에서 학생들과 같이 먹으면 됩니다.”

“그래도…. 학생들 생일잔치도 선생님 사비로 열어주신다면서요…. 어머니들이 미안해서 안 된대요….”

“아닙니다. 그거 얼마 되지도 않고요, 제가 좋아서 하는 일입니다. 이러시면 제가 오히려 곤란합니다. 학부모 회비 걷는 것도 사실은 안 되지만 제가 관여할 일은 아니니 알아서 하시고 다만 제가 개입되지 않도록 부탁드립니다."

길재의 단호한 표정에 수진 어머니는 봉투를 다시 핸드백 속으로 집어넣었다.

"그럼 화장실 청소는 어떻게?"

"그것도 안 됩니다. 안 그래도 오늘 학급회에서 그 이야기가 나왔는데 제가 청소는 학생들이 해야 한다고 말했습니다."

"아유… 선생님! 우리 애들이 집에서도 청소 한번 안 해본 애들이 많습니다. 그리고 공부하기도 힘든데…."

"아닙니다. 그럴수록 학교에서라도 어렵고 힘든 일을 경험해 봐야 합니다."

수진 어머니는 말문이 막히는지 잠시 대답을 못하고 길재의 표정만 살피고 있다가 한숨을 푹 쉬면서 혼잣말처럼 말했다.

"아유… 큰일이네. 이러면 내가 어머니들에게 할 말이 없는데…. 선생님 어떻게 방법이 없을까요?"

"암튼 청소를 포함해서 학급 운영은 제가 꾸려나갈 테니까 너무 걱정 마시고 학부모님들에게 좋게 잘 이야기해 보세요."

"네. 우리 선생님이 학생들에게 너무 헌신적이시라고 다들 고마워하셔요. 그러니 부담 갖지 마시고 앞으로 시간 좀 자주 내주세요."

"알겠습니다. 그건 그렇고 수진이는 미술학원에 다닌다고 하던데 진학도 그쪽으로 할 생각이신가요?"

"예, 예. 학원 선생님도 수능 점수만 좀 받쳐주면 실기로는 서울대 미대도 가능하다고 하세요."

수진 어머니의 표정이 금세 밝아졌다.

"그래요? 다행이네요. 수진이가 학원 가는 날은 자율학습을 못 한다고 하던데 그럼 월, 수, 금은 수업만 마치고 일찍 보내도 되겠네요?"

"네네. 그렇게 해주세요. 감사합니다."

"감사는요…. 그럼 살펴가세요. 저는 또 수업 준비할 게 좀 있어서…."

길재가 일어서자 수진 어머니도 황급히 일어서서 인사를 하고 교무실을 나섰다.

2

"모두 따라와."

길재가 청소 검사를 받으러 온 학생들을 데리고 화장실로 향했다.

"이게 청소한 거야? 물만 칙칙 뿌려가지고 청소가 되냐? 이렇게 솔로 문지르고 그다음에 물을 뿌려야지 청소가 될 거 아니야?"

길재가 솔을 들고 변기 하나를 닦으며 시범을 보였지만 학생들은 오만상을 찌푸리며 솔을 들고 서있기만 했다.

"서있지만 말고 얼른 해. 끝나고 나면 다시 검사받으러 와."

길재가 씽 찬바람을 날리며 돌아섰다.

"선생님."

화장실 문을 열고 나서는 길재에게 정수가 뒤따라 오면서 말을 걸었다.

"왜?"

길재는 좀 화가 나서 가던 길을 계속 가면서 퉁명스럽게 받았다.

"선생님. 화장실 청소 제가 하면 안 될까요?"

길재는 의외의 말에 놀라서 걸음을 멈추고 정수를 마주 바라보았다.

"제가 앞으로 화장실 청소 전담을 할게요."

"1년 내내?"

"네."

"왜 그러는데?"

"아이들이 모두 싫어하니까요…. 저는 괜찮아요. 교실 청소 당번 빼주시면 화장실은 제가 할게요."

정수는 학생이지만 덩치와 키가 이미 어른들만하고 언행이 의젓해서 길재가 믿고 좋아하는 학생들 중의 하나였다. 중국식당 주방장으로 일하는 아버지가 주사가 심해서 술만 마시면 일터에서도 횡포를 부리고 집에서도 폭력을 쓰는데도 그때마다 정수가 오히려 보호자처럼 나서서 아버지를 추스른다고 했다.

"정말 괜찮겠어?"

"괜찮습니다. 선생님도 이제 화장실 청소 걱정은 하지 마세요."

"그래, 고맙긴 한데. 다른 아이들도 좀 배워야 하는데…. 네가 정하겠다면 일단 시작해 봐라. 만일 힘들면 언제라도 이야기해라. 다시 당번으로 돌릴 테니까…."

"예. 알겠습니다."

꾸벅 인사를 하고 돌아서는 정수가 대견하기도 하고 이렇게 해도 되나 하는 의구심도 좀 들어서 길재는 마음이 편하지만은 않았다.

3

그 후 학기가 끝날 때까지 정수는 화장실 청소를 성실하게 했고 길재도 학부모들도 다른 학생들도 모두 행복했다. 정수 역시도 크게 화장실 청소를 하는 공을 내세우지 않았고 크게 힘들어하는 기색도 없었다. 특히 정수가 지원했던 사관학교 특차 필기시험에서 합격을 하자 길재도 정말 기쁘고 자랑스러웠다. 하루는 사관학교에서 담임교사를 직접 면담하겠다고 연락이 왔다.

교장 선생님의 호출을 받고 길재가 교장실로 들어가니 중위 계급장을 달고 정복을 입은 한 장교가 모자를 응접탁자에 올려놓은 채 소파에는 등도 붙이지 않고 반듯하게 앉아있었다. 길재가 교장 선생님에게 인사를 하고 들어서자 교장은 두 사람을 서로 소개한 후 자리를 피해주었다.

그 장교는 길재가 자리에 앉자마자 서론 없이 바로 수첩을 꺼내 들고 질문을 시작했다.

"담임교사로서 그동안 정수 학생을 관찰하신 바를 한번 객관적으로 평가해 주시겠습니까?"

"네. 제가 보기에는 대한민국 장교로서 전혀 손색이 없는 훌륭한 학생입니다."

길재는 자신이 면접을 보는 것처럼 손에 땀이 배어 나왔다.

"아니, 선생님의 의견을 말씀하시라는 것이 아니라 학생의 행동 특성을 관찰하신 그대로 묘사해 주시기 바랍니다."

길재는 꾸중을 들은 학생처럼 머쓱했지만 '정수의 합격을 위해서라면.'이라고 마음속으로 되뇌며 얼른 말을 이었다.

"아. 네, 네. 최정수 학생은 지도력과 성취동기가 높습니다. 한 예로 지난번 학급대항 체육대회 때 축구선수로 활약하여 결승까지 진출하는 데 공을 세웠고 결승전 때 아깝게 지자 운동장에 드러누워 펑펑 울 정도로 아쉬워하는 것을 보았습니다. 그리고 책임감과 봉사 정신이 강해서 1년 동안 학급의 화장실 청소를 도맡아서 했습니다. 그리고 정의감도 뛰어나서 왕따를 당하는 학생이 있으면 대신 나서서 보호를 해주며 효심이 뛰어나서 아버지 일도 많이 도와준다고 들었습니다."

길재가 일사천리로 말을 이어나가자 그 장교는 묵묵히 수첩에 받아적다가 표정 없이 한마디 던졌다.

"좀 특이한 학생이군요?"

길재는 혹시 자기가 말실수를 했나 해서 뜨끔했다.

"아닙니다. 특이한 게 아니고 그만큼 뛰어난 학생이라는 겁니다."

"네. 알겠습니다. 또 다른 사항은 없나요?"

"네. 아주 훌륭한 학생입니다. 아마 잘할 겁니다."

"글쎄요. 그건 두고 봐야지요…."

그 장교는 애매하면서도 의미심장한 말을 끝으로 남기고 면담을 마쳤다.

길재는 의외의 반응에 당황을 했지만 애써 웃으며 그를 배웅했다.

다행히 정수는 최종 합격을 했고 길재는 좀 어려운 가정 형편에 학비가 들지 않는 사관학교에 진학한 것이나 본인의 적성이나 장래 가능성으로 보나 모든 면에서 잘 되었다고 생각하면서 학급 최초의 특차 합격생이 나온 것이 진심으로 기뻤다.

4

"우열반 편성은 절대 안 됩니다. 학생들이 평등하게 교육을 받을 수 있는 권리를 침해한 것입니다. 그리고 강제적인 보충수업과 자율학습에도 반대합니다. 법으로 정해져 있는 수업 시수 이외의 교육활동은 전적으로 학생들의 자유의사에 따라야 합니다. 만일 신청자가 적다면 아예 보충수업과 야자를 폐지해야 합니다."

교무회의 시간에 교원노조 분회장인 강미숙 선생이 벌떡 일어나서 발언을 하자 교무실에서는 긴장감이 감돌았다. 일순간 정적이 흐르고 무거운 표정으로 교감 선생님이 자리에서 일어섰다.

"학생들의 학력 향상을 위해서 이미 부장회의에서 시행하기로 결정한 사항입니다. 여러 선생님들께서는 양해하시고 협조해 주시기 바랍니다."

교감이 말을 마치기가 무섭게 강미숙 선생이 다시 자리에서 일어섰다.

“이렇게 강행하시면 교원노조에서 정식으로 교섭 안건으로 내겠습니다.”

“아니 강 선생, 학교 단위에서는 교원노조가 교섭권이 없어요. 없어. 지난번 공문으로 회람한 교육청 지침 안 읽어봤어요? 모두 확인 서명했잖아요?”

교감의 얼굴이 붉어지고 언성이 높아졌다. 하지만 강미숙 선생도 지지 않았다.

“아니, 왜 학교의 일을 교감 · 교장 선생님이 일방적으로 결정합니까? 교사들도 잘못된 지시에는 따르지 않을 권리가 있습니다. 학교를 민주적으로 운영하십시오.”

“아니 지금 나를 훈계하는 겁니까?”

두 사람의 언성이 높아지자 지켜보던 교장이 일어섰다.

“자. 두 분 진정하시고 일단 의견은 들었으니까 이 정도로 끝내고 다들 수업 준비하십시오. 그리고 오늘 나온 이야기는 각 부서별로 다시 회의를 한 다음에 그 결과를 부장 선생님들이 취합해서 내일 부장회의 때 다시 의논하도록 해봅시다. 자 오늘 교무회의는 이만 마치세요.”

교장은 말을 마치고 서둘러 교무실을 빠져나갔다. 이어서 다른 교사들도 삼삼오오 교무실을 나와 수업을 하러 가거나 각 부서 사무실로 향했다. 길재도 3학년 부 사무실로 들어가서 이어서 들어오는 교사들에게 물었다.

"부서별 회의를 하라 했는데 우리는 언제 회의를 할까요?"

"지금 바로 합시다."

다른 교사들이 서로 얼굴을 바라보며 눈치를 살피는 동안 강미숙 선생이 얼른 답을 했다.

"수업은요?"

"잠시 자습시키지요."

"그건 안 되고 이따가 수업 끝나고 합시다."

"수업 끝나면 퇴근해야지요."

"그럼 점심시간에 잠시 모입시다."

"점심 먹고 나서 모이면 시간이 부족합니다. 충분한 토론이 될 수가 없습니다. 지금 합시다."

한 번 의견을 내놓으면 절대 굽히지 않는 미숙의 성격을 잘 아는 지라 길재는 가볍게 한숨을 쉬며 말했다.

"그럼 일단 시작해 봅시다. 모두들 자리에 앉아보세요."

교사들이 모두 자리에 앉자 길재가 말을 이어나갔다.

"강미숙 선생님의 의견은 이미 들은 걸로 하고 부장회의에서 논의된 것을 간략히 말씀드리겠습니다. 우선 우열반은 지금 학생들의 학력 격차가 너무 심해서 교사들이 어디에 수준을 맞추어야 할지 몰라서 중간 정도에 맞추려고 하고 있지만 그러자니 상위권 학생들은 지루하고 하위권 학생들은 좇아가지를 못해서 수업의 효율이 떨어지고 있기 때문에 국영수사과 주요 교과만이라도 우열반을 편성해서 학생들의 수준에 맞게 수업을 진행하여 학력을 향상하자는 것이었습니다."

"안 됩니다. 열등반에 든 학생들의 자존심과 인권에 대한 유린입니다. 절대로 용납할 수 없습니다."

길재가 말을 마치기도 전에 미숙이 되받았다.

"아, 내 말은 이런 이야기가 나온 취지를 설명해 드리는 겁니다. 일단 들어보세요. 그리고 보충수업과 자율학습도 자유롭게 하는 게 원칙에는 맞지만 입시경쟁이 치열한 현 상황에서 학교에서 보충수업과 자율학습을 안 하면 대부분 학생들이 학원이나 사설 독서실로 갈 수밖에 없고 그러면 공교육에 대한 불신이 더욱 커져서 결국 학교가 설 자리가 없고 학부모들은 사교육비 부담이 커져서 국가 전체에 해가 되므로 이를 막기 위해 우리가 할 수 있는 최선을 다하자는 취지였습니다. 그리고 전교 학부모회에서도 요청한 사항이고요."

"사교육비 핑계 대지 마세요. 그래서 부장님은 학부모회에서 걷은 돈 받았습니까?"

"아니 뭐라고요? 무슨 근거로…."

"선생님 반 학부모회에서 매달 돈 걷는 거 알만한 사람은 다 알고 있습니다."

"세상에… 기가 막혀서…."

길재는 말을 잇지 못했다. 어처구니가 없기도 했지만 자신의 결백을 증명할 방법도 없고 그렇다고 구차하게 변명을 하기도 싫었다. 길재가 머뭇거리는 사이에 미숙이 말을 했다.

"그냥 다수결로 합시다. 우열반 편성에 찬성하시는 선생님 손 들어보세요."

아무도 손을 들지 않았다.

"다음 보충수업과 강제 자율학습에 찬성하시는 선생님?"

눈치를 보다가 서너 명이 주춤주춤 손을 들었다.

"나머지는 반대하시는 거지요? 그럼 우리 부서에서는 반대하는 걸로 결론 났으니 그렇게 교장 선생님께 전달하세요."

모두가 미숙의 기세에 눌려서 입을 다물고 있는 것을 본 길재는 아무 말 없이 교과서와 출석부를 들고 학년부실을 나와서 교실로 향했다.

5

교장의 술버릇이 문제였다. 평소에는 점잖고 말수가 적은 배재문 교장이었지만 술에 취하면 말이 많아지고 안 해도 좋을 행동들을 자주 했다. 악의가 있지는 않았지만 부장 회식 때에도 술기가 오르면 부장들의 손을 잡고 귀에다 대고 '김 부장. 내가 김 부장 사랑하고 믿는 줄 알지.'라는 식의 말을 해서 길재도 기분이 안 좋은 경험이 있었는데 이번 전 직원 회식 때 정미숙 선생에게 다가가서 '정 선생 우리 좀 이해하며 지내자구…. 알고 보면 우린 한 가족, 모두 교육가족 아닌가? 정 선생 남편하고도 내가 전에 같이 근무해 봤는데 최 선생도 참 좋은 분이더라고…. 최 선생은 정말 좋겠어. 정 선생 같은 아내를 얻어서….'라고 말을 했다가 결국 발끈한 미숙이 성희롱으로 교육청에 고발을 했고 교원노조의 지지를 받아 당선이 된

교육감이 배 교장을 징계로 보직 해임하고 교원노조 조합원을 새로운 교장으로 발령을 냈다.

모멸감에 괴로워하던 배 교장은 병가를 내고 한 달간 두문불출하다가 결국 자살시도로 입원까지 하고 마침내 명예퇴직 신청을 했다.

교육감은 명예퇴직 신청도 반려하고 배 교장을 불명예 사직 처리를 하고 말았다.

새로 부임한 교장의 인기는 하늘을 찔렀다. 우열반 편성은 당연히 없던 일로 하고 자율학습과 보충수업은 모두 신청자에 한해서 실시하다가 그나마 신청자가 차츰 줄어들자 거의 폐지해 버렸다. 교사들은 모두 정시 퇴근을 했고 연구수업이나 시범학교 같은 부담도 없어졌다. 대신 교육청에서 혁신학교 지정으로 예산을 듬뿍 따와서 교과별 교실도 늘리고 이동수업과 직업탐색 등의 활동이 많아져서 수업부담도 대폭 줄어들었다. 등굣길의 복장 검사도 없애니 학생들도 너무 좋아했다.

하지만 그 인기도 잠시뿐 1년이 지나지 않아서 길재의 학교는 학교에서는 자거나 놀다가 수업을 마치면 바로 학원에 가서 공부를 하는 학생들로 가득 차게 되었다. 결국 학력평가 점수와 입시 성적마저 저조해지자 학부모회에서 새로 온 교장을 갈아달라는 진정을 넣게 되었고 결국 학교는 새로 온 교장을 지지하는 교사와 학부모 그리고 반대하는 교사와 학부모들 사이에 갈등이 심해지고 서로 끝없이 비방과 싸움을 일삼는 정치판이 되어 정작 교육에는 진지한 관심과 노력을 기울이는 사람이 없이 엉망진창이 되고 말았다.

이 모습을 모두 지켜본 길재는 평생 사명으로 알고 몸 바쳐온 교육계에 환멸을 느끼고 다음 해 명예퇴직을 신청하여 교단을 떠나고 말았다.

6

"이 아이템만 따내면 대박 납니다. 김 선생님이 아직 이쪽 바닥을 몰라서 그런데 이건 아는 사람들은 서로 돈을 대려고 야단입니다. 그렇지만 그 사람들 다 장돌뱅이 같은 사람들이라서 다 물리치고 제가 김 선생님의 인품과 제자들을 다루어본 인사관리 능력을 믿고 동업을 제안드리는 겁니다."

"나는 이 분야에 경험과 지식이 없어서…."

길재가 망설이자 희태가 길재의 손을 잡으며 자신 있게 말했다.

"그 부분은 걱정 마십시오. 원청 수주와 생산 그리고 납품은 제가 책임질 테니 선생님 아니, 사장님은 공장부지와 건물만 구입하시고 인사관리만 하시면 됩니다."

"그래도 작은 회사라도 기업 운영이라는 게 쉽지는 않을 텐데…."

"아, 그러니까 제가 있는 게 아닙니까? 저도 자본만 충분하면 혼자서 하고 싶지만 급작스레 좋은 기회가 왔는데 자본이 달려서 선생님과 연을 맺으려고 하니까 이 기회를 놓치지 마십시오. 저도 같은 값이면 선생님같이 훌륭하신 분과 함께하면 좋고요. 서로 win win 하는 거지요."

"근데 그 아이템이란 게…."

"아. MLCC라고 요즘 전자제품에 모두 들어가는 다층 회로판입니다. 수요가 엄청난데 중소기업 고유 업종이라 대기업에서는 하고 싶어도 못합니다. 제가 L전자 다니다가 퇴사하지 않았습니까? 후배들이 아직 요소요소에 박혀있어요. 이번 건도 그래서 제가 소스를 따낸 겁니다. 물론 나중에 잘되면 사례를 해야겠지만요. 흐흐"

희태는 이미 사업 성공이라도 한 것처럼 기분 좋은 웃음을 연신 뱉어냈다.

"그래 박 사장은 내 동생하고 동창이라고?"

"예. 제가 경재랑 학교 다닐 때 엄청 친했어요. 형님 집에도 놀러 가고 그랬는데 기억을 못 하시나 봐요. 졸업하고는 서로 바쁘다 보니까 잘 못 만나다가 L전자 퇴직하고 독립한답시고 사업 좀 벌였다가 운이 안 좋아서 좀 말아먹었지요."

"쯧쯧… 고생이 많았겠네?"

"고생은요 뭐…. 다 공부지요. 실패의 경험이 더 값지다잖아요. 그 모든 걸 겪고 나니까 이제 정말로 세상 보는 눈이 열리더라고요. 이제는 척 보면 다 알아요. 이번 건 진짜 괜찮은 거예요. 솔직히 선생님은 제 경험을 공짜로 사시는 거예요."

"그런가? 그럴 수도 있겠네. 고맙네."

"그럼요. 우연히 형님이 퇴직하셨다는 말을 듣고 제가 딱 감이 오더라고요. 그래 이건 하늘이 준 인연이고 기회다. 같이 하라는 뜻이다. 이렇게 생각이 들어서 연락드린 거예요."

"그래. 알겠네. 내가 경재하고도 좀 의논해 보고 자금계획도 좀 알아보고 전화하겠네."

"네. 네. 신중하게 하셔야지요. 하지만 너무 시간을 끄시면 안 됩니다. 다른 사람들이 눈치채면 금방 채갑니다. 사업계획서는 이 안에 다 있으니까 참고하세요."

희태가 가방에서 두툼하고 누런 봉투를 하나 꺼내서 내밀었다. 길재가 받아 들자 희태는 자리에서 일어섰다.

"저는 다음 약속이 또 있어서 먼저 실례 좀 하겠습니다. 천천히 커피 마저 드시고 오십시오. 계산은 제가 했습니다."

커피숍을 나서는 희태의 뒷모습을 보면서 길재는 식어버린 커피잔을 들었다.

'정말 기회일까? 아직 젊은 나이에 퇴직금만 갉아먹으며 시간을 때우기엔 너무 무료했는데….'

사업계획서를 꺼내서 읽어보는 길재에게 새로운 희망과 생기가 솟아올랐다.

7

"5억이요?"

길재의 아내가 놀라서 눈을 동그랗게 뜨고 길재를 쳐다보았다.

"최소 그만큼은 있어야 한다는구만…."

길재가 아내의 시선을 외면하고 동생 경재를 바라보며 대답했다.

"희태가 그래요? 5억이 필요하다고?"

"응, 사업계획서를 보니까 처음에 20억이 필요한데 자기가 5억, 내가 5억 그리고 공장이 확보되면 기술보증기금에서 10억 대출받을 수 있다고 하네."

"하청으로 단일 품목 생산한다더니 뭐가 그렇게 많이 든대요?"

"요즘엔 모두 소형화, 자동화가 되어가지고 전자부품 조립하는 것도 사람 손으로 안 하고 거의 컴퓨터 로봇 팔로 하기 때문에 기계 하나에 2억이 넘는다더라고…. 5대만 해도 10억, 공장 임대 보증금 5억, 기타 시설비 3억, 초기 운영자금 2억…. 그러면 20억도 빠듯한가 봐."

길재는 혼자서 이미 연구를 많이 했는지 계획서는 보지도 않고 술술 답을 했다.

"근데 5억이 있긴 있어요? 우리 형편에?"

걱정스러운 목소리로 길재의 아내가 조심스럽게 물었다.

"응, 맞춰보니까 얼추 5억은 되겠더라고…. 명퇴수당 1억하고 연금을 일시금으로 받으면 2억, 보험과 적금 해약하면 1억, 아파트 담보대출 1억…."

"아파트도 잡혀요?"

아내의 목소리가 좀 날카로워지자 길재는 언짢은 눈빛으로 양미간을 좀 찌푸린 채 말없이 아내를 째려보았다.

"형, 너무 무리하는 거 아닌가? 그렇게 하다가 혹시 잘못되면 연금도 없고 집도 없이 노후가 위태로워지는 건데?"

경재 목소리에도 걱정이 많이 담겨있었다.

"세상에 공짜가 어디 있나? 뭔가 얻으려면 위험도 감수해야지…."

길재는 이미 결심이 서있는 듯 두 사람의 우려에도 전혀 흔들림이 없었다.

"서방님, 근데 그 희태라는 분은 믿을 수 있는 사람인가요?"

아내가 경재에게 구원이라도 청하는 눈빛으로 물었다.

"예, 저도 졸업 후에는 접촉이 거의 없었는데 회사 다니다가 관두고 사업을 조그마하게 한다는 말만 들었고 어디 크게 사기 치고 다니지는 않은 거 같아요."

길재의 아내가 말없이 고개를 숙이고 깊게 한숨을 쉬자 이를 달래기라도 하듯이 길재가 말을 이어나갔다.

"공장과 시설, 기계 모든 건 공동명의로 하고 자기는 원청에서 수주하고 납품하는 외부 일을 하고 나는 공장관리와 생산을 전담하는데 수주 납품에는 자기 인맥이 있고 마침 L전자가 파주에 큰 공장을 지었기 때문에 물량이 달릴 지경이라니까 아마 큰 위험 부담은 없을 거야."

"형, 그냥 연금과 저축으로 편히 생활하시면서 좋아하는 여행도 하시고 취미생활도 하시면서 그렇게 지내시면 안 돼요?"

"야, 노는 것도 하루 이틀이지, 지겨워서 못하겠더라. 아침에 일어나서 오늘은 어디 가서 시간을 때우나 걱정하는 것도 정말 괴롭고 북한산, 한강공원, 종각, 어휴 서울에 웬 실업자들이 그렇게나 많은지…. 나도 그 속에 있으면 잉여 인간이 되는 것 같아서 그런데도 가기 싫고 정말 할 일도 갈 데도 없어서 하루가 너무너무 길다. 사실 내가 말은 안 했지만 너무 답답해서 택시 운전하고 대리운전도 해봤는데 그것도 사람이 할 짓이 아니더라. 하루종일 차 안에 앉아서 운전하는 것도 힘들고 괴롭지만 밤에 술 취한 사람들 상대하는 것도 정말 자존심 상하고 그 고생해서 한 5만 원 버는 내가 처량하기도 하고…."

길재의 비장한 어조에 경재는 고개를 푹 숙이고 말을 잇지 못하고 아내의 눈가에는 눈물이 맺혔다.

"한번 해보자. 잘 될 거야. 안 해보고 후회하느니 한번 해보자. 밑져봐야 본전이다. 아무려면 지금보다는 낫겠지."

길재는 결론을 내린 듯 응접실 소파 등받이에 몸을 젖힌 후 탁자에 놓여있는 커피잔을 들었다.

아내와 동생도 더 이상 말을 못 하고 커피를 마시는 길재를 바라보기만 했다.

8

우려와는 달리 사업은 순조롭게 아니, 예상보다 더 잘 풀려서 탄탄대로를 달리는 듯했다. 일산 외곽에 있는 작은 창고를 임대해서 공장으로 개조하여 설비를 갖추는 대로 기술보증기금에서도 바로 대출이 성사되었고 기계를 도입하자마자 생산에 착수했다. 희태의 말대로 L전자에서는 품질검사를 통과하자 곧바로 물량을 주문했

다. 그 물량도 엄청나서 공장을 휴일도 없이 24시간 풀가동해도 맞추지 못할 정도였다. 이렇게 계속 가면 금방 부자가 될 것 같았다.

길재는 매일 아침 7시에 공장으로 출근해서 8시에 야간과 주간 교대 근무자들의 출퇴근을 살피고 오전에는 12시에 나갈 납품 물량을 챙기고 오후에는 다음 날 납품 물량의 생산계획을 점검하면서 하루를 보냈다. 그 모든 것이 이미 전산 프로그램으로 다 돌아가고 품질 관리도 원청에서 직원이 나와서 직접 하기 때문에 경험이 없는 길재로서도 크게 어려운 건 없었다. 그냥 공장이 잘 돌아가고 있는지 살펴보고 직원들을 격려하는 것이 전부였다. 명색이 사장이라고 공장 한켠에 조그만 사무실과 책상도 있고 더 이상 윗사람 눈치를 보거나 아랫사람들과 아웅다웅할 일도 없어서 하루하루가 신나고 즐거웠다. 워낙 원청이 갑이고 하청은 을이라 하청 사장은 원청 과장의 비위도 맞추어야 한다지만 요즘에 물량이 달려서 그런지 원청 직원들도 무리한 주문을 하지 않았고 그나마 대부분 희태가 처리했으며 공장도 규모는 작지만 공정은 다 자동화가 되어서 직원들이라야 사무실에 경리 1명, 조립 라인에 기술자 주 · 야간 각 2명, 납품 당당 운전기사 1명이 전부였고 모두 공손하고 성실한 편이라 말썽 날 일도 없었다. 길재는 그저 사고만 나지 않게 살피기만 하면 되었다.

“박 사장, 수고 많았어.”

외부 업무를 보고 들어오는 희태를 보고 길재가 반색을 하며 맞았다. 길재는 자신에게 이런 기회를 준 희태가 너무 고마와서 미안한 마음이 들 지경이었다. 그래서 공식 직함은 자신이 사장이고 희태는 이사였지만 그냥 그도 사장이라고 불렀다.

"수고는요 뭐…. 공장은 별일 없지요?"

"응, 별일 없어. 오전 물량 다 나갔고 오후 생산 주문도 라인에 다 투입되었어. 원청에서는 별말이 없었나?"

"아, 어제 납품한 물량에 불량이 좀 많이 나와서 내일 기술지도를 나오겠다는데 너무 신경 쓰지 마세요. 지들이 알아서 할 거예요."

"우리가 뭐 잘못한 건 아니고?"

"아니에요. 처음엔 그럴 수 있어요. 자리가 완전히 잡힐 때까지는 가끔 불량도 나오고 펑크도 나고 그런 거지요 뭐."

희태는 대수롭지 않게 말했지만 길재는 신경이 많이 쓰였다.

"알았어. 내가 좀 더 잘 살펴볼게."

"네, 그러세요. 근데, 원청에서 다음 달부터 물량을 더 늘려 달라는데 우리 설비가 부족해서 큰일이네요."

"지금보다 더?"

길재는 좋아서 입이 활짝 벌어졌다. "예, 근데 마냥 좋아할 일만은 아니에요. 설비 증설할 자금이 달리지 않아요? 5대만 더 놓으려 해도 10억인데…. 여유 자금이 없잖아요? 수금은 잘 돼요?"

"응, 어음은 딱딱 들어오는데 대부분 3개월짜리고 우리 부품은 또 수입이 많아서 바로바로 현금 결제하느라고 직원들 월급 주기도 빠듯해."

"씨발놈들…. 거… 어음 좀 짧게 주면 안 되나? 요즘 수출도 잘 돼서 원청 직원들은 보너스 잔치하고 그러더구먼…. 그나저나 우리 밑지는 장사는 아니지요? 이익률은 어때요?"

“응, 그것도 좋아. 아직 정산은 안 했지만 얼추 이번 달 것만 계산해 보니 세전 수익률이 금융비용 넣고도 30%는 돼.”

“와…. 그 정도예요? 좋네요. 그럼 어음 순환되는 동안만 견디면 운영자금은 여력이 생기긴 하겠는데…. 증설 자금이 문제네요. 이번 증설을 거절하면 다른 회사로 물량이 넘어가고 우리 신용도 문제가 돼서 자금 주도권을 빼앗길 텐데…. 그럼 앞으로 사업에 차질이 생길 수도 있어요.

“그러겠네…. 그럼 어떡하지? 무리를 해서라도 증설을 해야 하는 거 아닌가?”

“글쎄요. 그렇긴 한데 이미 당길 데는 다 당겨 써서 큰일이네요. 그렇다고 사채를 쓸 수도 없고….”

희태의 어두운 낯빛을 본 길재는 자기가 잘못을 저지르기라도 한 것처럼 몸 둘 바를 몰랐다.

“그럼 우리 집을 팔고 월세로 옮겨서 돈을 좀 마련해 볼까? 아는 사람들한테도 좀 빌리고 하면 몇억은 만들 수 있을 텐데….”

“그러셔도 돼요? 아니요. 관두세요. 그러지 마세요. 혹시라도 잘못되면 큰일 나요. 뭐 조금 먹고 조금 싸면 되지요.”

손사래를 치면서 사무실 밖으로 나가는 희태를 물끄러미 바라보던 길재는 결심이라도 한 듯이 전화기를 꺼내 들었다.

9

"뭐? 파업?"

"네, 좀 전에 L전자에서 전화 왔는데 파업으로 파주공장이 문 닫았다고 오늘부터 납품 보류하래요."

길재가 놀라서 소리를 지르자 경리직원이 자기 잘못이라도 되는 것처럼 조심스럽게 대답을 했다.

"아니, 이미 생산 라인에 들어갔는데 갑자기 납품을 하지 말라고 하면 어떡하라는 거야? 박 이사는 어디 간 거야? 빨리 박 이사한테 전화 좀 넣어봐. 아니, 아니 내가 전화할게."

길재가 다급하게 주머니에서 휴대전화를 꺼내서 희태에게 전화를 걸었다.

"어… 박 이사. 이야기 들었어?"

"아, 파업 말씀이지요? 안 그래도 지금 파주에서 자유로 타고 오송으로 가는 중입니다."

"오송은 왜?"

"L전자 파주공장은 노조원들이 정말 점거해서 들어가지도 못하고요, 김 과장하고 전화 통화만 했는데 노조가 워낙 강경해서 쉽게 풀릴 것 같지 않다고 하더라고요. 그래서 S전자 오송공장에 가서 혹시 납품을 할 수 있나 좀 알아보려고요."

"오…. 역시 박 이사 발이 빠르구먼…. 대단해."

"뭘요. 이럴 줄 알았으면 미리 거래처를 좀 다변화해 두는 건데…. 그동안 L전자 물량 대기도 바빠가지고 그럴 여력이 없었긴 했지만요….”

“맞아. 우리가 그 정도 캐파가 되지도 않지 뭐…. 그나저나 지금 라인에 들어간 거는 어떡하면 좋지?”

“일단 투입된 물량은 완성해서 창고에 보관하고 새로 발주는 하지 마세요.”

“그럼 현장 직원들은?”

“내일부터 휴가를 쓰도록 해야지요, 뭐. 일거리도 없는데 공장에 나와서 우두커니 있을 수는 없잖아요? 그동안 야근도 하고 고생했는데 좀 쉬라고 그러세요.”

“그래 알았네. 그렇게 하지. 그나저나 박 이사가 고생이 많네. 운전 조심하고 잘 다녀와.”

“네, 알겠습니다. 사장님도 너무 걱정 마시고 일찍 들어가세요.”

“아니야, 아니야. 그럴 수는 없지. 여기는 내가 정리하고 있을 테니까 박 이사나 무리하지 말고 일 끝나면 들어가서 쉬고 내일 아침에 출근해.”

“네, 상황 봐서 할게요. 결과 나오면 전화 드릴게요.”

“그래 수고.”

희태와 전화를 하고 나니 길재는 한결 안심이 되는지 잔뜩 찌푸려 있던 양미간의 주름은 좀 펴졌다. 하지만 누구에게라 할 것도 없이 혼잣말처럼 현장을 바라보며 중얼거리는 그의 목소리에는 걱정과 근심이 잔뜩 담겨있었다.

‘참 내. 그 월급에 그 보너스에 뭐가 부족해서 파업이람 파업이….

웬만한 중소기업 사장들보다 돈을 더 잘 버는 사람들이 말이야…. 덕분에 애 많은 하청 업체만 죽어 나가겠구먼…. 공장은 세워놓아도 인건비와 경비는 꼬박꼬박 나갈 텐데…. 큰일이네…. 제기랄, 마침 집도 팔고 아는 사람들 이리저리 손 벌려서 겨우 증설을 해놓았더니만 때맞춰서 파업이 뭐야 파업이…. 이자만 해도 하루에 얼마나 손해가 나는 거야 도대체….'

길재는 중얼중얼하면서 사무실 문을 확 열고 현장으로 나갔다. 아마 작업지시를 새로 하려는 것 같았다.

10

L전자의 파업은 쉽게 끝나지 않았다. 파업을 시작한 지 한 달이 넘게 지났지만 타협은커녕 협상조차 제대로 이루어지지 않았다. 노조원들이 공장을 점거하고 외부인들 출입을 못 하게 하자 회사에서는 거액의 피해보상을 요구하며 고발을 했고 그럴수록 노조원들은 더욱 강경해졌다.

길재의 공장도 한 달 이상 개점휴업이었고 희망을 걸었던 S전자 납품도 뚫지 못했다. 기존 거래처가 꽉 잡고 있는 데다가 L전자 거래처들이 모두 달려들었으니 그동안 한 번도 납품 실적도 없고 희태의 연줄도 없는 S전자에 납품을 기대한 것 자체가 무리한 바람이었다. 희태는 S전자 납품에 실패한 후 바로 중국으로 건너갔다. 중국의 H전자가 L전자 파업의 영향으로 미주시장에서 반사 이익을 얻으면서 요즘 약진한다면서 그쪽 납품을 타진해 보겠다고 일주일 전에 출국을 했다. 그래서 현장 관리는 길재의 몫이었는데 봉급을 주지 못하자 현장 분위기도 뒤숭숭했다.

"사장님, K은행 최 대리 전환데요?"

송수화기를 손바닥으로 가리며 경리직원이 길재에게 낮은 목소리로 말했다.

"응, 바꿔줘."

길재가 직원들과 마주 보고 앉아있던 소파에서 일어서서 경리 책상으로 갔다.

"여보세요?"

"네, 네, 뭐라고요? 연체요?"

"어음이 안 돌아왔다고요? 그럴 리가 없는데…. 제가 확인 좀 해 보고 금방 전화 드리겠습니다."

"네, 네, 들어가세요…"

전화를 끊은 길재는 돌아서서 소파에 앉아서 자신을 쳐다보고 있는 현장 직원들에게 선 채로 말했다.

"내가 지금 좀 급한 일이 생겼으니까 일단 돌아들 가."

"뭔 일 있어요?"

유 주임이 뭔가 낌새가 이상하다는 눈빛으로 길재를 바라보며 물었다.

"아니야. 은행에서 뭔가 오해가 좀 생겼나 봐. 내가 금방 처리하면 되니까 신경 쓰지 말고 월급은 아까 이야기한 것처럼 조금만 더 기다려 줘. 독촉한다고 될 일이 아니잖아. 응? 사정 뻔히 알면서 왜 들 그래? 지금 박 이사가 중국 쪽 거래처를 뚫고 있고 또 원청 파업만 끝나면 그동안 못한 물량 대느라고 바빠질 거니까 좀 쉰다고 생각하고 기다려 봐."

"그게 언젠데요? 조금만, 조금만 하다가 벌써 한 달이 넘어 지났잖아요? 그럼 우리 쉴 때 월급도 나중에 주실 거지요?"

"그럼, 그럼. 기본급은 다 줘야지…. 일 안 했다고 밥도 안 먹을 순 없잖아?"

"기본급만이요? 지금도 생활비가 간당간당한데 그걸 또 잘라먹으면 어떡해요?"

그렇게 사장 앞에서 공손하던 직원들이 월급 한 번 밀리니까 말투와 태도가 알게 모르게 꺼칠해졌다. 반면에 길재는 죄인처럼 직원들 눈치를 살피며 말꼬투리를 잡히지 않으려고 살얼음판을 걷는 듯하다.

"알았어. 나중에 상황 봐서 한꺼번에 정산하자구…. 많이 힘들면 공장 다시 돌아갈 때까지 잠깐 알바 자리라도 알아보든가 하고 오늘은 이만 내 일 좀 하게…. 응?"

길재가 허리를 조금 숙이고 손바닥을 펴 보이며 일어나라는 시늉을 하자 직원들이 주춤주춤 일어나서 길재에게 고개를 꾸뻑하고 사무실 밖으로 나갔다. 그중에 인사도 없이 문을 꽝 닫고 나가는 유 주임의 뒤통수를 노려보던 길재는 혀를 끌끌 차며 경리 자리로 다가갔다.

"채 양, 이번 달 어음, 은행에 안 갖다 줬나?"

"아뇨, 은행 거래는 박 이사님이 하시잖아요? 박 이사님이 다 가지고 가셨어요."

"박 이사 중국 출장 가고 나서 들어온 건 없어?"

"없어요. 원청서 연락도 없고 전화도 없어요. 사무실 직원들 출근도 다 안 하는 거 같던데요, 뭐."

경리직원이 대수롭지 않은 듯 시큰둥하게 대답했다.

"근데 왜 어음 결제가 안 되었다는 거지? N은행 전화 좀 넣어봐."

"네."

경리직원이 전화를 걸어서 송수화기를 길재에게 건넨다.

"송 대리님이세요."

길재가 얼른 전화를 받는다.

"여보세요? 송 대리님. 기룡 전자 김 사장입니다. 안녕하셨어요?"

"아, 김 사장님 안녕하세요? 안 그래도 전화 드리려고 했는데…"

"네? 무슨 일이라도 생겼나요? 우리도 어음 결제가 안 됐다고 해서 여쭤보려고…."

"네, 그 어음이요…. 오늘 보니까 H캐피털에서 기룡 어음을 돌렸더라고요. 그래 하도 이상해서 물어봤더니 자기들이 깡을 했다더라고요."

"깡이요?"

"네, 만기 안 된 어음을 선이자 떼고 이서 받고 제2금융권에서 매입하는 걸 속칭 깡이라 그래요."

"그럼 그 돈은 어디에?"

"그야 모르지요. 걔들 말로는 박 이사가 현금으로 모두 찾아갔다던데요…. 모르고 계셨어요?"

"그게 그럼 모두 얼만데요?"

"이번 달 게 어음 액면가로 30억하고 다음 달 만기가 20억이니까 50억을 한두 달 정도 급하게 깡 하면 아마 48억 좀 더 되겠지요?"

길재는 뒤통수를 무언가로 얻어맞은 듯 귀에서 '뛰웅'하는 소리가 나면서 눈앞에 뭔가 불빛이 환히 보이고 현기증이 나서 전화기를 던져버리듯이 경리에게 건네고 비틀비틀 소파로 와서 양손으로 머리를 감싸고 주저앉았다.

11

"희태는 연락도 안 되나요?"

경재가 마주 앉은 길재에게 물었다.

"응, 전화도 끊어졌고 메일도 수신확인이 안 돼."

길재의 대답에 힘이 하나도 없다.

"가족들은 만나봤어요?"

"마누라도 중국 출장 간 이후로는 어떻게 된 건지 소식도 없다고 그러네…. 거짓말인지 참말인지 모르겠지만 그렇다니 그런 줄 알지 내가 어떻게 하겠어?"

"공장은요?"

"다 넘어갔어. 은행에서 벌써 부도 처리하고 기계랑 시설은 경매

붙였고 직원들이 노동부에 고발을 해가지고 월급 밀린 거랑 퇴직금도 줘야 하고…. 남을 게 하나도 없어. 빚도 다 못 갚아.”

“휴우…. 형 집도 다 넣은 거잖아요?”

“집이나 마나…. 네 돈도 이천이나 들어갔는데 한 푼도 못 건지게 되었으니 어떡하냐? 미안해서….”

길재는 옆에서 말없이 눈물만 훔치고 있는 아내를 곁눈으로 바라본 후 고개를 푹 숙였다.

“어떡하긴요? 이놈의 새끼 붙잡아서 요절을 내야지요. 나쁜 놈의 새끼….”

경재가 이를 부드득 갈았다.

“중국 어디에 숨어버렸나 본데 그놈을 어떻게 찾아? 중국이 얼마나 넓은데….”

“아니에요. 방법이 있을 거예요. 중국이 넓다 해도 한국사람이 갈 수 있는 곳은 뻔해요. 연변이나 길림, 그도 아니면 상해나 북경이겠지요.”

“찾을 수 있을까?”

“가만있어 보세요. 제가 좀 알아볼 데가 있어요.”

“어디? 떼인 돈 대신 받아준다는 데도 있긴 하던데….”

“좀 비슷한데요. 요즘 대림동에 가면 중국 관련 문제를 전문적으로 해결해 주는 곳이 있대요.”

“그…. 조선족 조폭이라는…?”

길재는 벌써 겁이 나서 목소리가 움츠러든다.

“조폭이나 마나. 우리가 쫄 게 뭐 있어요. 돈 떼먹고 도망간 놈이 나쁜 놈이지. 그런 놈들은 어떻게든 잡아서 요절을 내버려야 해요. 그런 놈이 동창이라고…참 내….”

“아휴, 서방님. 서방님이 좀 도와주세요. 이 이는 마음이 약해서….”

길재의 아내가 반색을 하고 거든다.

“아… 이 사람이… 그런 일이 얼마나 험한 일인지 알기나 알고 이래…? 나서지 말고 좀 잠자코 있어.”

길재의 책망에도 아내는 물러서지 않았다.

“그럼 어떡해요? 당장 길바닥에 나앉게 생겼는데…. 암튼 서방님만 믿을게요….”

“네. 너무 걱정 마세요. 어떻게 다는 못 건져도 얼마라도 건질 방법이 있을 거예요.”

길재와 아내 사이에서 침묵이 흐르고 분위기가 어색해지자 경재는 서둘러 자리에서 일어났다.

12

“아니? 네가 어떻게?”

“선생님?”

약속 장소에서 경재가 주선해 준 용역업체 직원을 기다리던 길재는 문을 열고 들어오는 정수를 보고 깜짝 놀라서 말을 잇지 못했다.

정수도 길재를 보고 놀라서 고개를 꾸벅 인사를 하고서는 뻘쭘하게 서있었다.

“너 학교는 어떡하고…. 머리는 이렇게 길고…. 옷은 이게 다 뭐냐?”

“학교는 관뒀어요.”

“왜? 무슨 일 있었어?”

“그게 좀….”

정수는 대답을 하기가 곤란한지 머뭇거리고 서있기만 했다.

“그래. 사연이 긴 모양인가 보다. 일단 앉아라. 뭐 마실래?”

길재가 자리를 권하자 정수가 조심스럽게 앞자리에 앉았다.

“저는 냉커피로 할게요. 좀 덥네요.”

“그래. 여기는 직접 가서 가져와야 된다. 좀 기다려 봐. 내가 가져올게.”

“아니에요. 선생님 제가 갔다 올게요.”

잠시 후 냉커피 잔을 들고 정수가 돌아왔다.

“그나저나 선생님은 웬일이세요? 정년은 아직 남으셨잖아요?”

“응, 여차저차 작년에 명퇴했다. 그건 그렇고 넌 어떻게 된 거냐? 네 이야기부터 해봐라. 사관학교는 어떡하고 용역은 또 뭐냐? 학교에서 사고 쳤냐? 네가 그럴 애라고는 안 봤는데….”

“학교에서 좀 안 좋은 일이 있었어요.”

“안 좋은 일?”

“네, 동기들하고 다툼이 좀 있었는데 그만 퇴교당하고 말았어요.”

“퇴교? 대체 무슨 일인데 퇴교까지 당해?”

"사실 그냥 징계 먹고 더 다닐 수도 있었는데 제가 그만둔 거지요."

"나 참 답답하네. 무슨 일이 있었던 거야?"

"사실은 동기들이 여생도 하나를 괴롭히길래 좀 혼내주려다가 싸움이 번졌어요."

"여생도를?"

"네, 사관학교에서 이성 교제가 금지되어 있잖아요? 근데 몰래몰래 사귀는 애들이 있어요. 애들이 어쩌다가 그걸 알아가지고 몰래 동영상도 찍고 협박하고 놀려먹고 그러더라고요…. 그래서…."

"그럼 학교에 신고를 하지?"

"신고하면 그 여생도도 퇴교를 당하잖아요? 그래서 제가 좀 해결을 해보려 했는데 이것들이 반성은커녕 재미있다고 나보고도 가담을 하라잖아요…. 그래서 화가 나서 좀 두들겨 패줬는데……."

"저런, 저런…. 그럼 나중에라도 사정을 이야기했으면 퇴교는 안 당했지 않았겠냐?"

"제가 때린 건 사실인데 저 살자고 구차하게 그 여생도를 희생시키기 뭣해서 그냥 때려치웠어요."

"아이고, 아이고. 이게 무슨 일이람…. 힘들게 사관학교 들어가서 졸업만 하면 공군 조종사가 되는 건데…. 앞날이 탄탄대로인데 아까와서 어떻게 해?"

"아깝긴요, 뭐…. 어차피 제 길이 아닌가 보지요, 뭐. 조종사 훈련도 너무 가혹해서 자존심도 상하기도했고요…."

"아, 그거야 과정이니까 그런 거지 잠깐 참으면 되는 건데……. 아쉽다. 그래 그런 다음에는 줄곧 이 일을 한 거야?"

"네. 공사판 막일도 하고 그래 봤는데 어쩌다 보니 이 일을 하게 되었어요."

"근데 이 일이 위험하고 그렇다던데 괜찮냐? 솔직히 아무리 그래도 이 일은 아닌 거 아니냐? 좀 실망이다. 네게 기대를 많이 걸었는데."

"뭐 내세울 일은 아니지만 그렇게 나쁘지도 않아요. 제 적성에도 좀 맞고요."

"뭐라고?"

길재는 실망감에 정수의 자존심을 건드릴까 봐 조심스러웠지만 아무래도 속마음을 다 감출 수는 없었다.

"세상에 나쁜 놈들이 많잖아요…. 근데 그런 놈들은 이리저리 법으로는 다 빠져나가고…. 억울하게 당한 사람들이 하소연하고 기댈 수 있는 곳은 이런 곳밖에 없잖아요? 어떻게든 해결을 해주면 돈도 벌고 보람도 있고 그래요. 선생님도…."

"아니, 이놈이…."

길재가 눈을 부라렸다.

정수도 멈칫 말을 멈추고 고개를 숙였다.

한동안 둘 사이에 침묵이 흘렀다.

잠시 후 길재가 나지막하게 말을 꺼냈다.

"내가 잘못 가르쳤다. 너무 꼿꼿하면 부러진다는 것을 가르치지 않았고 나도 내 눈으로만 세상을 보고 판단했다. 정수야 미안하다. 그때 네가 화장실 청소를 한다고 했을 때 내가 칭찬을 하지 말았어야 했다. 남들하고 같이 가라고 했어야 했다."

"아닙니다. 선생님. 저 나름대로는 소신껏 했습니다. 후회나 원망은 없습니다."

정수가 당황해서 고개를 숙인 채 길재를 올려다보았다.

"그래. 그래…. 우리 다 잊어버리고 술이나 한잔하자. 나가자."

천천히 일어서서 밖으로 나가는 길재의 처진 어깨가 애잔해서 뒤따라가던 정수의 눈에 눈물이 고였다.

그 눈물은 자신을 위한 것인지 스승을 위한 것인지 세상을 위한 것인지 몰랐다. 어쩌면 그 모두를 위한 슬픔일 수도 있었고 아무도 몰라주지만 아름답게 빛나는 보석일 수도 있었다.